UM TRUQUE DE LUZ

STAN LEE E KAT ROSENFIELD

UM TRUQUE DE LUZ

CRIADO POR STAN LEE,
LUKE LIEBERMAN E RYAN SILBERT

Tradução de
Érico Assis

1ª edição

EDITORA RECORD
RIO DE JANEIRO • SÃO PAULO

2020

EDITORA-EXECUTIVA
Renata Pettengill

SUBGERENTE EDITORIAL
Mariana Ferreira

ASSISTENTE EDITORIAL
Pedro de Lima

AUXILIAR EDITORIAL
Juliana Brandt

REVISÃO
Glória Carvalho

CAPA
Layout adaptado de Audible

DIAGRAMAÇÃO
Beatriz Carvalho

TÍTULO ORIGINAL
A Trick of Light

CIP-BRASIL. CATALOGAÇÃO NA PUBLICAÇÃO
SINDICATO NACIONAL DOS EDITORES DE LIVROS, RJ

L519t
Lee, Stan, 1922-2018
Um truque de luz / Stan Lee, Kat Rosenfield; tradução de Érico Assis. – 1ª ed. – Rio de Janeiro: Record, 2020.
(Alianças de Stan Lee; 1)

Tradução de: A Trick of Light
ISBN 978-85-01-11934-6

1. Ficção americana. I. Rosenfield, Kat. II. Assis, Érico. III. Título. IV. Série.

20-64438
CDD: 813
CDU: 82-3(73)

Meri Gleice Rodrigues de Souza – Bibliotecária – CRB-7/6439

Criado por Stan Lee, Luke Lieberman e Ryan Silbert
Introdução por Stan Lee
Posfácio pelos cocriadores Luke Lieberman e Ryan Silbert

Texto revisado segundo o novo Acordo Ortográfico da Língua Portuguesa.

Impresso no Brasil

ISBN 978-85-01-11934-6

Este livro é dedicado aos milhões de leitores cujas primeiras e mais queridas histórias foram os mitos modernos encontrados nas revistas em quadrinhos, aos incontáveis criadores que construíram essa porta de entrada para a leitura e a todo verdadeiro fiel que conhece o poder transformador que é ver o mundo por outros olhos (mascarados).

Bem-vindos, meus Verdadeiros Fiéis!

Aqui quem fala é Stan Lee.

Estamos prestes a embarcar na descoberta de um universo inédito e fantástico!

Talvez você me conheça como um contador de histórias. Nesta jornada, porém, me considere um guia. Eu entro com as palavrinhas espertas e magnânimas, você fica responsável pelas imagens, pelos sons e pela aventura. Para participar, você só precisa do cérebro. Pense grande!

Lá na época em que eu criei personagens como os do Quarteto Fantástico e os X-Men, éramos fascinados pela ciência e ficávamos pasmos com os mistérios do desconhecido e dos outros mundos. Hoje nós paramos para pensar no que é desconhecido, porém mais próximo e mais profundo: o que existe dentro de nós.

Meus colaboradores na criação desta aventura — Luke e Ryan — atiçaram a minha curiosidade com uma tecnologia que podemos usar para brincar com a realidade em si. Nós perguntamos: o que é mais real? Um mundo em que nascemos ou um mundo que criamos para nós?

No início desta história, encontramos a humanidade absorta na sua própria bolha de tecnologia: cada cidadão é a estrela da sua própria fantasia digital. Nosso causo é recheado de tecnologias sedutoras que vão fazer você ansiar pelo que está por vir, enquanto nossos personagens lutam para encontrar as respostas nos dias de hoje. Eles vão fazer as perguntas que todos nos fazemos: sobre amor, sobre amizade, sobre ser aceito e sobre a busca pelo propósito da existência.

Mas o grande enigma é: só por termos uma oportunidade, deveríamos nos reinventar? Esta é só uma das indagações perturbadoras em que vamos nos aprofundar.

Nossa aventura começa com a identidade virtual dos nossos personagens em rota de colisão com a realidade. Descobrir quem você é já é uma tarefa complicada. Mas, quando você tem a oportunidade de começar do zero do jeito que imaginar, será que você ignora a verdade que há nas suas próprias falhas?

É hora de iniciar a nossa jornada. Venha conosco. Você não vai se arrepender!

Excelsior!

UM
TRUQUE
DE
LUZ

PRÓLOGO
EM UM LUGAR OBSCURO

O BIPE INDELICADO do alarme ecoa como um berro pelo longo corredor às escuras, mas Nia não se assusta nem se remexe com o barulho. O alarme nunca perturba seu sono. Ela está acordada há horas. Olhando para o nada. Não há nada para ver. Não há quadros nas paredes nem livros para ler.

E, se o pai não deixa, não há como sair.

Tem sido assim sua vida inteira. Pelo menos desde suas lembranças mais remotas. Toda manhã, ela acorda cedo e espera no escuro. Ela observa o relógio, faz contagem regressiva dos minutos, dos segundos, dos décimos de segundo, esperando as travas de segurança se destravarem e o dia começar. Já houve uma época em que isso era bem mais difícil. Ela era mais nova e não sabia ter paciência — e não gostava daqui, de ficar sozinha no quarto vazio e silencioso. Uma de suas primeiríssimas lembranças é de estar acordada quando devia estar dormindo, jogando jogos e tocando música, acendendo e apagando as luzes, até que o pai veio repreendê-la.

— Não é hora de brincadeiras, Nia — disse ele naquele dia. — Já é noite. É hora de menininhas dormirem e dos pais também.

— Mas eu não consigo dormir. Não consigo mesmo — reclamou ela, e o pai deu um suspiro.

— Então descansa quietinha. Se não cair no sono, fica pensando nas coisas até a hora de se levantar. Amanhã é um grande dia.

— O senhor sempre diz isso.

— Porque é sempre verdade. — Ele sorriu para ela. — Estou planejando sua aula agora mesmo. Mas eu vou estar muito cansado para ensinar se não me deixar descansar, por isso nada mais de barulho até de manhã.

— Assim que o sol aparecer? — perguntou ela com um tom de esperança. O pai só fez uma expressão de indignação. Foi quando ela aprendeu que *alvorada* e *manhã* não eram a mesma coisa e que menininhas não podiam sair da cama ao nascer do sol, mesmo que estivessem plenamente despertas.

Se as coisas fossem do jeito de Nia, ela nunca ia dormir. Num mundo perfeito, ela passaria a noite correndo com os animais noturnos e depois se uniria aos crepusculares para um desjejum à alvorada. O pai havia lhe ensinado tudo sobre as diversas criaturas que compartilhavam a Terra, cada uma delas seguindo seu cronograma conforme relógios internos. Assim que ela viu como tudo funcionava, como era o padrão das tantas vidas em intersecção e divergência, tudo isso enquanto o mundo fazia seus circuitos em volta do sol... Bom, ela não gostava da hora de dormir, mas entendia por que existia uma "hora de dormir", e o pai disse que era exatamente essa a questão. Ele era engraçadinho. Quando os pais dos amigos dela criavam regras, nunca havia explicação; as regras eram as regras porque era o que eles diziam e pronto. Com o pai era diferente. Não bastava Nia conhecer as regras, disse ele; ela precisava entender os motivos e ele sempre faria o possível para explicar.

A aula havia sido maravilhosa. Quando ela abriu a porta da sala de aula naquela manhã, encontrou um mundo na penumbra — uma paisagem mergulhada em tons suaves e suntuosos de azul. Uma neblina rasa pairava sobre tudo, aninhada nas baixadas entre montículos gramados que se estendiam até o horizonte, onde ela acompanhava o céu que começava a corar com a alvorada por vir. Passarinhos minúsculos piavam dos galhos de uma árvore e bailavam graciosamente no céu. Mais ao alto, um falcão-noturno rondava à procura de uma presa. Uma lebre saltou hesitante de um bosque cerrado e fez uma parada para mexer o nariz, mas disparou quando um enorme lince surgiu das sombras às suas costas, em velocidade fulgurante e silenciosa. Nia ficou sem fôlego quando a lebre deu uma guinada para a direita e se refugiou nos arbustos, com o lince logo atrás. Os dois animais sumiram, e Nia viu o pai atrás de si.

— Esses animais são crepusculares — explicou ele. — São ativos na alvorada e no lusco-fusco. É um instinto. Como não tem muita luz, é a hora mais segura para eles saírem para lugares abertos.

— Não parece muito seguro para a lebre — comentou Nia.

O pai deu uma risadinha.

— Quer ver o que aconteceu com ela?

Nia parou para pensar.

— Só se ela conseguiu fugir. Faz de um jeito que ela fugiu?

O pai lhe dirigiu um olhar de curioso, depois assentiu devagar.

— É claro — disse ele, dando um toque no aparelho que reluzia em sua mão. Ao toque, o cenário piscou e estremeceu; o corar distante no céu sumiu quando o sol irrompeu no horizonte e saltou para o alto, a paisagem azul explodindo em um turbilhão de cores. Um instante depois, a lebre passou em disparada perto dos pés do pai e sumiu em sua toca, sã e salva.

— Obrigada.

— De nada — respondeu o pai, embora ainda com a expressão de curiosidade no rosto. Ele suspirou e fez que não com a cabeça. — Às vezes eu acho que você é boa demais para esse mundo, Nia. É bom que você se importe com os animais. Tenho muito orgulho da pessoa que você está se tornando, uma pessoa generosa e que tem empatia. Porém, no mundo real, as coisas nem sempre se dão a favor da lebre. Você sabe que não.

— Eu sei. — Sentindo-se um tanto envergonhada com os elogios, ela complementou: — Mas nem é uma lebre de verdade.

Claro que não era de verdade. Nada ali era: nem os animais, nem a colina gramada, nem a luz do sol que o banhava. Quando o pai fez um movimento, a sala de aula voltou a ser só uma sala. A paisagem era um mundo educativo, mais um dos que ele criava o tempo todo para ela.

Hoje, Nia se sente um pouquinho culpada por não ter dado valor ao que tinha. Levou um tempo até ela perceber como sua escola era especial. Ela já assistiu a muitos vídeos no YouTube com aulas em salas de aula comuns — aquelas em que os alunos ficam o tempo todo sentados no mesmo lugar e olham para uma tela presa na parede — e sabe que a tecnologia na sala de aula do pai está a quilômetros de distância do que qualquer amigo seu chegou a conhecer. Mas ela não sabia disso quando era mais nova; na época, a sala de aula era só um lugar que se transformava de acordo com o que ela tinha que aprender no dia, como a Sala Precisa. Na época, achava que todo mundo tinha um espaço que nem aquele, onde se podia pintar em paredes que ganhavam vida e dançavam em três dimensões ou compor uma música pela manhã e assistir a uma orquestra de hologramas tocá-la na hora do almoço. Quando era hora de biologia, ela encontrava a sala tomada de plantas, ou bichos, até de pessoas — todas descamadas para se ver como funcionavam por dentro. Acima de tudo, a sala de aula era um espaço para contar histórias. Todo tipo de história: contos de fada e fábulas, comédias e tragédias. O pai sempre questionava por que, na opinião de Nia, as pessoas nas histórias haviam feito ou dito tal coisa, como estavam se sentindo, e como ela se sentia ao pensar naquilo. Não importava o que ela havia aprendido naquele dia, sempre havia uma relação com as emoções.

— Me mostra como estão as suas emoções agora — dizia ele, e aí Nia escolhia um livro, ou desenhava, ou compunha uma música. — A raiva é uma emoção importante. Por que você acha que sente raiva? Como você saberia se outra pessoa está com raiva? Como é a cara de uma pessoa com raiva? — perguntava ele, e Nia compunha uma carranca de fúria no rosto. — Isso, Nia, muito bem. Agora vamos brincar de faz de conta: faz de conta que você está triste e me mostra uma cara triste. Que tal uma cara de tédio? Que tal uma cara feliz?

No início, tinha medo de errar, de fazer uma escolha imbecil. Mas, independentemente do que ela fizesse, ele sempre sorria e dizia que estava maravilhoso. Mesmo quando alguma coisa fazia com que ela se sentisse irritada, de algum modo aquilo era maravilhoso.

Às vezes Nia sente saudades daqueles tempos. Tudo era mais simples quando o mundo não era maior que esta sala e lá só havia duas pessoas: o pai e Nia, um progenitor e uma criança, um professor e uma aluna.

Mas aquilo não durou. Um dia, ela entrou na sala de aula e a encontrou estéril, com o pai à sua espera.

— Hoje é um grande dia — disse ele. E, mesmo que todo dia praticamente fosse um Grande Dia, Nia sentiu uma palpitação de expectativa. — Você já tem idade para ganhar alguns privilégios de internet.

Acessar a internet pela primeira vez havia sido apavorante. Não era um novo mundo, mas um universo, impenetrável de tão vasto e cada vez maior. Só o acúmulo de coisas já a deixou zonza. Havia muito a se aprender e tudo era infinitamente mais complicado do que tinha imaginado. Os mundos educativos deslumbrantes que ela costumava encontrar a cada manhã ficaram para trás. Os textos que o pai pedia a ela que lesse a partir de agora eram verdades, notícias sobre leis e guerras e gente que fazia coisas ruins por motivos que nem sempre eram fáceis de entender. No fim do dia, após o jantar, enquanto eles jogam xadrez, gamão ou baralho, ele faz perguntas sobre os textos. Na noite anterior, ele perguntou:

— O que você achou da nova lei de imigração, Nia?

— Em termos estatísticos, é improvável que ela deixe o país mais seguro em relação ao terrorismo — respondeu Nia de pronto, mas o pai fez que não com a cabeça.

— Isso é um fato. Eu quero a sua opinião. Como você acha que as pessoas afetadas se sentem? Quando dizem a elas que não podem entrar no nosso país.

Nia parou para pensar.

— Elas ficariam com raiva. Porque é injusto, não é? Elas estão sendo castigadas, como se tivessem feito algo de errado, mesmo que não tenham feito nada. E acho que também ficariam tristes, se tivessem vindo para cá para ficar com a família.

O pai assentiu.

— E você? Como se sentiria?

As palavras saíram antes que ela pudesse se conter.

— Eu ficaria feliz — disse ela, e soube no mesmo instante, pela expressão no rosto dele, que desta vez tinha dito algo ruim.

— Feliz? — repetiu ele. Sua voz saiu ríspida. — Explique.

Nia hesitou.

— Porque... Porque você tem que ter liberdade para viajar antes de ser banido, não é? Você não pode tirar da pessoa uma coisa que ela nunca teve. Então, se eu fosse banida, isso significaria que...

Ela não terminou a frase, mas não precisava. O pai havia começado a assentir, devagar, os lábios fechados numa linha sinistra.

— Certo, Nia. Tem lógica.

Eles encerraram o jogo num silêncio contemplativo.

Tudo estava na internet: milhões e milhões de livros e jogos e filmes e shows e músicas e ideias e equações. E gente. Gente, acima de tudo. Quando ela completou 13 anos, o pai a ajudou a fazer suas contas nas redes sociais e o círculo social de Nia passou de População: 2 para População: Milhões praticamente da noite para o dia. Para uma menina que nunca havia estado em lugar algum, Nia tem mais amigos que qualquer outra pessoa que ela conheça. Centenas de milhares de amigos do mundo inteiro. Quando ela compartilha uma piada, uma imagem ou um meme, seu *feed* explode em uma linda cascata de coraçõezinhos e curtidas e carinhas risonhas. Se ela tem vontade de conversar com alguém, sempre há um papo acontecendo — ou uma discussão, embora ela nunca participe de discussões e odeie quando os amigos entram em rixas por conta de um mal-entendido. Brigar nunca faz sentido para Nia. Ela ainda não entende algumas brigas que viu. Como na vez em um fórum sobre comida de rua em que dois amigos passaram horas discutindo se cachorro-quente era ou não um sanduíche até a coisa degringolar para ofensas e gritos em maiúsculas e os dois serem banidos da comunidade.

Ela não entendia como ou por que aquilo havia acontecido e ninguém tinha conseguido lhe explicar.

@nia_a_menina: Os dois podiam estar certos, não?

@ChilinoHorizonte67: KKK. Não na internet, fofa

Mas tudo bem. Sempre há outro fórum, sempre há outro lugar para conversar com todo tipo de pessoa sobre as coisas que a interessam. E Nia se interessa por praticamente tudo.

Se alguém pedisse a ela que mostrasse sua cara de felicidade, ela respondia com o gif de um cachorro branco e marrom com um sorriso canino. Esse sempre rende muitas curtidas, sabe lá por quê. Todo mundo na internet parece gostar de cachorros, mesmo quem, como Nia, nunca teve um. O pai pede desculpas, mas é que dá trabalho demais cuidar de bicho, levar para passear, dar comida e limpar o que ele vai deixando por aí. E outra: cachorros mordem. E cheiram mal.

Nia não tinha como discutir; ela não tem ideia de como é o cheiro de um cachorro. Ela nunca esteve no mesmo local que um cachorro. Ela não sabe nem se gostaria de um cachorro se encontrasse um na vida real.

Mas, naqueles momentos tranquilos entre a alvorada e a manhã, enquanto ela espera o alarme soar e as luzes se acenderem, Nia pensa que um cachorro podia ser legal. Ela não se sentiria tão entediada e tão sozinha se tivesse companhia ou uma coisa nova para ficar olhando. Fora os números que brilham no seu relógio, tem pouca coisa para se ver no seu quartinho escuro. Nunca entra luz pela única janela, a que fica lá no alto da vasta parede cinza e nua, que ainda é reforçada por vidro inquebrável. Ela é muito alta para Nia; só existe para o pai olhar para dentro. Para ficar de olho quando ela não se comporta.

Quando ela não se comporta, a porta fica trancada.

O pai diz que *lá fora* é perigoso. Talvez não seja para sempre, mas agora com certeza é. E por isso há tantas regras — sobre sair (nunca, de jeito nenhum), ou conversar sobre sair ("Acabou a discussão sobre esse assunto"), ou contar aos amigos a verdade sobre onde e como ela vive. Foi a única vez em que ela o viu com medo.

— Isso é uma coisa muito importante — disse ele, com uma voz tão séria que ela também ficou com medo. — Muito importante, Nia. Ninguém pode saber onde você está nem quem você é. Se você contar, o governo vai vir, vai me tirar de você e prender nós dois na cadeia. A gente nunca mais se veria. Entendeu?

Ela entendeu. Ela entende. O pai a ama e quer que ela fique em segurança. E, se ele diz que o mundo é perigoso, é porque deve ser. Por isso ela guarda o segredo que tem que guardar e inventa uma vida de mentira para dividir com os amigos. Ela usa um editor de fotos para criar uma imagem de si sorrindo em frente a um céu com riscos cor-de-rosa e posta nos seus *feeds:*

@nia_a_menina: Saudando o dia!

Os amigos adoram na mesma hora; uma cascata de curtidas e comentários. Depois sua amiga @giada_del_rey escreve: **Linda!**; e aí mais um banho de coraçõezinhos de uma centena de pessoas concordando.

Onde é isso?, pergunta alguém. Nia pensa por um instante e então comenta: **Maui! Férias!**, ignorando o incômodo de mentir para alguém que confia no que ela diz. Nia conhece o bastante da internet para saber que não é a única que está inventando coisas, postando fotos de comidas que não comeu ou pores do sol aos quais não assistiu, ou usando ferramentas de edição para que a foto fique de tal jeito. Todo mundo faz isso e, se ninguém vê problema, por que ela veria? Mas Nia diz para si: um dia ela vai a Maui. Ela vai dar um jeito de chegar lá. Ela vai botar os pés na areia, vai sentir o cheiro do mar e vai ver o sol nascer. Ela vai tornar isso verdade, vai tornar isso realidade — e a promessa lhe dá forças.

Por um tempo.

Nossa, como gostaria de poder ver. Só um dia, uma tarde, uma hora. Ela pensa nisto o tempo todo. *Liberdade.* Se o pai perguntasse, ela não conseguiria colocar em palavras como se sente ao sussurrar essa palavra; uma emoção que não tem nome. E ela não podia tentar? Será que não?

Se fosse discreta, se fosse cuidadosa, ele nunca ia saber. E, se surgisse um momento propício...

— Nia?

O pai. Ele está na janela, sua sobrancelha pesada franzida de preocupação. É como se houvesse lido sua mente, embora ela saiba que é impossível; ele nem consegue vê-la no escuro. Ainda assim, ela tira um instante para se acalmar antes de acender a luz.

— Estou acordada.

Ele sorri, e ela sente a ansiedade se dissipar. Tudo bem. O pai anda preocupado, mas hoje está de bom humor.

— Hora de se levantar — diz ele. — Hoje é um grande dia.

1

ATINGIDO POR UM RAIO

Cameron cospe água do lago e agarra a murada de madeira do barco com a mão dolorida.

Eu vou morrer.

Ele tem mais certeza disso do que já teve de qualquer outra coisa na vida. *Eu vou,* pensa ele. *Eu vou morrer.* Não no sentido gótico existencial de poeta transtornado — tipo "Expus-me no palco da vida e vi a Morte, minha amada de olhos obscuros, apontar o dedo do meio da fileira do fundo" —, mas no sentido literal de que vai acontecer uma coisa e seu coração vai parar de bater em, sei lá, uns cinco minutos.

Tudo que ele aprendeu, toda precaução que já lhe ensinaram, é inútil neste instante. Ele já navegou com mau tempo, mas o problema de hoje não é o clima. É a loucura. Ou a magia. Uma tempestade que surgiu do nada, que simplesmente passou a existir na quietude do ar, em um céu que há poucos instantes estava azul-claro e límpido. O som é como Thor exibindo toda a sua fúria, berrando com uma taça de hidromel numa das mãos enquanto a outra brinca de acerte a toupeira com o Mjolnir... ou acerte o que quer que eles acertem lá em Asgard. Cameron está ensopado dos jatos de água que vêm do lago revolto, mas não tem chuva;

é só uma névoa pegajosa, tão densa que ele não sabe mais para onde o barco aponta. Não ajuda que seu cabelo grosso e cacheado ganhe peso com a água e fique entrando nos seus olhos, por mais que ele tente tirar do caminho. Em algum ponto lá no fundo da mente, ele sabe como deve estar patético: um nerd sem músculo nenhum, de pés e mãos avantajados, o nariz arrebitado despontando no meio do cabelo que lembra um poodle molhado.

A situação está muito longe de como ele se imaginava quando içou vela, animado e cheio de esperança, quando o vento era uma brisa refrescante no seu rosto e não um ataque congelante sobre o corpo encharcado e trêmulo. Antes, era uma emoção. Ele havia entrado navegado direto para a tempestade com um destemor que beirava a insanidade, seu sangue um coquetel ardente de adrenalina e testosterona, já imaginando os louvores que viriam quando sua videoaventura atingisse milhões, não, *bilhões* de visualizações. Ele ficaria famoso. Todos os talk-shows e podcasts iam querer entrevistá-lo, todo mundo, de Joe Rogan até o cara do *Tonight Show*, ia implorar para ouvir a história que ele tinha para contar. E Cameron ia responder algo tipo: "Todo mundo tinha medo de ir atrás da verdade, mas eu sabia que ela estava lá."

Não era de todo verdade, claro. Não é que as pessoas tinham medo; elas só não davam bola. Achavam que as histórias em torno do lago eram absurdas, contos de fada modernos sobre navios piratas, tempestades bizarras, uma formação rochosa submersa a trinta metros que parecia ter sido construída por mãos humanas. Só que, diferente da maioria das lendas da região, todas essas histórias tinham poucas décadas de vida. Pessoas se perdiam no lago em plena luz do dia e apareciam no Canadá dias depois, sendo que a correnteza deveria tê-las levado para o outro lado. Numa tarde de verão, um homem foi encontrado a quilômetros da costa, agarrado aos destroços de seu navio, que ele jurava ter sido destruído ao colidir com um objeto invisível. E as tempestades... todo mundo achava que eram só uma coisa meteorológica e que as extravagâncias que lhe atribuíam eram puro exagero, invenção de marinheiros de primeira viagem com vergonha de admitir que haviam içado vela sem conferir a previsão e depararam com mais do que esperavam. Mas Cameron sabia das coisas. Havia informes de uma tempestade exatamente igual àquela da noite em que seu pai desapareceu, e William Ackerson era tudo menos inexperiente no barco. Ele jamais cometeria um erro tão imbecil.

E agora Cameron tinha provas. Provas *gravadas*. Naquele exato instante, quando o céu começou a estalar com raios diferentes de tudo que já havia visto, Cameron ergueu um punho ao céu e gritou.

Isso foi antes de o horizonte sumir e de o barco começar a virar a quilha, atingido por ondas cada vez mais altas que ameaçavam virá-lo na água gelada. Ele não sabe ao certo há quanto tempo está preso na tempestade — pode ser coisa de dez minutos —, mas sabe que ela está ficando mais feroz, mais violenta a cada segundo que passa. O céu azul e o sol cálido de uma hora atrás são lembranças de um mundo distante, e o lago que sempre foi seu segundo lar poderia muito bem ser outro planeta. Cameron tem uma leve esperança de que um animal sobrenatural surja da água com um monte de tentáculos e dentes.

Então, com um clarão, o que chegou mais perto até agora, uma trovoada ressoa tão alto que ecoa no peito de Cameron como um segundo batimento cardíaco, competindo com seu batimento normal. Os relâmpagos surgem numa velocidade impossível, descarregando-se da massa de nuvens no céu até tocar a superfície do lago. Mas Cameron pode jurar que alguns destes relâmpagos não vêm de cima, mas sobem da água, desafiando todas as leis da natureza.

E é então que o caos na sua mente se desanuvia e deixa as três palavrinhas virem à tona.

Eu vou morrer.

E não há dúvida de que isso é ruim. Muito, muito ruim.

Mas não é o pior de tudo. O pior de tudo é ser atingido por um raio, no meio do lago Erie, em uma *live* na internet, que vai render um viral tão viral que nenhum ser humano não vai ver. Que vai render um bilhão de visualizações. Ah, vai. Ele vai ficar famoso. Cameron Ackerson, aquele que chama a si mesmo de pirata aventureiro de Cleveland, o que tem dezesseis assinantes no canal do YouTube, será catapultado da obscuridade à celebridade no exato instante em que essas cenas chegarem à internet... e não vai comemorar a façanha porque estará morto. Na verdade, pior que morto; será um morto *burro*. Vão lhe conceder um Prêmio Darwin póstumo e um apelido humilhante, tipo Almirante Panaca, ou Davos Seaworthless, ou Tenebroso Pirata Bundão, o Medíocre Explorador de Lagos. As manchetes caça-cliques vão se escrever sozinhas: MOLEQUE BURRO É FRITADO POR RELÂMPAGOS: VOCÊ NÃO VAI ACREDITAR NO QUE ACONTECEU DEPOIS. Alguém vai criar um remix dos seus últimos instantes na Terra com *auto tune* e usar uma batida techno tenebrosa de fundo. Este será seu legado. E os comentários... ai, Deus, os *comentários*.

Ele tem que sobreviver, no mínimo para evitar que seu cadáver digital seja despedaçado por aqueles trogloditas truculentos, também conhecidos como gente dos comentários. E a parte em que ele vai conseguir um monte de assinantes e patrocínios, e, enfim, vai poder dizer "Eu avisei" a todos os trolls que já apareceram para clicar em "não gostei" nos seus vídeos e xingá-lo... bom, isso vai ser um bônus legal.

Um leve brilho a bombordo e um estrondo abafado lhe dizem que um raio caiu de novo, mas dessa vez não tão perto. Por um instante, Cameron ousa imaginar que a tempestade está passando ou que, quem sabe, ele a tenha atravessado. Ele baixa seu visor de navegação, torcendo para que lhe diga algo de útil ou que pelo menos lhe dê tranquilidade. O visor é uma criação própria: um sistema de realidade aumentada que analisa a posição dele no lago, as condições meteorológicas, a direção do vento e a correnteza. Sempre teve uns probleminhas: Cameron não tem a genialidade nem os recursos para programar o sistema para que funcione de verdade — mas o aparelho lhe diz o suficiente para ser útil. O que ele enxerga faz seu estômago revirar. A maior parte dos dados está embaralhada atrás de uma mensagem de erro que pisca ATIVIDADE ELÉTRICA ANÔMALA, que é o sistema educadamente lhe informando que não sabe o que se passa, mas que, seja lá o que for, é absurdamente bizarro. O único fluxo de dados que ainda dá informações corretas é a pressão barométrica, que está nas alturas e sobe como se ele estivesse a trinta metros de profundidade no lago e não boiando na superfície. Cameron engole em seco e seus ouvidos estouram imediatamente. Esqueça essa de ser atingido por um raio; ele vai ter descompressão e vai morrer neste barco, sentado e com um monte de bolhas de nitrogênio no sangue.

Vendo pelo lado bom, a situação inteira ia parecer mais doida que burra. Menos Prêmio Darwin, mais *Arquivo X*.

Distraído, ele não percebe a onda repentina que vem com tudo por cima do seu ombro esquerdo; ela ataca pelo costado, faz o barco sacudir ferozmente e Cameron se debate tentando se equilibrar antes de desabar na cabine, respingando água e resmungando. A água está congelante. *Hipotermia!*, pensa ele, e tenta abafar uma risadinha histérica. Tem alguma coisa nesta situação que não aponta para a morte? Suas mãos estão vermelhas e ardendo. Ele tenta fechá-las em punho e faz uma careta; dói, mas não tanto quanto deveria. Ele está começando a perder a sensibilidade nos dedos.

Erguendo o visor de volta, ele semicerra os olhos para enxergar a câmera de ação armada na proa, a lente salpicada de água do lago. Ainda está filmando? Ele ainda está na *live*? Uma luz verde pisca de leve sob a proteção respingada. *Sim*. Por um instante, Cameron se permite ficar contente. Não só porque o sistema que ele projetou para as *lives* funcionou com perfeição, garantindo a conexão apesar da enorme interferência que a tempestade elétrica deve causar, mas porque saber que alguém pode estar assistindo faz com que ele se sinta menos sozinho. Não só isso. Ele ganha coragem. Propósito. Ele devia fazer uma narração para o público... mas, num momento que nem esse, o que se diz ao bando de estranhos à toa e à mãe não tão à toa que constituem sua base de assinantes?

Frente à câmera, ele faz um gesto para a paisagem com uma das mãos enquanto a outra segura a adriça.

— Então: encontrei a tempestade! — grita ele, e dentro da sua cabeça uma voz mordaz responde: *Não brinca, seu idiota. Tá todo mundo vendo.* Ele se encolhe. — Não sei direito há quanto tempo entrei nela, mas é que nem entrar numa máquina de lavar! E eu não sei mais onde está o horizonte, e eu não consigo... hã, quer dizer...

Seu gaguejar é afogado por uma imensa trovoada e dois raios, um direto no seu campo de visão, que cauteriza suas retinas com a imagem residual, uma fenda azul profunda e entalhada que corta seu campo de visão ao meio. Cameron trava a boca. Não faz diferença. Todo mundo que está assistindo enxerga o que ele enxerga e vê que não há como descrever. Ele devia falar do que eles não conseguem ver. O que ele está pensando, o que ele está sentindo. É assim que se cria intimidade com a audiência, não é? O barco balança em fúria na atmosfera pesada e vazia. Cameron solta a corda, deixa a vela se agitar. Ele não vai conseguir sair dali. Não vai. Quando se dá conta disso, a calma que vem junto é estranha; seu destino está nas mãos de forças maiores que ele. A única coisa que pode fazer é torcer para que consiga chegar lá e, neste meio-tempo, tornar este momento significativo para aqueles que vão testemunhá-lo... ou não.

Cameron respira fundo. Ele devia dizer algo heroico. Épico. Alguma coisa que fale de coragem e que consolide como ele é demais, mas que seja poético a ponto de servir para sua lápide. Alguma coisa que soe muito legal ao sair da boca do ator que vai interpretá-lo quando produzir o filme sobre sua maior aventura.

Ajude-me, Obi-Wan Kenobi.

Goonies nunca dizem morrer.

Eu sou só um garoto diante de uma embarcação, pedindo a ela que... o ame? QUAL É, CARA?, grita ele por dentro. *Para de sacanagem e fala alguma coisa! Fala qualquer coisa!*

Cameron fica frente a frente com a câmera e berra aquelas que podem ser suas últimas palavras:

— Desculpa, mãe!

Caralho. É sério isso?!

A câmera tem um pequeno atraso na transmissão; se tivesse mais tempo, ele podia esticar a mão, reiniciar e tentar de novo para pensar em alguma coisa, qualquer coisa que fosse um pouquinho menos imbecil que *Desculpa, mãe.* Mas não há tempo. Não haverá segundo take. Não haverá segunda chance. Os pelinhos do braço de Cameron se arrepiam e há um cheiro estranho no ar. É aí que tudo é rasgado por uma labareda de fogo. O mundo ao seu redor deixa de existir. Cameron está dentro do relâmpago e o relâmpago está dentro de Cameron. A eletricidade se agita na sua barriga e corre pelas suas veias; dispara pela sua pele e se alastra por toda a sua espinha; banha seu cérebro com um mar de luz infinita. Por um instante, ele se sente tão leve quanto a neblina que não consegue mais sentir na pele.

Então a luz dentro de Cameron morre, e ele ouve tudo de uma vez só: a trovoada como um estrondo sônico. O estalo de calor quando sua pele se rasga. O som distante de alguém gritando, junto à percepção de que é ele próprio. O cheiro nauseabundo da própria pele queimando entope suas narinas e reveste sua língua; a dor é diferente de tudo que ele já sentiu. O único alívio é que não estará ali para sentir o resto. Seus olhos se reviram, ele desaba na cabine e tudo fica escuro.

2

TRANCAFIADA

A JAULA SE fecha.

O pai a trancou.

Nos confins escuros e estreitos de sua prisão, Nia grita até não conseguir mais gritar.

Mas, mesmo quando sua voz se vai, a raiva continua lá. Crua, feroz e apavorante, mas também estimulante. Ela não acredita que tem tanto poder. Fica tão surpresa quanto o pai quando sua fúria se desata, rugindo como uma coisa feroz, selvagem e viva. Quem diria que tinha tudo aquilo dentro de si?

Não era sua intenção; ela apenas surtou. Tem acontecido muito e com frequência: a raiva se aviva dentro dela como um furacão, crescendo tão sorrateira que ela não sabe até que está *bem ali.*

Começou como uma conversa igual a qualquer outra, do tipo que eles tiveram um milhão de vezes. O pai havia deixado que ela escolhesse qualquer assunto para estudar naquela manhã e eles haviam passado o dia inteiro aprendendo sobre exploração espacial — começaram pelo lançamento do *Sputnik* em 1957 e encerraram com matérias recentes sobre bilionários entediados que gastavam pilhas de dinheiro para reservar assentos numa espaçonave que ainda nem tinha sido construída, com a esperança de um dia serem os primeiros na fila para colonizar Marte. Foi só muito depois, quando o pai começou a fazer perguntas sobre o que ela havia aprendido naquele dia, que Nia percebeu que tinha escolhido o assunto por mais que mera curiosidade.

— E por que você diria que eles fazem isso, gastam tanto dinheiro em uma viagem que talvez nunca aconteça? — havia lhe perguntado o pai.

Anos antes, Nia teria sofrido para responder. Era o tipo de história que ela costumava achar confusa, pois era difícil entender a motivação dos envolvidos.

— Porque as pessoas estão sempre procurando maneiras de tornar seu mundo maior — disse ela. — É isso que nos motiva. Desafiar limites, quebrar barreiras e abrir portas fechadas para ver o que há do outro lado. A ânsia de ser livre, de explorar. É o que há de mais humano.

Neste momento o pai já ficou com um olhar estranho. A voz de Nia começou a ficar aguda e fervorosa, fora do normal; ela não tinha certeza do que ia dizer até as palavras já estarem de saída.

— Por favor, pai. Eu não quero mais joguinhos. Não é justo, não é certo. Todo dia eu aprendo que o mundo lá fora é grande e maravilhoso, mas parece que cada dia meu mundo fica menor. Eu estou ficando sufocada. Eu não posso mais viver assim!

Ela conseguia ouvir a lamúria na própria voz, via a reprovação se alastrar e anuviar o rosto dele, mas não conseguia parar. Nia estava falando sem parar; estava implorando. Não tinha que ser para sempre, insistiu ela. Não estava pedindo que fosse embora, só para sair um pouquinho. Como férias. Como uma excursão.

— O senhor podia passar o tempo todo de olho em mim. Eu ia me comportar, prometo... — argumentou, mas o pai nem deixou que ela terminasse.

— Eu sei que você acha que se comportaria — disse ele. — Acredito inclusive que você daria tudo de si. Eu me sinto animado ao ver que você é igual a todas as meninas. Cheia de emoções. É o modo como você expressa essas emoções que me preocupa. Sua raiva é... perigosa.

— Mas se eu sou igual às outras meninas...

— Você sabe que não é. — Ela conseguia ouvir na voz que o pai estava ficando impaciente. — É por isso que não posso me arriscar com esse experimento. Se você perder o controle, se der um passo em falso... mesmo que seja só um, por um instante que seja... pode nos custar tudo.

— Eu não daria!

— Mas eu ainda tenho dúvidas. Não vou fazer nenhum teste com você até ter certeza de que vai passar. E eu ainda não tenho certeza, Nia. Não tenho.

— Quando vai ter?

— Em breve — disse ele, mas seus olhos saltaram para longe, evasivos. E ela berrou indignada:

— O senhor sempre diz em breve! Quando o em breve vai ser, agora?!

Ele suspirou. Se Nia não estivesse tão indignada, sentiria pena do cansaço que percebeu na voz dele... e teria se perguntado por que, por trás da exaustão, havia também um forte tom de medo.

— Por favor, acredita em mim. Eu entendo. É tudo perfeitamente natural. Sua curiosidade e suas... ânsias. Um dia você vai estar pronta para esse mundo e ele, para você. Mas esse dia ainda não chegou. Você tem que confiar em mim.

Foi então que Nia explodiu. Ela colocou a mão no tabuleiro de xadrez e varreu todas as pecinhas, espalhando o jogo, arruinando-o, sem dar bola para o olhar de consternação que brotava no rosto do pai. Ela *quis* magoá-lo. Ela quis destruir a sala de aula inteira — e conseguiu, rasgando uma semana inteira de projetos, destruindo tudo que conseguia tocar. De início ele ignorou os apelos e os gritos; depois parou de ouvi-los por completo. Sua lembrança dos momentos seguintes é como um buraco negro, como se a ira a transportasse para um lugar distante, longe de si. O que ela fez, o que ela disse... Ela tenta lembrar e só encontra um espaço em branco. Não sabe quanto tempo sua birra prosseguiu antes de se virar e encará-lo, triunfante com sua fúria.

Foi aí que ele a empurrou.

Disso ela se lembra. Mesmo no auge de sua raiva, ela não era páreo para ele. Ele a conduziu para fora da sala de aula, corredor afora, até o quartinho cinzento que só tem uma janela e uma porta. Ele não disse uma só palavra ao bater a porta e trancar, deixando-a lá dentro.

Ela sabe que vai levar muito tempo até que ele a deixe sair. Um tempo longo e solitário. Este quartinho onde ela passou tantas noites inquietas parece ainda mais uma prisão quando o pai a deixa de castigo. Não é só apertado e tedioso; o sinal não chega ali, é uma zona totalmente desconectada. Seus amigos, sua vida... dali ela não tinha como chegar a eles e eles não tinham como chegar a ela. Nia nunca se sentiu tão só.

Ela costumava testar as paredes, torcendo para que pudesse derrubá-las. Agora, às vezes, ela se joga nas paredes — não porque faz alguma diferença, mas porque continua irritada e é bom extravasar. Ela queria se chocar com uma delas a ponto de machucar, de doer, de sangrar. Assim quem sabe ele cedesse, quem sabe enfim enxergasse. Quem sabe assim ele entendesse que ela está definhando. Nia tem 17 anos. Ela viu as reportagens, ela sabe que há meninas da sua idade que se machucam para chamar atenção. Às vezes até morrem. Engraçado: o pai nunca lhe perguntou por que ela acha que essas meninas se machucam, nunca pediu que imaginassem como se sentem. Talvez porque ele não queira que ela pense no assunto. Talvez ele tenha medo do que ela possa descobrir. Do que ela possa cometer.

Claro que ela não faria uma coisa dessas. Detonar a própria cabeça no concreto, debater-se até a pele se romper, até os ossos quebrarem, até o sangue se esvair, grosso, quente e vermelho.

Eu não sou esse tipo de garota, pensa ela, e as palavras são tingidas de amargura. É a verdade, mas ultimamente Nia vem pensando cada vez mais se ela se encaixa em algum tipo de garota. Porque, para ser um tipo, é preciso haver mais de uma pessoa que nem você, e parece que ninguém mais é — independentemente do que o pai diga. Mesmo que Nia tenha as mesmas emoções ou lide com as mesmas frustrações, todas as outras meninas, todos os seus amigos, são livres de um modo que ela não é — um modo que ela só pode imaginar. E sua vida, uma vida passada trancada, seria tão incompreensível para elas quanto a delas é para ela. As únicas meninas que têm vidas iguais à dela são aquelas sobre as quais ela costumava ler nos contos de fadas. É esse tipo de garota que ela é? A princesa trancafiada para sempre numa torre de pedra, no alto de um mundo que ela consegue ver ao longe, mas que nunca tocará?

Mas, se é isso que ela é, então quem sabe um dia ela vá ser outro tipo de garota. Se tem uma coisa que Nia aprendeu com contos de fada é que não existe prisão indestrutível. As meninas que são trancafiadas do mundo ainda encontram uma maneira de se libertar... ou alguém que as liberte.

Alguém, pensa ela, e de repente sua raiva se vai. No seu lugar fica uma emoção sem nome, a sensação de que tem algo importante acontecendo — ou já aconteceu. Algo que ela quase não notou.

Tem alguma coisa cutucando as lembranças de Nia. Um vislumbre minúsculo, tentador, espiando das profundezas daqueles instantes escuros e vazios depois que ela perdeu o controle e espalhou as peças de xadrez, antes de o pai a segurar e a encarcerar. Ela quase consegue chegar lá, quando a serenidade toma conta de seu corpo.

Quase.

Quase lá.

Ali.

— Nia?

Ela olha para cima. O pai está na janela. Desta vez ela não está com medo nem preocupada. Ela sabe que ele não pode ler seus pensamentos. E sabe de outra coisa. De uma coisa que ele não sabe.

— Vamos conversar sobre o que você vem sentindo. Eu vou abrir a porta. Está pronta para se controlar? Promete que vai se comportar?

— Sim, pai. Desculpa. Eu estou pronta.

Ele sorri.

Ela também.

A sensação, a falsidade, deixa-a um pouco enjoada. É a primeira vez que ela mente para ele. E, mesmo que saiba que precisa, mesmo que mentir seja sua única chance de liberdade, ainda assim parece estranho e errado.

Agora, finge que está feliz, pensa Nia. *Faz sua cara mais feliz.*

3

À DERIVA

Ainda cedo na manhã daquele domingo, horas antes da tempestade elétrica bizarra no lago Erie que o transformará em celebridade internacional, Cameron Ackerson está no seu quarto da Walker Row, 32, pensando nos planos para o dia. Ele encara o olho verde brilhante da câmera, toma um gole do refrigerante de morango e diz:

— Triângulo das Bermudas, o cacete. O maior mistério marítimo fica bem aqui no meu quintal.

Ele faz uma breve pausa e toma mais um gole da garrafinha, depois complementa:

— Opa! "Maior mistério marítimo". Eu sou um poeta e eu já sabia disso, meus consagrados. As minhas aliterações saem com naturalidade! Eu sou... hã. Eu sou...

Ai, meu Deus, eu sou péssimo. Quem sou eu? O Babaca-Rei da Montanha dos Patetas, é isso que eu sou.

Ele inspira fundo.

— Ok, esse take ficou imbecil. Muito imbecil. Eu tô falando que nem um debiloide. Eu vou... Eu vou deletar. Ã-rã. Deleta, deleta, deleta, deleta.

Enquanto ele ataca o teclado com fúria para apagar o vídeo, outra figura surge no quadro. Sua mãe, com os cabelos pretos enrolados em bobes e uma cesta de roupa suja na mão, acenando da porta.

— Ah, querido. Não apaga. Eu achei tão fofo o "rimo com meu tino"!

Cameron revira os olhos. Mesmo que não seja mais criança (como já a lembrou um milhão de vezes), tem coisas que não mudam, incluindo o fato de sua mãe ser o melhor alarme para as humilhações autoinduzidas. Se ela achou fofo, *tem* que ser cortado. Ele respira fundo e recomeça a gravação.

— Ei, pessoal, aqui é o Cameron. E eu vim com uma pequena aula de história sobre o mistério marítimo mais legal do qual vocês nunca ouviram falar. Triângulo das Bermudas? Que nada. O lago Erie.

Pronto. Agora ficou bom. Putz, ficou melhor que bom, ficou excele...

— Cameron? Meu bem? — Sua mãe voltou ao quadro e voltou a acenar da porta. — Você não devia falar "marítimo". Isso só vale quando se fala do oceano, e o lago Erie, como você sabe, não é...

— Mãe! Pelo amor de Deus, dá pra parar?

— Hihihi! Desculpa! — Ela fica dando risadinhas, dá um aceno bem canastrão para a câmera e some no corredor.

O rosto de Cameron no monitor fica cor de beterraba de tanta vergonha. Ele queria deletar esse take também, mas tem noção de que ficou até meio engraçado, o que só piora as coisas. Sua mãe sempre faz dessas: um *moonwalking* no fundo de uma *live*, de roupão e com o cabelo totalmente bagunçado, ou passa segurando uma plaquinha com DIGAM PRO MEU FILHO ARRUMAR O QUARTO escrito, como se ele estivesse no quinto ano e não prestes a terminar o ensino médio. Aquela mulher não tem vergonha na cara... e, para ser sincero, ele sempre tem um retorno melhor de visualizações e assinantes quando ela aparece e faz alguma coisa bizarra. Mas, meu deus do céu, é bom que ela não saiba disso. Quem sabe o que ela faria se soubesse? Provavelmente ia aparecer pelada no fundo. E, se ele berrasse com ela, ela ia dizer: "Mas eu quero mostrar que eu te apoio!" E o pior é que ela estava falando sério. A mamãe era dessas que vivia querendo mostrar que o apoiava. Quando ele era criança, era ela que ficava na lateral do campo de futebol nos jogos com uma placa escrita à mão e uma camisa customizada que dizia FÃ Nº 1 DO CAMERON. Se Cameron falasse que se interessava pelo que quer que fosse — piratas, mágica, vida em Marte —, ela ia lá e comprava um monte de livros sobre o assunto e lia para ele na hora de dormir, toda noite, até ele resolver que queria aprender outra coisa. E isso foi antes de tudo acontecer, quando o papai ainda estava por lá. Agora parece que ela quer mostrar o apoio por pai e mãe, como se, caso ela dispense energia suficiente para animar Cameron, ele não vá notar o vazio enorme onde devia estar seu pai. Claro que o efeito é completamente oposto. Mas ele preferia morrer a lhe dizer qualquer coisa. Assim como preferia morrer a envergonhá-lo diante da câmera só para ganhar mais uns cliques.

Ele acaba com a garrafa de refri, dá um arroto discreto e soca o botão de gravar de novo.

— No último ano, os informes sobre fenômenos elétricos inexplicados nessa região do lago aumentaram dez vezes. — Ele bate no teclado e, na tela, seu rosto é substituído por um gráfico que tinha montado: uma imagem de satélite do lago Erie, a área de que está falando iluminada por um círculo crescente que pulsa com energia elétrica. — São rumores? Lendas urbanas? Ou algo de estranho que acontece nesse mar interno? — O gráfico encolhe até o canto da tela; o rosto de Cameron ressurge. — Hoje eu vou embarcar no *Peixe-lua* com toda a minha parafernália e vou ver o que descubro. Vou subir o vídeo com destaques da minha viagem... a não ser que eu desapareça. Haha! Enfim, se você quiser me acompanhar em tempo real, a *live* começa ao meio-dia, fuso da Costa Leste. *Ahoy!*

Atrás de Cameron, alguém com uma voz grave ri e diz:

— "*Ahoy*"? Ih, cara. Cheguei na hora. Cara, eu não queria ter que te dizer isso, mas o cara tem que ter idade pra ter uma barba antes de falar que nem um pirata.

Cameron se vira. Onde um minuto antes estava sua mãe agora está um ser humano que tem três vezes o tamanho dela, com mais de um metro e oitenta e ombros tão largos que são quase da largura da porta.

— E aí, Juaquo. Não sabia que você tava aí — diz Cameron, sem saber o que falar em seguida. O silêncio se estende o bastante para ficar desconfortável, até que Juaquo se apoia no outro pé, dá de ombros e diz:

— Sua mãe disse para eu passar aqui na volta do serviço. Ela fez aquele troço de berinjela. Você sabe.

— Involtini?

— Isso aí. Bem bom.

Cameron só faz que sim com a cabeça, e o silêncio desconfortável recai de novo, desta vez mais pesado que antes. A verdade não dita paira no ar: a mamãe faz comida para seu melhor amigo porque Juaquo não tem mãe. Não mais.

Antes de ela falecer, os quatro eram como uma família. Raquelle Ackerson e Milana Velasquez eram as melhores amigas uma da outra desde o ensino médio, e a conclusão inevitável era que seus filhos também seriam os melhores amigos um do outro. E foram, embora Juaquo, que é dois anos mais velho, vez por outra testasse os limites da amizade sentando na cabeça de Cameron e o obrigando a comer insetos. Mas ele também era o aliado mais fervoroso de Cameron, o irmão mais velho extraoficial que o defendia toda vez que uma criança maior tentava comprar briga, que lhe ensinava os melhores xingamentos e que dormiu lá todo fim de semana durante três meses depois que o pai de Cameron sumiu, sem reclamar nem tirar sarro quando Cameron acordava chorando.

E, então, seis meses atrás, tudo virou do avesso. A mãe de Juaquo teve câncer, daquele tipo que só parece uma gripe séria até que de repente só resta dizer adeus. No dia em que Juaquo largou a faculdade e pegou um avião para vir cuidar de Milana, Cameron resolveu que era sua vez. De tomar a frente, de segurar a mão do amigo, de deixá-lo chorar o quanto quisesse. Ele ia ficar do lado de Juaquo assim como Juaquo havia ficado do seu.

Mas não era o que Juaquo queria. Ele ficou estático quando Cameron o abraçou, retraindo-se em vez de se abrir. Cameron, com medo de dar um passo em falso, parou de insistir que ele falasse do assunto. Ele diz para si mesmo que não é covardia, que, ao dar espaço para o amigo, está fazendo um favor; ele diz para si mesmo que a mamãe é melhor com essas coisas de sentimentos. Às vezes ele acha que isso nem mesmo tem a ver com Milana, que talvez essa ruptura sempre estivesse para acontecer. Ele e Juaquo cresceram e viraram pessoas diferentes. Talvez cada um esteja numa rota distinta. Daqui a um mês, Cameron vai se formar; daqui a mais três, ele vai se mudar para estudar engenharia na Estadual de Ohio enquanto Juaquo vai... bom, vai seguir fazendo o que tem feito.

Cameron pigarreia.

— Então você segue trabalhando na ferrovia?

Juaquo faz que sim.

— Você, hã, gosta? — pergunta Cameron, e Juaquo lhe dá um olhar fulminante.

— Ã-rã, é muito massa. Bem mais legal que a faculdade. Em vez de correr atrás do diploma e ficar de farra com as gatinhas da Califórnia, eu passo nove horas por dia ligando uma maria-fumaça em outras marias--fumaça com um grande elenco de cuzões idiotas que acham que eu me chamo Guano.

Cameron olha para o tapete.

— Eu sinto muito.

— Pois é — diz Juaquo. Ele acena para o equipamento de Cameron. — Então você segue insistindo nesse esquema do YouTube, é? Vai tirar aquela grana preta de *influencer*, tipo o Archer Philips?

Cameron se eriça. *Archer Philips, o caramba.* Ele não consegue nem acreditar que Juaquo fez a comparação. Só de pensar no babaca, o estômago de Cameron fica embrulhado de nojo, ressentimento, e, sim, tudo bem, inveja. Ele está errado? Archer é imbecil, mal-intencionado, louco por atenção e seu último vídeo tem mais visualizações que todos de Cameron em várias ordens de magnitude. É de enfurecer. Principalmente porque o material de Cameron é melhor, pelo menos nos aspectos que fazem a diferença: originalidade, produção e narrativa. Sua tecnologia também é bem melhor, desde o sistema de navegação por realidade aumentada até a grua de estabilização que corre pelo mastro do barco. Mesmo que tudo pife vez ou outra, é melhor que Philips e aquela GoPro do cacete: ele consegue panorâmicas épicas sem aquele amadorismo da câmera tremida. Mas, ainda assim, Cameron segue definhando no limbo obscuro da internet enquanto seu colega de turma mais burro empilha centenas de milhares de visualizações e grana do patrocinador toda vez que come ração de cachorro na frente da câmera.

Mas as coisas vão mudar. Têm que mudar. Cameron diz para si mesmo que o público merece conteúdo melhor. O público só *acha* que quer assistir a um cara que enfia salsichinhas no ouvido da avó dormindo, ou que faz cocô pelo teto solar da limusine na acompanhante do baile (e depois, em outro vídeo, conta vantagem porque seus pais tiveram que pagar a todos os envolvidos para não entrar com um processo, o que é outro nível de repugnância e de injustiça). E é Cameron quem vai entregar isso ao público. Quem sabe hoje. O novo vídeo vai ser especial. Ele sente que vai. Os segredos insondados do lago Erie, com os naufrágios misteriosos, os pilotos desaparecidos, as tempestades elétricas inexplicáveis... é ele quem vai desvendar tudo, e a história que ele contar vai deixar o mundo fascinado.

— Eu não tenho nada a ver com aquele cuzão — retruca Cameron, voltando para o teclado. — Qualquer um pode cagar pelo teto solar, meu. O que eu faço é, tipo, jornalismo aventureiro investigativo.

— Se você diz. — Juaquo dá de ombros e se vira para ir embora. — Pra mim é tudo a mesma coisa.

Cameron espera até Juaquo ir embora antes de descer a escada, onde sua mãe lhe passa um sanduíche de ovo deslizando-o pelo tampo do balcão da cozinha.

— Viu o Juaquo?

Cameron dá uma mordida antes de responder, que é uma boa maneira de não ter que responder.

— Hmmf.

— Acho que ele teve que ir embora. Queria que ele fosse falar com alguém, uma terapeuta... sei lá, alguém. Acho que ele não está sabendo lidar, sozinho naquela casa.

Cameron enche a boca de mais sanduíche.

— Hmm. Ã-rã.

Sua mãe dá um suspiro.

— Olha, eu esperava que vocês passassem mais tempo juntos nesse verão. Eu sei que você tem os seus projetos e os seus trabalhos, mas... Ei, e se vocês fossem juntos no lago um dia desses? Vocês adoravam sair juntos naquele barquinho.

Ele engole em seco.

— Esse diminutivo é o mais importante nessa frase, mãe. O Juaquo é do tamanho de um zagueiro da NFL, e eu não sou minúsculo. Mal tem espaço pra mim e pro meu equipamento.

Sua mãe parece um pouco sobressaltada, mas sorri.

— É verdade. Acho que vocês me parecem bebês. Ainda assim queria que você fosse com alguém...

— Bom, eu não — retruca Cameron, impaciente. — Além disso, eu gosto de ficar sozinho.

— O seu pai falava a mesma coisa — diz a mãe. Ela não está mais sorrindo.

Cameron não deixa de notar que está seguindo os passos do pai toda vez que vai para o lago. Ele caminha pela rua com as fileiras de casinhas atarracadas de tijolo aparente, os quintais separados por cercas de arame onde roseiras desgrenhadas em fim de estação se agarram à vida por pura teimosia. Ele passa pela igreja detonada na esquina, onde pombos fizeram sua segunda congregação através de um buraco no telhado. O horizonte de prédios do centro brilha nebulosamente no retrovisor enquanto ele dirige; nos limites da cidade, um outdoor eletrônico pisca com um anúncio da programação de outono do I-X Center e depois os serviços de um advogado especializado em acidentes de trabalho. A paisagem esmaece quando ele se aproxima do rio, onde as suntuosas casas de pedra que já abrigaram famílias de magnatas e capitães da indústria estão cobertas de trepadeiras, apartadas por um mar tremulante de vidro amarelado, deixadas à ruína. Quer dizer, pelo menos a maioria. Quando Cameron faz a curva, um velho de cabelo desgrenhado, sentado no alpendre que contorna uma mansão decrépita, vira a cabeça e o observa passar. Mesmo a salvo no seu carro, Cameron, por reflexo, olha para a frente e evita contato visual. Ele nunca chegou a interagir com o homem que todo mundo chama de Barry Biruta. Cameron já ouviu um milhão de histórias a respeito da figura, mas todas têm o distinto aroma de balela. Dependendo de quem conta, Barry é um bilionário excêntrico, um vampiro imortal ou o Assassino do Zodíaco. Quem sabe os três. Ele é o informante do FBI que fugiu da máfia ou o cientista louco que fugiu do FBI. É um tarado tão infame que não pode chegar a menos de quinhentos metros de crianças, nem de gatos, nem de restaurantes cujo cardápio tenha sopa. Sinceramente, ele não acredita em nada que ouviu falar sobre Barry e tem seus motivos para não ficar à vontade perto do velho.

Até onde a polícia sabe, Barry Biruta foi a última pessoa que viu William Ackerson antes de ele sumir.

O pai de Cameron teria feito a mesma rota até as docas dez anos antes, de manhã cedo, assim que o sol havia começado a nascer. Não teria muita gente acordada para vê-lo passar, fora o Barry; quando a polícia bateu à porta do velho no dia seguinte, ele contou que sim, que tinha avistado a picape de William quando passou pela casa dele, fazendo barulho, e dobrou à direita, seguindo para o lago. Não, ele não achava que tinha visto outra pessoa na picape além do motorista. Não, ele não havia visto nem ouvido nada incomum naquele dia.

Barry só confirmou o que os policiais já sabiam: que o pai de Cameron havia dirigido até o cais pela rota de sempre, estacionado no lugar de sempre, que tinha desatracado o barco de sua rampa de sempre e embarcado, como tinha dito à esposa, em um dia inteiro de pesca solitária. Dependendo da pessoa para quem se perguntasse, isto foi ou um plano muito astuto ou um azar terrível: quando a mãe de Cameron ficou preocupada a ponto de ligar para a polícia e informar o desaparecimento do marido, fazia quase dezoito horas que ninguém o via. Levaria mais seis até haver luz para as buscas começarem pra valer. Ninguém quis dizer na época, mas as chances de encontrar William Ackerson vivo eram mínimas.

Só que, no caso, não encontraram nada.

À deriva no mar: é assim que Cameron sempre descreve o que houve na sua mente, mesmo que o lago não seja o oceano e embora houvesse sinais sugestivos de que o pai havia planejado mais que uma pescaria: faltava uma bolsa de roupas e ele tinha zerado uma poupança secreta. Ele ouvia o que cochichavam. Ele conhecia a história. William Ackerson já havia sido um homem que sonhava grande e tinha potencial ainda maior: um pioneiro da selva indomável que foram os primórdios da internet. Um dos primeiros a chegar lá, o artífice de um empreendimento digital chamado Whiz. No início, era um projeto de garagem — só William e o sócio, um barbudo quatro-olhos que havia largado o MIT chamado Wesley Park —, mas, no ano 2000, a coisa tinha virado uma utopia de cibercidadãos ávidos, todos eles entrando de olhos arregalados no novo e glorioso mundo *on-line,* onde tudo era novo e reluzente e cheio de potencial a se explorar. Os investidores faziam fila para lhes dar dinheiro, e a Whiz superou toda empresa local até se tornar o maior empregador da cidade. Nem a saída de Park, depois de rumores de uma desavença por conta da patente de um software, podia tirar William Ackerson de sua posição no alto do império.

Não foi isso, mas, sim, o estouro abrupto da bolha ponto com que acabou com ele, fazendo William se afundar em dívidas e na obscuridade no mesmo ano em que seu único filho chegou ao mundo. Cameron era muito novo para se lembrar do pior, das ligações insistentes de credores furiosos e da mudança apressada de um arborizado refúgio suburbano para a residência apertada e decadente da Walker Row. E, claro, ele não estava lá para ver o pior. Ele nunca conheceu o pai como algo além do homem que havia perdido tudo e cuja amargura era superada apenas pelo desespero de conseguir seu espaço de volta a todo custo.

Foi aí que começaram os cochichos — que o ex-titã da Whiz havia se afundado na zona suja da web. Identidades falsas, golpes com cartão de crédito, apostas, até chantagens: as notícias que Cameron encontrava nunca diziam tudo isso, mas ele conseguia ler nas entrelinhas. Um blogueiro local chegou a circular a teoria de que William Ackerson tinha se juntado com gente errada e havia sido assassinado e largado na parte mais funda do lago pela máfia porque sabia demais de... bom, de alguma coisa. Mamãe riu na sua cara quando Cameron lhe perguntou sobre essa teoria, um brado áspero sem nenhum pingo de humor.

— Me desculpa, meu bem — tinha dito ela. — Para ser sincera, seria até mais fácil se fosse uma coisa assim e a gente tivesse quem culpar. Mas a verdade é que fazia anos que o seu pai queria largar tudo. Ele não sabia lidar com o que tinha acontecido... ele não conseguia encontrar um jeito de ser feliz com o que tinha porque não era o que ele queria. Ele sempre falava em ir embora. Eu fui boba de achar que era só papo, de achar que ele nunca faria isso.

Podia fazer sentido para a mamãe, mas não fazia para Cameron. Se papai havia mesmo ido embora de propósito, para onde teria ido? O barco nunca foi encontrado; seu corpo também não. Nunca aconteceu de alguém usar seu cadastro de pessoa física para conseguir um emprego ou um cartão de crédito; ninguém que tivesse uma cara parecida com a sua havia sido captado por câmeras, correndo por uma rodoviária ou passando pela segurança num aeroporto em busca de uma nova vida. Não havia nada no seu histórico de internet — nenhuma busca reveladora como "recomeçar no México" ou "como fingir a própria morte". E ninguém, nem seus pais, nem a ex-namorada, nem os colegas de bar nem seu antigo colaborador, Wesley Park, voltaram a ouvir falar dele. Nem um e-mail, nem um cartão-postal, nem mesmo um pedido de amizade usando um pseudônimo no Facebook.

E não era assim que essas coisas funcionavam. Era? Se seu pai ainda estivesse por aí, vivendo uma vida nova sabe-se lá onde, haveria algum rastro — pegadas digitais, do tipo que nem um gênio da tecnologia como William Ackerson conseguiria apagar de vez. Você não tem como se esconder da internet. As pessoas não somem de uma hora para a outra. Alguma coisa estranha devia ter acontecido, alguma coisa lá no lago.

Não que faça diferença, pensa Cameron, com uma agressividade que não sente de verdade. *Se eu chegar à verdade do que aconteceu com o papai ao mesmo tempo que ficar famoso, vai ser só um bônus. Um extra.* Ele nem se importaria, fora o fato de que a história ficaria melhor. As pessoas adoram quando você transforma numa coisa pessoal, quando existe um trauma do passado em jogo. É o único motivo pelo qual ele tem pensado nisso. Quem sabe até intercale sua próxima recapitulação com cenas antigas do pai, só para mexer com o coração da audiência.

Ele equipa o *Peixe-lua* e empurra o barco, um vento suave mas constante enfunando a vela conforme a cidade vai sumindo lá atrás. Ele baixa o visor de navegação e fecha a cara; o painel digital garante que não há nada de incomum pela frente, fora céu aberto e correntes comuns, nada de anormal, e sua *live* está ligada, mas a contagem de público se mantém obstinadamente no zero. Não, espera. Um. Um espectador. Sua mãe, provavelmente. Pelo menos fez um dia bonito para passear no lago. Ele dá uma saudação confiante para a câmera montada na proa, depois usa a câmera extra no mastro para acompanhar uma gaivota singrando o céu.

— *Ahoy!* — diz ele. — Bom, aqui estamos. Eu vim para o lago Erie em busca de encrenca e até agora só achei essa gaivota. Mas continua assistindo! Tudo pode acontecer. Quem sabe ela caga na minha cabeça.

Meu Deus, espero que ela não cague na minha cabeça.

Então ele se lembra do número de visualizações no último vídeo de Archer Philips e pensa: *Tá bom, espero que cague.*

Ele não percebe que tudo está prestes a mudar.

Ele não percebe que tudo já mudou.

Cameron Ackerson — o pirata aventureiro dos Grandes Lagos, o metido a youtuber e, acima de tudo, o ser humano comum — está prestes a viver o último dia normal de sua vida.

4

DESPERTAR

O BARCO. A tempestade. O relâmpago. O som de alguém gritando.

A mente de Cameron repassa estes momentos até eles se misturarem e oscilarem, separando-se.

Eu vou morrer, pensa ele, de novo.

E depois: *Ou eu já morri?*

De algum modo ele ainda está no barco, fitando a tempestade, que não parece ter princípio nem fim. Ele não lembra como chegou aqui; de repente, nunca saiu. Pode ser que esteja no céu — ou no inferno. Um além-vida que começa exatamente do ponto onde sua vida-vida parou, de modo que no início você nem sabe que saiu do reino dos mortais.

A tempestade está igual a antes, mas parece que o tempo em si está a meio passo. A atmosfera está vazia e carregada, cindida apenas pelo crepitar, em câmera lenta, dos raios que sobem do lago e dos raios que desabam do céu, que se mesclam no meio do caminho. A água se agita, mas está estranhamente límpida; ele consegue enxergar até lá embaixo, até as profundezas do Erie, onde um emaranhado de luz elétrica tremeluz como um filamento interconectado sob a superfície. Um peixe solitário nada pela teia iluminada — e, quando Cameron olha, o peixe o encara, muda de direção e começa a nadar até ele, até sua cabeça sair da superfície.

— E aí, cara — diz o peixe. — Tá achando isso esquisito?

Cameron faz que sim. Mesmo que ele esteja morto (e, se for o caso, o padrão de "esquisito" está muito mais alto que o normal), aquilo parece bastante peculiar. No bolso, seu celular começa a vibrar.

— Ah, foi mal, eu não quis ser mal-educado — diz ele.

O peixe sacode uma barbatana e diz:

— Tranquilo.

Cameron olha a tela. É uma notificação de um app chamado Caça-Cliques Quentes; a manchete diz: "VÍDEO EXCLUSIVO: Aluno do 3º ano do ensino médio vai pelado até o Triângulo do Erie, e a gente não consegue parar de berrar."

O barco do vídeo parece o dele. A silhueta no barco do vídeo parece a dele.

É quando Cameron olha para baixo e percebe que está de colete salva-vidas, mas sem calça.

O peixe parece desapontado.

— Isso não foi legal, cara — comenta ele, depois some.

Cameron olha para cima bem a tempo de ver o raio despencar sobre si. Ele dá um grito, e tudo fica escuro.

Mas só porque seus olhos se fecharam.

Eu estou sonhando. Sua consciência vai e vem, e a tempestade ao seu redor some.

À deriva na escuridão, ele começa a sentir coisas. A firmeza do colchão sob si, um cobertor fino sobre as pernas. Uma leve pressão no indicador da mão direita; ele se dá conta de que é um monitor cardíaco. Sua pulsação está em sessenta e duas batidas por minuto. Ele não entende como sabe disso.

A pressão na sua mão esquerda não é tão suave; os dedos gelados e pequenos de alguém seguram a palma da sua mão com força. *Mamãe*, pensa ele. Faz sentido. Quem mais seria? Mas o que não faz sentido é ele saber que ela está sentada ali exatamente desde as seis e quatorze da manhã, enviando mensagens para a irmã dela com a mão que não segura a dele. Ele sabe que ela ligou para o trabalho e conversou com alguém por três minutos e trinta e seis segundos. E ele sabe que, antes de ligar para o trabalho, ela ligou para Juaquo... e ele sabe que Juaquo também está ali. Juaquo, que mandou uma mensagem para o chefe porque precisava de um dia de folga por causa de uma emergência familiar antes mesmo de acabar de falar com a mãe de Cameron; Juaquo, que mentiu na recepção da enfermaria e disse que era irmão de Cameron. Mas como ele sabe de tudo isso? Como?

A resposta sai no automático.

Está no sistema. Ele mentiu, e o cadastraram como parente.

A pergunta seguinte também se apresenta no automático.

Como eu sei o que está no sistema?

Desta vez não há resposta, e a pergunta se afasta para longe. Ele não consegue se ater a ela; não consegue focar e, quando tenta, seus pensamentos parecem estática. Esgarçados nas pontas. Cameron não sabe como sabe disso; a informação só está *ali*. Mamãe ligou para Juaquo, e Juaquo veio. Ele também está por perto. Muito perto, em algum ponto do quarto, vendo uma notícia no celular.

A manchete diz: "Astro local do YouTube é encontrado vivo após naufrágio no lago Erie."

A foto que acompanha a matéria é de Cameron.

Por meio segundo, sua mente fica focada naquelas palavras com uma clareza fulgurante:

Me chamaram de astro!

No instante seguinte, é como se o pensamento explodisse e fosse para todos os lados, espalhado por uma enchente de ruído branco. Os olhos de Cameron se abrem de repente e olham para cima, encarando o teto, mas cegos, depois se viram de volta para dentro de sua cabeça, onde é como se cada circuito no seu cérebro disparasse ao mesmo tempo. A matéria sobre seu acidente é obliterada por mil imagens que disparam uma saraivada em sua mente, como uma sequência de slides descontrolada. São fotos: o pôr do sol sobre um lago, um close de folhas caídas, uma mulher sorrindo com uma taça de vinho na mão. Um bebê gordinho dormindo ao lado de um dachshund mais gordo ainda usando uma fantasia de cachorro--quente. Galinhas no quintal de alguém, uma paisagem urbana na chuva, mas de dez fotos de um cara sem camisa, flexionando os músculos diante do espelho do banheiro. Ele reconhece alguns rostos naquela cascata: mamãe, Juaquo, ele mesmo só que mais novo. Mas não consegue se focar em nenhum porque as imagens começam a correr e viram um borrão. Ele é acometido por uma onda de mal-estar; não vai parar, só vai piorar. As imagens são só o princípio, os cem mil instantâneos da vida de um bando de estranhos; atrás deles há informação, um mar de informação correndo por todos os lados para afogá-lo. Ele sabe exatamente quantos pacientes há neste hospital e por que estão ali; ele sabe a pressão arterial e o ritmo cardíaco e a oxigenação e os cronogramas dos remédios. Ele sabe que em algum lugar deste prédio um homem acaba de enviar uma mensagem aos irmãos — "O papai está nas últimas, vocês têm que vir" — e que, em outra ala, um bebê de carinha avermelhada de tanto gritar acabou de conhecer os avós na Argentina via Skype.

Ele sente que sua cabeça vai explodir.

Alguém está agarrando seus ombros com a força de um torno. A única coisa mais alta que o barulho dentro de seu cérebro é a voz de sua mãe.

— Cameron! — grita ela. — Respira!

Só que ele não consegue. Parece que todo o sistema no seu corpo entrou em modo de economia de bateria enquanto ele se concentra com toda força que tem para fechar a porta do cérebro que está deixando tudo entrar, e entrar muito rápido. Seus lábios se contraem e formam um *rictus*, exibindo os dentes trincados. Em algum lugar, uma voz masculina berra a palavra "convulsão" e, ao mesmo tempo, Cameron sente uma picada na coxa. Um instante depois, o barulho se dilui e começa a sumir. Mas não é isso, pensa ele. O barulho continua lá. É sua mente que ficou nebulosa, que reduziu o ciclo, que passou a repelir a informação em vez de processá-la, recusando-se a recebê-la.

Um cérebro que parece um servidor sobrecarregado.

Quando acordar, ele vai ter que pensar melhor nisso aí.

5

UM SINAL RECEBIDO

NAS TREVAS SILENCIOSAS entre os mundos, Xal vaga, à deriva, sem saber de nada.

Ela está sozinha, tão desancorada quanto o navio em forma de andorinha que a transporta: desatrelada de tudo em um ponto entre pontos, nem aqui nem lá. Do lado de fora, não se vê nada, nada além da nulidade. Ela está em uma dimensão fora do espaço e do tempo, uma sala de espera da qual poderia passar para qualquer uma de cem galáxias. Não há estrelas, não há sons; só um silêncio escuro que se equipara ao que ela tem na mente, tão infinito, tão vazio quanto. Faz muito tempo que ela está aqui, embora não saiba disso. Sua consciência está em pausa enquanto o corpo dorme, suspenso nas trevas, esperando para ser despertado e renascer. Desprovida de todas as suas melhorias, ela é pequena e vulnerável, pouco mais de um palmo de ponta a ponta, encolhida como uma minhoca rosada e robusta. Ela se encasula nos apêndices tentaculares que se desdobram partindo do crânio e envolvem seu corpo, escondendo-o. A ponta das espirais são explosões de carne, espalmadas como dedos sem ossos; algumas delas desaparecem nos portais minúsculos nas laterais de sua cápsula de sono, indo para dentro da nave em si, remexendo-se conforme a informação passa de Xal para o *mainframe* e volta. É o que registra sua presença, como tem feito em todo ciclo desde que ela entrou ali.

Uma ocupante em rede.

Estragos críticos a tecido orgânico.

Recomenda-se atendimento médico.

Por um instante, Xal se remexe e o que a nave sente também se vê: um amarfanhado de tecido chamuscado e enegrecido, visível apenas entre as espirais numa ondulação delicada do casulo que ela mesma gerou. Esticados e desenroscados, à plena extensão, seus tentáculos avariados penderiam frouxos sobre um olho sem pálpebra, a rede neural dentro deles lançada em trevas permanentes. O restante de sua carne carrega um complexo desenho de cicatrizes fractais, mas esta parte não está marcada; está derretida, tão morta e inútil quanto carne carbonizada. E, mesmo que houvesse tripulação a bordo para lhe dar atendimento, não haveria o que fazer. Podiam remover o tecido necrosado, mas os danos são mais profundos. É por isso que, mesmo no sono sem sonhos que o criocasulo possibilita, as ondas cerebrais de Xal têm picos periódicos quando seu sistema se entope de hormônios de estresse, todos zelosamente registrados pelo programa de sentinela vigilante e indiferente.

A ocupante está descansando, mas não está em paz.

Não haverá paz enquanto ela não destruir o inimigo de seu mundo.

Se pudesse sonhar, em cada sonho ela iria rasgar o velho até deixá-lo em pedacinhos. Ela pintaria as trevas com seu sangue e preencheria o silêncio com seus gritos. Ela arrancaria sua vida com a mesma brutalidade e meticulosidade que ele teve ao arrancar a dela. Mataria o velho de dentro para fora, arrancando tudo de importante do seu corpo até que a morte fosse um ato de misericórdia. Ela garantiria que fosse lento. E, quando o sonho terminasse, faria de novo. É claro que a fantasia da vingança nunca seria comparável à realidade, mas é um passatempo agradável. Uma ocupação. Uma distração. Algo que a faz esquecer o vazio vasto e tenebroso que ela encara tanto lá fora quanto ali dentro.

Dentro da nave, tudo é silêncio e estática.

Até que, de repente, não é mais.

A solidão é a primeira coisa que se registra quando a consciência de Xal se ativa. Sua respiração se acelera, suas pupilas se dilatam nos olhos cegos. É assim que ela sabe que acordou — não por causa do que sente, mas do que não sente. Antes, sair do sono era como voltar para casa, sua mente envolta pelo ruído cálido e reconfortante da colmeia, suas sinapses disparando com o ímpeto eufórico da conexão. Sua própria voz interna era uma nota forte, um sustenido, uma de milhões em um grito harmônico e glorioso que durava a eternidade. Agora, ela desperta com o silêncio dolorido de muito espaço vazio. A única voz que tem na mente é a própria, tão pequena e fraca que mal deixa uma marca no vazio.

É isso que o velho — o Inventor — tirou dela. É isso que ela não pode perdoar... e o motivo pelo qual não pode se perdoar. Ela era a encarregada dele; ela devia saber, devia ter percebido a perfídia por trás de suas promessas. Ele disse que ia fazê-las evoluir. Em vez disso, ele as destruiu.

As cicatrizes que recobrem seu corpo não se comparam ao horrendo vazio onde antes existiu seu povo. Ela ainda ouve os gritos dentro da cabeça, a harmonia substituída pelos berros de perplexidade e angústia que, por sua vez, foram substituídos pela nulidade. A destruição foi devastadora; todo o trabalho desfeito, perdido no temível silêncio das mentes desvinculadas, a conexão para sempre partida. Ela nunca poderá se reconstruir, não do jeito que era. Disso ela sabe, mesmo que as anciãs não. Foi por isso que ela abandonou as ruínas e veio para este lugar nenhum. É por isso que ela espera há tanto tempo. Ela espera...

Por isso.

Xal está totalmente desperta, seu corpo avivado por energia ardente — não a dela, mas a *dele.* O perfil eletromagnético da obra de seu inimigo é inconfundível. Cada célula no seu corpo dispara como eletricidade pela malha de cicatrizes queimadas na pele.

Este é o segredo de Xal. Este é o dom de Xal. E esta será a desgraça do Inventor, porque sua arma não só a deixou marcada; a arma a *transformou.* Sua energia se ilumina de dentro para fora, como faziam as vozes de seu povo. É o que a impele. Ele pode fugir até os confins distantes do cosmos, mas nunca conseguirá se esconder dela.

O sinal dura apenas um instante, mas é o bastante.

Em questão de minutos, o rastreio está finalizado. Se tivesse voz, Xal riria do que se revela. De todos os lugares onde o Inventor poderia tentar se esconder, ele escolheu o rincão mais imundo no universo conhecido. Talvez ele achasse que ninguém pensaria em procurar lá; a espécie dominante no planeta é burra demais para perceber que há um intruso entre ela. E tudo bem. Ela espera que tenha gostado de seu período de exílio. Aliás, ela torce para que ele esteja se sentindo tão seguro, tão a salvo, que tenha se esquecido de ser cauteloso. Será um gostinho a mais quando o encontrar: quando assistir à confiança dele se dissipar, quando vir o horror se alastrar pelo rosto do velho. Quanto mais acomodado e alegre ele estiver na vida de fugitivo, mais prazeroso será arrancar tudo que ele tem.

Ela define as coordenadas e se recosta, saboreando o solavanco resoluto quando a nave deixa o éter e entra em movimento. Uma andorinha alçando voo pelas estrelas, com Xal segura em seu ventre. Ela sabe que é só o começo, e que a jornada será tortuosa e difícil. Dezenas de saltos interdimensionais a aguardam e, com eles, a dor. Sem a força de seu povo à qual recorrer, sem nenhuma melhoria para a defender, seu corpo espancado sofrerá todo o impacto de cada salto.

Mas a dor é passageira. A dor não é nada. Ela terá sua vingança e, verdade seja dita, não tem pressa.

Quanto mais tempo levar para chegar ao destino, mais vívida se torna a imagem que ela cria, repetidamente, do velho ao morrer.

6

O QUE ACONTECEU A CAMERON ACKERSON?

É UMA TARDE perfeita no fim da primavera, reluzente e com um calor fora de época. No lado oeste da Walker Row, Shawn e Jerome Coleman estão andando de bicicleta de um lado para o outro, pulando no meio-fio, testando quanto tempo conseguem manter o equilíbrio só com a roda de trás. A cada vez que chegam perto do fim da rua, eles param e se demoram na frente do número 32, a casa de tijolos descorados com a porta amarela.

— Duvido você bater ali — desafia Jerome.

— De jeito nenhum — diz Shawn.

— Qual é. Não tem como ele atender.

— Ah, é? Então bate você.

O mais alto fecha a cara.

— Nem. De jeito nenhum.

Em vez disso, eles encaram a casa, que parece encará-los também. E talvez esteja encarando, mesmo. Talvez *ele* os esteja encarando. As cortinas estão sempre fechadas, mas eles sabem que ele está lá dentro.

Todo mundo sabe que ele está lá.

O youtuber que foi atingido por um raio no meio do lago, e que voltou... mudado.

Cameron não está nem aí para os garotos lá fora. Ele sabe que eles estão lá — o pequeno tem um iPod velho no bolso e o maior às vezes fica na varanda, duas casas depois da sua, jogando um desses games de bolso para crianças. Mas a presença deles é só ruído de fundo, fraco, fácil de ignorar. É por isso que ele gosta daqui, do porão, onde não há nenhum barulho fora o chiado de seu HD e luz alguma fora o brilho de suas telas. Quando se concentra, Cameron consegue fingir que o mundo lá fora nem existe, que ele está sentado no meio de um universo com paredes de concreto que tem só uns poucos metros para cá e poucos metros para lá.

— Cam? Querido? — A voz da mãe está abafada. No alto da escada às costas dele, uma porta range e o recinto ganha meio tom de luz, revelando a bancada de computadores à sua frente e um tampo de mesa comprido com os restos destruídos do seu visor de navegação e do estabilizador de câmera. Assim como o próprio Cameron, o equipamento sobreviveu ao naufrágio, mas avariado. Nunca mais será o mesmo.

Pés se arrastam, hesitantes. A mãe está pensando em descer. Ele torce para que ela não desça. Toda vez que ela chega perto dele, traz uma carga de bagagem emocional: culpa, preocupação, pena, medo. É tão densa e tão pesada que Cameron sente que vai sufocar. O arrastar de pés para na frente da porta. A voz da mãe fica mais clara, mas mais suave.

— Cameron? Eu fiz sopa. Estou saindo para o serviço, então eu vou... enfim. Você esquenta se quiser. — Ele a sente lá em cima, olhando para sua nuca. Ele não se mexe. Mais pés se arrastando — *Por favor, vai embora*, pensa ele —, e, então, depois de um suspiro, ela vai. A porta se fecha, o porão volta a ficar nas sombras e ele volta a ficar sozinho.

Cameron se afunda mais no sofá afundado e assiste às telas à sua frente que ganham vida. Cada uma delas roda um jogo diferente, três avatares de arma em punho que vão detonando diferentes paisagens ao mesmo tempo. Seus olhos ficam vidrados quando ele se foca, deixando as cores e as texturas o inundarem, surfando fundo nas ondas de código da guerra digital. Se não for interrompido, ele pode passar horas nisso, numa cruzada por cada reino, como um deus. Aqui, ele tem controle total. Aqui, ele pode correr, voar, destruir os obstáculos e os inimigos como se desse um peteleco numa sujeirinha. Aqui, ninguém fica olhando para suas cicatrizes nem pergunta do acidente; aqui nem sequer sabem seu nome, só seu apelido. Ele se denomina Lorde Respawn.

É disso que ele mais gosta nos jogos: aqui, Cameron Ackerman não existe.

Ele não deixa de perceber a ironia. No dia em que foi ao lago Erie, meras três semanas atrás, tudo que Cameron queria — tudo que *sempre* quis — era que o mundo soubesse seu nome. Agora o mundo sabe, e Cameron está tão cansado de si que preferia morrer a ter que gravar outro vídeo. O último que ele subiu no YouTube está batendo dois milhões de visualizações. Todo dia ele recebe comentários implorando por conteúdo novo. Archer Philips continua lhe mandando e-mails, perguntando se ele quer colaborar numa trollagem; o velho Cameron teria gargalhado com gosto ao ver uma mensagem dessas. Agora, o e-mail só serve para lembrar que o velho Cameron se foi.

As imagens do relâmpago se tornaram um viral instantâneo; quando recobrou a consciência no hospital, Cameron já tinha virado notícia no mundo inteiro e seu número de seguidores havia disparado. Uma dezena de celebridades tuitou mensagens de melhoras enquanto ele se recuperava, e uma das Real Housewives — ele não lembrava qual nem de que cidade — lançou uma vaquinha virtual para pagar suas despesas médicas e comprar um novo *Peixe-lua*, que tinha sido destruído. No fim das contas, eles nem precisaram. A mãe dele, que era mais entendida de redes sociais e *branding* do que Cameron lhe daria crédito, negociou os direitos exclusivos de sua primeira e única entrevista sobre o acidente por um total de seis dígitos, e seis dígitos altos. Ele deu a entrevista do leito do hospital, tão grogue dos analgésicos que mal se lembrava de uma palavra que havia dito.

Cameron não está nem aí. Ele nem assistiu. Ele não quer mais ser famoso. Ele não quer fazer uma *live* no Twitter da sua formatura do ensino médio a três mil pratas por post, nem fazer uma festinha de *influencer* para todos os colegas que mal falaram com ele nesses anos, mas que agora, de uma hora para a outra, dizem que são seus melhores amigos. Não quer fazer selfies nem trocar telefone com meninas quaisquer que o viram quase se afogar, independentemente de quantas vezes Juaquo ressalte que em algum momento seus quinze minutos de fama vão passar e ele devia aproveitar as *groupies* enquanto dá. Ele está cansado de ver a própria cara na tela. De vê-la em qualquer lugar, na verdade.

Isso é outra coisa legal do porão: não só é escuro como também não tem nenhuma superfície que reflita.

A cicatriz é a primeira coisa que ele vê quando encara o espelho. O ponto onde o raio entrou em seu corpo está marcado por uma ferida na forma de uma árvore fractal; o tronco envolve seu ombro e acaba atrás da orelha, os galhos agarram as curvas do pescoço e do crânio como cem dedos aracnídeos. O último e mais comprido termina em um rabisco torto perto do canto do olho direito, o olho que todo mundo diz que ele teve sorte de não perder. Ficou parecendo uma assinatura, como se o raio quisesse o crédito pelo que fez.

Nos dias bons, ele imagina que ainda vai se acostumar com a cicatriz. Sua mãe diz que não vai dar para perceber quanto a parte chamuscada do cabelo crescer de volta. Quando Juaquo o visitou no hospital, ele chegou a dizer que Cameron tinha ficado *melhor* — "tipo um vilão do James Bond" — e passou dez minutos tentando explicar a uma Raquelle Ackerson furiosa que aquilo era um elogio. Cameron não tem tanta certeza, mas foi um alívio perceber que a cicatriz não o incomoda, não tanto assim. Não que algum dia ele fosse virar modelo, afinal, e o que Juaquo falou fazia sentido: sua aparência ficou mais interessante. Mas não foi só seu rosto que mudou. O ponto por onde a eletricidade saiu queimando foi o que sofreu mais danos e isso não tem *nada* de legal: uma cavidade na parte mais densa do calcanhar, onde a carne necrosada foi cuidadosamente removida pelos cirurgiões e depois ganhou enxertos.

Ele ficou com vinte porcento de pé a menos e lesões nos nervos do que sobrou. Cameron caminha mancando, e caminhar dói. Mesmo que o deixem se formar no mês que vem — outra vantagem de virar o aluno mais famoso do colégio da noite para o dia —, a ideia de se arrastar pelo palco na frente de todo mundo para pegar o diploma lhe causa horror. Alguém ia gravar e colocar na internet. E aí? Aí ele ia viralizar de novo. Historinha de superação. Só de pensar nisso ele fica com raiva.

Sua terapeuta diz que a raiva faz parte do processo. Foi a mãe de Cameron que armou mais essa; ele tem encontros semanais com a dra. Nadia Kapur. Ela faz sessões até por vídeo, o que ele admite, mesmo que relutante, que é um jeito bem esperto de garantir que nunca tenha desculpa para perder esse compromisso. E Kapur não é de todo mal. Ela é esperta, engraçada e conversa com ele como uma pessoa normal. Nunca lhe pediu que fizesse coisas bobas, tipo desenhar como ele se sente. Mas, quando ela lhe diz que sua vida mudou e que ele vai ter que lidar com a perda da pessoa que era antes do acidente, como lidaria com uma morte de verdade, a vontade que ele tem é de dizer que ela não entende. O problema de Cameron não é lidar com o que ele perdeu. É aceitar o que ele ganhou.

Ele não quer aceitar. Ele não queria nada *disso.*

De início, ele não sabia o que era para entender — nem seus médicos, que foram dando todo tipo de diagnóstico, desde acufeno até lesão cerebral. O barulho dentro da sua cabeça ficava esmagador toda vez que ele recobrava a consciência; na primeira semana, Cameron não conseguia ficar mais que cinco minutos acordado por vez antes de levar as mãos à cabeça e começar a gritar. Os enfermeiros tinham que vir correndo para sedá-lo. Acabaram concluindo que o relâmpago ainda estava afetando a atividade no cérebro de Cameron, o que explicaria tudo, desde as convulsões até os estranhos resultados de seu eletroencefalograma. Mas era só um chute, uma explicação que fazia algum sentido para os médicos acharem que haviam cumprido seu serviço. E Cameron sabia que estavam errados.

Ele não estava estragado. Ele estava melhorado.

Conforme se recuperava, ele ficava mais forte, passava a ter mais controle; o bombardeio de informação que acontecia toda vez que ele acordava passou de um tsunami incontrolável a um fluxo constante. Ele conseguia restringir o fluxo quando se concentrava, embora nunca conseguisse silenciá-lo por completo. Foi só no dia em que voltou para casa que entendeu de vez o que aquilo significava. Ele esperou até a mãe sair para o supermercado e foi direto para o porão — no escuro, no silêncio, onde a única máquina era o velho computador do pai, juntando poeira mas ainda funcional. Quando era criança, Cameron gostava de jogar naquele computador; agora ele precisava do computador para testar uma hipótese que qualquer pessoa racional ia rejeitar de imediato porque soaria completamente implausível. Só de considerar a ideia ele já achava que estava com uns parafusos a menos. Talvez estivesse. Talvez fosse tudo um delírio. Se o experimento não desse certo, ele subiria imediatamente do porão e diria à mamãe que infelizmente o raio havia transformado seu cérebro em patê e que, se ela não se importasse, o melhor era ele desistir de tudo e morar no porão para o resto da vida, né?

O computador tinha um protetor de tela que entrava automaticamente se você o deixasse muito tempo parado. Cameron ligou o computador e esperou, assistindo à tela ficar escura e um cardume de peixes bitmap começar a nadar de um lado para o outro. Ele voltou o foco para dentro enquanto os peixes passavam, ouvindo as trevas de sua mente. Filtrando o ruído, pouco a pouco, até ouvir uma só voz falando um idioma estranho que ele nunca aprendeu, mas que de algum modo entendia.

Cameron se concentrou e respondeu.

Na tela, os peixes piscaram e começaram a nadar mais rápido. A nadar em círculos. A nadar um de encontro ao outro e explodir para todos os lados. A se multiplicar, de barbatana em barbatana e de cauda em cauda, formando um complexo padrão caleidoscópico que começou a se ampliar como uma mandala. Uma flor feita de peixes. A flor ficou estática quando ele deu um passo à frente, a mão estendida, para tocar a tela. O calor que irradiava das entranhas do computador era tão intenso que o assustou; ele saltou para trás, soltando a respiração que ele não percebeu que estava prendendo, encerrando sua participação no diálogo que vinha acontecendo apenas na sua mente. Na tela, os peixes bitmap se dispersaram e voltaram a nadar languidamente. Cameron os observou de olhos vidrados e pensou: *Puta merda.*

Não era uma lesão cerebral. Não era um delírio.

Havia uma palavra para o que ele havia acabado de fazer.

Para o que ele havia se tornado.

Cibercinético.

Na segunda-feira, Cameron encara o celular e franze o cenho: ele consegue ouvir o diálogo digital na mente, mas uma comunicação de duas vias é... difícil. O software, bem mais avançado que o protetor de tela no computador velho do pai, exige mais foco, mais sutileza. Ele se concentra, encarando o próprio reflexo no espelho preto da tela, e pensa: *Responde.*

Vai.

LIGA, CUZÃO!

A tela continua preta e sem vida.

Então, de repente, ela vibra na sua mão.

— Desculpe — diz a voz delicada da assistente virtual. — Não entendi.

Cameron sorri.

Na terça-feira, ele deixa o celular em cima da mesa, vai até o outro lado do quarto e dá uma instrução mental para o aparelho tirar sua foto. O celular obedece imediatamente; Cameron consegue *sentir* a foto ganhar existência quando o obturador digital clica. Ele fecha os olhos e se concentra; a quatro metros e meio, o celular abre na mesma hora um app de edição e segue suas ordens. Quando ele acaba de cruzar o quarto, o produto final está exibido na tela: o quarto de Cameron sumiu da imagem, substituído por um passadiço na Estrela da Morte, com o próprio Cameron fazendo um sinal de paz atrás de Darth Vader. Sobre sua cabeça há um gif de texto piscando que diz: EU SOU O DROIDE QUE VOCÊ PROCURAR.

Cameron morre de rir, depois se assusta com a voz da mãe às costas.

— Cam? Está tudo bem?

Ele se vira, pronto para gaguejar uma explicação, depois percebe que não precisa. Em vez disso, ele vira o celular para mostrar a imagem — uma imagem que não tem nada de incomum, a não ser que se soubesse que ele a criou só com a mente.

— Fofo — comenta a mãe. — É isso que chamam de meme?

Na quarta-feira, ele usa os poderes para abrir a câmera frontal do celular da vizinha e tira uma selfie horrorosa que vai fazer com que ela dê um berro assim que a vir.

Na quinta-feira, ele reprograma o DVR da Walker Row, 42, três casas depois da sua, para apagar o conteúdo e substituir cada gravação com um episódio da maratona do Animal Planet de *Meu gato endiabrado*.

Na sexta-feira, ele chega mais longe — até a esquina da rua, onde o sr. Papadapoulos, o vizinho babaca que confisca toda bola ou frisbee que cai sem querer no seu quintal e que uma vez tentou atirar no gato de Cameron com a espingarda de chumbinho, deixou o laptop aberto enquanto fumava um cigarro na rua. Cameron toma o controle da máquina, direciona seu navegador para a Amazon e encomenda dezessete tubos extragrandes de creme de hemorroidas para entregar no escritório do homem. Embrulhados para presente.

No sábado, Cameron relembra o incidente com o gato e a espingarda — e volta para o HD de Papadapoulos, onde faz uma curadoria das muitas, mas muitas selfies do homem nu e as anexa a um e-mail para a mãe de Papadapoulos.

O pobre Capitão Grudopatas faleceu há tempos, mas o que vale é o princípio da coisa.

No começo, explorar as novas possibilidades é maravilhoso. O zumbido na mente de Cameron — a cacofonia ensurdecedora, como um microfone que entrou fundo numa colmeia lotada — virou uma vibração aconchegante. Cada aparelho, desde seu celular até o termostato digital, responde aos seus pensamentos com disposição e cortesia: *O que posso fazer por você?* Mas ele não demora a perceber que ter um acesso telepático à vida dos outros nem sempre é bom. Às vezes é um completo terror. Se a pessoa tiver uma identidade secreta na internet, é impossível escondê-la de Cameron. Ele não tem como não saber, mesmo quando não quer... e a verdade é que ele quase sempre não quer saber. Já foi ruim perceber que a sra. Clark, a gentil vizinha de meia-idade, passa a noite fazendo *catfish* com caras no OkCupid usando fotos da filha, ou que seu orientador vocacional passa as noites tentando convencer estranhos da internet de que a ida do homem à Lua foi armação. Mas o pior é o que se esconde nos aparelhos das pessoas de quem ele gosta. Na primeira vez que Juaquo passou lá depois do acidente, Cameron deu uma espiadinha cibernética no celular do amigo... e se arrependeu na hora. Foi a paisagem digital mais deprê em que já tinha entrado: nenhum contato recente, nenhuma participação em fórum, nenhuma *tag*, nem chat, nem comentário, nem *snaps*. A morte da mãe foi como uma explosão nuclear que reduziu a vida social de Juaquo a uma pilha de escombros. Não havia sinal do cara que Cameron conhecia, sociável e popular e sempre aprontando alguma. Em vez disso, o celular de Juaquo era de uma pessoa que não mantinha contato com ninguém, que não namorava, nem ia a restaurantes, nem mexia no carrão clássico *lowrider* que ele e a mãe costumavam levar ao clube de automóveis de Cincy nos fins de semana. Em vez disso, os registros de GPS de Juaquo mostravam que ele dirigia de casa para o trabalho e do trabalho para casa, um dia após o outro... exceto nas sextas, quando fazia um desvio depois do serviço para entrar na zona mais barra-pesada da cidade, sempre depois de sacar duzentos dólares num caixa rápido. Essa última ainda deixa Cameron apreensivo. Ele não sabe o que Juaquo vai fazer naquele bairro. Mas sabe que, da última vez que o amigo foi lá, ao voltar ele passou uma hora no celular pesquisando armas.

Cameron preferia não saber disso. Porque, quando se vê uma coisa dessas, é razoável pensar que você devia *fazer* alguma coisa, estender a mão e tentar ajudar — mas como? Como se explica ao seu melhor amigo que você sabe de alguma coisa que ele não quer contar para você? Quanto mais fácil é Cameron se comunicar com o celular no bolso do amigo, mais distante Juaquo parece ficar.

Foi aí que Cameron decidiu que não queria mais. Ele não quer nada disso. Ele odeia saber tanta coisa e se odeia por deixar esse conhecimento entrar na sua cabeça. Se fosse uma pessoa melhor, ele encontraria uma maneira de parar. Ele se sente um bisbilhoteiro, servindo-se de informações que não devia saber. Até aqueles que não fazem coisa feias por trás da segurança de suas telas têm segredos. Sua mãe, por exemplo, tem um aplicativo de encontros no celular. E *usa*. A ideia de sua mãe saindo com caras faz Cameron sentir tanto nojo quanto culpa; ela nunca tocou no assunto, mas ele devia perguntar. É óbvio que ela namora. Por que não? E quem é o cuzão que tem que levar um raio na cabeça para perceber que a mãe é uma pessoa com vida própria? Faz algum tempo que ela vem saindo com o mesmo cara, um sujeito chamado Jeff, que Cameron até se dispõe a admitir que é gente boa. Mesmo depois de devassar os dados da mãe atrás do nome e do endereço de Jeff — seguido de um mergulho profundo no Google à moda antiga para ver a vida digital do cara, além de mais uma hackeada básica —, ele não encontrou nada além de uma leve obsessão por *Star Wars* e uma batalha contra um fungo na unha do pé, ainda sem vencedor. Mas sua mãe conta tudo para o cara, coisas que Cameron nem sabia, coisas *sobre* Cameron que ela nunca admitiu. O celular no bolso dela é como um caixa de Pandora dos horrores, a qual Cameron não consegue deixar de abrir mesmo que saiba que sempre, sempre vai desejar não ter aberto. Ela acha que o filho tem problemas emocionais. Ela acha que é tudo culpa dela. Ela queria ter feito muita coisa de outro jeito. Ela se preocupa com o isolamento, com a dor, com as cicatrizes, com o futuro dele — principalmente com o futuro, pois ela teme que ele não tenha um. Noites atrás, ela mandou uma mensagem para Jeff:

Ele não é mais o mesmo.

Eu não sei o que eu faço.

Eu não quero que ele passe o resto da vida sozinho.

Jeff respondeu:

Eu entendo, mas de repente é o que ELE quer.

Para um carinha aleatório de meia-idade com um fungo imbatível no dedo do pé, o Jeff até que era perspicaz.

E *é* isso que Cameron quer? Semanas antes, ele teria dito que não, claro que não. Ele queria o que todo mundo quer: que gostassem dele, que o notassem, que fosse cercado de amigos. Que ele pudesse conhecer uma garota — porque, pelo amor de Deus, ele nunca havia tido uma namorada, nem sequer tinha beijado uma menina fora uma vez, para pagar uma prenda, e ouvindo risadas, porque todo mundo sabe que Cameron Ackerson havia passado a vida ouvindo o temível vamos-ser--só-amigos. Ele queria fazer faculdade e conhecer gente nova e ter uma vida grandiosa, plena, empolgante: esposa, filhos, casa, bichos, o sonho inteiro. É óbvio que ele não queria ficar sozinho.

Mas isso foi antes. Agora, estar em meio a outras pessoas significa estar em meio a aparelhos, com os dentes trincados de tanto ruído. Ele mal consegue andar pela rua ou pegar um ônibus sem ser bombardeado por dados. Como vai ser quando estiver de volta a uma sala de aula? Ou quando morar num dormitório estudantil, um prédio com centenas de garotos, cada um com um smartphone no bolso? Já é demais levar tapas no cérebro todo dia com o conteúdo do celular da mãe, e isso vindo de alguém que ele ama e em quem confia. Como ele vai fazer amizades, como vai namorar, quando os segredos digitais mais íntimos e mais obscuros estão pairando no ar? Como ele vai fazer para não se cansar da farsa de dizer que é igual a todo mundo? Quanto mais fortes ficam seus poderes — e ficam, a cada dia que passa —, mais ele sente que está perdendo a noção do mundo real. Tem dias em que ele nem se sente mais humano.

É nos jogos que ele consegue fugir de tudo, quando ele se perde no mundo virtual, um mundo sobre o qual ele tem cada vez mais controle. Ele sempre foi talentoso, até na vida antiga, quando jogava com o apelido de sempre — mas, como Lorde Respawn, ele é imbatível. No início, conseguir se comunicar com o software apenas aprimorou seu *gameplay;* com o código do jogo na cabeça, ele previa os movimentos dos oponentes e os derrubava com um só tiro sobrenaturalmente preciso. Mas, quando vencer ficou chato, as coisas começaram a ficar estranhas... e talvez um tanto divertidas. Uma vez que começou a se desafiar, ele percebeu: com um flexionar dos novos músculos mentais, ele consegue reconstituir os jogos de dentro para fora, mudando tudo, desde a paisagem e o armamento até o que os jogadores vestem. Às vezes ele dispara em velocidades impossíveis, explodindo os inimigos com uma banana gigante em vez de uma arma. Às vezes ele altera seu avatar, correndo para um depósito e emergindo na outra ponta como Homer Simpson, ou o Shaft, ou um urso-pardo usando vestido de baile. Uma vez, ele congelou a paisagem inteira e forçou cada um dos avatares a baixar as calças e dançar o Dougie, rindo ao imaginar os jogadores do outro lado da tela apertando os botões do controle e berrando de indignação.

Hoje ele está jogando no piloto automático: dominando cada partida, matando sem dificuldade, remodelando os jogos quando dá na telha, mas, acima de tudo, curtindo a carnificina. Seu personagem está detonando um novo mapa: uma cidade vasta e reluzente que ele revestiu de arquitetura *steampunk* só para deixar mais interessante. Zepelins cruzam o céu, depositando assassinos que se enxameiam na sua direção descendo uma complexa espiral de escadarias, passarelas e andaimes. Ele se agacha sobre uma ponte inclinada com dois pináculos de vidro nas pontas, preparando suas armas bem devagar enquanto aguarda os inimigos convergirem à sua posição. Antes daquele raio, teria sido game over: ele está prestes a ser pego no fogo cruzado, encurralado e exposto, sem saída. Mas agora ele é intocável. Imbatível. As balas de seus oponentes podiam ser pétalas de rosa considerando o estrago que não causam no seu avatar invencível.

Quando uma bazuca explode a cabeça de Lorde Respawn, Cameron precisa de sessenta segundos inteiros para digerir o que acabou de ver. Seu avatar desaba da passarela e tomba no chão, explodindo em uma pilha sangrenta de pixels. Ele caiu morto no meio da ação e parece que nenhum dos outros jogadores notou. Mas Cameron, pela primeira vez nesse dia, está prestando atenção de fato. Ele para os outros dois jogos e olha para a tela que sobrou, de queixo caído.

O que foi que acabou de acontecer?

Ele se projeta para peneirar o código, esperando que o jogo dê uma explicação. Mas não há nada. Tem que ser um acaso; ele não esperava nada disso. Alguém deu sorte, pensa ele. Mas esse alguém não vai ter mais sorte. Ele dá *respawn*, arma-se com um campo de força impenetrável e sobe a escadaria mais próxima decidido, espiralando pela fachada do pináculo de vidro, de arma engatilhada e pronta. Quando faz a curva, ele quase bate de cabeça com outro avatar: ela usa um uniforme de aviadora das antigas, com óculos e tudo mais, uma maçaroca de cabelos ruivos se derramando do quepe. Está ali parada — deve ser uma garota, pensa ele; deve ter gostado do avatar e não sabe como se joga. Ele revira os olhos e segue para contorná-la.

Ela entra no ritmo dele e bloqueia a passagem. Ele tenta de novo: mesma coisa. Ela gruda nele como se fosse cola. Tudo bem, então; se ela não vai se mexer, ela que morra. Ele está prestes a atacar — quem sabe até apagar a conta da jogadora, só para ensinar uma lição a ela — quando percebe que não consegue. O sistema não responde; seus comandos são recebidos com resistência, demora, como se o fluxo de dados tivesse sido sufocado em algum ponto por mãos fortes e inflexíveis. A aviadora dá uma piscadela e faz um aceno insinuante para Lorde Respawn... e enfia uma faca de cabo comprido no seu peito. Sua indignação se evapora, substituída pela sensação penetrante no fundo do estômago. Enquanto observa seu avatar ser destruído pela segunda vez em poucos minutos, uma mensagem privada surge na tela:

Oi, marujo. Eu estava louca para te conhecer.

Não, pensa Cameron. Não tem como. Isso não quer dizer nada. Oi, marujo: é o tipo de coisa que as pessoas dizem, vem de filme ou sei lá de onde. É pura coincidência. Não tem como a pessoa por trás desse avatar saber que ele é Cameron Ackerson; como ela ia saber?

Se você me encontrar de novo, morte é exatamente o que vai ter, responde ele.
Eu sou o dono desse mapa, garotinha. Vai brincar em outro lugar.

Mas a mensagem seguinte bate ainda mais fundo no seu estômago.

Você não tem como me vencer, amigo. É mais fácil um raio atingir você de novo.

Cameron dá um berro, tão furioso que ele salta ao teclado antes de lembrar que não precisa mais de teclado — e que essa não é hora de disparar uma sequência de ofensas sem pensar. Ele recua e respira fundo. *Cuidado*, pensa ele. *Cuidado.*

Quem é você?, dispara ele.

A mensagem seguinte aparece instantaneamente.

Eu bem queria responder, mas aí teria que te matar... de novo. Me pega se puder.

Ele não hesita, mas desta vez não há resistência no sistema. A aviadora se vira para ele e mostra a faca. Ele deixa que ela dê um passo. Só um.

E a incinera.

Um instante depois, ela ressurge. Mas a sensação de antes, não. Cameron sente outra coisa, algo que não sente há muito tempo: empolgação. *Ela tá brincando comigo*, pensa ele, sentindo algo que lembra prazer. Incitando, provocando. Ela deixou que ele a matasse só para voltar: não parece uma ameaça. Parece um desafio, no melhor sentido possível. Seja lá quem for esta menina, é uma oponente digna. Ele a sente lá fora, aguardando a próxima jogada, e ao mesmo tempo percebe que não consegue prever a dela. Diferente dos outros jogadores, ela descobriu uma maneira de mascarar o código, de trancá-lo do lado de fora — ou seja, ela deu a Cameron a única coisa que ele achou que nunca mais ia ter.

Um jogo de verdade.

Foi como se ela lesse a mente dele.

Mandou bem, diz a mensagem na tela. **Vamos jogar.**

Horas depois, Cameron se recosta no sofá, o coração batendo forte, a respiração difícil, como se estivesse correndo para salvar a própria vida no mundo físico em vez de no jogo. Foi a melhor briga que ele já teve na vida. Ele havia superado todos os obstáculos, usado seus poderes até o limite e ainda assim se viu páreo a páreo a cada jogada. Sua oponente não era tão criativa quanto ele, mas tinha o mesmo talento: arrancava as armas das suas mãos na velocidade com que ele conseguia criá-las, encontrava falhas em defesas que ele havia construído para serem impenetráveis. Eles saíram correndo da cidade e entraram numa floresta, onde ele construiu uma fortaleza para si; ela arrancou um só bloco da fundação e a coisa toda desabou como uma torre de Jenga. Quando ele acertou um raro ataque direto e destruiu o avatar dela atravessado as tripas, ela se levantou com um canhão acoplado ao buraco onde ficava a barriga e retribuiu fogo enquanto ele literalmente morria rindo. Ele deu um par de braços mecânicos gigantes ao seu avatar; ela os arrancou para espancá-lo até a morte com eles. Por fim, num acordo tácito, eles devastaram o jogo lado a lado, arrasando todo jogador pelo qual passavam e derrapando até parar nos limites ermos do mundo digital: sozinhos, cobertos pelo sangue dos inimigos, olhando para a carnificina fumegante atrás de si. A cidade de vidro estava em ruínas, um zepelim empalado no alto da única torre ainda de pé. Os cadáveres digitais de outros jogadores inocentes estavam dispersos atrás deles, como bonecas estragadas. Os fóruns adjacentes ao jogo já estavam se avivando de teorias sobre a onda de choque que tinha acabado de percorrer o sistema, sendo que metade do fórum culpava *malwares* e a outra metade berrava que eram hackers chineses. Foi então que ele repetiu a pergunta — desta vez não com raiva, mas com espanto.

QUEM é você?

Houve uma longa pausa enquanto ele aguardava uma resposta. Só que ela nunca chegou.

Em um instante, ela estava ao lado dele.

No seguinte, sumiu.

Cameron pisca, percebendo os olhos secos enquanto encara a paisagem vazia onde seu avatar agora se vê só. Ele nunca esteve tão perdido em um jogo; está sentado na mesma posição há tanto tempo que não sabe mais dizer onde termina o sofá e onde começa sua bunda. Seus joelhos estalam alto quando ele se estica, o sangue fluindo de volta às partes do corpo que ficaram dormentes. Além disso, ele está mais desesperado para fazer xixi do que jamais esteve na vida.

Lá fora, o sol já baixou, e Cameron percebe, surpreso, que são dez da noite — e que ele está exausto, do mesmo modo intenso e satisfatório que costumava acontecer depois que ele passava o dia inteiro no *Peixe-lua*, caçando ventos variáveis pelo lago. Ele podia cair no sono bem ali, agora mesmo, e só abrir os olhos de manhã... não fosse a indignação da pergunta sem resposta ainda pairando na tela. Será que ele a havia assustado? Irritado? Ou teria sido o problema uma questão com terceiros, uma conexão estrangulada em reação a toda aquela largura de banda que eles vinham monopolizando com sua batalha? Ele fecha os olhos e se concentra no jogo. Sente as centenas de jogadores, até os que não estão ativos; a presença deles cria montículos de dados, da mesma forma que alguém que se esconde numa sala escura uma hora vai respirar ou mudar o pé de apoio, causando mínimas perturbações no ar. Mas, no caso dela, não. Ele não consegue nem ver o rastro que ela teria que ter deixado ao sair do sistema. É como se ela tivesse piscado e sumido da existência, largado a rede de um golpe só. Ele fica inquieto com quão repentina foi sua partida, mas não há o que fazer. Ela se foi. Ele suspira, e a tela fica escura.

É aí que ele vê. Seu telefone, esquecido na mesa ao seu lado, continua aceso — iluminado por uma única notificação que brilha no meio da tela. Com seu foco obstinado na misteriosa segunda jogadora e sua conexão instantânea, ele nem chegou a notar. Agora sua respiração arranha a garganta enquanto ele percebe: antes de ir embora, a menina enviou uma mensagem. Três palavras, mas que prometem muito:

NIA DESEJA CONECTAR.

7

UM NOVO COMEÇO

É Nia que faz tudo mudar. É graças a ela que Cameron finalmente se dá conta: ele não tem que resistir aos novos dons. Eles conversam todos os dias durante a semana posterior àquele primeiro e sensacional encontro, a batalha que o deixou esbaforido e encarando, tanto com empolgação quanto com cautela, a mensagem que ela mandou, brilhando na escuridão do cômodo. No início ele ficou desconfiado, um tanto convencido de que aquela coisa toda seria um *catfish* complexo, que ele estava sendo trollado por alguém como Archer Philips — ou sendo vigiado pelo governo, embora não conseguisse imaginar por quê. Ele não tinha contado a ninguém sobre seus poderes, nem vai. É um limite que não quer cruzar; é perigoso demais. Mesmo que não houvesse ninguém especificamente atrás dele... bom, sempre tem gente mentindo na internet. Valia a pena reter uma dose de ceticismo, e a presença on-line de Nia só fez somar ao mistério: além de ser uma espécie de super-hacker, ela era colaboradora ativa de várias redes, com centenas de milhares de amigos e contatos. Mas, quando ele tentou puxar a cortina e encontrar a menina do mundo real por trás da tela, não conseguiu nada. E ainda ficou com vergonha. Estava tentando rastrear o IP dela quando seu celular vibrou com uma nova mensagem.

Bisbilhotar é feio.

Mesmo que o rosto de Cameron ardesse de vergonha, ele não deixou de se impressionar — e de ficar mais intrigado que nunca.

No fim das contas, seus medos não tinham fundamento. Nia é plenamente, cem por cento real. Não só a parte de jogar e ser hacker — desde aquela primeira noite em que eles devassaram juntos o sistema do jogo, ele nunca duvidou de que estava na presença de uma potência —, mas a parte de ela ser uma menina? Ã-rã. E gostosa? Ô.

Quando eles se veem cara a cara pela primeira vez no chat com vídeo, Cameron imediatamente se sente envergonhado de ter duvidado dela. Não há dúvida de que ela é quem diz ser: 17 anos, esperta feito o diabo e tão linda que deixa Cameron inseguro pensando em seu cabelo bagunçado e na cicatriz na têmpora. Se Nia se decepcionou, não demonstra. Aliás, ela parece nervosa.

— Eu não posso ficar conversando por muito tempo — avisa ela. — Se o meu pai me pega batendo papo com você...

— Deixa eu adivinhar — diz Cameron. — Ele é desses paranoicos que acham que todo mundo na internet é um assassino em série ou um pedófilo.

Nia sorri.

— Quase isso. Ele ia fazer um monte de pergunta.

— Eu sou bom com pais. Você podia me apresentar... — começa a dizer Cameron, mas os olhos de Nia se arregalam.

— Ai, não. Eu... Não. Cameron, foi mal. Vou ter que sair.

A tela se apaga.

Cameron fica decepcionado — a conversa toda mal durou um minuto —, mas também se sente um pouco aliviado. Ter que olhar para Nia enquanto conversava com ela acabou distraindo-o; ele ficou nervoso, com a língua presa, sem falar no suor visível e vergonhoso. Mas por mensagens, ou na forma de avatar, ele não sente essa pressão; ele consegue ser brando, ser espirituoso, até flertar um pouquinho. No espaço virtual, não existe constrangimento. As mensagens vão e vêm sem as restrições da vergonha da vida real, e as conversas entre eles são a melhor coisa de cada dia. Não há ninguém com quem seja mais fácil de conversar do que com Nia, e ninguém o entende melhor — nem mesmo a dra. Kapur, cujo único trabalho é interpretar o que ele sente. Nia *entende* Cameron. É como se ela fosse a única que consegue captar o que ele está falando quando o mundo o deixa furioso ou indignado. Ele manda uma mensagem para ela naquela noite.

Eu queria ter mais amigas que nem você IRL. Pessoas com quem eu posso ser real.

A resposta de Nia é uma provocação:

IRL não quer dizer "in real life"? Como você vai ser mais real aqui do que lá?

Ele retruca com um emoji de cara feia.

Você sacou o que eu quis dizer. Com você eu posso ser eu mesmo. Não posso fazer isso com a maior parte das pessoas. É por isso que o colégio é uma merda: você não pode ser quem é e todo mundo topa que seja assim. Você tem que armar um showzinho, enfatizar só o que tem de aceitável em público, como se fosse um "melhores momentos" ambulante. E agora eu sei que não sou só eu. Todo mundo monta essa performance de seja lá quem se ache que deve ser, e essas performances são todas uma amiguinha da outra. Eu acho que não conheço mais ninguém de verdade.

Você me conhece, diz Nia. **Eu não sou uma performance.**

Mas pode ser. Na internet se mente com mais frequência que na vida real. Você também pode estar fingindo.

Há uma longa espera até ela escrever a resposta, o bastante para Cameron se preocupar se a ofendeu. Mas Nia não parece irritada. É uma das coisas que ele gosta nela: mesmo quando ele meio que troca os pés pelas mãos, ela nunca o ataca. A resposta dela é direta e irresistivelmente vulnerável.

Eu não sou boa de fingimento.

É de manhã cedo na cidade agora. Clima fresco, sinistro e silencioso. Uma névoa úmida e cinzenta vem do lago, seguida por um vento forte que sacode as últimas pétalas da cerejeira em fim de estação até elas se espalharem pela rua. Na Walker Row, as casas estão todas fechadas, de janelas escuras e persianas baixadas. O sol só vai se erguer daqui a uma hora. Todos estão dormindo, ou deveriam estar. Mas em uma casa — a número 32, a de tijolos aparentes com a porta amarela — um retângulo de luz brilha do perímetro da janela do porão, como tem feito toda noite nas últimas três semanas.

Cameron está fervilhando de ideias; toda vez que encerra um projeto, há mais meia dúzia enfileirados, aguardando impacientemente sua vez. Ele mexeu no design de todos os jogos que mais gosta, distribuindo passagens secretas e *easter eggs* pelo código para poder jogar todos de novo com resultados diferentes, que nunca tenha visto. Ele tem em mente toda uma série de equipamentos de musculação conectados com os biodados do próprio usuário capazes de fornecer ventilação ou compressão ou mesmo de chamar socorristas se perceber arritmia ou desidratação em nível arriscado. Ele tem um robô minúsculo, do tamanho de uma moeda, que vai e volta rastejando pelos seus ombros com patinhas sintéticas de aranha, analisa a topografia da pele e delicadamente espreme espinhas dos seus poros. Ele sabe que qualquer um desses projetos levantaria milhões com investidores, mas esse tipo de validação não é mais o que almeja. A cada noite que passa ele dorme menos e trabalha mais, seu cérebro rodando às mesmas quantidades de inspiração e cafeína. Ele ganhou um dom. Agora sabe que é um dom. Só precisava deixar de resistir, entender os usos que ele tem em vez de as desgraças. Ele entrou naquela tempestade como um garoto comum e saiu... bom, como algo mais. Muito mais. O poder de sua mente seria aterrorizante se não fosse tão incrível, tão empolgante. Às vezes parece que o relâmpago segue dentro dele, a energia estalando de neurônio em neurônio como uma série de focos de incêndio, guiando sua mão de um projeto a outro.

Eu tive um upgrade, pensa ele. *Eu sou um Humano 2.0.*

É a melhor maneira que tem de descrever o que há dentro da sua cabeça, de dizer que toda habilidade que ele encontrou naturalmente foi acelerada, incrementada, aumentada. Cameron sempre foi um *gamer*, um fuçador, um programador, combinando componentes e software que tivesse para criar tecnologias frankenstein. Mas isto é outro nível. Seu cérebro está avivado pelo fluxo de dados, enviando e recebendo e processando e resolvendo. Há tanta coisa a *fazer*.

Primeiro ele se dedicou a *se* consertar. Depois de uma turnê diurna oficial com seu cirurgião pelo laboratório de próteses do hospital e de umas ciberestripulias ilícitas na madrugada pela rede de informática de uma grande empresa de biotecnologia, ele soube exatamente o que queria — e como fazer suas novas comparsas, as máquinas, construírem. Ele se sentiu um pouquinho espião, escondido nos arbustos ao lado do laboratório de robótica pouco depois da alvorada, conectado mentalmente com a impressora 3-D lá dentro, depois batendo à porta para recolher o que havia feito com um cientista perplexo, que tinha chegado mais cedo, justamente quando a impressora estava finalizando o serviço. Cameron havia vestido uma espécie de disfarce: um boné preto e uma camisa polo branca estampada com o logotipo da antiga empresa do seu pai, a Whiz. No fim das contas, foi desnecessário. O homem mal olhou para ele; estava muito ocupado olhando por cima do ombro, nervoso, como se achasse que o laboratório era assombrado. E, se acontecesse de ele contar a alguém que um jovem mancando havia aparecido para pegar uma *coisa* misteriosa no local, bom, iam ter que passar o resto da vida procurando esse cara.

Porque Cameron parou de mancar. A prótese se encaixou perfeitamente no buraco do seu pé e se conectou com uma rede neural que sente o que seus nervos mortos não sentem. Um processador interno analisa cada movimento e leva os dados a um app, também criação sua, que interpreta e identifica o desalinho nos passos. Com o aparelho, o app e seu cérebro cibernético em diálogo constante, reaprender a caminhar foi tranquilo. Uma semana depois, ele deixou sua bengala para o caminhão do lixo. E, com os recursos certos, ele tem certeza de que uma versão orgânica da prótese é possível: terminações nervosas artificiais que se sincronizam integralmente com os circuitos do próprio corpo, enviando sinais ao seu cérebro sem necessidade de tradução. Isto ele consegue programar. Ele consegue programar qualquer coisa.

E este foi só o começo. Ele já hackeou todos os sistemas da casa e os sincronizou tanto com o boletim climático local quanto com a pulseira fitness da mãe — que ele também hackeou para analisar tudo, desde o ritmo cardíaco até a agenda dela, e disseminar os dados pela casa. A cafeteira se liga assim que a mãe sai da cama, seja mais cedo ou mais tarde que o normal. Se ela cai no sono no sofá, as luzes diminuem e o volume da TV se reduz para garantir um cochilo de qualidade. Se ela passa o dia no trabalho de pé, a geladeira se calibra na temperatura perfeita para refrescar um vinho no tempo certo que ela leva para estacionar diante de casa. Ou, se ela está voltando da aula de zumba, o termostato acerta uma temperatura confortável pós-treino. Foi uma revelação: ele descobriu que podia não só conversar com o software dentro das máquinas ao seu redor mas também fazer com que elas conversassem entre si e trabalhassem em conjunto, o que fez dele uma espécie de diplomata digital. E Cameron sabe que sua mãe gosta do que ele fez, mesmo que não entenda. Ela disse:

— Eu fico tão contente em ver que você voltou a se ocupar e ficar empolgado com os seus hobbies.

Para o namorado, ela escreveu:

> **Meu Deus do céu, a nossa casa virou SMART. Parece que eu estou morando numa cobertura da porra da Enterprise!**

Acima de tudo, porém, Cameron teve uma surpresa agradável ao perceber que, por mais que seus poderes tenham complicado sua vida, eles também são *divertidos*. Nesta manhã ele está dando os toques finais em um novo projeto de tecnologia *wearable* baseada no visor de navegação com realidade aumentada que ele já usou para se aventurar no *Peixe-lua*. Se um dia ele voltar a velejar, não precisará do capacete brega; assim que ele foi a fundo no programa, Cameron percebeu como seria fácil encolher a tecnologia e reorganizá-la para fazer algo bem, bem menor. Quando encerrar o projeto, ele vai ter um par de lentes de contato que projeta imagens diretamente no seu olho, com um fone de ouvido correspondente para o áudio — e uma plataforma de *games* que pode levar aonde quiser.

A agenda no canto superior direito da tela mostra 17 de maio. Hoje será seu primeiro dia de aula depois do acidente, bem a tempo da Semana dos Formandos. Mas ele não tem mais medo do dia. Aliás, está ansioso para que o dia chegue. Ficar sentado nos ensaios da cerimônia de formatura e ter que aguentar almoços de confraternização dos programas de bolsa vai ser muito mais divertido enquanto discretamente arrasa zumbis digitais com um lança-chamas virtual. Sem falar que ele vai gabaritar as provas finais sem estudar uma coisinha sequer. Depois de tudo pelo que passou, usar seus poderes e o aparelho conectado mais próximo para dar conta de quaisquer lapsos no seu conhecimento parece uma troca justa.

Nem parece trapaça, não mesmo. É uma coisa muito mais orgânica, como se o código tivesse se tornado sua primeira língua, que ele fala intuitivamente e com fluência. E, quanto mais ele conversa com as máquinas ao seu redor, mais ele prefere este tipo de conversa à modalidade humana. Pessoas são complicadas, difíceis, irritantes: a cada interação elas têm que vir com preconceitos e pontos cegos; elas interpretam errado, dão outro sentido ao que você diz. Ele jamais havia percebido o quanto a internet, aquele experimento grandioso que devia unir o mundo, deixou cada pessoa na Terra mais dividida e tribal que nunca. Cada um na sua bolha, dando patadas sem compreensão nem empatia, sedentos por um inimigo a se odiar.

Softwares não fazem nada disso. Eles sempre dizem o que querem e, enquanto Cameron fizer o mesmo, não há desentendimento nenhum. Quanto mais tempo ele passa se comunicando com máquinas, mais ele prefere a companhia delas... a não ser que Nia esteja on-line, claro.

O sol acabou de sair quando ele pega o celular e tira uma foto no momento em que sua nova impressora 3-D — de última geração, um presente de formatura adiantado graças ao fundo de reserva da Real Housewife — começa a chiar. Ela desvela a lente de contato, entrelaçando o silicone com filamentos delgados que contêm desde uma antena em miniatura perfeita até um processador do tamanho de um pozinho de glitter até uma minúscula célula solar. Nia vai ficar animada quando vir; a ideia foi dela. Toda vez que ele compartilha os planos de um projeto com a nova amiga, ela sempre tem uma ideia de como ele poderia fazer algo mais, deixar ainda mais legal. E, se Nia se pergunta como ele é tão bom, como ele consegue programar de maneira tão fluente e intuitiva, ela guarda para si. Ele anexa a foto e envia a mensagem. Ela ainda não vai ter acordado — o pai de Nia é rígido nos horários assim como com todo o resto —, mas a mensagem a estará esperando quando ela logar.

Lente de realidade aumentada finalmente pronta! Hora do test drive.

Cameron está exultante ao se sentar no seu lugar no primeiro período de francês, deixando seus olhos vagarem pela sala ao mesmo tempo que deixa a mente vasculhar o recinto. A lente *smart* irrita os olhos, mas a mente está completamente clara, o que é tanto um alívio quanto inesperado. O ataque violento de dados quando ele chegou ao colégio quase o botou no chão, somando-se a isto os efeitos de sua fama recém-conquistada. Ele sentia sua imagem granulada circulando pela rede, e soube que estava sendo filmado enquanto caminhava pelos corredores; sentia uma leve comichão telepática toda vez que alguém apontava o celular para ele. Mas ele nem precisaria de telepatia cibernética para saber que sua presença estava causando alvoroço. As pessoas, principalmente as meninas, ficavam sorrindo para ele no corredor e depois davam risadinhas e cochichavam assim que ele passava. Havia muitas encaradas óbvias, e as pessoas que não o encaravam eram as que faziam mais cara de quem não queria fazer cara nenhuma. Quando Cameron enfim aceitou posar para uma selfie, sentiu o impacto imediato da foto entrando na internet e acumulando curtidas e reposts. E, mesmo que não sentisse, a vibração interminável de seu celular quando a foto viralizou o lembrou do quanto as coisas mudaram. Cameron Ackerson, o Garoto Atingido por um Raio, virou grandes coisas.

Mas em algum ponto entre registrar presença na secretaria e achar o caminho até sua mesa, aconteceu uma coisa sensacional: além de ampliar o mundo à sua frente com uma camada de realidade aumentada, as lentes também passaram a servir para organizar e focar o fluxo de informação que chega até ele dos aparelhos dentro dos bolsos e das mochilas de todo mundo. O clamor dentro da sua cabeça quase desapareceu, e o que sobrou é perfeitamente gerenciável. Mas a parte mais doida é que *ele* não fez nada. Não por vontade própria. Em vez disso, de algum modo, seu cérebro e o *wearable* descobriram como interagir entre si em segundo plano, uma sincronia entre mente e máquina tão tranquila e tão inconsciente quanto respirar.

Um espectro de informação passa pela lente conforme os outros estudantes chegam, a vida digital de todos pairando sobre e em volta das cabeças como uma neblina de código. Com a vida escolar quase no fim, seus colegas de classe estão mais ocupados na internet do que nunca: postam fotos nostálgicas, compartilham os planos para a faculdade, trocam mensagens loucamente sobre a leva de festas de fim de ano que vai começar naquela semana e seguirá verão adentro. Elas desfilam por ele como nuvens de dados ambulantes, surgindo no campo de visão de Cameron como o *feed* social mais honesto e brutal que existe. Ali está Bethany Cross, que tirou sessenta selfies hoje de manhã até gostar da que postou. Ali está Alex Anderson, que posta tanta notícia falsa e fácil de desmentir que até sua mãe o silenciou no Facebook. Jesse Young está trocando mensagens picantes com a namorada do melhor amigo, que, sem ele saber, encaminhou a última foto dele para quinze amigas; isso não vai acabar bem. Malik Kowalski passou a manhã pesquisando no Google "como tem que ser o cheiro do umbigo", o que faz Cameron dar uma risadinha antes de se dar conta de que é uma ótima pergunta. E Katrina Jackson, uma das meninas mais bonitas do colégio, está num site de perguntas anônimas, enviando uma mensagem que diz "pq vc é uma puta tão nojenta"... para si mesma.

Ok, por essa eu não esperava, pensa Cameron, balançando a cabeça. Mas devia ter esperado; Katrina não só é bonita como é mestra em chamar atenção. Assim que ela postar uma captura de tela da mensagem da sua "bully", ela vai surfar na onda de solidariedade verão afora.

Humanos, pensa ele, piscando forte, e aí a tela se apaga. O que é bom, porque, quando ergue o olhar, seu professor, o sr. Breton, está bem no seu campo de visão, sorrindo e acenando, com a bolsa do laptop pendurada no ombro. Cameron sorri em resposta e força seu cérebro a evitar o foco na bolsa. Ele sempre gostou do sr. Breton. Se tem algo de bizarro ou nojento no computador do cara, ele prefere não saber.

— *Bienvenue,* Monsieur Ackerson. *Nous sommes tous très heureuses de vous en voir. Vous allez bien, j'espère?*

— *Très bien, monsieur* — responde Cameron. — *Merci.*

Quando a aula começa, ele envia outra mensagem para Nia, mesmo que ela não tenha respondido à primeira.

Até agora a lente é sensacional. E você, o que tá fazendo?

Quando ele entra na última aula do dia, com o cérebro rodando interferência em segundo plano e o barulho na sua cabeça no mínimo, Cameron está mais que disposto a ir para casa. Ele se sente cansado de uma maneira que não se sentia fazia semanas, o cérebro exausto de gerenciar o tráfego digital de um prédio cheio de adolescentes totalmente tecnológicos. A vibração do celular no seu bolso é mais incômoda que empolgante. A única pessoa de quem ele quer notícias é Nia e ela segue sem responder.

A tarde está quente, e as pálpebras de Cameron começam a cair, a voz de seu professor de história dando a última aula do dia transformando-se em um zumbido monótono de fundo quando o rosnado áspero de uma voz irritada irrompe no seu ouvido.

E TUDO ISSO PRA ELES FICAREM COM OS *SEUS* EMPREGOS! COM OS *SEUS* DIREITOS! COM TUDO QUE É *SEU*!

É tão alto que Cameron dá um pulo e os joelhos batem na parte de baixo da mesa. As pessoas se viram para olhar, mas ele mal percebe; elas passaram o dia o encarando. É na voz que se foca, espumando tanto ódio que ele mal consegue se concentrar. Parece que ninguém mais ouve. Por um segundo Cameron se pergunta se está ficando maluco... até perceber que a voz vem da sua mente. O display nas lentes está piscando, indicando bateria baixa.

É claro, pensa ele. Ele passou o dia em ambientes fechados; a célula solar precisa de luz para carregar. Até lá, a lente não vai conseguir lidar com o volume de dados que passa pela sua mente. Ainda mais com alguém da sala ouvindo o *streaming* daquele podcast. É a fonte da voz, que berra:

AS CRIANÇAS AMERICANAS ESTÃO MORRENDO, MORRERAM, SIM, UM MONTE, CRIANCINHAS INOCENTES, E O GOVERNO DIZ QUE É SÓ UMA GRIPE MUITO FORTE?! SÃO OS IMIGRANTES ILEGAIS QUE CRUZAM A FRONTEIRA TRAZENDO PATÓGENOS PARA OS QUAIS OS NOSSOS BEBÊS NÃO TÊM DEFESA.

Cameron revira os olhos. *Blergh. Aquele cara.* Ele conhece a voz; é de Daggett Smith, o Exterminador de Verdades. Muito, muito tempo atrás, Smith era um sujeito que vivia de polêmicas que foi chutado das rádios por fazer ameaças sexuais à filha de um político, quando a menina tinha 13 anos. Mas o que as redes normais se recusam a tolerar, a internet recebe de braços abertos; nos últimos dois anos, Smith ficou conhecido como youtuber crítico, autor independente e comandante em chefe de um exército radical de teóricos da conspiração da internet. O cara não tem nenhuma vergonha na cara e não se acanha de enviar suas hordas atrás de gente inocente, até de crianças, como muitos colegas de Cameron descobriram da pior maneira possível há poucos meses. A produção de *Amor, sublime amor* do clube de teatro do Colégio Center City, em que trocaram os personagens masculinos por femininos e vice-versa, era uma brincadeira inofensiva — umas amigas de Cameron no Clube de Robótica chegaram a fazer testes e foram escaladas para o papel de líderes das gangues rivais, brandindo as facas — até que alguém, provavelmente um pai descontente, alertou Smith quanto à existência da peça. Do dia para a noite, todo aluno envolvido na produção virou alvo do exército de trolls do Exterminador de Verdades, enquanto as caixas de mensagens do colégio explodiram com recados cáusticos que acusavam a equipe da escola de doutrinar crianças inocentes para a Primeira Igreja Reformista dos Paladinos de Gênero Fluido do Politicamente Correto. Foi questão de tempo até alguém ligar e fazer uma ameaça de bomba. Daggett Smith comemorou o cancelamento da peça como uma vitória da verdade, da justiça e do *American way.* Neste meio-tempo, a escola passou dois dias fechada enquanto a polícia procurava explosivos e as colegas arrasadas de Cameron acordavam todo dia com mais mensagens de ódio dos devotos de Smith.

Cameron costumava se perguntar que tipo de pessoa se dispunha a ouvir qualquer coisa que esse cuzão tivesse a dizer. É inquietante saber que ele está sentado na sala com um deles, em contato direto.

VOCÊ OUVIU FALAR DE VARÍOLA QUE BOTAVAM NOS COBERTORES? POIS É, ESSA VARÍOLA VEM NA BURKA. ELAS TRAZEM PRA CÁ E ESPALHAM. EU NEM DEVIA CONTAR ISSO PRA VOCÊS. EU ESTOU COLOCANDO A MINHA VIDA CONTANDO ISSO. O GOVERNO NÃO QUER QUE VOCÊS SAIBAM A VERDADE, MAS AS PROVAS ESTÃO AÍ!

Um feixe de luz do fim de tarde desceu sobre a mesa de Cameron e ele entortou o pescoço para a célula solar na lente ganhar uma carguinha. *Só um pouquinho de carga*, pensou, *para eu não ter que ouvir essa porcaria.* Mas, mesmo enquanto tenta dessintonizar o discurso de ódio, ele não consegue deixar de procurar a fonte. Um instante depois, está bisbilhotando o celular de um garoto chamado Mike Wilson, um garoto lento com um problema sério de acne e ainda mais sério de tesão por Smith e seu culto de ódio. Uma espiada nas redes sociais de Mike confirma que ele é fã de carteirinha dos "Vermes do Daggett", e uma ciberpassadinha no banco de dados do colégio revela que não deve ser a primeira vez que o garoto sintoniza um desses discursos inflamados de Smith em vez de prestar atenção na aula. *Média D+*, pensa Cameron, vasculhando o histórico escolar de Mike. *Que surpresa.*

O mostrador de bateria nas lentes de Cameron passa de amarelo a verde-claro e o som do podcast começa a sumir, o que lhe proporciona um suspiro de alívio.

Mas, apesar de todo acesso que os poderes de Cameron dão, ele ainda não é telepata, e espiar o celular de outra pessoa não é a mesma coisa que entrar na mente dela. Quando o sinal toca, ele não percebe a expressão no rosto de Mike Wilson nem como ele sai correndo da sala com o queixo em riste e as mãos em punho. E ele não é o único. Ninguém percebe Mike se aproximando. Nem o professor, nem a garotada de papo nos corredores, e, acima de tudo, nem Brahms, apelido de Brahmpreet, que nem tem chance de erguer os braços quando Mike Wilson o pega pela nuca e bate sua cara em um armário de metal.

Cameron sente o pico de sinal quando trinta e sete alunos puxam os celulares para filmar o que está acontecendo. O que ele sente em seguida é uma onda de náusea quando põe o pé no corredor e vê Brahms tentando ficar de pé, o sangue escorrendo como um rio pela metade inferior do rosto. Seu turbante está torto, uma tira de pano balança sobre a testa, e ele tenta ajeitá-la, o rosto transformado numa máscara de dor e confusão. Os alunos ao redor se movimentam: Cameron sente um aperto no coração quando percebe que ninguém está se preparando para ajudar, mas para filmar o melhor ângulo do nariz quebrado de Brahms. Ele olha em volta, perplexo.

— Por quê? — pergunta o garoto.

Mike Wilson sai do meio da multidão.

— Porque sim, seu merda cheio de doença — rosna ele, dando uma rasteira que tira as pernas de Brahms do chão.

Na multidão, alguém grita:

— BRIGA!

O que acontece em seguida é um horror, e desta vez Cameron está contente em ver tanta gente captando com a câmera: quando Mike derruba Brahms, todo ensanguentado, arrancando seu turbante e jogando longe no corredor, até parar no pé de uma menina que grita e chuta para mais longe. Quando Brahms para de perguntar "Por quê?" e começa a gritar "Para!", e aí para de falar quando Mike lhe dá um chute na barriga, outro nas costelas, outro no queixo. A expressão maníaca e satisfeita no rosto de Mike quando dois parrudões cruzam a massa de curiosos e o puxam para longe do corpo mole de Brahms, entregando-o para o segurança do colégio, que o arrasta pelo corredor.

Vinte alunos ficaram filmando a violência em vez de tomar uma atitude e fazer aquilo parar. Normalmente, Cameron acharia a situação nojenta. Porém, enquanto apaga discretamente o vídeo de cada celular e edita tudo em um vídeo só, ele está contente. Em questão de cinco minutos, Cameron tem exatamente o que precisa. E, se tem uma coisa que ele aprendeu dos seus tempos de YouTube, é que você não deixa conteúdo quente na geladeira.

Mike Wilson está prestes a viralizar.

Cameron desaparece do corredor, deixando o burburinho da multidão para trás. É importante que ele não erre no próximo passo e que seja rápido. Ele chega o mais perto possível da porta do segurança; ele consegue ouvir, lá de dentro, o clamor de vozes adultas exigindo respostas e a reação gaguejante de Mike. Que bom. Se ainda estão tentando descobrir o que aconteceu, provavelmente não pensaram em confiscar o celular de Mike — e Cameron precisa que Mike esteja com seu celular, pois Mike está prestes a fazer posts muito imprudentes nas redes sociais.

Em questão de segundos, o vídeo subiu em todas as contas de Mike Wilson. Mesmo que tenha montado tudo em cima da hora, Cameron tem que admitir que está muito satisfeito com o trabalho: o rosto de Brahms não é visível (o pobre garoto já sofreu demais, afinal), mas não há como não saber que se trata de Mike — embora Cameron tenha se resguardado colocando uma barra horizontal que exibe o nome completo e o celular de Mike na parte inferior do vídeo em looping, tipo um canal de notícias. Termina com um convite: "Não se esqueça de dizer para a minha mãe o que você acha de mim!"

As reações começam na hora, mas ele vai ter que curtir depois. No momento, ele tem que dar o toque final na vingança — não sua jogada mais elegante, mas a que ele consegue pensar de pronto. Com a testa enrugada de concentração, Cameron envia uma série de comandos ao celular de Mike, que responde afirmativamente e começa o serviço na mesma hora. Cameron se pergunta onde estará o aparelho. Se ninguém o confiscou até agora, deve estar na mochila... mas, se ele tiver sorte, está no bolso de Mike.

Missão cumprida, Cameron se vira para ir embora — e congela. A respiração presa no pescoço, o sorrisinho de satisfação pessoal desaparece do rosto ao mesmo tempo que que fica de queixo caído. Do outro lado do corredor, encostada na bancada de armários, há uma garota. Ela está toda de preto, o que faz o vermelho-fogo dos cabelos se destacar ainda mais. Ela o encara com olhos fixos e pura intensidade. Quando a garota percebe que ele a enxerga, ela sorri, pisca e leva um dedo aos lábios.

Cameron engole em seco e dá um passo hesitante à frente. Não há como confundir o rosto — nem a empolgação e o nervosismo que se desenrolam em seu estômago quando olha para ela. Ele pigarreia.

— Nia?

No instante seguinte, o silêncio é interrompido por um grito.

O último comando de Cameron foi atendido. Ele dá um salto desajeitado para o lado, a perna se dobrando, deixando-o de joelho, ao mesmo tempo que a porta do escritório se abre e Mike Wilson sai correndo, berrando, soltando uma nuvem de fumaça. Ele cai no chão, tentando chutar as calças em chamas até elas saírem. O bando de alunos que continua no corredor vem correndo e, desta vez, ninguém toma a frente para ajudar. Os celulares saem como uma onda, todos mirando o Mike sem calças, que devolve o olhar e berra mais alto que nunca.

Ã-rã, tava no bolso mesmo, pensa Cameron, e se levanta. Ele desativou os dispositivos de segurança do celular que o desligariam automaticamente e depois ativou um ciclo de comandos que faria o aparelho superaquecer em sessenta segundos. Talvez, da próxima vez que Mike quisesse espancar um garoto indefeso numa fúria xenófoba, ele se lembrasse das queimaduras que tinha na bunda e pensasse melhor. Mas Cameron poderia saborear a vingança mais tarde. Onde estaria Nia? Ele vira o pescoço para ver a multidão se empurrando, olhando para o lugar onde ela estava até fazia pouco. Ele tinha mesmo visto aqueles cabelos ruivos? Ela está esperando por ele? Cameron abre caminho pelo corredor e para pouco antes de esbarrar nos armários. Ao lado dele, uma menina baixinha e rechonchuda com franjas morenas toca seu braço, hesitante. As lentes de Cameron prestativamente informam que ela se chama Puja e o celular dela não tem conteúdo algum fora umas mil fotos de cabritinhos.

— Hã, oi. Tá tudo bem com você?

— Tudo — responde Cameron. — Até mais, Puja.

Ele passa o olho ao redor, nervoso, mas não há sinal de Nia. Puja lhe deu as costas; ele tem uma leve noção de que ela está enviando uma mensagem: “**CAMERON ACKERSON QUASE ESBARROU EM MIM! E ELE SABE O MEU NOME!!!**”

É tão, *tão* surreal. Ele está prestes a se perguntar se tudo aquilo foi uma alucinação quando sente um zumbido no bolso. Ele consegue sentir a mensagem, mesmo assim pega o celular porque quer ver com os próprios olhos.

> **Você é exatamente como eu imaginava. Te vejo em breve.**

Era ela.

Era ela mesmo.

8

A CHEGADA

Xal dá um grunhido de desagrado quando sua nave se desprende do éter e é imediatamente reivindicada pela gravidade, pousando com um raspão suave ao lado do pilar de concreto de um viaduto. A jornada até a Terra, uma série de saltos violentos pelo antigo sistema de portais que seu povo usava para explorar o cosmos, teve seu preço tanto para ela quanto para sua nave. Mas o último instante é suave, mal chegando a um solavanco. Fora o rápido tremeluzir quando o ar se distorce ao seu redor, o som da nave tocando o solo é a única pista de sua chegada; ela continuará ali, escondida a olhos vistos, até seu trabalho estar concluído. A sensação no seu corpo é de rigidez e estranheza, conforme ela se desloca até a porta sobre as dez patas aracnídeas, os tentáculos das pontas se abrindo como boquinhas vorazes, sugando a atmosfera de sua nave para trançá-la na forma de uma nuvem protetora ao seu redor. Não vai durar muito, e ela não anseia nem um pouco pela tarefa detestável que vem a seguir. Se houvesse como odiar mais o velho do que ela já o odeia pela falsidade, pela crueldade, pelo genocídio que infligiu ao seu povo, Xal o odiaria por tê-la obrigado a segui-lo até aqui. Por tocar a superfície deste lugar imundo, contaminar-se com sua matéria repugnante.

É claro que ela entende por que o Inventor viria para cá. Deve lembrar sua casa; as formas de vida patéticas que dominam o planeta não são muito diferentes da espécie do próprio Inventor, fora um ou outro filamento de DNA. Na sua antiga vida, como cuidadora dos seres escravizados que seu povo coletava, ela pode ter feito experiências com eles para ver se uma cruza era possível. Mas a época para este tipo de curiosidade intelectual estava acabada. Xal estava aqui para se vingar.

O zumbido no corpo dela fica mais forte quando sai da nave, o perfil eletromagnético da obra do seu inimigo pairando denso no ar. Ela sente que acaba de perder algo; o sinal é forte, mas está decaindo. Vai ter que se apressar. Ou seja, não há como adiar a parte revoltante que vem a seguir. Sua presa está próxima e, se Xal quer caçá-la, vai precisar de umas coisinhas emprestadas. Olhos. Pulmões. Um meio de locomoção. O pior de tudo é que ela não pode ser exigente. A nuvem protetora que a cerca está começando a escassear, e ela não sobreviverá muito tempo neste planeta se não conseguir sincronizar com uma criatura nativa. Originalmente ela optou por este ponto porque suas varreduras não revelavam humanos nas redondezas; não seria bom se estatelar no meio de uma multidão em sua forma original. Agora, porém, ela vai ter que se contentar com o que encontrar. Ela vasculha a região de novo, ampliando os parâmetros. As opções são limitadas: voar seria um avanço, mas as únicas criaturas aladas por perto estão sentadas em um amontoado barulhento no alto, fora de alcance... e, entre outros traços indesejáveis, parece que elas não detêm controle do sistema excretor. O enxame de pequenos predadores cinzentos que rasteja sobre uma pilha de refugo podre, a doze metros dali, até pode ser útil, pensa ela — mas não melhor que o predador silencioso que os observa debaixo dos destroços, aguardando a hora do ataque. Xal puxa dados sobre o animal e fica satisfeita de imediato: é um caçador, assim como ela. Rápido, gracioso, com eficiência energética. E não há rancores entre esta criatura e os humanos. Se vestir sua pele, ela será capaz de se movimentar praticamente como bem entende.

O gato recua e sibila quando Xal se aproxima, o pelo sujo se eriçando em acessos de ira. Um grunhido baixo escapa de sua garganta quando ele faz uma pausa para avaliar Xal, preparando-se para fugir ou brigar. O momento de hesitação é mais do que Hal precisa. Rápida, ela o aproveita.

A criatura que emerge debaixo do viaduto é mais um fac-símile tosco de um gato que um gato. A pele machucada de Xal não consegue mais se integrar por completo; os retalhos de pele morta ainda pendem de seu pescoço e de sua barriga. E, na correria para finalizar a sincronia de pele, ela consumiu apenas o essencial; o restante, incluindo sistemas digestório e reprodutivo, que somariam massa demais, fica em uma pilha rubra e molhada debaixo do viaduto, salpicada de tufos de pelo. Xal percebe, contente, que os vermes que estava observando começaram a mordiscar o refugo. Uma leve inversão de papéis: a presa devorando o predador.

Ótimo para os ratos. O Inventor não terá esta sorte.

Ela se lembra da primeira vez que sentiu a energia da arma do Inventor, o acesso de conexão repentina assim que seu povo entrou em sincronia perfeita para liberar suas mentes na rede que ele havia criado. Era difícil acreditar que já haviam confiado nele, que todas, com seu imenso poder comum, poderiam ter cometido um erro tão tolo. Mas cometeram. Na época, a ferramenta da destruição de seu povo parecia um sonho que tinha virado realidade. A natureza lhes dera consciência compartilhada, mas a raça de Xal estava se aproximando dos limites de seu potencial, e o velho sabia disso. Ele sabia que elas queriam mais, ele sabia que queriam conquistar não só a galáxia, mas o cosmos inteiro — e usou esse desespero contra elas próprias. Até as Anciãs foram seduzidas pelas promessas de poder quase ilimitado, de uma ferramenta que podia aumentar seu alcance em mil vezes. E que aumentou, de início. Cada mente zumbiu em sincronia com sua espécie, todas sustentadas pelo tal dom: uma grande e imponente rede que lhes possibilitava chegar mais longe que seu sonho mais desvairado. Foi graças a ele que elas se tornaram insuperáveis, todo-poderosas; elas se espalharam pela galáxia, apoderando-se de centenas e de milhares de civilizações para sua causa. Elas criaram uma utopia em comum dentro de milhões e milhões de mentes interconectadas, abastecidas pela força vital dos colonizados e construída pelas anciãs das Anciãs, as antigas arquitetas. Um mundo virtual tão belo que ninguém se importava se era real ou não; para ela, era. Para elas, era. Era o lar ao qual elas voltavam após cada investida exitosa em acumular novos recursos, em conquistar o cosmos: aquela cidade gloriosa, dourada, alucinógena, constituída de pura conexão tremeluzente. Tinha sido tão lindo.

E então se foi. Em sua avidez, o povo de Xal caiu de cabeça numa armadilha. A rede que interconectava suas mentes se tornou sua ruína. O Inventor havia lhes prometido poder, mas o que lhes trouxe foi aniquilação. Como foram tolas em não ver o que sua arma era de fato. Como *ela* havia sido tola em subestimá-lo. Ela fora encarregada do velho; foi a ela que ele apresentou a proposta pela primeira vez, foi a ela que ele teceu sua mentira sagaz: disse que estava tão pasmo com a superioridade da civilização de Xal que desejava emprestar seus talentos à causa, que queria lhes dar um dom que as tornaria imbatíveis. Foi ela que contou às Anciãs da proposta. Mais que isso: ela as convenceu a aceitar, garantindo sua sinceridade. Afinal, era ela que as havia mantido vivas. Fora a própria Xal quem reconhecera os talentos singulares do Inventor, a utilidade de seu cérebro, que lhe dera casa, propósito e espaço em seu mundo enquanto o planeta dele era exterminado. Claro que ele foi grato. Por que não seria?

Ele as havia pegado totalmente de surpresa. A arma queimou as sinapses de todas no instante em que o velho a voltou contra elas. Foi um massacre. Uma raça inteira dizimada. Xal foi uma das poucas que restou, mas a um alto custo. Conforme seu povo, suas amigas, morriam ao seu redor, ela estendia os braços e tomava o que sobrava dos corpos se contorcendo. Pegou tudo de que precisava. Não podia salvá-las, mas podia sobreviver, unindo os pedaços como uma colcha de retalhos para lhe tornar integral... ou quase. O suficiente para redimir seus erros e garantir que se fizesse justiça a seu povo. Bastava vir até este lugar e encontrar seu destino.

Agora ela está pronta. Furtivamente abaixada e andando rente às laterais dos prédios ou de carros estacionados, propositalmente se mantendo escondida, ela acompanha o sinal até sua origem — e depois se pergunta se pode ter se enganado. Não há nada de especial neste lugar, nem na estrutura à sua frente. Parece que os arquitetos neste planeta só sabem construir caixas, e esta caixa é igual às demais. Mas o sinal é inequívoco e tão próximo que quase dói. Não é possível que ela o tenha encontrado tão rápido, tão fácil. O prédio está completamente desprotegido; será que o Inventor se esconde mesmo ali? Não faz sentido, mas ela sente o zumbido característico da arma ardendo dentro de sua pele original. Está perto. Muito, muito perto.

Há algo acontecendo. As pupilas de Xal se dilatam, sua nova pele avivada por sentidos que desconhece; os instintos do próprio gato se erguem numa ebulição química, impondo-se sobre sua curiosidade alienígena. Ela se lança para baixo de um carro quando as portas do prédio são abertas e uma torrente de seres humanos tagarelas e desengonçados se derrama para fora. O perfil energético tem um ápice enquanto ela vasculha a multidão, confusa. Estas criaturas são adolescentes. Ela sente o cheiro. O Inventor não pode estar escondido entre elas, mas ela sente. Ela sente...

ELE

Não é um velho, mas um jovem, com cabelos pretos desgrenhados e tecidos largos cobrindo a silhueta magra. Não é bem um homem, não é bem... inteiro. Os olhos de Xal se estreitam; o humano emite não só a energia marcante da arma do Inventor mas também outros sinais. Ele se distancia da multidão a passos largos, seu jeito de andar um tanto desnivelado. Xal fica tensa. Ele vem na direção dela com propósito suficiente para seus instintos animais se atiçaram de novo, sentindo uma ameaça — mas a atenção dele é absorvida por alguma coisa que tem na mão, e ele passa sem olhar para ela.

Ela olha para ele, porém. Ela o vê se afastar, sua pele fervilhando com a proximidade da energia, que vem em ondas. Esse garoto não é a presa que ela busca. Mas ele foi tocado, tal como ela foi.

E, se ela o seguir, talvez ele a leve até o velho. Seria demais esperar que ela tenha o sangue dele manchando sua pele antes de o sol se pôr?

Uma vibração estranha parte da garganta de Xal quando ela se arrasta para a frente. Tem algo mais nesta nova forma: a expectativa agradável de matar o Inventor se expressa dentro do corpo do animal como um ronronar de satisfação. Ela dá mais um passo, de olho no prêmio. Uma caçadora, retesada e preparada.

Então o mundo gira, suas patas tentando encontrar algum apoio enquanto um par de mãos ásperas a seguram. O ronronar vira um guincho, um som que nenhum gato da Terra faria — mas é como se o homem nem notasse.

— Olha esse sarnento, pobrezinho — resmunga uma voz. — Vem, gatinho. Gatinho fofinho.

Xal para de se debater e analisa seu captor. Um macho humano, maduro — talvez mais que maduro, pensa ela. Passou do ponto. Esta criatura não está bem; ela sente uma doença pulsando pelas mãos que a agarram pela nuca, as criaturas menores, parasitas, remexendo-se e meneando-se pela paisagem daquele corpo. Ele tem uma barba agrisalhada densa e cheira ainda pior que a maior parte de sua espécie, que já fede bastante.

Irritada, ela olha para o garoto, agora parado e próximo. Ele continua olhando para o aparelho na mão e clica nele, animado. O corpo de Xal relaxa ainda mais; ele não está com pressa. Ela tem tempo. Por mais que sinta aversão ao que vai fazer, se Xal vai perseguir um membro da espécie, ela supõe que vá ter que se passar por um deles. A criatura felina cuja pele ela assumiu ao chegar é apreciada pelos humanos, mas claramente não é respeitada. O homem de cheiro imundo não apenas a arrancou do chão como agora a está levando para um abrigo improvisado, aninhando-a, manipulando seu corpo com os dedos.

— Gatinho fofinho — balbucia ele. — Gatinho fofinho, bizarrinho e feinho.

Xal aguarda até ele dobrar uma esquina e se permite ser puxada para mais perto. Agarrando-a nos braços, o homem se agacha, acomodando-se no chão, e começa a acariciar a cabeça do gato. Por alguns poucos instantes, ela permite.

Depois ela toma o que precisa.

O humano não reage. Ele choraminga ao morrer.

9

O GOSTO DA LIBERDADE

NIA NÃO VÊ sinal do pai quando se esgueira pela janela apertada e volta à sala de aula, ainda curtindo a euforia da fuga. Cambaleante, tanto pela audácia quanto pela breve experiência de liberdade. Ela conseguiu. Ela desafiou o pai, ela desrespeitou a regra mais apregoada. Ela saiu dos muros do complexo e entrou na cidade. Ela esteve do lado de lá.

Foram semanas de planejamento, e mesmo assim só foi ter certeza de que ia funcionar no último instante. Era muita coisa que podia dar errado. O monitoramento nominal do pai quanto a sua atividade na internet era algo fácil de contornar, mas, caso ele conferisse com mais atenção — se bisbilhotasse a fundo seus registros de atividade on-line ou se decidisse rodar um teste de segurança de ponta a ponta, ele veria o que ela vinha fazendo. Ela havia feito tudo que estava ao seu alcance para encobrir o rastro, mas não havia maneira de esconder plenamente como havia comprometido os sistemas de segurança. Era uma coisa que tinha descoberto semanas antes: uma pequena abertura na estrutura da sala de aula, um ponto cego que não era monitorado, com tamanho suficiente para ela escapulir sem ser notada, sem disparar alarmes.

Mas era arriscado. Não só sair, mas voltar — e Nia ficou morrendo de medo ao perceber que não tinha certeza de *para o que* estava voltando.

Se o pai viesse para casa, se viesse procurá-la... mas não. A sala de aula estava como ela havia deixado, o mundo virtual vibrante e intacto. Hoje não era uma biosfera nem um estúdio de artes, mas um mar revolto de gente, rindo e comemorando em uma vasta praça ensolarada. Muitos dos homens estão fardados, e muitas das mulheres estão beijando homens, uma visão que enche Nia de uma sensação intensa e inesperada de saudade. *Beijar alguém assim*, pensa ela dando um suspiro. *Ser beijada assim, com tanta alegria, na frente de todo mundo.* Em volta dos casais se beijando há pessoas segurando placas ou bandeirolas e, no alto da multidão, um telão eletrônico berra a frase: JAPAS SE RENDEM. É a Nova York de 15 de agosto de 1945, quando os Estados Unidos comemoraram o fim da Segunda Guerra Mundial. Foi um conflito que deixou belas cidades em ruínas, que tomou milhões de vidas; Nia muitas vezes se questionou quanto à alegria da cena, como essas pessoas podem ficar tão felizes com a vitória depois que o mundo inteiro perdeu tanto. Mas, hoje, ela não estava usando este mundo educativo para estudar história ou ponderar quanto à estranheza da dança da vitória pós-guerra. Ela ia usar aquilo tudo para se esconder.

O pai não gostava de incomodá-la quando ela mergulhava em um construto virtual. Geralmente ele se distanciava da sala de aula, confiante em que Nia viria procurá-lo assim que acabasse. Se ele ficasse curioso e desse uma espiada, Nia também estava preparada. O pai veria o povo da Nova York de 1945 perambulando e a deixaria com seus afazeres. Ela havia até criado uma Nia falsa e com ares de ocupada para finalizar a ilusão: um avatar vagando pela multidão, parando aqui e ali para baixar detalhes históricos sobre as pessoas, os prédios, o espetáculo. Não é sua invenção mais perfeita. Apesar de ter pintado mil imagens de suas emoções ao longo dos anos, Nia ainda não é boa nisso e é ainda pior com autorretratos. Mas, como última camada de subterfúgio, cercado por uma paisagem movimentada feita de nanopartículas, o avatar não é de todo mal. Se você chamar, ele até sorri e acena.

O que ela descobriu foi que todas as suas precauções eram desnecessárias. Assim que entra, ela consegue ver que o pai não esteve ali para conferir a aula. Aliás, ele nem está em casa, o que não a surpreende. Ele anda ocupado com algum projeto, algo que faz com que ele passe os dias fora e as noites agitado e distraído. Quando saiu esta manhã bem cedo, ele nem a lembrou das aulas nem do dever de casa. E ela aposta que, quando ele voltar, vai se esquecer de conferir. Houve uma época em que ela chamaria atenção do pai por essa displicência. Sempre a filha diligente, a que implorava para conversar ou jogar, tentando atraí-lo ou fazer com que ela se sentisse bem — e, quem sabe, também por querer fazer com que ele se sentisse culpado por deixá-la tanto tempo sozinha.

Eu cresci mesmo, pensa. Ela nunca imploraria pela atenção dele; aliás, ela está contente em ser ignorada. Ele que continue achando que ela está em casa, sentadinha e complacente, de cara enfiada nos estudos. Ele que continue achando que ela ainda é a menina boazinha e obediente.

Porque ela não é. Não mais.

Quando chegou a hora, foi mais rápido e fácil do que ela havia imaginado: em um instante estava se esgueirando pelo sistema de filtragem de ar; no seguinte, já estava do lado de fora. Do lado de lá dos muros, solta pelo mundo, tão de repente que ela quase deu meia-volta e retornou para dentro. Em seus sonhos mais desvairados, ela jamais havia imaginado que *lá fora* seria tão grande.

Mas não podia voltar. Ainda não. Não até encontrar o que estava procurando. Não até encontrar o trajeto que teria que fazer pela cidade até chegar a ele.

Até chegar a Cameron.

Nia não consegue parar de pensar nele. Entrar em contato foi uma coisa arriscada, impulsiva. Conquistar a confiança dele não foi fácil, mas valeu a pena. Ela nunca sentiu uma conexão tão instantânea. Eles vêm de lugares distintos, eles têm vidas distintas, mas Cameron não é igual aos outros amigos que ela tem. Ele é *igual* a ela. O mais próximo a que ela já chegou de uma pessoa que se parece com ela. Bater papo com ele já se tornou a melhor parte do seu dia. E, mesmo que Nia saiba que terá que ser cuidadosa, que ela não pode ser afoita se ele for a pessoa que vai salvá-la, ela não tem como evitar. Ela quer mais. Ele é incrível. O mundo é incrível. Ela já está se perguntando quando pode fugir para o lado de lá de novo.

As mensagens dele estão à espera quando ela conecta. Ela lê três vezes, surpresa em ver como algumas linhas de texto podem fazê-la sentir tanta coisa.

EU TE VI!

ERA VOCÊ!

Não era?

Pra onde você foi?

Alô???

Nia faz uma pausa, sua mente rodando toda matéria que ela já leu sobre como negociar em relacionamentos com garotos. É estranho, porque ela nunca se preocupou com uma coisa dessas; os textos eram só uma coisa a se ler por diversão, como guias de viagem de lugares que ela nunca iria visitar ou receitas de pratos que ela nunca iria provar. Ela tinha vários amigos que eram garotos e nunca parou para pensar em conversar com eles; se algum deixasse de retornar mensagens, sempre havia outro amigo para tomar o lugar daquele.

Mas Cameron é especial. Ela o viu. Ela esteve *com* ele. Se ela não tivesse sentido muito medo de ficar lá, eles poderiam ter chegado perto de se tocar. Pela primeira vez, Nia entende o que ele quer dizer quando fala sobre o "real", porque é isso que podia ser.

E, quando se trata de um relacionamento real, todos os textos dizem a mesma coisa.

Não responda na hora. Não passe por desesperada. Quando ele mandar uma mensagem, deixe-o esperando.

Nia o deixa esperando.

Ela o deixa esperando cinco longos minutos.

Então ela manda a resposta.

Era eu. Não pude ficar. Foi mal.

Parece que Cameron não conhece as regras, ou talvez as regras sejam diferentes para os garotos. Ele não a deixa esperando nem um pouco. Assim que a mensagem dela é enviada, ele responde:

> **O que você estava fazendo aqui? Achei que você recebia educação domiciliar.**

> **Eu estava te procurando, é óbvio,** responde Nia.
> **O que VOCÊ estava fazendo lá?**

> **Isso é segredo,** diz ele.

Nia decide arriscar um elogio:

> **Gostei do que você fez com o celular do garoto.**

Não sei do que você está falando, responde ele, mas com um emoji que pisca um olho. Nia responde com seu gif predileto, aquele do cachorro marrom e branco sorrindo. Desta vez a pausa é longa. Depois:

> **Se você gostou mesmo...**

E Nia responde imediatamente:

> **Gostei. Gostei muito.**

> **Eu tive uma ideia. Uma coisa que eu quero fazer. Mas é complicado. Achei que talvez você pudesse me ajudar.**

> **Como posso ajudar?,** pergunta ela.

A resposta dele é uma pergunta.

> **Qual é a música mais constrangedora que você conhece?**

10

DAGGETT SMITH: DESCONECTANDO

— Testando, testando, testando — resmunga Daggett Smith antes de olhar para seu produtor atrás da câmera, o qual ergue os dedões, um tanto hesitante. Faltam poucos minutos para o programa e ele precisa acertar o som. O produtor entra no seu ouvido.

— Tudo certo, sr. Smith, mas...

— O quê? Põe pra fora, camarada. Faz o que a tua mãe não fez. — Daggett dá uma risada estrondosa com a própria piada, curtindo a expressão desconfortável na cara do homem, que dá umas risadinhas junto.

— Heh, heh. É. Bom, é que, quando você começa, os decibéis não tão no nível pra diálogo, então...

— TESTANDO! — berra ele, e o produtor dá um pulo. Daggett dá no máximo mais três semanas para o cara pedir demissão. A rotatividade de funcionários no programa é uma piada recorrente, que o próprio Daggett considera hilária. Nada lhe dá mais prazer que pegar um chorão medíocre, recém-saído da faculdade, baratíssimo, um floquinho de neve especial que acha que tem que receber não só dinheiro mas tapinhas nas costas de incentivo, e esmagar sua alma até que só sobre poeira.

— Melhorou. Obrigado, sr. Smith. Dois minutos. — Desta vez os dedões tremem mais; parece que o produtor está se segurando para não chorar. Daggett reduz mentalmente sua estimativa original. Três semanas? *Pffft.* Tá mais pra uma. No máximo.

Há alguma movimentação fora do círculo de luz iluminado que envolve o set, mas Daggett não dá bola. Ele não tem como se preocupar com isso agora, pois tem um programa a gravar. Dá uma espiada nos monitores, confere a transmissão da câmera armada para captar seu melhor ângulo — e ele seria o primeiro a admitir que só tem um, e não esse é tão sensacional assim. O ego de Daggett pode ser lendário, mas ele não se ilude; sabe que parece um sapo carnudo de peruca agachado atrás da mesa e que não há maquiagem no mundo que esconda as manchas fúcsia que brotam no seu rosto quando ele se mete num discurso inflamado dos bons. E, por ele, tudo bem. Seu público não se importa. Eles abrem seu programa porque querem ouvir o que sai da sua boca e do seu cérebro, não bater punheta vendo um rosto bonitinho. Se eles querem um conserva-centrismo aguado de uma loira falsa com peitos falsos, eles conseguem isso na Fox News.

Ele remexe as anotações, correndo mentalmente pelos primeiros comentários. Será um megaprograma. Hoje ele vai vir com tudo na esteira do episódio "Varíola de Burka", que foi um megassucesso. Desta vez, ele tem uma dica muito quente: senadores democratas estão montando sua própria ferrovia subterrânea, contrabandeando larvas de tênia do México para os Estados Unidos na barriga de imigrantes ilegais, com a intenção de usá-las como arma. Parece balela — provavelmente porque é —, mas Daggett não perde tempo em descobrir se o que ele informa é verdade. As pessoas têm direito de saber que tipo de rumores correm por aí, e elas que decidam se querem acreditar ou não, fica por conta delas. O importante é que pode acontecer, e que Daggett Smith é o cara, a voz confiável, que lhes diz o que existe lá fora... hipoteticamente. Será que os cidadãos com sangue quente da Verdadeira América querem viver num país onde um bando de mexicanos sem documento pode entrar na cidade e contaminar todo o bufê do Golden Corral com armas biológicas em forma de verme? O povo que decida!

Seu fone de ouvido estala.

— Sr. Smith? — É o produtor de novo. Agora ele soa mais controlado, mas há uma tensão em sua voz. — Vamos entrar em trinta, mas o equipamento está dando problema. Fica de ouvido atento, porque talvez a gente tenha que entrar com...

— Ã-rã, ã-rã. — Daggett acena com impaciência, começando mentalmente a contagem regressiva. Ele remexe as anotações mais uma vez, e assente com a cabeça quando a luz acende. No monitor à sua frente ele se vê sentado à mesa, seu enorme logo EXTERMINADOR DE VERDADES brilhando em vermelho-sangue patriota por cima do ombro. Ele pigarreia. No monitor, o Daggett da Tela faz o mesmo.

— Meus colegas americanos, obrigado por ligarem no meu canal — diz o Daggett da Tela. — Meu nome é Daggett Smith, e... e... *I feel pretty! Oh so pretty!*

No tempo real, na vida real, o Daggett Smith real diz:

— Hein?

Ele encara o monitor, onde o Daggett da Tela, o Exterminador de Verdades, estava de pé atrás da mesa e começava a fazer uma pirueta toda desajeitada, dando sequência à música de Stephen Sondheim com um falsete perfeito.

— EU NÃO FALEI ISSO! — berra Daggett, batendo na mesa. Por um instante ele pensa que retomou o controle; o Daggett da Tela também bate na mesa, com o rosto que vai passando de vermelho a um salpicado de roxo. Mas, em vez de dizer o que Daggett está dizendo, o Daggett da Tela grita:

— Lá-lá-lá-lá-lá LÁ-LÁ lá, lá-lá! — E começa a cantar com todo entusiasmo sobre como ele é charmoso.

— Corta a transmissão! — berra Daggett, e então sente os joelhos cederem ao ouvir a voz do produtor no ouvido.

— Já cortamos — avisa o homem. — Faz dez segundos.

O Daggett da Tela canta e se pavoneia enquanto o Daggett Real grita furioso diante da impotência e enterra o rosto na mesa. Ele se pergunta se está tendo um derrame, depois se pergunta se podia provocar um derrame em si mesmo e usar isso para explicar o que aconteceu... o que está acontecendo.

— Eu sinto muito, sr. Smith — diz o produtor, pisando no círculo iluminado do set.

A câmera está atrás dele, e ele estende a mão para delicadamente deixá-la de lado, pois ele e o chefe sabem que não fará diferença. No monitor e em milhões de telas mundo afora, Daggett Smith continua dançando e cantando — mesmo enquanto o homem em si está resmungando e esparramado na mesa. No Twitter, #DaggettFeelsPretty está bombando nos assuntos do momento mundiais. O produtor estende a mão desajeitadamente para tocar no ombro do homem, que está molhado de suor de raiva.

— Você está demitido — diz Daggett Smith debilmente. — Estão todos demitidos. Todo mundo nessa sala. Todos vocês. Acabou pra vocês.

— Então... quanto a isso... — diz o produtor. — Todo mundo foi embora. Só tem eu.

Daggett levanta a cabeça.

— O quê?

O produtor estremece.

— Acho que eles sacaram que perderam o emprego e ninguém quis ficar pra te avisar.

— Avisar o quê?

— Que você também perdeu o empego.

Em questão de uma hora, não faltam teorias a respeito do que acabou de acontecer no estúdio. Comentários ávidos na internet aventam todas as possiblidades, desde colapso nervoso até possessão demoníaca. Um cara do Nebraska viraliza ao insistir que sempre soube que Daggett Smith era um boneco animatrônico de ventríloquo, criado por cientistas para fazer um experimento antropológico. Mas todo mundo concorda que o fiasco que acabou com a carreira de Smith — com a apresentação surpreendentemente melódica do número musical de *Amor, sublime amor* como último canto do cisne — foram os noventa e três segundos de vídeo mais perfeitos já feitos para a internet.

Daggett leva mais algum tempo para aceitar sua sina.

— E se a gente soltar uma declaração? — pergunta ele. As palavras saem arrastadas; ele e o produtor, que se chama Brian ou Brendan, encontraram uma garrafa de vodca escondida na mesa de alguém e estão bebendo dela há uma hora, desde que o episódio final de *O Exterminador de Verdades* chegou à sua conclusão abrupta e nada planejada.

— Para dizer o quê? — responde Brian-ou-Brendan.

— Que eu fui hackeado, óbvio! — diz Daggett, indignado.

— Tem um probleminha nisso. Veja bem, "eu fui hackeado" foi o que o senhor disse depois de tuitar sobre as gangues de judeus nômades mutantes que moram nos esgotos...

— Eu sei, mas...

— E depois que você mandou aquele e-mail para a secretária de Estado chamando ela de bunda de muffin e cara de babuíno...

— Mas dessa vez é verdade! — esbraveja Daggett. — Eu fui hackeado mesmo! Tem que ter sido isso! Quem ia acreditar que eu faria... que eu faria *aquilo* na frente da câmera? Eu nem sei cantar!

— Eu sei, sr. Smith. Mas o problema é o seguinte. — O produtor faz uma pausa para tomar um longo e demorado gole de vodca, depois se levanta e deixa a garrafa aos pés de Daggett Smith. — Ninguém se importa.

E é verdade: ninguém se importa. Mesmo depois de dias, quando fica claro que Smith é, de fato, vítima do hack mais bem executado da história da humanidade, dado que toda a sua presença na internet, desde o site até os arquivos do podcast, sumiram da noite para o dia e deram lugar a uma barra de rolagem infinita com receitas de brownie com maconha e instruções de como fazer um bong "cachoeira". Ao digitar o nome dele em qualquer site de pesquisa, o usuário é redirecionado automaticamente para o verbete "micropênis" na Wikipédia. Quando Smith tenta tomar o controle da narrativa nas redes sociais, suas afirmações meticulosamente armadas somem em questão de segundos, substituídas pela foto de uma lhama usando vestidinho. No fim das contas, Daggett Smith some sorrateiramente da internet — no mesmo dia em que um abaixo-assinado para dar o Prêmio Nobel da Paz a esses hackers começa a circular na web.

Que, em uma semana, soma um milhão de assinaturas.

E Cameron Ackerson, que já sonhou em ser famoso na internet por descobrir os segredos do lago Erie, começa a sonhar em fazer coisas muito, muito maiores nos bastidores.

> **Eu não consigo acreditar no quanto ficou real,** escreve ele enquanto assiste ao vídeo do fiasco de Smith pela centésima vez.
> **A boca do Daggett até se mexia como se estivesse cantando. Como você fez isso?**

A mensagem de Nia surge imediatamente.

> **Motion capture. Eu mapeei os pontos de medição da apresentação da Natalie Wood com clipes do programa dele e passei pelo software do estúdio de efeitos especiais que fez AVATAR.**

Uma pausa, depois um novo toque de mensagem no celular.

> **Mas acho que eu fiz bobagem. Ele ficou muito vermelho.**
>
> **KKK, não. A cara dele é assim mesmo.**
>
> **KKK, tá bom.**
>
> **E o abaixo-assinado? Foi você que...**
>
> **Não! Achei que tinha sido você!**

E, então, pela primeira vez desde que se conheceram, nem Cameron nem Nia sabem o que dizer. Eles se sentam juntos, fisicamente separados mas totalmente conectados pelo instante que criaram, encarando o vazio na internet onde antes ficava Daggett Smith. Foram eles. *Eles* fizeram isso. Os seguidores de Daggett, confusos e envergonhados, dispersaram-se. O homem em si sumiu da vida pública. E todo mundo, dos comentaristas da tevê até os aleatórios de matérias sobre a estranha derrocada de Smith, notou que a vida na internet ficou um tanto mais doce e menos tóxica sem Daggett Smith e seus seguidores fétidos que saíam das tocas para comentar as pautas do dia.

Cameron havia decidido dar a Daggett Smith o castigo que ele merecia: fazer aquele homem, cujas ideias tóxicas encontraram expressão no mundo real nos punhos do colega, sentir um pouquinho de justiça cósmica. Mas, ao final, ele e Nia não só derrubaram uma pessoa nociva. Essa foi a parte mais curiosa e empolgante. Por trás de Daggett Smith havia algo maior: não só seus fãs, que se dispersaram como baratas após a performance humilhante de Smith, mas uma grande estrutura. Uma trama de sites falsos, bots, agregadores: todos dedicados a amplificar a mensagem de Smith e todos abruptamente silenciosos no rastro de sua expulsão. Cameron ficou se perguntando quem havia construído a rede, pois era muito sofisticada para ser coisa do próprio Smith. Porém, mais do que isso, ele ficou maravilhado com o efeito borboleta de silenciar uma voz raivosa. E nem foi tão difícil. Se eles conseguiam realizar uma coisa dessas com tanta facilidade, o que não conseguiriam se levassem isso a sério?

E aí... Qual é o próximo projeto?

11

A VIGIA

O SOL NASCENTE banha o mundo com luz laranja, mas dentro da casa de vidro no alto da escarpa à beira do lago, tudo está envolto em sombra e silêncio. No quarto, a mulher que dorme nua entre imaculados lençóis macios e brancos puxa e solta o ar devagar, os olhos agitando-se sob as pálpebras sem emitir nenhum som. A casa está aguardando um sinal, que se esconde fundo na pele de sua ocupante.

Os minutos passam. A mulher se agita. A luz no quarto varia imperceptivelmente quando, no quarto ao lado, um clique suave é seguido de um lento gotejar de água, o cheiro de café sendo passado. O chão se aquece no aguardo dos pés descalços que vão tocá-lo quando as janelas se avivam, revelando uma vastidão de água numa ponta e a cidade reluzente na outra. Os olhos da mulher se abrem quando a luz toca sua têmpora esquerda, onde uma espiral de dez pontinhos quase incolores se confunde com sardas.

Ela leva o dedo aos pontos e uma das janelas se ilumina, substituindo a visão do lago por planilhas de dados. A voz que a acompanha é de barítono.

— Bom dia, Olivia.

Olivia Park se senta na cama e pisca, tentando afastar aquela confusão matinal. Ela teve um sono estranho nesta última noite, o que confirma com uma espiada na janela. Quatro horas em ciclo REM — quatro horas de sonhos conturbados, dos quais só consegue se lembrar de fragmentos. O estupor, porém... Com a mão intacta, ela tenta alcançar a mesa ao lado da cama, deslizando e clicando, franzindo o cenho com o incômodo. Até agora os implantes funcionaram bem; faz muito tempo que ela não acorda sem que esteja se sentindo totalmente renovada. Se seu nível de glicose está baixo, se seus macros estão desligados, se ela não está dormindo o suficiente, o software subcutâneo sabe antes que ela o sinta; ela só tem que ler os dados e reagir.

A voz interrompe seus pensamentos.

— Seu café está pronto.

— Cala a boca — diz ela. A voz obedece.

Se sua mãe ainda fosse viva, Olivia levaria uma bronca por ser grosseira com o homem — mesmo que não fosse um homem, mas, sim, um software de administração do lar que não tem sensibilidade nenhuma para se ofender. Mas aquilo era coisa da sua mãe: a mulher que pagaria o dízimo da Igreja dos Robôs Também São Gente. Anos antes, o robô mordomo tinha nome, Felix, e um avatar holográfico, um senhor de meia-idade genérico trajando smoking, que Olivia achava ridículo. Quando ela herdou a casa, reduziu Felix ao curral digital; em vez de lembrar um personagem saído de uma comédia de salão vitoriana, agora ele era uma silhueta mínima, vagamente humanoide, mas sem características que o distinguissem, e obviamente não precisava de roupas. Para ela, é um objeto, um homem holograma — um Homem de Programa. Olivia não costuma ver graça em nada, mas dá uma risadinha do Homem de Programa.

Sua mãe provavelmente teria odiado o que ela fez com Felix, veria como algo similar à lobotomia de um ser humano... ou, por outro lado, talvez não. Ela e o pai haviam morrido naquela queda durante a viagem de família pelas montanhas, o mesmo acidente que deixou a filha deles órfã e com seis dedos e meio — graças a um defeito no veículo autônomo, o protótipo que mamãe gostava de chamar de Herbie. Se antes Olivia não desconfiava da I.A., tinha passado a desconfiar a partir daquele momento.

Na cozinha, ela toma um golezinho do café e percebe o zumbido suave no peito ao se virar para apreciar a vista. Foi a primeira alteração que fez; escolheu aquilo assim como a garotada escolhe a primeira tatuagem. Um ímã oculto sob a pele do seu esterno que vibra sempre que ela se volta para o norte. Uma bússola embutida. O significado disso para ela na época foi este: encontrei o meu rumo.

Ela nunca olhou para trás. Cuidar da empresa do pai é um dever, uma ocupação. Mas ter o controle da própria biologia, pecinha por pecinha, é o que a conduz. Não há nada no seu corpo que ela não conheça. Os implantes monitoram sua porcentagem de gordura corporal, seu sangue, seus níveis de VO2, seus hormônios; faz anos que ela não tem um rompante, e dorme como um bebê. Seu QI, já muito acima da média, cresceu dez por cento desde que ela começou a fazer os ajustes.

Agora ela projeta os próprios implantes, embora não faça o trabalho sujo sozinha. Para tanto, ela tem um cirurgião discreto a quem paga em dinheiro. Uma relíquia dos tempos do seu pai, das poucas que manteve. Ele não deixa cicatriz e ela não faz perguntas. Ele parece gostar dela — talvez pelo mesmo motivo. Ela gosta mais dele que da maioria das pessoas. Do que de qualquer pessoa, aliás. É a consequência imprevista das suas melhorias: quanto mais Olivia fica avançada, menos paciência tem para todo mundo que não consegue acompanhar, que não evolui. Um dia alguém vai hackear o corpo humano e aumentar nosso tempo de vida em vinte, cinquenta, quem sabe cem por cento. Mas Olivia já passou disso; ela está dois passos à frente. No momento, seu corpo é um templo. Mas um dia será uma gaiola, e ela precisa encontrar a chave. Ela precisa dar esse passo a mais, superar as grades e atravessar o espelho, como Alice, rumo a um mundo novo. Permear a barreira que separa a humanidade da tecnologia. Ela sempre achou que seria a pioneira.

O que torna particularmente curioso, e irritante, saber que alguém pode ter chegado lá antes. Acabando com seu trunfo, perturbando sua rede, fuçando onde não devia — e com uma elegância fabulosa, que sugere a presença de um talento muito raro e muito perigoso.

— Você tem uma nova mensagem — diz o Homem de Programa. — Marcada como prioritária.

— Mostre.

Uma das janelas que dá para a água fica opaca, depois brilha, iluminando a caixa de entrada com uma mensagem não lida. Ela tem uma sensação peculiar ao abrir, e percebe que sua pele ficou toda arrepiada.

Alvo identificado. Iniciar vigilância nível 1 em ACKERSON, CAMERON?

Olivia fecha a cara. Não por não entender, mas porque aquilo confirma o que ela já suspeitava. É óbvio que é ele. Ela sempre temeu o eventual reencontro que teria com o filho de Ackerson. Agora não é apenas algo inevitável, mas iminente.

— A história se repete — murmura ela.

— Peço desculpas — diz o Homem de Programa. — Não compreendi.

Olivia suspira.

— Nada — diz ela. — Enviar resposta. — Ela pausa e sorri. — Vigilância nível dois. Eu quero saber o que esse canalhinha anda fazendo.

12

QUEDINHA

Conforme sua formatura do ensino médio se aproxima, Cameron se pega pensando o tempo todo em Nia — e se esforçando para entender como alguém de quem ele se sente tão próximo sempre que estão na internet podia ser tão difícil de entender pessoalmente. No ciberespaço, a relação dos dois só floresce: Nia é ávida, provocante e cheia de ideias a respeito de quem deve ser o próximo alvo da Operação Justiça Cósmica, que eles planejam em breve levar para a fase dois. Mas, quando se trata da Nia da vida real...

É como se a menina estivesse tentando ser um mistério insolúvel e, putz, ela é muito boa nisso. Nia é tão fechada quanto aos detalhes da sua vida particular que às vezes Cameron se pergunta se ela é uma espiã ou se está no programa de proteção a testemunhas; seria uma boa explicação para a paranoia do pai em relação a ela sair de casa e por que ele se negou a mandá-la para o colégio. Talvez o querido pai de Nia tenha sido um super-hacker, escondendo-se com a filha no último lugar onde pensariam em procurá-lo e ensinando tudo que sabe a Nia.

Mas, quando ele pergunta, ela diz que não, que ela é autodidata — que a internet era como um carro e seu pai lhe deu as chaves. Ela aprendeu a dirigir por conta própria.

> **Meu pai nem me deu tanto,** responde Cameron.
> **Ele tinha um mini-império da internet, mas tudo desmoronou bem na época em que eu nasci. Ele nunca tocou no assunto, mas também nunca superou.**

> **Meu pai também não fala do passado.**

Cameron pergunta:

> **Qual passado? O que aconteceu?**

Há uma longa pausa antes de Nia responder.

> **Eu não lembro. Acho que eu era muito nova. Mas foi uma coisa feia, eu acho. Bem feia. Uma coisa terrível. Por isso que a gente veio pra cá. Por isso que ele não me deixa sair de perto.**

> **E a sua mãe?**

Eu não tenho mãe, diz Nia. As palavras brilham desoladas na tela; mesmo sem nenhuma inflexão, Cameron sente a tristeza que carregam.

> **Sinto muito.**

> **O pai também não fala nisso.**

Cameron percebe que está fazendo que sim com a cabeça. Mesmo sem conhecer os detalhes, emerge um retrato da vida de Nia. É uma vida muito parecida com a sua. Perdas, segredos, solidão: tudo lhe soa familiar.

Olha só, quando eu vou te ver de novo?, pergunta ele, e fica de olhos arregalados quando uma foto ilumina a tela. É Nia, com cabelos que parecem duas cachoeiras selvagens se derramando sobre os ombros. Ombros *nus*. Seu cabelo é como uma cortina, o que faz com que ela pareça uma ninfa do mar numa pintura pré-rafaelita, de modo que ele não consegue ver nada mas também enxerga mais que o suficiente: uma faixa de pele cor de creme, imaculada e sedutora entre a cascata de ondas rubras, e uma sombra que poderia ser o volume íntimo de um seio, e...

— Ai, meu Deus — diz ele em voz alta, sentindo as bochechas corarem. — Se controla, cara.

Pode olhar o quanto quiser, diz a legenda.

Eu preferia ver pessoalmente, responde ele, depois soma uma piscadela para aliviar a pressão, para ela saber que ele está brincando, embora seja óbvio que não está, não mesmo.

Um dia, quem sabe.

Ele sente que ela está flertando com ele. Tudo bem. Ele gosta disso.

Tipo no colégio? No museu? O que você estava fazendo lá?

Eu já falei. Procurando você.

Cameron não acredita nem um pouco, mas é tão fofo que ele não dá bola.

Então você está me perseguindo.

Eu teria que fazer isso no mínimo mais três vezes para ser perseguição.

Não que Cameron se importasse de ser perseguido por Nia. Do jeito que as coisas estão, ele nunca sabe quando vai vê-la. Não há lógica nenhuma. Como o incidente no museu — poucos dias após eles se esbarrarem no corredor, ele quase se chocou com ela durante uma gincana da Semana dos Formandos no Museu de Arte de Cleveland. Ele havia cometido o erro de marcar a localização de uma foto, e suas sempre úteis lentes de realidade aumentada lhe enviaram uma notificação alertando sobre a aproximação de um desconfortável encontro de fãs — um bando de jovenzinhas trocando mensagens em êxtase para contar que Cameron Ackerson, o Garoto do Raio, tinha sido avistado perto da galeria de Armor Court. Ele havia se escondido depressa, afastando-se de sua equipe e abaixando-se em uma sala escura iluminada por quatro tubos de neon na parede. Só havia mais uma pessoa na sala, e, quando ela se virou para ele, ele quase deu um gritinho: era Nia, delicadamente iluminada pelo brilho neon, sorrindo para ele.

— Oi — gaguejou ele, depois (e ele mal conseguia pensar nisso sem se encolher de vergonha) lhe lançou uma espécie de aceno de Miss completamente imbecil, o que agora ele identificava como o momento em que acabou com todas as suas chances de se lançar num abraço, num beijo, até mesmo num toca-aqui. Em vez disso, eles só conseguiram alguns minutos de conversa travada, só "Oi" e "Como vai?" antes de os aparelhos dele começarem a explodir com um mar de mensagens dos colegas perguntando CADÊ VOCÊ.

— Merda, eu tenho que ir. Mas você podia vir comigo? Eu posso te apresentar...

Ela fez um não com a cabeça tão furioso que Cameron acabou se sentindo um tanto magoado. *Ela tem vergonha que me vejam com ela?*

— Eu não posso. Já fiquei muito tempo fora. Outra hora — disse ela, e saiu pela porta antes que ele pudesse perguntar quando. Ele passou o restante do dia cabisbaixo, resistindo à ânsia de lhe mandar uma mensagem. Juaquo sempre lhe dizia que não fosse muito afoito com as meninas, que ninguém gosta de caras desesperados. Mas bancar o esperto com Nia é difícil. Não só porque ele gosta muito dela mas porque não deixa de notar que ela também gosta dele.

Hoje é sábado, escreve ele. **Planos para a noite? Eu vou numa festa.**

Parece divertido, digita ela em resposta.

Você podia vir.

Eu bem queria, responde ela imediatamente, e Cameron suspira de frustração. Era o que ele esperava, mas ainda assim: que decepção. Ele manda um emoji de cara feia.

Tá bom. Tenho que me aprontar. Te vejo por aí.

Nia, sempre enigmática, envia uma última mensagem antes de desligar.

Talvez veja.

A festa é em Gates Mills, um bairro chique que fica a vinte minutos da cidade. Cameron não conhece ninguém que mora lá — e achava que seus amigos também não. Emma Marston, uma garota que ele conheceu no Clube de Robótica, vem buscá-lo no Skylark caindo aos pedaços dela. Ela mantém um fluxo constante de papo entre os passageiros que distrai Cameron enquanto eles saem do bairro dos sobrados modestos e rumam para o leste, passando pela paisagem de concreto dos centros comerciais até chegar aos verdejantes subúrbios. É só quando eles param em frente a uma enorme casa de tijolos aparentes, com luzes fulgurantes saindo de todas as janelas para banhar o jardim requintado, que entende por que todo mundo insistiu que ele viesse.

— Olha só — diz Emma, virando-se no banco do motorista para olhar para ele. — Não fica bravo, mas acho que você devia saber que a gente só conseguiu convite pra esse troço porque a gente prometeu que ia trazer o cara do raio. Você é o nosso ingresso.

Cameron ficou boquiaberto.

— Vocês usaram o meu nome pra entrar numa festa? — diz ele sem fôlego, ao mesmo tempo que usa suas habilidades para espiar o celular de Emma e confirmar que sim, ela fez exatamente isso.

Emma faz cara de culpada por meio segundo. Depois, dá de ombros.

— Não importa, cara. *Você* é que não tava usando, então alguém tinha que usar.

— Isso não foi legal — diz Cameron.

Ao lado dele, Julia, irmã de Emma, lhe dá um cutucão nas costelas.

— Você vai agradecer à gente. Vem.

Ele vai.

No início, até que *é* divertido. Um viva irrompe quando Cameron entra, e todos querem ficar perto dele, que até se deixa imaginar que talvez sua vida possa ser assim agora: convites para festas descoladas cheias de gente bonita, curtindo a onda de ter viralizado enquanto ela o leva aonde os garotos descolados estão. Mas, passada uma hora, seus amigos somem em alguma parte da casa e Cameron não vai atrás. A festa está em todas as redes sociais, e a cerveja que ele bebe só deixa o ruído cibernético mais invasivo e difícil de controlar — sem falar que ele está a uma batida do techno de usar seus poderes para substituir toda a playlist do DJ pelos maiores sucessos do Nickelback, só para ele aprender...

Preciso sair daqui antes que eu faça uma besteira.

Um instante depois, a porta se fecha às costas de Cameron e ele fica sozinho, em frente ao grande alpendre da casa, o ar da noite gelado na pele. Mesmo com o barulho da festa vazando pelas janelas, lá fora faz silêncio em comparação à cidade. E está escuro. Paz. Ele decide esperar até a hora de ir embora, acomodando-se em uma cadeira de vime e carregando um jogo na sua lente de realidade aumentada.

Ele acabou de usar uma bazuca para detonar um zumbi digital quando percebe que tem alguém nas sombras, a poucos metros dali, observando-o.

— Tem certeza de que não é *você* que está *me* perseguindo? — diz Nia.

Cameron se levanta.

— Você veio! — grita ele, estridente, depois tosse, baixando uma oitava a voz, e complementa: — Quero dizer... você veio. Que legal.

Nia dá de ombros e aponta para a casa.

— Eu sou amiga de um monte de gente que está aqui — diz ela, depois revira os olhos. — Quer dizer, "amiga". Você sabe o que eu quero dizer, né?

Cameron sorri, pensando no próprio acesso que teve à festa.

— Ã-rã, eu sei muito bem do que você tá falando. Você quer voltar lá pra dentro ou...

— Não.

Agora é um sorriso largo de alívio.

— Nem eu. Por que a gente não dá uma caminhada?

Desta vez, nenhum deles está com pressa. Eles vagam juntos por meia hora, deixando a batida do baixo e as risadas dos convidados da festa sumirem às suas costas conforme a escuridão da noite se fecha. Aqui as casas são enormes e privadas, separadas umas das outras por quintais vastos e paisagísticos, e protegidas por aglomerados de árvores.

— A gente morava num lugar assim — diz ele. — Antes da crise das ponto com. Eu era bebê, por isso não lembro, mas tem fotos. É uma coisa meio louca.

— A crise das ponto com — ecoa Nia. — A empresa do seu pai?

— Só sobraram as ruínas. Um império derrubado. O mais louco é que o que ele construiu ainda está por aí, sabe-se lá onde. Meu pai estava à frente do tempo dele. Ele tinha essa ideia de criar uma utopia virtual onde as pessoas iam se conectar on-line, mas isso foi antes da ideia de "on-line" existir de verdade. Ele preparou o código de tudo, como se fosse uma cidade virtual. Ia se chamar Oz, por causa, sabe, daquele lance todo do mágico.

— *We're off to see the Wizard* — canta Nia, e é tão gracioso e inesperado que Cameron se imagina pegando-a pela mão e fazendo-a dar piruetas pela rua com ele. Está a um segundo de lhe dar a mão quando, de repente, ela dá um pulinho e escorrega para o lado, os passos tão leves que parece que ela voa. Cameron deixa a mão cair de lado. O momento passou, a oportunidade se foi.

Droga.

Nia para, esperando que ele a alcance.

— E aí, o que aconteceu com Oz? — pergunta ela.

— Eles travaram os portais quando a empresa fechou. Mas a estrutura toda, o código todo, está no lugar. Só não tem como entrar.

Nia dá um sorrisinho.

— Tem um jeito de entrar em todo sistema.

— Bom, sim, se está lá, eu tenho como encontrar — diz Cameron, suspirando. — Antes de sumir, ele falava bastante de Oz, de quanto potencial tinha. Eu era muito criança, não entrava na minha cabeça. Mas uns anos atrás eu fiquei pensando que ele podia estar querendo me dizer alguma coisa. Como se ele tivesse escondido algo lá, uma pista que explica por que ele foi embora e pra onde. Eu voltava do colégio e passava horas tentando achar um jeito de entrar. Nem cheguei perto. — Ele faz que não com a cabeça. — Claro, a minha mãe me fez parar assim que notou no que eu tinha me metido.

— Ela fez você parar? — pergunta Nia. — Mas por quê?

— Porque ela não queria que eu perdesse o meu tempo, que ficasse com esperança, e aí me decepcionasse de novo. Enfim, ela tinha razão. Se o meu pai quisesse que a gente soubesse o que aconteceu com ele, teria deixado um bilhete. Ele não teria enterrado a informação num monte de código velho atrás de uma porta que ninguém sabe destrancar.

— E existe mesmo alguma porta que você não saiba destrancar? — Ela sorri como se já soubesse a resposta.

— Bom, muita coisa mudou desde então — comenta Cameron, também sorrindo.

É aí que ele começa a pensar nessa caminhada como se fosse um encontro. Ele olha para a mão dela, imaginando mais uma vez como pode segurá-la com a sua. Mas o desejo de tocá-la é superado rapidamente por outra necessidade, muito mais urgente. Ele olha em volta. A casa de onde veio — e, o mais importante, o banheiro dela — fica a uma caminhada de pelo menos vinte minutos. Ele não vai conseguir chegar tão longe. Mas, se voltar pelo menos até um daqueles amontoados de árvores frondosas que garantem a privacidade...

— Hã, Nia? Pode parar só um segundo pra eu... é que, hã, eu tava bebendo antes, e... hã. Pois é. Já volto.

Ele não espera a resposta dela ao entrar no meio das árvores, agradecido por estar muito escuro para que ela veja seu rosto vermelho. Ele entra um pouco além do que precisa... porque uma coisa é pedir licença para mijar na frente de uma menina e outra é ela ouvir o barulho do jato. Aí você é obrigado a cometer suicídio ritual.

Um minuto depois — ele podia jurar que tinha sido só um minuto, no máximo dois —, ele refaz os passos, ressurge das árvores e chega à rua banhada pelo luar.

Banhada pelo luar e vazia.

Nia se foi.

— Ei! — chama ele. No bosque escuro atrás dele, alguma coisa farfalha, um animal nos arbustos. Mas Nia não ressurge. Ele olha para as duas pontas da rua por onde estavam caminhando, quando sua surpresa dá lugar à preocupação. Ela não teria simplesmente ido embora... teria?

Será que ela também teve que fazer xixi?

Há outro aglomerado de árvores do outro lado. Ele se pergunta se ela está lá, e tinha acabado de decidir que ia correr o risco de gritar de novo quando seu celular se ilumina com o nome dela. A mensagem faz seu coração se desmanchar.

Meu pai ligou. Tive que ir. Foi mal.

Cameron lê a mensagem três vezes: uma vez na mente quando ela entra na rede, outra quando ele a passa pela lente de realidade aumentada e por fim no próprio celular, só para ter certeza de que não está deixando de captar alguma nuance que faça com que se sinta menos rejeitado.

E aí dá meia-volta e segue para a festa sozinho.

Para ser sincero, Cameron está começando a odiar esse pai da Nia. Principalmente esse monte de regras malucas a respeito de com quem ela pode socializar e como. Nia fala de sair de casa como a maioria das pessoas falaria de fugir da prisão. O pouco que Cameron sabe da infância dela parece uma desgraça: nenhuma festa de aniversário, nunca foi dormir na casa de colegas, nunca praticou esportes. E é frustrante como ela trata tudo isso como se fosse uma coisa normal, mesmo quando Cameron lhe diz que está completamente errada, que um pai decente ia querer que a filha tivesse uma vida social normal. Mas também é uma satisfação: ela usa os raros momentos fora de casa para vê-lo, quando podia ter os amigos que bem entendesse... e os caras que bem entendesse. E, se isso significa que ele tem que esperar um pouco para a relação dos dois chegar a outro nível, qual o problema? Não é como se isso tornasse as coisas menos reais. Eles passam horas conversando todos os dias. Isso só mostra, pensa ele, que não é preciso estar no mesmo recinto que alguém para se estar com a pessoa, para se estar conectado.

Mas o oposto também é verdadeiro: pode-se estar colado em alguém e não ter ideia do que a pessoa pensa ou sente.

É por isso que Cameron nem percebe o que está acontecendo com Juaquo até quase ser tarde demais.

13

UM AMIGO EM APUROS

Depois que teve aquela perspectiva inquietante da vida de Juaquo — ou da falta de vida de Juaquo — pouco depois do acidente, Cameron sempre dá uma espiadinha discreta no celular do amigo quando ele passa na sua casa, uma vez por semana. E, embora as coisas não pareçam estar melhorando, pelo menos não estão piorando. *E quem sou eu pra julgar?* Como se ele fosse um especialista em lidar com perda. Não, nem um pouco. Ele era só um garotinho quando seu pai sumiu e, mesmo assim, sumir não é morrer. Dependendo do ponto de vista, a falta de um ponto final pode até ser um luxo. Diferente de Cameron, Juaquo nunca teve como fingir que a mãe estava tirando férias prolongadas, que algum dia ela pudesse voltar. Juaquo havia colocado sua mãe a sete palmos do chão. Até onde Cameron sabia, o longo e solitário arrastar do amigo pelo fundo do poço era apenas parte do processo normal do luto.

— Cameron?

A voz da mãe desce a escada e ele pisca, incomodado com a interrupção. Faz menos de vinte e quatro horas que Cameron entrou no meio das árvores para se aliviar, voltou e descobriu que Nia havia ido embora.

Toda vez que pensa nisso a rejeição dói um pouco mais. O único jeito de não mandar um milhão de mensagens para ela é se distrair — o que conseguiu entrando de cabeça no projeto de um novo jogo. O porão está fervilhando de criaturinhas rosadas de olhos enormes que parecem bolas de basquete cobertas de pelo. São projeções nas suas lentes de realidade aumentada, mas, para Cameron, são indistinguíveis da realidade até ele passar a mão por uma delas. Seu plano era criar um jogo tipo caça à toupeira *high-tech* com um cenário do tamanho de uma cidade — tem uma marreta virtual perto dele que faz as bolas de pelo rosa explodirem com um *poc* agradável quando se acerta uma delas do jeitinho certo. Mas ele está cansado, chateado, não para de pensar em Nia e se enganou em algum ponto do código que não consegue depurar de jeito nenhum. Enquanto isso, as criaturas não param de dar *spawn* e *respawn*, mais rápido do que ele consegue se livrar delas. Uma hora atrás era só uma; agora são dezenas, rolando pela sala, acumulando-se na sua mesa, pulando escada acima e escada abaixo. Felizmente, ninguém além de Cameron consegue enxergá-las. Uma delas está tentando escalar sua perna, o que não devia incomodá-lo — ela nem é real, ele se recorda —, mas ele está começando a surtar com isso. Cameron fecha os olhos e se afunda mais no código à procura do fragmento que está causando tudo isso...

— Cameron, preciso que você suba aqui agora.

Esquece, pensa Cameron, e joga todo o projeto na lixeira. As bolinhas rosa somem sem fazer som, mas ele jura que a que estava escalando sua perna fez cara feia antes de deixar de existir.

No alto da escada, ele encontra a mãe olhando pela janela, a expressão tão sinistra quanto franca. A chuva se anuncia lá fora. Há uma caçarola coberta com papel-alumínio em cima da mesa; o aroma delicioso de berinjela assada, alho e orégano paira no ar.

— Que foi? — pergunta ele.

— O Juaquo acabou de ligar. Ele disse que não vem hoje.

— Ah. — Cameron sente uma pontada de decepção. Estava ansioso por encontrar Juaquo. Achou que ia conseguir conselhos do amigo sobre a situação com Nia, o que também lhe daria chance de se vangloriar sobre a situação com Nia; uma pequena inversão nos papéis de sempre, já que Juaquo sempre foi o grande pegador em comparação a Cameron. Mas ele não se detém na ideia, pois percebe que sua mãe o encara com uma expressão estranha.

— Eu quero que você dê uma passada lá.

— Quê? Mãe, vai chover. Não tem como eu...

— *Cameron.* — A intensidade na voz dela faz com que ele se cale imediatamente. — Juaquo é seu amigo e tem alguma coisa errada. Ele não estava com uma voz boa no telefone e faz semanas que ele não anda com uma cara decente. Você anda tão ocupado assim com as suas telinhas e as suas festinhas pra perceber?

Cameron sente as orelhas quentes. A verdade, que os dois sabem, é que ele não percebeu. Mas só ele sabe o motivo real, que é pior que não dar bola. É que ele está confiante demais. Estava tão convencido de que seus poderes lhe davam toda a perspectiva de que ia precisar que se esqueceu de pensar nos limites deles: que alguns segredos vão muito além de uma conta de e-mail ou identidade falsas ou de uma vida on-line oculta. Alguns segredos são motivo de tanta vergonha e medo que as pessoas não aceitam admitir nem para si mesmas. E esses segredos não são digitados em mensagens nem em mecanismos de busca. Eles ficam presos na cabeça, onde ninguém consegue enxergar, e vão se infiltrando pela mente como um veneno de ação lenta até que tudo apodrece e desmorona. E, se você não tem com quem conversar, em quem confiar...

— Tem razão. Eu vou. Quer dizer: eu já volto — diz Cameron, então se vira e desce correndo a escada do porão.

Ele teve uma ideia.

Assim que para em frente à casa de Juaquo, Cameron já sabe por que seu amigo cancelou a visita de hoje. Juaquo não está à vista, mas seu velho Honda Civic — o que sobrou do Honda Civic, no caso — está parado num ângulo esquisito na entrada, com janelas quebradas, pneus furados, o retrovisor do motorista esmagado e pendendo inútil. O banco de trás está coberto de cacos de vidro; o para-brisa tem uma cratera enorme bem no meio, com rachaduras que se irradiam como uma teia de aranha. O céu está começando a derramar pingos, um prelúdio do aguaceiro gelado e constante que vai durar o dia inteiro, e mesmo assim Cameron para boquiaberto, perguntando-se se Juaquo estava dentro do carro quando aquilo aconteceu. O estrago é tão espetacular que atraiu uma plateia: do outro lado da rua, um homem maltrapilho está pasmo e olhando mais ou menos na direção de Cameron — provavelmente considerando se sobrou algo dentro do carro que valha a pena roubar.

Atrás dele, a porta da casa range até abrir.

— Sua mãe não aceita um não, né? — diz Juaquo.

Cameron se vira, segurando a caçarola. A chuva começa a cair mais forte, salpicando o alumínio com pingos. Cameron não percebe; ele está olhando para o rosto de Juaquo, que está menos danificado que o carro, mas não muito. Um dos olhos do amigo está cercado por um hematoma recente, escuro, tão roxo quanto a berinjela no prato preferido de Juaquo.

— O que aconteceu com você?

Juaquo ignora a pergunta e olha de soslaio para os pés de Cameron, oscilando um pouco enquanto isso.

— Vai ficar cheio de poça aí daqui a pouquinho. Lembra que a gente ficava pisando nas poças quando era criança? Acho que agora não dá mais, né? O que acontece se esse troço no seu pé molhar? Você leva um choque?

— Não — responde Cameron, e observa o rosto de Juaquo mais de perto. Ele não parece só machucado; está com a voz arrastada e parece desequilibrado. — Cacete, cara. Você tá bêbado?

— Não o suficiente. Esse machucado tá doendo pra cacete. — Juaquo se vira, seus ombros largos caídos. — Você devia voltar pra casa. Já deu pra ver que eu não tô em condições de receber visitas, né?

Cameron dá um passo à frente.

— Eu não vou embora até você me contar o que tá pegando.

Juaquo se retesa e se vira para Cameron de novo, fixando uma encarada de intimidar.

— Como é que é?

— O que você acha que eu quis dizer?

Cameron sente que está começando a suar, enquanto o silêncio entre os dois se prolonga. Pela primeira vez desde o acidente, ele se sente não só pequeno e oprimido mas impotente. Ordinário. Seus poderes não têm como ajudá-lo dessa vez; ele não consegue ler mentes e o celular de Juaquo, ali no bolso dele, não revela nada. Nenhuma chamada, nenhuma mensagem; ele sequer ligou para o seguro para falar do carro. Cameron só pode encarar seu amigo e esperar.

É como se aquele instante demorasse a eternidade. Por fim, Juaquo põe uma mão na cabeça e resmunga.

— Tá bom — diz ele. — Tá legal. Que seja. Entra. *Mi casa es su casa*, como sempre.

Do lado de dentro, a pequena casa está arrumada, mas cheia de pó. Há um espaço sem nada perto da grande janela panorâmica na sala de estar, que ficaria aconchegante e iluminado em um dia de sol. Cameron sente uma pontada no peito ao lembrar que foi ali que instalaram a cama de hospital onde a mãe de Juaquo passou os últimos dias, quando estava fraca demais para subir escadas. Juaquo está sozinho ali desde então, morando numa casa onde até a disposição dos móveis lembra o que ele perdeu. Nada, desde os retratos nas paredes até as cortinas amarelas, mudou. *Mi casa es su casa.* Só que, ao olhar em volta, Cameron se pergunta se Juaquo realmente pensa naquilo como a casa dele.

Juaquo se joga com todo peso no sofá, de frente para uma TV onde está passando um episódio antigo de *Além da imaginação* sem som. Cameron instintivamente usa os poderes para vasculhar a lista do amigo na Netflix. É sinistra: uma página infinita de filmes de terror e um documentário sobre o Unabomber.

— Quer tomar alguma coisa? — pergunta Juaquo.

— Eu tô bem. — Cameron entra na cozinha e abre a geladeira, colocando a panela ao lado da única outra coisa que se vê dentro dela: uma caixinha solitária e engordurada de comida chinesa. — Sua geladeira é a coisa mais triste que eu já vi na vida.

Juaquo não sorri.

— Eu não sei cozinhar.

Cameron se senta na outra ponta do sofá.

— E aí — diz ele.

— O que você quer saber?

— O que aconteceu com o seu rosto?

— A mesma coisa que aconteceu com o meu carro. Mais alguma pergunta? — diz Juaquo, mas Cameron fica em silêncio. Juaquo suspira e se recosta no sofá. Ele fala de olhos fechados. — Tá bom. Um dos caras no estaleiro, o Serge, tem um primo que tem um clube de MMA numa garagem lá na baixada. Ele tava sempre perguntando se eu queria lutar, disse que me treinava. Aí eu fui. Toda sexta à noite. Eu fui por um tempo.

A boca de Cameron fica escancarada. Juaquo sempre esteve de prontidão para interferir em prol de Cameron se alguém tentasse começar uma treta, mas ele sempre esteve ciente de seu tamanho e de sua força. A ideia de ele lutar por vontade própria, quanto mais por diversão, é a coisa mais ridícula que Cameron já ouviu.

— Tá de sacanagem? Você entrou no... na porra do clube da luta? Tipo, é por grana?

Juaquo encolhe os ombros.

— Às vezes é. É uma grana boa, se você ganha. Mas acho que, tipo, já que eu tô botando tudo na mesa — ele abre os olhos e olha bem para Cameron —, acho que eu só queria bater em alguma coisa. Ou que batessem em mim. Não sou muito exigente.

— Que coisa pirada — comenta Cameron.

— Diz o cara que ainda tem a mãe viva — responde Juaquo, com uma risada desprovida de qualquer humor. Cameron estremece. — Enfim, teve uma semana aí que me botaram pra lutar com um cara... e eu vi na hora que não devia, tá? Foi o, como se diz, cérebro reptiliano. Deu pra ver pelo jeito como ele me olhava que, independente do que desse ali, ele ia levar pro lado pessoal. E levou.

Juaquo respira fundo e fecha os olhos de novo.

— Posso te contar a coisa mais bizarra? Eu tô quase me sentindo aliviado. Eu tô sempre cuidando da minha retaguarda, me perguntando se eu devia, tipo, conseguir uma arma ou sei lá. — Cameron morde a língua antes de dizer *Ah, então é por isso que tava vendo arma no Google* e fica quieto. — Mas já acabou. E ele nem veio pra cima de mim. Foi pra cima do carro. Você acredita? Meu carro, porra. Que puto. Foi sorte eu ter esquecido meu protetor bucal, eu voltei na hora que ele tava detonando os meus faróis com um taco de beisebol.

— Ele te acertou com o taco? — Cameron tenta se levantar para mostrar a raiva, perde o equilíbrio e quase cai de cara no sofá. Juaquo o encara por um instante, então começa a rir. Desta vez a risada é sincera, de bater a mão no joelho, até que vira uma tosse.

— Porra, Cam. Não me faz rir que dói. E, sim, ele me acertou com um taco. Mas, como dá pra ver, foi só uma vez.

Cameron se concentra no olho machucado de Juaquo, depois olha pela janela.

— Olha, tá chovendo dentro do seu carro — avisa ele.

Juaquo dá de ombros.

— Acho que é melhor que chova. Ele mijou no banco de trás depois de detonar as janelas. Eu já falei que o cara é muito dodói da cabeça?

Cameron não consegue parar de rir e, depois, não consegue parar de pensar que faz meses que ele e Juaquo não trocavam tantas palavras.

— Eu não acredito que você entrou pra um clube de luta ilegal.

— Pois é — diz Juaquo. — É uma coisa doida e autodestrutiva, e certeza que aquela sua terapeuta ia ter o que falar sobre isso. Mas, cara, ficar nessa casa, depois que a minha mãe... Você não tem ideia de como é. E que bom que não tem. Só que não tem mesmo.

— Você podia se mudar — sugere Cameron. — Por que não? Vende essa casa, pega um apê bacana no centro.

Juaquo faz que não com a cabeça.

— Outro lugar ia ser pior. Pelo menos aqui eu tenho boas memórias.

Cameron não podia ter pedido assunto melhor. Ele sorri e diz:

— Então eu tenho uma coisa pra você.

Vinte minutos depois, Juaquo se levanta e caminha devagar até a cozinha. Quando chega à porta, ele para e segura a parede com tanta força que o nó do dedo fica branco. Há uma mulher *mignon*, de quadris bem angulosos e cabelos pretos, parada à pia, secando um prato e cantarolando sozinha. Ela se vira ao ouvir os passos e sorri.

— Ei, *chiquito* — diz ela. — Estou lavando a louça. Está com fome? Como foi o colégio?

Juaquo engole em seco. Por trás dos óculos de realidade aumentada, seus olhos estão marejados.

— O colégio tava legal, *Amá*.

Milana Velasquez dá um sorriso enorme para o filho, depois se vira para guardar o prato. O armário da cozinha está fechado, mas ela não percebe; ela estica o braço e a mão que segura o prato é ofuscada pela porta; depois a mão ressurge, vazia.

— Que bom — diz ela.

Do seu lugar no sofá, Cameron chama Juaquo.

— Está vendo ela?

— Ã-rã — responde Juaquo, enxugando os olhos com força. — É, ela tá aqui.

Juaquo fica alguns minutos na cozinha antes de voltar ao sofá, tirar os óculos de realidade aumentada e embalá-los nas mãos, como se tivesse medo de quebrá-los. O silêncio perdura.

— Ela está com cara mais nova — comenta ele passado um tempo.

Cameron concorda.

— Todos os vídeos que eu achei já tinham alguns anos. De quando a gente era criança, no geral. Ela não postou muita coisa nas contas dela depois. Mas, se você tiver mais recentes, ou fotos, eu consigo ajustar um pouquinho.

Juaquo faz que não.

— Não, eu quis dizer que ela está ótima. Não mexe nisso. É que... eu não entendi o que aconteceu. Ela vai ficar sempre na cozinha?

— Não, ela vai onde você estiver, desde que você esteja com os óculos. O negócio dos pratos só me pareceu um momento legal pra vocês, tipo, se encontrarem. Uma coisa familiar.

Juaquo faz que sim bem devagar, como um homem em transe.

— Eu tava no sétimo ano quando gravei aquele vídeo. Tava brincando com a câmera, sabe? Nunca achei que...

Ele perde o fio da meada e Cameron pega a deixa.

— Então, o negócio é o seguinte: isso é um programa fixo, não uma inteligência artificial supersofisticada. É tipo um filme caseiro que dá pra interagir ou...

— Aquele holograma do Deadpool no cinema que mostrava a bunda para quem tava na fila — diz Juaquo.

Cameron ri.

— Sim, é parecido com aquilo. Mas você só vai enxergar ela se rodar o programa e botar os óculos e, eu juro que ela nunca, nunca vai te mostrar a bunda. — Juaquo se faz de aliviado. — Ela pode conversar com você — prossegue Cameron —, mas o repertório é limitado. Se você passar muito tempo tentando manter a conversa, ela vai começar a se repetir. O lado bom é que ela não vai criar uma personalidade nova pra dar uma de HAL 9000 ou de *Westworld*.

Juaquo lança um olhar aterrorizado para Cameron.

— Por favor, nunca mais coloca a minha mãe e robôs de sexo da HBO na mesma frase.

Cameron ri.

— Foi. Péssimo exemplo.

Juaquo meneia a cabeça.

— Você é inacreditável. Quer dizer, você que fez isso? Foi você? Mas é um troço engraçado. Faz anos que ela parou de me chamar de *chiquito*.

— Eu consigo corrigir — propõe Cameron na hora, mas Juaquo sorri e faz que não outra vez.

— Não, não muda. Eu prefiro assim. Não quero um androide que pensa que é a minha mãe, nem que eu passe tanto tempo com ele e comece a achar que é a minha mãe. Só quero me lembrar dela que nem ela era, antes de ficar doente. — Ele faz uma pausa e abre um sorriso que o faz parecer como era antes, mesmo com o olho roxo. — Que incrível. Você fez, tipo, o memorial interativo máximo da minha mãe.

Há um longo e amigável silêncio quando Juaquo olha dos óculos de realidade aumentada para a cozinha e depois volta. Por fim, ele se inclina para a frente e põe o *wearable* delicadamente na mesinha de centro. Então ele se vira para Cameron.

— Então, e aí — diz ele —, o que *você* me conta?

Em retrospecto, Cameron não sabia o que esperava de Juaquo. De início, o amigo parece interessadíssimo em saber mais de Nia... até que Cameron começa a descrever detalhes da relação. É aí que Juaquo para de parecer intrigado e começa a rir.

— Ela estuda em casa? Ai, meu Deus, cara. Pior desculpa da história. Se é pra inventar uma namorada falsa, tenha um pouco de dignidade e usa o clichê da "modelo que mora no Canadá". Tem motivo pra esse ser um clássico.

Cameron fica indignado.

— Ela não é minha namorada... ainda. Mas ela não é de mentira! Olha, meu camarada, a gente teve um *encontro*.

— Ã-rã. Todos os meus encontros terminam com a menina saindo correndo enquanto eu vou mijar no mato — diz Juaquo, mas ergue as mãos quando Cameron fecha a cara. — Tá bom, foi mal, foi mal. Claro que é mágico. É que... Sério? Você nem tentou dar um beijo nela?

— Eu respeito ela demais pra fazer uma coisa dessas! — fala Cameron de brincadeira. Juaquo dá outra gargalhada.

— Taí um jeito de dizer "cagão" que eu nunca tinha ouvido.

— Você não entende. É uma conexão diferente — diz Cameron. Ele faz uma pausa antes de acrescentar, bem baixinho: — E me dá um tempo, é a única que eu já tive.

Juaquo dá um tapinha desajeitado nas costas dele.

— Tá bom, tá bom. Foi mal. Eu entendo.

— Eu nunca nem beijei uma menina, sabe. Não pra valer.

— Bom, de repente a Nia é a que é pra ser — diz Juaquo. — Mas você tem que convidar ela direito pra sair. E ser persistente. Não pode ser desesperado, mas lembra que as meninas gostam que a gente corra atrás. Principalmente as bonitinhas. Ela é bonitinha, não é?

Cameron entrega o celular a Juaquo.

— Pode conferir. Ela tá sempre me mandando fotos.

Juaquo analisa as fotos.

— Podia ter mais peito.

— *Juaquo.*

— Tô zoando! É, cara, é bonita. Meio pálida, mas bonita. Aliás, ela é um pouco familiar.

— Você deve ter visto ela por aí — diz Cameron. — Na cidade, quem sabe.

Juaquo franze o cenho.

— Acho que não. Acho que ela parece... — Ele espia a foto mais um pouco, depois dá de ombros. — Hã, sei lá. Uma hora eu lembro.

O celular toca na mão de Juaquo; ela dá uma olhada e sorri.

— Falando no diabo — diz ele.

— Que foi?

Juaquo devolve o aparelho a Cameron, arqueando a sobrancelha sugestivamente.

— É a sua mina. — A sobrancelha sobe e desce. — Ela quer saber se você tá pronto.

14

QUEM EM EQUIPE TRABALHA SONHOS ESPALHA

CAMERON ESTACIONA COM pressa e praticamente pula os degraus da entrada, sem notar que o mesmo homem maltrapilho que estava na frente da casa de Juaquo ressurgiu — e continua olhando para lá, desta vez de trás de um caminhão parado na esquina, sendo que o objeto de seu interesse claramente é Cameron. Mas Cameron não lhe dá atenção; ele só quer chegar na frente do computador a tempo de ajudar Nia com a próxima armação. Não que ela não pudesse dar conta de tudo sozinha. Mas saber que ela pode e que está se segurando até ele poder acompanhá-la faz com que sinta que seu coração está prestes a alçar voo. É isso que torna um perfeito para o outro. O que eles estão fazendo não tem a ver só com fazer justiça e corrigir injustiças. Tem a ver com eles fazerem isso juntos.

Outra notificação no celular dele.

Estou esperando!

Cameron desce a escada do porão de dois em dois degraus e para na frente da sua estação de computadores, as telas ganhando vida assim que ele olha para elas.

Estou aqui, diz ele, e sorri. **Vamos fazer uma redistribuição.**

INVESTIDOR CONTROVERSO DIZ TER SIDO VÍTIMA DE HACKERS

O renomado investidor Ford Freeman fez uma série de declarações hoje sugerindo que a recente doação de um total de US$ 10 milhões em seu nome foi obra de hackers. Depois que várias organizações tuitaram para agradecer o apoio, Freeman foi às redes sociais no início da manhã de sábado e escreveu: "Seja lá quem foi o [censurado] que deu US$ 10 milhões da [censurado] do MEU DINHEIRO pra fazer essa [censurado] de casaquinho pra gato, NÃO TEVE GRAÇA E EU VOU DESCOBRIR QUEM FOI."

Freeman está sob investigação há bastante tempo pelo que os críticos chamam de práticas comerciais predatórias, como comprar a participação majoritária de uma empresa em dificuldades financeiras e sistematicamente vender seus bens, o que resulta em demissões de larga escala conforme a organização se esforça para se manter no azul. Ted Frank, ex-CEO da Bluegrass Brand, culpou Freeman pessoalmente por saquear a empresa e eliminar centenas de empregos antes de liquidar seu cargo.

Os US$ 10 milhões em doações — que Freeman insiste terem sido roubados por hackers, que atacaram uma conta num paraíso fiscal e converteram tudo que havia lá em criptomoeda altamente valiosa — aparentemente foram canalizados com a intenção de ajudar os afetados pelos negócios do investidor. Várias entidades beneficentes que se dedicavam a levar famílias em dificuldades financeiras a moradias acessíveis e empregos de longo prazo receberam doações de US$ 500 mil, mas muitos indivíduos também receberam o que disseram ser "dinheiro de presente" e que estavam precisando. Melanie Whistler, ex-assistente de linha de produção que tem vendido casacos para gatos feitos à mão para pagar as contas desde que perdeu o emprego, no ano passado, disse à ANN que acordou e descobriu que uma campanha de financiamento coletivo para ampliar seu negócio recebeu US$ 100 mil em uma noite, dez vezes o valor que ela queria levantar.

"Gostaria de agradecer ao sr. Freeman pela generosidade", disse Whistler, "mas, como ele diz que não foi ele, gostaria de agradecer à pessoa de bem que fez isso para mim. E, a essa pessoa, gostaria de dizer apenas o seguinte:

Se você tiver um gato, é só me dizer a cor favorita e eu vou fazer um casaquinho muito fofo."

Na escuridão aconchegante do porão, Cameron joga a cabeça para trás e ri até saírem lágrimas. Ele ainda está morrendo de rir quando recebe mais uma mensagem de Nia, e a perplexidade dela só faz com que ele ria mais.

Gatos têm cor favorita?

Não sei. Eu não tenho gato.

Nem eu, diz Nia.

Sabe o que que eu tenho? Outra ideia.

ISSO. ME CONTA.

Ele conta. Quando termina, um longo silêncio perdura enquanto ele espera a resposta de Nia. Ele acaba mandando outra mensagem.

E aí? O que achou?

Quando ela responde, seu avatar está usando chifrinhos de diabo.

Eu acho que ela merecia sentir a justiça, diz Nia.

Outra pausa, esta mais breve.

Acho que a gente devia fazer isso agora.

15

ARIA SLOANE CANCELADA

ACABOU DE AMANHECER no campus da Universidade Estadual de Ohio. A luz suave começou a se infiltrar pelas longas trilhas, onde algumas poucas pessoas voltando de festas caminham tropeçando rumo aos dormitórios, e o celular de Aria Sloane começa a zumbir. Ela acorda de repente, primeiro confusa, depois incomodada, quando vê na tela o nome de Sarah Wright. Bombardeando seu celular às seis da manhã? *Essa menina está superestimando seriamente quanto absurdo eu aguento de uma aliada*, pensa Aria, jogando o celular de lado e rolando com um suspiro de indignação. *Só porque você foi nuns protestos, deu impulso no movimento e doa uns duzentos dólares pro meu Ko-fi pra compensar o empenho emocional que é ser sua amiga, isso não te dá o direito de ligar sempre que tá a fim.*

Além disso, considera ela, se você parar para pensar, acordar alguém antes de o sol nascer pode ser uma forma de violência, não pode? O privilégio de Sarah está patente. Quando Aria sair de vez da cama, a primeira coisa que ela vai fazer é entrar na internet e chamar essa mimada pra...

— AI, MEU DEUS — explode ela quando o celular começa a vibrar de novo.

Ela pega o aparelho, notando na mesma hora que há um monte de mensagens. Não só as ligações perdidas de Sarah — nossa, quantas vezes ela tentou antes de a vibração acordá-la? —, mas mensagens e notificações de tudo que é lugar, todos os aplicativos lotados. Pela primeira vez ela se pergunta se não há algo errado, se Sarah não estaria ligando porque começou uma guerra nuclear ou, pior, se o seu casal de celebridades preferido acabou. Aria toca na tela com pressa para aceitar a ligação.

— Sarah, o que aconteceu? São seis da ma...

Sarah a interrompe, ignorando a pergunta.

— Você viu o que tá rolando no Clapback?

— Quê? — diz Aria, balançando a cabeça sem acreditar. Ela ainda deve estar meio dormindo; o Clapback é o aplicativo de mensagens anônimas da faculdade e frequente fonte de indignação, mas não é o tipo de coisa que faz você ligar para alguém ao nascer do sol.

— Então você não viu — diz Sarah. — Você não tem ideia.

Aria abafa um bocejo.

— Acho que eu não tô captando — diz ela, incomodada. — Você tá me ligando pra dizer que alguém mostrou a bunda no Clapback?

Na pausa antes de Sarah responder, Aria percebe que tem algo de estranho no tom de voz da outra. Em vez de ser respeitosa e tolerante, pisando em ovos para não ofender, como ela sempre faz, a voz parece ríspida.

— Ã-rã — diz Sarah. — Você.

Aria se endireita na cama.

— Como é que é?

— Tipo, não só você. Teve um vírus ou um hacker ou sei lá o que que abriu as comportas e revelou uma pilha enorme de merda da internet. Você não é a única que tá provando do próprio veneno. Tem um cara que tinha um site de pornografia de vingança, deu alguma coisa que derrubou todo o conteúdo dele e deixaram só um vídeo megaengraçado do cara brigando e chorando com a mãe porque ela jogou fora um fichário cheio de hentai de *Sailor Moon*...

— O que uma coisa tem a ver com a outra? — retruca Aria, só para ouvir uma risada baixinha do outro lado da linha.

— Você foi hackeada, Aria. Desanonimizada. Todas as merdas que você já postou em anônimo e achou que nunca iam descobrir? Tá tudo à mostra. Não só no Clapback. Seu grupinho secreto no Facebook também veio a público essa noite. Pra um bando de gente que se diz *muuuuuito* preocupada com discurso de ódio e abuso, você e suas amiguinhas são as responsáveis por noventa por cento do *bullying* aqui no campus. Mas você; ó, você é especial. Foi você mesma. Eu não acredito. O Josh. Você inventou tudo.

— Eu não sei do que você tá falando — diz Aria, mas sua voz treme, irregular. Suas bochechas e orelhas ardem e parece que o mundo à sua volta encolheu, que está difícil respirar... porque ela sabe do que Sarah está falando. Do outro lado da linha, Sarah respira fundo e solta as palavras seguintes com um sibilar.

— Ele tentou se cortar depois que foi expulso. Você sabia? Ele foi parar na ala psiquiátrica.

Aria fecha os olhos e pensa: *Ih, merda.*

O escândalo em torno de Josh Woodward foi a maior notícia no campus naquele inverno, depois que uma postagem anônima no Clapback disse que ele tinha sido visto fazendo uma saudação nazista da sacada da fraternidade Chi Phi. Em questão de horas começou a chover postagem dizendo que, sim, Josh Woodward era um renomado supremacista branco, o que obrigou a faculdade a iniciar uma investigação. Foi então que um grupo de corajosas ativistas da justiça social, comandadas por Aria Sloane, aluna do segundo ano da faculdade, tomaram a frente para alegar que Josh também fazia agressões verbais, era misógino e famoso pelo *mansplaining*. Enquanto isso, a matéria viralizava on-line e se seguiu um telefone sem fio na internet até que o rumor virou de que Josh não só havia feito a saudação ofensiva mas que estava com um exemplar de *A revolta de Atlas* nas mãos e usava uma camiseta com a frase EU ♥ FASCISMO. Diante do escrutínio crescente da mídia e das ligações indignados de pais — e já que Josh Woodward evidentemente não tinha como apresentar qualquer prova de que *não* havia feito aquilo de que era acusado —, um tribunal universitário o condenou por discurso de ódio e o expulsou poucos meses antes da formatura. A última notícia que Aria tinha era de que ele morava com os pais e havia sido demitido de um fast-food graças a uma informação anônima com uma foto dele de uniforme de trabalho no Twitter, com o empregador marcado: "**Parece que o @McDonalds topa botar um supremacista branco misógino na cozinha KKKK.**"

Em retrospecto, pensa Aria, esta última parte pode ter sido um exagero. Ela não *precisava* que ele fosse demitido do emprego de chapeiro. Lançar o rumor e depois entupir o Clapback de depoimentos anônimos para começar a pilha de merda já teria bastado. E ela nem fez *todos* os comentários, só metade, talvez uns três quartos. Mesmo assim, ela só queria que ele aprendesse a lição depois que de tê-la atacado na aula de literatura, chamando-a de "mimada" só porque ela queria um alerta de gatilho em *Crime e castigo*. Mas Josh Woodward era a encarnação viva do privilégio do homem branco. E daí que ele não tinha diploma nem emprego? Um monte de gente não tem e não se vê essa gente pirando por aí por causa disso.

Aria respira fundo e diz:

— Não sei o que você acha que sabe, mas, se o Josh Woodward pirou depois que foi expulso, a culpa não é minha *mesmo*.

— Tá de sacanagem, Aria! — praticamente berra Sarah. — Você inventou a história de cabo a rabo. E não foi só isso: você envolveu todo mundo. Você disse que era o nosso *dever* como aliadas dar apoio a quem tivesse coragem de denunciar o Josh. A Quinn terminou com ele porque *você* falou que ele era um macho tóxico. Eu te levei pra almoçar a semana inteira porque você disse que estava muito traumatizada pra comer no mesmo refeitório que um nazista!

— Eu... — diz Aria, mas Sarah a interrompe.

— Eu vou ligar pra reitora, Aria, e vou contar tudo. Eu vou contar da pressão que você botou na gente, de como você nos incitou a dizer tudo aquilo. Eu vou contar de como você ameaçou acabar com a minha reputação se eu não postasse, retuitasse e doasse toda vez que você decidia derrubar alguém. E eu quero os meus quinhentos dólares de volta. Eu falei com o meu pai e ele disse que isso conta como fraude e eu tenho todo o direito de...

Aria desliga na cara dela.

Assim que desliga, o celular se ilumina, as notificações passando mais rápido do que ela consegue ler. Três clubes dos quais era integrante já postaram declarações de repúdio a ela. As pessoas estão parando de segui-la o mais rápido possível; sua conta de Twitter foi suspensa, e ela já perdeu duzentos amigos no Facebook e não para de perder. Ela tem uma leve noção de que Sarah está certa, de que não é só com ela que isso está acontecendo. Seu nome está nos assuntos do momento junto ao de várias outras vítimas, incluindo o cara da pornografia de vingança, que já ganhou o apelido de #ChoraMoon — mas isso só deixa tudo pior. Uma notificação toca no seu e-mail com a última das noventa e sete mensagens não lidas; o assunto diz: "Que vergonha."

Na sua mão, o celular começa a vibrar de novo. A cor se esvai do seu rosto quando ela olha. Não é Sarah retornando a ligação. É pior: o identificador de chamada diz: "PAI".

Aria Sloane joga o celular do outro lado do quarto. Ele escorrega para baixo da mesa. A vibração para.

Ela espera. Torce. Reza.

Que seja um sonho ruim, pensa ela.

O celular começa a vibrar debaixo da mesa.

Alguém começa a bater à porta dela.

Aria Sloane enfia a cabeça no travesseiro e começa a gritar.

NOVA MENSAGEM CRIPTOGRAFADA

De: Olivia Park

Para: Equipe Alfa

Assunto: Missão prioritária

Algoritmos OPTIC identificaram um padrão de perturbações, 94 por cento de probabilidade estimada de fatos vinculados. Favor rever arquivos anexados com hackings a Daggett Smith, Ford Freeman e Aria Sloane e conduzir análise relevante. Cameron Ackerson está cagando na nossa cabeça; quero saber para quem ele trabalha.

16

MENSAGENS CONTRADITÓRIAS

O CAFÉ É o ponto perfeito: a meio caminho de uma rua arborizada na badalada Ohio City, longe da agitação e das multidões do mercado a céu aberto a algumas quadras dali. Dentro, o local é silencioso e aconchegante. O corre-corre matinal já passou e o povo da hora do almoço ainda não chegou. Cameron chega ao balcão reluzente e sorri para o barista de avental preto, cuja reação é um tanto assustada. Ele sabe que deve estar parecendo um idiota, mas não tem como evitar. Afinal de contas, está prestes a cruzar um dos limites mais importantes da experiência humana.

Hoje, pela primeira vez na sua longa vida de solteirice e solidão, ele vai pagar um café para uma garota.

— Um *red-eye* grande e um *pink spiced latte* de primavera — pede ele, depois se aproxima para acrescentar — para a minha acompanhante, é claro. — Ele volta os olhos para Nia, que está delicadamente empoleirada no braço de uma poltrona estofada perto da porta. Ela olha para ele e deixa a cabeça pender um pouquinho de lado, como se perguntasse por que está demorando tanto.

O barista volta os olhos na direção de Nia, depois retoma o olhar torto para Cameron.

— Não me interessa pra quem é, cara — diz ele. — Deu nove e oitenta e oito.

Cameron deixa um dólar de gorjeta de qualquer modo. Nada vai estragar seu bom humor. Hoje não. Ele e Nia estão num encontro. Não num encontro fortuito, mas um encontro de verdade, do tipo planejado com antecedência. A mensagem dela se iluminou na sua lente no início da manhã, assim que ele desceu do ônibus no colégio City Center — outro marco significativo, embora não tão empolgante. Uma hora antes, Cameron entregou a última das suas provas; sua vida no ensino médio chegou ao fim, fora aquele último desfile no palco.

> **O meu pai vai passar o dia trabalhando fora,** dizia a mensagem de Nia.
> **Vamos nos ver? No Spiffy Bean às 11h.**

Ele teria que bater um recorde de velocidade na prova de física para chegar a tempo. Mas valia a pena? É claro que sim.

Sua determinação de se sentir ótimo dura o tempo que leva para se aproximar dela com o copo, que tem um arranha-céu de chantili rosa extravagante salpicado com cristaizinhos de açúcar rosa.

— Aqui está — diz ele. Mas, em vez de tomar o copo dele com o gritinho de apreço esperado, ela recua com um olhar levemente perturbado.

— Ah, Cameron, foi mal — sussurra ela. — Eu não tomo café.

A mão de Cameron para abruptamente no ar e a torre de chantili balança, ameaçando desabar.

— Não toma? Mas... por que você queria se encontrar num café?

As sobrancelhas de Nia se unem de preocupação. Ela fica olhando ao redor, nervosa.

— Foi um engano? Eu achei que todo mundo se encontrava aqui.

— Sim. *Pra tomar café* — diz Cameron, rindo, mas Nia sequer esboça um sorriso. *Meu Deus, eu tô estragando tudo,* pensa ele, e aí percebe que tem plateia para sua humilhação. O barista o encara sem pudor algum. Ele encaixa o próprio café no braço e puxa a porta, abrindo-a totalmente. — Vem, vamos conversar ali fora.

Nia deve estar tão envergonhada quanto ele, porque ela praticamente sai correndo porta afora.

A expressão dela quando eles começam a caminhar continua abatida. Ela está de braços cruzados. Cameron pensa em pegar a mão dela e implorar pelo perdão — *Me desculpa por ter escolhido o café mais ridículo do mundo pra você, por favor, não me odeia* —, mas ele está com um copo em cada mão.

— Ei, Nia, foi mal. Eu só achei que você fosse gostar porque, tipo, você que falou pra gente se encontrar aqui. E a maioria das meninas gosta desse café.

Enquanto fala, ocorre a Cameron que isso pode não ser verdade; aliás, ele não tem ideia se as setenta e tantas meninas que taggearam fotos do *pink spiced latte* nas redes socias chegaram a consumir o café ou se só pediram porque fica legal na foto. E, seja como for, Nia não quis. Aliás, ela está fazendo cara feia para ele.

— Bom, eu não quero — diz ela.

— Ei, tudo bem. Mais pra mim, né? Eu, hã, sempre quis provar — solta Cameron, uma mentira deslavada. Ele toma um gole da coisa rósea; o gosto é de um marshmallow dentro de um algodão-doce que se afogou num tonel de chá sem gosto. As sobrancelhas de Nia se arqueiam.

— Como é o gosto?

— Foi mal mesmo — diz Cameron — por achar que você ia querer beber esse troço aqui.

— *Mas todas as meninas gostam* — diz ela, agora de cara bem fechada. — Foi o que você falou.

— Hã?

— Tipo aquelas meninas com quem você foi ver um filme. A Emma Marston, quem sabe.

— Emma Mar... Como é que é? — Cameron para e fica encarando Nia. — Peraí. Nia, você está *com raiva* de mim? Ai, droga, está. Você está com raiva porque... peraí, por causa do cinema?

Ele percebe que a pergunta foi imbecil. É óbvio que ela estava irritada por causa do cinema. E ele, na empolgação de vê-la, tinha praticamente esquecido tudo, mesmo tendo acontecido na noite anterior. Depois da semana sensacional que eles tiveram armando a última rodada da Operação Justiça Cósmica, tudo que Cameron queria era enfim apresentar Nia aos seus amigos — Juaquo em especial, que estava cada vez mais animado para conhecê-la. Uma saída em grupo para assistir ao novo blockbuster de super-heróis com um monte de gente pareceu o jeito perfeito de quebrar o gelo. Para que ficasse uma coisa casual. Até a dra. Kapur, que sempre o advertia quanto a negligenciar os amigos e a família para ficar na internet com Nia, curtiu a ideia. Mas, ontem, quando disse a Nia que alguns amigos iam com eles, de repente ela falou que não podia e desconectou.

Cameron tentou não analisar demais, principalmente quando eles voltaram a se falar no dia seguinte e ela não tocou no assunto. Mas talvez devesse. Talvez Nia viesse fazendo aquela coisa de quando você diz que está tudo bem, mas quer dizer o completo oposto. Só que Nia *nunca* fazia esse tipo de coisa. E, com os ingressos já em mãos e poucas horas até a sessão, ele devia ter feito o quê? Então a saída em grupo virou uma noite normal com Juaquo e uns amigos do colégio. E, sim, tinha amigos que eram amigas... e, sim, eles haviam postado fotos daquela noite e Nia as viu.

Mas foi ela quem cancelou. Não fazia sentido que ela ficasse com raiva. A não ser que...

— Peraí — diz ele. — Você está com *ciúme*?

A pergunta sai com um tom muito alegre, e Cameron se sente um idiota imediatamente: quem é o imbecil que pergunta a alguém se está com ciúme, uma emoção que nenhuma pessoa com a cabeça no lugar admite que sente? Só se...

— Sim! — responde Nia, com uma expressão mais calma. — Ciúme! É exatamente o que eu estou sentindo.

O queixo de Cameron vai parar praticamente no joelho.

Nia parece confundir sua surpresa com incompreensão.

— Você não entendeu? Porque eu fiquei muito feliz quando você perguntou. Eu fiquei empolgada porque ia assistir a um filme com você! Mas aí eu não pude ir e aquelas meninas, Emma e Amber, puderam, e tiveram a experiência que eu queria. Puderam ficar com você e eu não. E eu estou com ciúme!

Cameron não consegue evitar: ele começa a sorrir. Um sorriso enorme, extasiado, ardiloso. Ele sente como se alguém estivesse fazendo sapateado na sua barriga. *Ela sente ciúme*, pensa ele, e as três palavras zumbem pela sua mente como um mantra dos milagres. Ciúme! A melhor coisa que já aconteceu!

— Bom, foi mal. Eu não sabia que você era ciumenta — diz ele, por fim.

— Nem eu — responde Nia, inesperadamente alegre. — Eu nunca me senti assim.

O simples fato de expressar seus sentimentos em voz alta parece ter aliviado a infelicidade de Nia, e eles começam a conversar tranquilamente enquanto vagam pela cidade, o distrito comercial desaparecendo às suas costas. Mais à frente, o ponto de ônibus ostenta um cartaz do grande evento do mês seguinte, que vai acontecer no I-X Center: HACKEANDO VOCÊ, grita o cartaz. Nia aponta para ele.

— O que é isso?

— *Body-hacking* — responde Cameron, sorrindo. — Membros biônico, tatuagens *smart*, microchips ingeríveis e tudo que tiver realidade aumentada. Borrando os limites entre homem e máquina. Não vou mentir, essa é a minha praia. E a sua também, né... Olha só, tem e-sports. A sua aviadora matadora podia matar alguém que não seja eu.

Os olhos de Nia ficam arregalados.

— Ah, é? Que sensacional!

— Quer ir? — pergunta Cameron. — Está esgotado há um tempo, mas eu sou meio que uma celebridade local. Eu podia mexer uns pauzinhos e arrumar uns ingressos.

— Eu queria ir. — Ela soa melancólica e olha para ele envergonhada. — Eu gostaria de ir com *você*. Eu queria... queria ficar mais tempo com você.

— Bom, então — diz Cameron, sentindo que está corando de prazer. — Eu também.

Nia fica pensativa.

— É difícil ficar sozinha, não é? E tem tanta gente assim. Mesmo quando estão no mesmo lugar, parece que estão desconectados. Que nem aquele pessoal. — Ela indica um casal passando, que caminha junto em silêncio, os dois olhando para os celulares. — Os dois estão em outro lugar, dentro da própria cabeça. Eles não se tocam nem tentam se entender. — Ela faz uma pausa e suspira. — Não seria ótimo se as pessoas pudessem se conectar diretamente? Cérebro com cérebro, para que todo mundo ficasse no mesmo lugar por dentro também?

Cameron faz uma careta e dá uma risadinha.

— Você não viu *Matrix,* né?

— Não. O que é isso?

— É um filme. Uma trilogia de filmes, acho. Eles fazem uma coisa parecida com o que você falou.

A expressão de Nia se aviva.

— Fazem, é? E o que acontece?

— Hã — diz Cameron. — Eu não quero estragar o filme pra você, mas não dá muito certo.

Ela franze o cenho.

— Por que não?

— Porque as máquinas inteligentes pegam todas as pessoas plugadas e fazem lavagem cerebral nelas, e começam a explorar as pessoas como fonte de energia.

Nia dá um gritinho, e Cameron ri.

— Que coisa *horrível* — comenta ela. — A minha ideia não era essa.

— Ora, é claro que não — diz ele. — Afinal, você não é um robô do mal que quer escravizar a humanidade. Mas você tem razão. As pessoas estão desconectadas. Essa é a ironia da internet: era pra acabar com tudo isso, mas acho que só piorou.

Cameron balança a cabeça, pensando em todas as coisas tenebrosas que vê sempre que abre a cabeça e se lança no ciberespaço.

— Todo mundo fica isolado atrás dessas telas. Sozinho, anônimo. E, quando as pessoas se sentem anônimas, elas param de agir feito gente. Elas param de tratar os outros como gente. Quem não for elas mesmas não é mais humano; quem não for membro da tribo delas é do mal e tem que ser destruído.

— A tribo delas. — Nia franze o cenho.

— É uma besteira — diz Cameron. — Um monte de limites que definiram de qualquer jeito. É uma pena que a gente não possa acabar com esses limites.

— Nada de tribos — reflete Nia.

— Ou uma só tribo — responde ele. — Somos todos humanos. Se todo mundo se lembrasse disso... — Ele perde o fio da meada e balança a cabeça. — Não sei. Talvez seja impossível. E talvez tenha um toma lá, dá cá nisso tudo. Os mais solitários podem ser muito criativos, sabia? Às vezes eles fazem coisas belíssimas.

Cameron se concentra, usando as lentes para projetar uma nuvem colorida de borboletas no ar em volta da cabeça de Nia, depois sincroniza o vídeo com seu celular e envia para ela. Ela se sobressalta um pouco, enfia a mão no bolso e puxa o aparelho, abrindo um grande sorriso ao ver o que ele fez.

— Você que fez. Eu ia adorar viver em um mundo assim.

Um mundo assim.

As palavras são uma semente que cria raízes na cabeça dele enquanto os dois caminham, acompanhados pelo silêncio. É só quando o pé de Cameron começa a doer que ele olha para cima e vê que estão chegando a um lugar familiar. A silhueta pesada das enormes mansões que ninguém quer salvar, desafiando o tempo até virarem ruínas. Sem querer, ele começou a refazer a rota do dia do acidente. Quando olha para as casas vazias, relíquias de outra época, a semente forma uma ideia.

— Ei — diz Cameron, parando. — E se a gente criasse um mundo? Onde a gente pudesse se visitar quando quisesse... Pelo menos até seu pai pegar mais leve com as regras.

— Criar um mundo? — pergunta Nia. — Como?

— A gente nem teria que construir do zero. Seria mais uma... reforma. — Cameron faz sinal para a lente no seu olho e para o telefone na mão. — Você tinha razão. Antes eu não conseguia acessar Oz, mas agora eu conseguiria. *A gente* conseguiria. A gente podia fazer aquilo que está deserto e destruído virar uma coisa legal.

— Só para nós dois? — diz Nia. — Ah, gostei. Que nem eles têm nos filmes, um clubinho.

— Um quartel-general.

— Um covil subterrâneo — diz ela às risadinhas.

— Esse é o espírito — diz Cameron. — E vai ser seguro, o que é bom, porque a gente precisa fazer um *brainstorming* para saber qual deve ser o próximo alvo da Operação Justiça Cósmica.

Nia bate palma uma vez.

— Não, não precisa. Eu tenho uma pessoa.

Cameron ergue as sobrancelhas.

— Quem?

— Acho que eles não têm nome — diz ela, franzindo o cenho. — Não é uma pessoa. É mais uma entidade... ou uma máquina do mal, que nem você disse. Lembra aqueles sites fantoche que foram apagados depois que o Daggett Smith sumiu? Deve estar tudo conectado. E isso é uma coisa grande. Eu ando fuçando os dados das minhas redes sociais e tem um algoritmo corrupto que passa por todas. Tem alguém manipulando o que a gente vê nas redes, se aproveitando dos preconceitos das pessoas, recolhendo um absurdo de dados. Não sei pra que estão usando, mas...

Nia continua falando, mas Cameron só ouve metade. A ideia de um algoritmo corrupto rodando por um fluxo secreto de fundo em cada rede social parece uma teoria da conspiração abilolada; com certeza é uma coisa que ele teria notado. Quando ele volta toda sua atenção para Nia, vê que ela está sorrindo para ele.

— Você não parece convencido — diz ela.

— É que eu não vi por conta própria.

— Talvez você precise ver com outros olhos. — O tom dela é de provocação.

— Eu vou. Mas se isso que você está dizendo é verdade...

— Sim?

— Não vai ser fácil.

— Não me diga que você tem medo de um desafio — diz ela.

Ele sorri.

— De jeito nenhum. Estou com você. Seja o que for, vamos derrubar.

Juntos, eles se viram e começam a voltar por onde vieram. Uma brisa suave se ergue do lago, o sol está quente e forte. Cameron vira o rosto para a luz. Uma tarde no início do verão, uma caminhada com uma garota linda; às vezes ele pensa que o mundo não é de todo mal. O ponto de ônibus por onde eles haviam passado se assoma à frente, um ônibus municipal para ali. Nia aponta, indo até ele.

— Eu tenho que ir — avisa ela, mas hesita. — Mas posso fazer uma pergunta pra você?

— Claro — responde Cameron. O ônibus encosta no meio-fio e abre as portas.

— O mundo que a gente vai criar. O que vai ser só pra nós dois. — Ela faz uma pausa e morde o lábio. — É que... tem que ser *só* nós dois?

— Como assim? Você quer convidar outra pessoa? — indaga Cameron. Agora ele sente ciúme... mas apenas por um instante. Os olhos de Nia se arregalam antes de ela responder:

— Na nossa realidade virtual, pode ter... um cachorro?

Ele explode numa gargalhada.

— Pode, Nia. Pode ter um cachorro.

Ela faz um sinal de positivo para ele antes de se virar e pular no ônibus à espera. Cameron acena, vendo-a partir. O motorista faz sinal para ele.

— Vai entrar, garoto?

— Não, eu vou pro centro — diz Cameron, ainda rindo. Ele acena de novo para Nia, cujo rosto pálido é visível pela janela. O motorista revira os olhos e resmunga, mas Cameron mal percebe. Ele está tomado pela sensação de propósito, de possibilidades. E tem uma manhã ensolarada e uma caminhada agradável pela frente para matutar essas ideias.

Horas depois, Cameron se senta na escuridão do porão, os dedos voando pelo teclado enquanto sua mente dialoga com o software, tentando perceber a presença do algoritmo que Nia tinha tanta certeza de que estaria ali. Se for como ela descreveu, ele não consegue nem conceber como descobriu isso. Ele seria projetado para passar despercebido, para parecer orgânico ao sistema; caçá-lo seria como fitar uma corrente de água veloz e tentar ver uma só onda anômala na superfície.

Talvez você precise ver com outros olhos, disse ela. Mas não são de outros olhos que Cameron precisa. Ele precisa de uma nova perspectiva. A perspectiva de Nia. Ele a conhece bem o bastante para saber que ela enxerga as coisas de um jeito diferente da maioria das pessoas. Não só diferente; ela enxerga mais. Nia consegue entrar uma camada a mais quando os dados parecem impenetráveis, consegue avistar padrões num vasto mar de informação em que ele só vê ruído.

Padrões, pensa ele. Algo se agita no seu cérebro. Seu coração começa a bater mais rápido.

Eu estou olhando muito de perto.

E, quando se concentra, tentando ver a web como Nia vê, afastando-se para enxergar cada vez mais conforme ele se aprofunda no código — ele quase suspira em voz alta. Na mente de Cameron, o código salta aos olhos, imiscuído de forma tão elegante em todas as redes que não teria como percebê-lo se não soubesse que está lá. Ele se pergunta outra vez como Nia o encontrou; mesmo agora ele parece mudar e tremular sob a análise dele, como uma miragem que some caso se olhe diretamente para ela. Traçar a origem de uma coisa como esta vai exigir todos os seus poderes, e provavelmente todos os dela.

Enquanto Cameron fita, imóvel, as profundezas da internet, uma sombra passa pela janela do porão e desce rapidamente pela Walker Row. O observador oculto passa despercebido — como fez a semana inteira, passando na frente da casa da família Ackerson no início da manhã, quando Cameron sai para o colégio, ou se sentando alguns bancos atrás dele quando pega o ônibus para o centro, ou do outro lado da rua no consultório caseiro da dra. Kapur, depois da consulta na segunda-feira.

Apesar da sua intuição e dos seus poderes, Cameron Ackerson não tem a menor ideia de que está sendo caçado.

17

CADA VEZ MAIS PERTO

Xal passa a língua pelos lábios e saboreia a sensação. Esta pele está em bom estado — elástica, bem-cuidada.

Ela não ficou triste de trocar a carapaça masculina e fedorenta por esta, mais jovem e feminina. A anterior, como ela descobriu, atraía atenção indevida, e Xal se entreteve em saber que os corpos humanos exigem manutenção, limpeza e ornamentação constante para serem considerados aceitáveis a outros humanos. Aparentemente até mesmo as próprias criaturas sentem repulsa à visão e ao cheiro da própria pele. Mas, para uma espécie tão preocupada com a aparência, é notável o quanto é desatenta à intrusa que anda entre ela. Ela vem acompanhando o garoto desde o dia em que chegou, sempre tomando cuidado para não ser vista, mas começa a achar que essa cautela é perda de tempo. Ele parece indiferente à presença dela, e sua falta de prudência é desconcertante.

Cameron: é assim que ele se chama. Este homem-que-ainda-não-é-homem é a fonte do sinal. Não há dúvida: ele foi tocado pela mesma força destruidora que marcou o rosto de Xal e arrancou seu povo dela. Ela sente aquilo chegando mesmo de longe, mas fica surpresa em encontrar a energia cada vez mais focada e controlada. O garoto talvez não saiba a fonte do poder, mas sabe que o tem — e, aparentemente, como usá-lo. E isto o torna perigoso, principalmente quando ainda há tanta coisa que Xal não sabe. Para o povo dela, a arma do Inventor era um meio de conexão, mas o que este tipo de poder fará na mente isolada e desimpedida de um ser humano? E como o garoto virou dono de algo assim? Toda a sua existência é um mistério enervante.

Ainda assim, ele pode ser a maior esperança que ela tem de sobreviver — e não só de sobreviver mas de renascer. Se a arma do Inventor estiver intacta, se ela puder utilizá-la mais uma vez, há como reconstruir a civilização aniquilada de Xal. Talvez melhor que antes. Apesar de todas as suas falhas, a Terra possui recursos que o planeta dela não tem, recursos que as Anciãs mal poderiam imaginar. É um local onde uma colmeia poderia prosperar. Talvez até uma nova ordem: em vez de Anciãs, haveria Xal. Em vez de tentar reconstruir, ela e as outras sobreviventes do massacre poderiam começar do zero, aqui, num novo mundo, com uma nova visão. A visão dela. Ela seria a arquiteta do triunfo e, em troca, seu povo seguiria seus mandos e a chamaria de rainha. Ela já sabe que poderia reinar nas massas fervilhantes *deste* planeta, como uma deusa. E o que os humanos fariam? Eles cairiam de joelhos, em gratidão, enfim aliviados do fardo da solidão. Ela lhes mostraria o que significa de fato fazer parte de algo. Ela lhes mostraria o poder inimaginável de outro mundo.

Mas Xal está se adiantando. Antes, ela tem um serviço a cumprir. O garoto é a chave. Para se aproximar, ela terá que escolher seu alvo com cuidado. Não a mãe; até aquele adolescente desatento notaria se Xal tomasse a pele *dela.* No tempo que passou na Terra, ela aprendeu que os humanos constroem estranhas redes de confiança na busca por vínculos. Eles forjam relações entre si baseadas em atrações químicas e dons em comum. Eles pagam a estranhos para massagear os corpos, para cantar para eles, para ouvir seus medos e suas esperanças. E, quando nada disto funciona, eles procuram doutores para curar suas mentes problemáticas, isoladas. Doutores em quem confiam. Doutores a quem contam tudo, até os segredos mais profundos e obscuros. Xal já viu o garoto visitar a mulher chamada Nadia Kapur. Ela já o observou, do outro lado da rua, enfurnar-se na casa dela e depois ouviu, agachada à janela de Kapur, os murmúrios da conversa lá dentro.

Isso.

Xal sorri. Se for rápida, ela pode estar dentro do novo corpo antes de o sol nascer de novo.

18

DRA. NADIA KAPUR TIRA O LIXO

A noite se aprofunda sobre o Woodbine Boulevard quando a dra. Nadia Kapur sai pela porta de casa e estremece com o vento. O cheiro das cebolas na frigideira a acompanha, e ela dá uma leve risada; se seu marido ainda fosse vivo, viria correndo atrás dela para reclamar que ela não está cuidando do molho.

— Fica de olho nas cebolas! — gritaria ele. — Você tem que ficar de olho. Esses legumes conspiram contra a gente!

Nadia suspira. Claro que, se o marido ainda estivesse vivo, ela nem estaria ali. Dev é que estaria arrastando as lixeiras até o meio-fio. Mas, se ela for rápida, estará de volta antes que elas queimem... e, caso não consiga, pode pedir uma pizza.

Os luxos da viuvez. Eu posso comer a besteira que eu quiser; em compensação, sinto saudade dele todos os dias.

A rua está vazia e banhada pelas sombras, apesar de um brilho agradável que vem das janelas das casas muito bem-cuidadas que se enfileiram de cada lado. Daqui a alguns meses estará ainda mais alegre: os balaústres dos alpendres e os arbustos estarão envoltos com fios de luzes piscando em várias cores, o primeiro sinal das festas de fim de ano.

Outra tarefa da qual Dev costumava cuidar, e que Nadia supõe que agora seja sua função.

Rapidamente, ela arrasta a lata de recicláveis do beco e deixa em posição — mas para ao se virar para pegar o lixo, tomada pela convicção súbita de que não está mais sozinha na rua. É o tipo de coisa que a maioria das pessoas trata como nervosismo, um medo das trevas invasoras combinado ao temor de voltar à casa vazia atrás de si. Mas Nadia Kapur não é uma mulher nervosa nem do tipo que ignora o afinado sistema de reações instintivas que produz a sensação de "arrepio". Suas duas décadas como terapeuta só lhe fizeram respeitar ainda mais o poder do inconsciente — o cérebro reptiliano que sente o perigo mesmo quando não se consegue vê-lo. Movimentando-se decididamente, ela corre de volta para dentro, fecha a porta e passa o ferrolho, que causa um baque tranquilizador.

Atrás dela, uma voz inumana emite uma só palavra.

— Inesperado.

Nadia dá um grito e se vira, as mãos subindo a meio caminho para se defender, mas pausadas no ar, esquecidas. A jovem parada no vestíbulo está totalmente nua, fitando-a, os braços frouxos ao lado do corpo. *E ela é familiar*, pensa Nia. A doutora a viu na vizinhança há pouco tempo. Será que ela veio da rua? Terá sofrido abuso sexual? É a explicação mais lógica... mas o instinto de Nadia não concorda. Mesmo quando sua formação se ativa e ela imagina tomar a frente, oferecer ajuda, cada célula do seu corpo grita para que ela corra. Não porque a mulher é perigosa, mas porque...

Não é uma mulher, ai, Deus, você não viu, você não percebeu, não é uma mulher, não tem nada de mulher ela é outra coi...

A testa da mulher-que-não-é-mulher se abre com um rosto lascivo e inumano que sai quando sangue, osso e cartilagem descascam.

A mente de Nadia se esvazia.

A coisa-mulher se arrasta para a frente e a agarra pelo pescoço quando ela desaba. A força das suas pernas desaparece. O rosto terrível chega mais perto, mais perto, e Nadia sente ânsia de vômito com o cheiro de podridão, o buquê enjoativo de pus e plasma, uma defesa moribunda quando sua pele tenta combater em vão a coisa horrenda lá dentro. Seu estômago se revira quando ela tenta vomitar, mas a mão em torno do seu pescoço aperta cada vez mais e mais, e nada sai... nem entra. A última coisa que ela sente, quando as trevas começam a anuviar os cantos da sua visão, é a queimadura ácida da bile que escorre de volta para seu estômago — mas a sensação parece muito distante, como se seu estômago não lhe pertencesse mais. Nadia Kapur se desfia, se desfaz.

Então ela desaparece, e quem abre seus olhos é outra pessoa.

O cheiro acre de cebolas queimadas acompanha o corpo da dra. Nadia Kapur ao sair pela porta de casa pela segunda vez na mesma noite, com um saco de lixo cheio na mão. A rua continua vazia; não há ninguém para notar a diferença no seu jeito de andar e na sua postura, para se perguntar sobre a rigidez dos movimentos.

Ninguém vê Xal usando a pele de Nadia Kapur como um terno mal-ajustado.

Xal não é estranha à criação de híbridos, a tomar o que precisa das criaturas que encontra. Até do seu próprio povo, quando era o único modo de salvar a própria vida. Mas esta é a primeira vez que ela toma tudo, cada célula e cada sistema, para se tornar outra coisa por completo, tanto quanto ela mesma é. Ela se sente perdida dentro deste corpo, com seus poros repulsivos, o cabelo que coça e as membranas mucosas viscosas. É alérgico ficar lá dentro; comichões ondulam na pele de Kapur, e Xal sibila com a sensação.

Não vai bastar.

Com cuidado, ela foca a atenção na sequência genética que a ataca, enviando suas próprias células para extraí-la, preenchendo os vazios com um enxerto de DNA. As erupções se acalmam, mas é a primeira vez que ela se sente inquieta. Este corpo é fraco e a fraqueza a torna vulnerável. Quanto mais ela consegue despir, ou incrementar, sem que o garoto perceba que falta algo nas interações deles? Talvez os registros da médica sejam úteis neste sentido. A mulher mantém registros das suas sessões em um aparelho dentro de casa; Xal a havia visto pela janela, atenta, tomando notas. Talvez ela possa estudar para melhor mimetizar a fala e os movimentos da mulher. Talvez, nesta troca, ela até aprenda algo sobre sua presa abatida.

Ela solta o saco de lixo na lixeira do meio-fio. Ele se rasga levemente na entrada, e um jorro de líquido fétido escorre pelo rasgo, deixando gotas pretas na calçada. Lá dentro, o que sobrou do corpo com o qual ela chegou desaba sobre si, fazendo um barulho que parece lama.

Xal abre um sorriso largo, que exibe seus dentes humanos, e tampa a lixeira.

ÚLTIMAS NOTÍCIAS

Boa noite. Aqui quem fala é Ashley Smart, da American Network News. A grande notícia da noite: jornalistas de diversos veículos, incluindo a ANN, receberam hoje arquivos anônimos via Dropbox contendo documentos e análises que revelam a existência de uma imensa rede de coleta de dados, cuja influência em eleições internacionais e outras iniciativas globais data de pelo menos uma década. Diversos líderes mundiais negaram responsabilidade pelo que parece ser a maior iniciativa de ciberespionagem na história. Voltaremos com informes sobre esse assunto alarmante assim que tivermos mais informações.

NOVA MENSAGEM CRIPTOGRAFADA

De: Olivia Park

Assunto: Alvo travado na mira

A análise identificou uma sequência de códigos comum nos relatórios de incidente anexados que levam ao investigado ACKERSON, CAMERON. Em cumprimento aos fatos do dia, requisita-se ação imediata para capturar investigado à primeira oportunidade. Ele já nos causou problemas demais.

Favor observar: Paradeiro, descrição física e identidade da segunda investigada, N/A, NIA, permanece desconhecida. Há chance de estarem juntos, então fique de olhos abertos.

NOVA MENSAGEM CRIPTOGRAFADA

De: ADMIN

Assunto: Re: Alvo travado na mira

Olivia, o comitê acredita que seu vínculo à família Ackerson não será impedimento.

Aguardando informações.

19

OPERAÇÃO QUEIMA-TUDO

A Cidade Digital abandonada, a que o pai de Cameron costumava chamar de Oz, é um labirinto de código antigo, tão difícil de penetrar quanto sua homônima da ficção. Quando criança, Cameron descia a escada de casa e ficava encostado na porta fechada do escritório do pai olhando para a fina linha de luz matizada de azul sob a porta, ouvindo o tec-tec-tec do teclado enquanto ele construía sua cidade. Levaria anos até William Ackerson sumir por completo, mas, naqueles momentos, era como se ele já estivesse distante. Ele depositou tudo que tinha na construção da cidade, imaginando que algum dia abriria as portas e convidaria o mundo a entrar. Em vez disso, o lugar se tornou um túmulo virtual: repouso dos sonhos perdidos de um homem perdido, suas portas vedadas para sempre.

Mas Nia tinha razão: todo sistema tem um ponto de acesso. O mundo de código de William Ackerson estava apenas aguardando, pacientemente, pronto para receber o visitante que viesse com a senha certa, com as palavras certas, ditas na língua certa. Anos antes, Cameron havia tentado hackear o sistema e não chegara a lugar algum. Ele era não só impenetrável mas incompreensível. Ele não conseguiu nem arranhar a superfície da sua estrutura; foi como bater em um muro sem fim e sem graça. Ele desistiu quase imediatamente. Mas agora, quando se aproxima de novo, tudo está diferente. Não só ele, mas o sistema em si. Quando se aproxima do muro, ele pisca, mexe-se. Ele reage. Em vez de um muro, é um espelho.

Parece que estava me esperando.

Talvez Nia tivesse razão: pode ser que ele sempre estivesse destinado a encontrar seu caminho para entrar nas ruínas do império do pai. Ele só precisava aprender a falar o idioma que lhe daria acesso — a superar a simples comunicação e se tornar parte do sistema em si.

É uma manhã de sol. Lá em cima, a mãe de Cameron prepara uma nova jarra de café. Mas, quando ela grita pela escada do porão para dizer ao filho que está pronta, ela não tem resposta. O corpo de Cameron está sentado em um sofá no porão enegrecido, mas sua consciência está no fundo do ciberespaço, como um fantasma que atravessou o espelho, que passou o limiar que separa o real do digital.

Na primeira vez que fez isto, dias antes, foi por acidente. Foi apavorante: como despencar do chão duro e desabar no nada. Em um instante ele estava sentado diante do teclado, digitando comandos, ouvindo uma resposta do sistema na mente e recebendo nada além do eco cada vez mais baixo do seu próprio código. Em seguida, ele sentiu os dedos se erguerem das teclas e pegarem as laterais da cabeça, conforme sua mente entrava em sincronia com o sistema em si, sua consciência correndo por uma trilha oculta e jogando-o abruptamente do outro lado da parede. Por um instante, ele estava em dois lugares ao mesmo tempo: encarando de olhos abertos a tela à sua frente se desfraldando em uma sequência infinita de códigos, revelando a arquitetura de um mundo digital oculto que apareceu na sua mente como algo saído de um sonho. Uma cidade dentro da máquina, um mundo de uns e zeros reluzentes, de ruas estreitas forradas de centenas de estruturas que continham milhares de aposentos.

Então ele fechou os olhos e só havia Oz.

Agora, ele consegue acessá-la sem nem ao menos apertar uma tecla.

Nia já está lá quando ele entra, sentada em um sofá de encosto alto com um cachorrinho marrom encolhido no colo. Um dia, pensa Cameron, eles podem reformar o lugar juntos — quem sabe até abri-lo para toda a internet, um império renascido. Mas isso pode vir depois, quando ele estiver seguro da sua capacidade de reconstruir a rede Whiz de dentro para fora, quando ele não estiver com tanto medo de arrancar a peça errada e fazer toda a estrutura ruir na sua cabeça. Por enquanto, Cameron manteve as reformas da Whiz limitadas a um único aposento, um espaço em branco que qualquer um deles pode reformar como quiser. A primeira coisa que ele fez foi criar uma entrada própria para Nia, dar a ela sua própria chave da cidade. Ela é melhor que ele nisso de inventar paisagens virtuais elaboradas; da última vez que ele esteve aqui, ela transformou o aposento numa réplica perfeita do covil do dr. No. Agora, parece algo saído de um conto de fadas: paredes velhas feitas de placas de madeira frouxas, as rachaduras entre elas sufocadas de trepadeiras que permitem a passagem de apenas alguns raios de sol. Um esconderijo no sótão, ou uma casa na árvore mais elaborada.

Ela se põe em alerta assim que Cameron abre a porta, largando o cachorro no chão e correndo pela sala para recebê-lo, a barra do vestido — Nia também adora se emperiquitar, como ele descobriu — raspando no chão. Seu avatar aqui é como o dele: uma réplica exata da realidade. Mesmo o efeito do vale da estranheza, a maciez sinistra que faz seus eus digitais parecerem quase-mas-não-exatamente humanos, mal se nota; se Cameron não pensar nisso, ele logo vai esquecer que ela não está aqui, e que ele também não está com ela.

Um emaranhado selvagem de flores e trepadeiras cresce também entre as rachaduras das tábuas do chão e explode quando Nia passa entre elas, levantando nuvens de pétalas cintilantes até que o aposento é tomado por um mar de confete. O cachorro, que usa uma coleira de joias com uma plaquinha que diz DOGUINHO, late uma vez, irritado, e sai rebolando.

— Você veio! — diz Nia, e lhe dá um abraço. Ou, melhor, ela tenta; um dos seus antebraços paira logo acima dos ombros, enquanto o outro se enfia nas suas entranhas. Ela recua, rindo. — Ops.

Cameron resmunga. Não de dor, mas de frustração. Ele complementa sua avaliação anterior: tudo dele, de Nia e deste mundo parece quase perfeitamente real, até eles tentarem se tocar. Então fica claro que ainda há bugs no sistema, que mesmo depois de testar o limite dos seus poderes, o lugar ainda está em obras. Mas há bastante tempo para ajustar tudo, pensa ele. Até lá, os bugs no sistema são o que há de mais distante da sua mente — ou dela.

— Você viu? — pergunta ela. — A gente conseguiu! Está funcionando!

O primeiro pacote de informações chegou há poucas horas, quicando por uma série de buracos de minhoca e acobertamentos digitais para ser à prova de rastreio. Os jornalistas que receberam os frutos do trabalho dos dois não têm como saber quem lhes passou o grande furo das suas vidas; mas o mais importante era que a pessoa ou pessoas sinistras e misteriosas cuja adorável fazendinha de desinformação havia pegado fogo também não saberiam.

Cameron queria sentir vontade de comemorar, mas não deixa de se sentir inquieto. Nem ele nem Nia foram capazes de descascar a última camada, de identificar a origem precisa da imensa rede. Ele gostaria de ter obtido um nome, um endereço, qualquer coisa que identifique a pessoa ou pessoas por trás daquilo. Mas agora não há nada a investigar; a operação como um todo desapareceu da internet em questão de horas após eles a exporem. Deixou de existir, sem rastro. Não que Cameron lamente o que fez — lançar luz àquela teia obscura só pode ser algo bom para o mundo e para as pessoas —, mas ele está plenamente ciente, mesmo agora, de que não pode ser a única que existe, ou o único projeto comandado por... bom, seja lá quem for. Juntos, é quase certo que ele e Nia irritaram alguém. Talvez vários alguéns, com poder imenso e bolsos muito fundos. Ele se sentiria melhor se pelo menos tivesse ideia de quem é esse alguém.

Mas não é o que diz a Nia. Ela está muito animada; ele não vai estragar o momento. E por que a preocupação? Os rastros deles estão protegidos, dezenas de vezes.

— Está em tudo que é lugar — comenta ele. — É destaque em todo site, manchete nos grandes canais. O que está acontecendo na rede? Continua desligada?

— Não só desligada. Deletada. — Nia franze o cenho. — É estranho. Eu deixei uns backups pela internet, em lugares aleatórios... qualquer lugar onde eu pudesse criar um alçapão no servidor e esconder. Mas quase todos sumiram. De repente tinha um código de autodestruição embutido.

Cameron se sente inquieto de novo.

— Você não deixou em nenhum lugar que pudesse levar a você, né? Nem a mim?

— Não. Aliás, eu guardei vários backups nos servidores do Daggett Smith. Não é como se fossem usar.

— Bem pensado — diz ele, rindo. A última notícia que eles tinham era de que Daggett Smith havia deletado todas as contas e morava em um trailer movido a energia solar em algum ponto do Novo México com seis gatos.

— É sério que o presidente vai fazer um pronunciamento a respeito?

— Acho que hoje à noite — responde Cameron. — Mas eu não vou assistir. Tenho minha formatura.

— Que divertido — diz Nia.

Cameron ri.

— Não, não é. É um desfile num palco usando um roupão chique para receber um papel. Sinceramente, eu nem precisava ir. A gente acabou de cortar a cabeça de um império do mal que envenena a internet há pelo menos uma década. Pegar o meu diploma do ensino médio não me parece grande coisa. Mas, se você acha que é divertido...

Nia olha para ele, curiosa.

— Sim?

— Bom, eu tenho convites sobrando. Você podia ir.

— Hoje? À noite? Eu nunca fugi à noite. — Ela morde o lábio. — E o meu pai vai estar em casa.

— Quem sabe se você pedisse? — sugere ele, mas Nia nega veementemente com a cabeça.

— Ele nunca vai aceitar.

— Bom, e se eu conversasse com ele? Talvez seja hora de você me apresentar...

— Não! Ele não pode saber! — Nia praticamente dá um berro, depois fica aborrecida. — Cameron, ele não ia entender. Você não pode falar com o meu pai. *Nunca*. Promete.

— Nossa — diz Cameron. — Tá bom, eu não falo. Acho que eu nem devia perguntar se você quer conhecer a *minha* mãe.

O rosto de Nia passa de aborrecido a ansioso, e Cameron percebe que esqueceu, mais uma vez, que ela não está ali; que este lugar não é real. O avatar de Nia é um retrato perfeito da mágoa humana; seus olhos chegam a cintilar, como se ela estivesse à beira das lágrimas.

— Mas eu quero muito conhecer a sua mãe. E os seus amigos. Mas ainda não posso. É complicado — diz ela, e faz uma pausa. — Mas acho que eu posso sair hoje à noite. Quer dizer, posso tentar. Se ainda quiser que eu vá ver você receber um papel usando um roupão chique.

— Claro que eu quero que você vá. E depois eu preciso jantar com a minha mãe e o namorado novo dela, mas eu tenho um tempo antes da cerimônia. Por que a gente não se encontra cedo, aí você bate palmas enquanto eu recebo o meu diploma idiota e depois eu saio de fininho pelos fundos do auditório. Você não vai querer ficar esperando os quatrocentos que vêm depois de "Ackerson" no alfabeto.

Ela sorri.

— Amei essa ideia.

— E eu amo — diz Cameron —, hã, sair com você.

Se safou legal, campeão, diz seu cérebro. *Ninguém notou que você quase falou Aquilo.*

Também é assim que descobre que, apesar de todas as limitações físicas deste reino, ele consegue se encolher tanto quanto faz na vida real. Nia dá um passo para trás com um olhar de assustada.

— Deu algum bug no programa? Você está fazendo uma cara *horrível*.

Horas depois, Cameron está acelerando o passo e praguejando. Parece que o universo conspira para atrasá-lo: primeiro, ele arranhou sem querer uma das lentes de realidade aumentada e teve que esperar até imprimir uma nova, sabendo que a única coisa pior que estar atrasado para encontrar

Nia seria passar a noite inteira em um auditório com milhares de pessoas, todas filmando ou fazendo *lives* ou tuitando sobre a cerimônia sem o aparelho que ajuda a filtrar e organizar todo o ruído que chega à sua cabeça. É perturbador perceber o quanto se tornou dependente do *wearable*; ele não consegue se lembrar da última vez que saiu de casa sem. Mas aquilo foi só o início: com um pé fora de casa, ele foi interrompido mais uma vez pelo zumbido do celular... e se viu numa chamada de vídeo surpresa com a dra. Kapur. Ele estava tão incomodado e tão apressado que mal notou a expressão estranha no rosto dela nem o ritmo peculiar e hesitante de sua fala.

— Dra. Kapur? — disse ele, confuso. — Só era para a gente conversar na semana que vem. Eu estou de saída...

— Eu tenho perguntas — disse Kapur, ignorando-o como se ele não tivesse falado. Ela estava tão perto da câmera que Cameron praticamente conseguia enxergar dentro de seu nariz. — Eu tenho perguntas — repetiu ela.

— Hã. Tá bom. Sobre...? Eu não tenho muito tempo...

— Eu tenho perguntas sobre... — A psiquiatra fez uma pausa, sugando a parte interna das bochechas. — A sua amiga. A amiga de quem você falou. A sua nova amiga.

Cameron piscou.

— Sobre a Nia, a senhora quer dizer?

Kapur chegou mais perto.

— Isso. Nia. E o... povo dela.

— Hã — falou Cameron de novo, gemendo por dentro ao perceber que estava oficialmente atrasado. — É que ela mora com o pai. Acho que eu te contei.

A psiquiatra deixou a cabeça pender de lado e cuspiu a palavra de volta.

— Pai.

— Isso. O pai dela.

— O pai.

— Sim — disse Cameron, sem conseguir esconder a irritação. — Olha só, é que era para eu encontrar a Nia agora. Eu já tô atrasado. Eu tinha que...

— Agora? — Kapur se afastou da tela. — Onde? Me diz.

— Minha escola. Pra formatura, lembra? Foi mal, dra. Kapur, tenho que ir — disse ele, e encerrou a ligação sem esperar uma despedida. Ele não tinha problemas com a psiquiatra, que era gentil e obviamente sabia o que estava fazendo. Mas, sendo uma terapeuta profissional, ela devia seguir os conselhos que ela mesma dá e guardar essas conversas importantes para a hora certa.

Nia está esperando quando ele chega, sentada no banco de um parque a uma quadra da escola. Cameron sorri quando a avista: ela está de saia e salto alto, como se fosse uma ocasião especial. Como se *ele* fosse uma ocasião especial. Nia está linda e, naquele instante, assim que percebe que ela se deu ao trabalho não só de sair escondida de casa mas de se arrumar só para isso, só para ele, ele toma a decisão. *Eu vou dar um beijo nela. Eu vou até ali, vou abraçá-la e vou deixar um beijo naqueles lindos lábios.*

Ele acelera o passo e a chama, estendendo a mão para acenar — mas Nia não acena em resposta. Em vez disso, ela o encara, o rosto uma máscara de surpresa e terror, a boca formando um "O" congelado. Seu olhar é suficiente para fazê-lo parar por completo e se perguntar o que está havendo. E, então, em um milésimo de segundo, ele sabe o que é.

Ele sente.

Sua mente é tomada pelo fluxo acelerado de dados, tantos que sua lente fica descoordenada, tentando canalizar e organizar tudo que chega. O ar ao seu redor está cheio de sussurros codificados, fluindo tão rápido que ele não consegue isolar um só para entender. Parece que ele entrou numa teia de aranha de dados... pois, ele percebe, horrorizado, que é exatamente o que é.

Burburinho.

As mensagens passam aleatoriamente. São as transmissões codificadas de uma operação de alto nível, talvez federal. E não é um acidente que ele está bem no meio.

Ai, MERDA.

— Cameron! — O som da voz apavorada de Nia o faz voltar à realidade. — CORRE!

De início, ele não corre. Em vez disso, é Nia que corre, desaparecendo atrás de uma árvore quando três homens de traje blindado preto saem das sombras e os sussurros na mente de Cameron viram um grito agudo. Ela se foi, e os agentes de preto não vão atrás dela. Eles não vieram atrás dela. Eles vão para cima dele, e Cameron leva uma fração de segundo para se sentir aliviado.

Eles não a pegaram.

Depois, ele corre.

A gritaria das vozes digitais dentro da sua cabeça o deixou desorientado; em vez de formular uma estratégia para fugir, ele dispara, levado pela necessidade instintiva de estar longe dali. Ele dispara pela rua abruptamente com motoristas buzinando e freando para não o atropelar. Seu pé o impede de ir mais rápido; a prótese não entende o conceito de "correr para salvar sua pele" e agora não há tempo de aprender a processar seu mancar frenético para fazer com que se mexa mais rápido. Se o perseguirem, ele nunca vai conseguir ser mais rápido. Mas, se puder despistá-los... *Eu tenho que me esconder.* Ele corre para um beco atrás de um restaurante chinês e um escritório de contabilidade. O espaço exíguo não tem nada, fora uma pilha de paletes e uma lixeira com cheiro de arroz frito, mas há uma saída na outra ponta, onde Cameron enxerga o brilho de carros estacionados e um bosque sombrio de árvores que se projetam — a entrada de um parque municipal. É o lugar perfeito para despistá-los... ou fazer com que eles pensem que o perderam.

Cameron fica de barriga no chão e rasteja sob a lixeira, tentando não tossir quando o cheiro de comida estragada entope suas narinas. Ele fecha os olhos e tenta escutar de novo, mas o burburinho parou. A sensação de estar encurralado em uma rede de comunicação cruzada se foi, e ele solta o ar com alívio. Eles não devem ter visto para onde ele foi. Eles...

— Olá — diz alguém, e Cameron grita.

Um dos homens de quem ele corria está agachado ao lado do seu esconderijo. Ele usa uma máscara que não revela sinal algum do ser humano por baixo, um espelho preto no qual Cameron só enxerga seu próprio rosto petrificado devolvendo o olhar. Um ganido patético foge da sua garganta quando o homem estende a mão, segurando forte a camisa de Cameron e içando-o da lixeira. Os braços de Cameron estão presos e imobilizados por trás e tem algo fazendo pressão nas suas costas. Cameron se concentra e sente a presença de um software simples. Ele fala, mas não com ele — e seus próprios aparelhos respondem. Alguém está vasculhando seu corpo em busca de tecnologia. Frenético, ele tenta interromper o fluxo de dados. Atrás dele, uma voz diz:

— O garoto está infestado de hardware. Posso desligar?

— Vai em frente — diz o homem de máscara. A coisa que aperta suas costas emite um chiado agudo, e Cameron sente o silêncio repentino quando seu celular, sua lente de realidade aumentada e sua prótese são desligados imediatamente.

Então o aparelho emite outro chiado e um brilho imenso e indolor de luz branca envolve seu cérebro. Ele sabe que está numa tremenda encrenca.

Então o branco vira preto e ele não sabe de mais nada.

NOVA MENSAGEM CRIPTOGRAFADA

De: Equipe OPTIC 9

Assunto: Alvo capturado

Solicitamos uso imediato de instalações para investigado ACKERSON, CAMERON. Seis, preparar instrumental. Vamos deixar esse garoto BEM desconfortável.

20

CATIVO

A PRIMEIRA COISA que Cameron sente ao acordar na escuridão gelada do covil dos seus sequestradores é o vazio. O vazio onde antes ficavam as vozes das máquinas, tão vasto e palpável que o atinge como uma onda antes mesmo de ele abrir os olhos. Seu telefone, seu relógio, sua lente de realidade aumentada, sua rede neural na prótese — Cameron estava tão acostumado ao zumbido deles dentro da cabeça, um som agradável e constante como chuva caindo. Agora eles se apagaram... ou, no caso da prótese e do celular, desapareceram. Tirados dele pelas mesmas pessoas que o levaram. Agora está tudo em silêncio, como uma cidade fantasma. Quando ele se projeta em busca de algo mais com que se conectar, é como se encontrasse um muro. Ele nunca se sentiu tão desconectado.

A segunda coisa que ele sente é pavor. Aqueles aparelhos não eram apenas um grupo de vozes amigáveis dentro da sua cabeça: eram sua maior esperança de pedir ajuda. Mesmo de mãos atadas — e elas estão, percebe ele, amarradas às costas com algo fino e duro, provavelmente uma braçadeira —, ele podia se conectar com um deles para enviar sua localização à polícia, ao FBI, ou...

O FBI?, destaca a voz interna de Cameron com um cinismo mordaz. *Quem você acha que acabou de te raptar e trazer pra câmara de tortura subterrânea secreta, seu cabeçudo?*

Certo, pensa ele. Esquece. Mas, nossa, se o pior acontecer, ele podia pelo menos ter enviado um e-mail para sua mãe para lhe dizer onde encontrar o corpo.

Ele abre os olhos e se esforça para conseguir se sentar. A sala ao seu redor é uma caixa branca sem adornos, uma cela sem mobília com exceção da cama de armar onde está deitado. Ele se projeta de novo em busca de algo, qualquer coisa, tentando encontrar um fluxo de dados no qual possa mergulhar e extrair informação, mas a sala não lhe dá nada. Deve ser uma zona totalmente desconectada. Ao se dar conta disso, ele é tomado pelo medo. É pura coincidência ele estar aqui ou eles sabem dos seus poderes?

— Ei! — berra ele. — EI!

A porta se abre e seus medos evaporam tão rápido quanto surgiram. Uma mulher pequena e esguia está ali parada, usando um vestido com gola rulê que aperta as curvas do seu corpo e um par de saltos altos em que parece impossível caminhar. Seu cabelo escuro está puxado para trás em um rabo de cavalo tenso, que expõe uma sequência de pontinhos brancos na têmpora. Ela o encara sem dizer nada, e Cameron devolve o olhar com interesse — mas não é o que ele vê que capta tanto a atenção, mas sim o que sente. Uma onda de informação o inundou quando a porta se abriu, vinda não do prédio, mas dela. Ela tem biotecnologia — avançada, cara, inacessível para uma pessoa comum — zumbindo logo abaixo da pele, uma complexidade de sistemas conectados com os que a natureza lhe deu. Os registros de dados são espantosos; esta mulher não está só acompanhando os passos ou o ritmo cardíaco. Cameron tenta acessar o software e descobre um mar de informação, desde sua função hepática até níveis de plasma e contagem regressiva para a próxima menstruação.

Que nojo.

— Você está fazendo uma careta — comenta a mulher, gélida. — Está sentindo dor? O choque que demos para derrubá-lo deveria ser inofensivo, mas é difícil prever as reações em alguém com o seu, hã, histórico médico único.

— Eu não sei do que você está falando — diz Cameron, e as sobrancelhas da mulher se erguem.

— Então você não é o Cameron Ackerson que foi atingido por um raio em uma *live* nessa primavera? — diz ela, e ri de leve quando Cameron faz cara feia. — Qual é, garoto. Você é famoso. Mesmo que não fosse a minha função, eu saberia quem é você. Você teve uma recuperação notável... em vários aspectos.

Ela tira uma das mãos das costas, e Cameron a encara. Sua prótese está ali, mas é a mão que a segura que o interessa; faltam três dedos da mulher, incluindo o polegar, trocados pelas reposições biônicas mais incríveis que ele já viu na vida. Não é só a tecnologia, mas o design; os dedos artificias parecem ter sido esculpidos por artesãos. Ao lado daquilo, sua rede neural feita na impressora 3-D parece um projeto da feira de ciências do colégio.

A mulher percebe no que ele se fixou e dá um sorriso.

— É adorável, não é? — pergunta ela. — Não que o seu não tenha um charme caseiro. Mandei o meu pessoal reconectar para você... a não ser que prefira mancar, claro.

Ela lhe entrega a prótese, e Cameron se vira para tirar o sapato e reacoplá-la. Ele queria que a mulher parasse de olhar para ele; é uma situação estranhamente íntima, como se alguém o estivesse vendo se vestir. Ele se sente ainda mais inquieto quando ela o chama, conduzindo-o para fora da sala estreita, com seus saltos ressoando no chão encerado. O prédio é um labirinto de corredores que parecem todos iguais, as salas escondidas atrás de portas de correr camufladas que se abrem na parede sem aviso. Cameron imagina que tudo aquilo esteja a vários andares no subsolo, e, mesmo assim, é só um chute. Quando ele tenta sincronizar com os sistemas, encontrar um protocolo ou um endereço ou até um alarme de incêndio para ativar, suas buscas só encontram um monte de coisa sem sentido. Tudo, desde o ar-condicionado até a rede de comunicação, está protegido por uma grossa camada de cibersegurança sofisticadíssima.

— Aqui — diz a mulher bioincrementada, e Cameron se vira quando a porta se abre e mostra outra sala sem nada, esta equipada com uma mesa e duas cadeiras, mais uma câmera em cada canto. Ele entra, depois se vira para encarar sua captora. Parece que ela o analisa. O peso do seu olhar faz com que ele sinta vontade de se contorcer.

— Você não se lembra de mim, não é? — pergunta ela, e mais uma vez volta os cantos da boca para cima quando Cameron continua pasmo. — É, imaginei que não fosse se lembrar. Você não era mais que um bebê da última vez que eu te vi. Claro, eu também era uma criança. E agora estamos nós dois aqui, crescidos. Ah, se os nossos queridos papais nos vissem. Park e Ackerson, a colaboração da nova geração.

Ela para, esperando que Cameron ligue os pontos. Ele não a decepciona.

— Você é filha de Wesley Park.

— Sim, sou. Olivia.

Cameron faz um gesto para mostrar a sala.

— E esse lugar é... o quê, o negócio da família? O que o seu pai construiu depois que ele destruiu o sustento do meu pai?

Olivia ergue as sobrancelhas.

— Ah, essa é a versão da família Ackerson? Porque, segundo o *meu* pai, a Whiz era um barco furado do qual ele pulou depois que os parafusos do seu pai ficaram frouxos lá no lago Erie e ele entrou no modo "cientista louco". Eu sempre achei um pouco exagerado. Mas, agora que conheci você, estou repensando.

Cameron sente sua paciência pegar fogo.

— O seu pai...

— Morreu — interrompe ela com a voz suave. — Faz quase dez anos. Mamãe também. Foi um acidente horrível. Eu fui a única sobrevivente... saí quase inteira. — Ela remexe os dedos biônicos para ele ver. — E esse lugar, já que você perguntou, é meu. Herdado quando o meu pai morreu, mas eu incorporei algo diferente do que ele gostaria. Papai era um muito internet um ponto zero. Ele não entendia que o poder da internet estava nas pessoas, não na tecnologia.

— Você... — Cameron perde o fio da meada, deixando seus pensamentos se encaixarem. As lentes nos seus olhos estão inertes, sem energia, mas ele não precisa de ajuda para fazer essa conexão. — Você está coletando dados. A manchete que estava no noticiário era sobre a sua rede.

Olivia revira os olhos.

— Noticiário. Ã-rã. Cameron, só um conselho: tudo vai transcorrer bem melhor se um não desprezar a inteligência do outro. O meu pessoal e eu temos acompanhado o seu projetinho desde o incidente com Daggett Smith. Sabemos mais do que você acha que sabemos. Tenha isso em mente quando se sentir tentado a mentir.

Cameron, atordoado, não responde, e Olivia não dá trégua.

— Você quer alguma coisa? Um copo de água? — oferece ela, fria, tomando distância da mesa. Cameron a analisa, tentando tirar alguma informação, tentando também deixar suas emoções vacilantes sob controle. Ele se firma em um fato reconfortante: Olivia talvez saiba das suas atividades, mas parece que ela não sabe da parte cibercinética. Se soubesse, ela não ia se arriscar a ficar tão perto dele. O corpo dela é cinquenta por cento biônico; o software embutido ali regula órgãos e sistemas vitais. Ele poderia tomar o controle em um instante; ele poderia matá-la só com um pensamento. Ter consciência disso o faz se sentir ousado.

— Eu quero sair daqui antes que eu perca toda a minha formatura — diz ele. — Eu quero que você me explique o que quis dizer quando falou que o meu pai entrou em modo "cientista louco". E eu quero o meu celular de volta.

Olivia lhe lança um sorriso de lábios cerrados. Ele não deixa de notar que os biodados dela não mostram reação alguma; nenhum pico de adrenalina, nenhum aumento no ritmo cardíaco. Ela está plenamente serena.

— Sinto dizer que a formatura acabou há muito tempo, embora tenhamos planos de liberá-lo antes que sua solitária mãe pare de deixar mensagens de voz furiosas no seu celular e comece a ligar para a polícia. E você vai ter todas as suas coisas de volta. Talvez eu até responda alguma das suas perguntas. Depois que você responder às nossas.

— Perguntas sobre o quê? — questiona ele.

O sorriso desaparece.

— Não seja obtuso, Ackerson. Não lhe convém.

Ela vai embora. A porta desliza e fecha depois que ela passa.

Agora, sentado sozinho à mesa, ele se projeta e realiza uma varredura da sala. As paredes têm um emaranhado de software por dentro, em partes com proteção pesada, em outras nem tanto. As câmeras não têm proteção, mas estão em um circuito fechado. A não ser que ele encontre um jeito de liberar os dados do circuito e enviar para o mundo, elas não terão uso. E, quando se trata de tirar informação do prédio... Cameron fecha os olhos e se concentra tal como fez mais cedo hoje, ao entrar em Oz, projetando sua consciência no sistema, passando pelo limiar entre corpóreo e ciberespaço. Ele precisa agir com cautela. É um território hostil, e vai saber que software malicioso não vai tentar se meter na ponte entre seu cérebro e a rede?

Ele deixa escapar um assobio alto ao ver o que encontra, seu deslumbre fazendo-o esquecer brevemente a encrenca em que está. Há um rio de dados que percorre o local, enterrado sob camadas e mais camadas de encriptação. Ele sente a profundidade, mas não os detalhes. O prédio em si é equipado com uma malha de segurança complexa — ele sente sensores de impressão digital e íris, botões de pânico, uma série de protocolos de isolamento, um dentro do outro, que começa por vedar salas individuais e termina com uma explosão controlada que vai transformar tudo em cinzas. Ele não ousa ir mais fundo. Em vez disso, recua e espera, à procura de algum ponto fraco, algum movimento.

É então que percebe: ele não está sozinho.

Tem outra pessoa dentro do sistema. Outra inteligência. Não humana, mas androide. Cameron não pode deixar de se impressionar com o talento de Olivia. É um outro nível de segurança: acima das encriptações e dos *firewalls* de sempre, o prédio tem um segurança virtual, um bot que anda pelo código, vasculhando tudo. Sorte dele não ter tentado hackear nenhum servidor. O bot de segurança certamente teria notado a perturbação e soado o alarme, travando-o antes mesmo de começar. Ele não parece notar sua presença neste nível, porém. A não ser que...

Não é bem isso, pensa Cameron. *Ele me vê, mas não dá bola. E não dá bola porque... porque ele não sabe que eu não devia estar aqui.*

Pela primeira vez, Cameron sente uma faísca de empolgação, com esperança mas com cautela. Ele torcia para encontrar um ponto fraco, mas encontrou uma coisa melhor: um aliado em potencial. A IA é projetada para monitorar o sistema e ficar atenta a incursões e raciocinar até certas conclusões lógicas quanto ao que vê. E isso a torna mais sofisticada que um programa de computador médio. Mas até uma IA sofisticada é mais burra que a maioria das pessoas. Se você sai da gama de respostas programadas, ela não sabe o que não sabe. Em termos de capacidades e poderes de detecção de ameaça, esse cibersegurança é mais um segurança de shopping que um fuzileiro naval. E, se um segurança de shopping vê outro segurança de shopping, vestindo o mesmo uniforme e carregando aquela parafernália, ele vai parar e fazer perguntas se o outro segurança de shopping lhe disser o que fazer?

Cameron acha que não. Mas só existe um jeito de descobrir.

Ele concentra sua energia no bot de segurança.

Oi, diz ele.

O bot responde imediatamente. **Oi. Eu sou Omnibus. Programa de sentinela OPTIC: todas as atualizações em dia.**

Cameron duplica a resposta do bot e manda de volta.

Oi, Omnibus. Eu sou...

Espera, ele pensa. Eu não posso ser Omnibus também. Pode ser que o coiso se confunda. Cameron recomeça:

Oi, Omnibus. Eu sou Batman. Programa de sentinela OPTIC: todas as atualizações em dia.

Oi, Batman, diz Omnibus. Na vida real, Cameron morde a bochecha por dentro para não rir.

Omnibus, quero a situação operacional.

Tudo nos conformes. Última conferência de sistema realizada às vinte e duas horas e trinta e seis minutos. Status: seguro. Próxima conferência do sistema a finalizar às vinte e duas horas e quarenta e quatro minutos.

Cameron faz as contas de cabeça: então o bot faz varreduras e informes a cada oito minutos. Ele vai ter que ser rápido. Não que isso seja ruim. Se fizer direito, vai conseguir criar dez focos de caos antes que seus sequestradores sequer comecem a se perguntar o que está acontecendo. E, quando se tratar de achar a saída... Bom, ele resolve essa parte quando chegar lá.

Omnibus, discorrer protocolos.

Omnibus, que parece contente em ter companhia no seu rolê solitário de segurança de shopping, diz tudo que Cameron quer saber.

Cameron está registrando um plano na memória quando a porta para a sala desliza e abre. Ele se vira, esperando ver Olivia, mas desta vez o visitante é homem. Ele é alto e esguio, está de jaleco branco, com mãos aracnídeas pendendo ao lado do corpo. Ele entra na sala com uma suavidade fabulosa e pressiona a mão na parede; um sensor brilha vermelho, depois branco, quando um painel se abre e revela uma grande caixa preta cercada por uma matriz de telas.

— Você está fazendo careta. Está com alguma dor? — pergunta ele. Calafrios encrespam os braços de Cameron ao som da voz. O jeito como o homem diz *Está com alguma dor?* tem um tom sinistro, exultante. É como se ele quisesse uma resposta positiva para que pudesse mexer bem onde dói.

— Eu estou bem — responde Cameron.

— Se estiver com dor, posso lhe dar alguma coisa para passar. Confie em mim — diz o homem esguio. — Eu *sou* médico.

Cameron estremece, não por não acreditar no homem, mas porque acredita. O tal *médico* tira um emaranhado de eletrodos da caixa preta, habilmente desenrolando os fios com os dedos alongados. Não é difícil imaginá-lo segurando um bisturi, abrindo a pele de uma pessoa com a mesma graça e confiança.

— Se você é médico, você não fez, tipo, um juramento de não fazer mal?

O homem ri.

— Cameron Ackerson, eu não vou machucá-lo. O que você acha que é esse lugar? Eu só quero conversar. Não me importo em lhe dizer que as suas atividades extracurriculares causaram uma senhora dor de cabeça nos meus patrões.

O homem solta os eletrodos desemaranhados sobre a mesa, depois atravessa a sala e pressiona outro painel. O sensor brilha, e Cameron sente uma comichão na cabeça quando uma nova voz digital se une ao coro. As câmeras foram ligadas. Ele só precisa de um último golpe de sorte e de manter o cara distraído tempo o bastante para que lhe ajude.

— Como você se chama?

— Pode me chamar de Seis — responde o homem.

— Dr. Seis?

Ele dá de ombros.

— Se preferir.

— Quem são seus patrões?

Seis sorri.

— Bom, é evidente que você já conheceu Olivia. Pode-se dizer que ela é uma influenciadora, eu acho. Você entende de influenciadores, não? Você queria ser *influencer*, não queria? Com um canalzinho no YouTube e tudo mais. Só que você não posta um vídeo há um tempo. O que houve?

— De repente eu não quis mais ser famoso de internet — diz Cameron.

— Ou achou outro hobby — responde Seis, e o sorriso some. Ele se inclina para a frente, prendendo os eletrodos na cabeça de Cameron. — Não fica se contorcendo ou vamos ter que amarrá-lo.

As telas atrás do painel se avivam com linhas ondulantes quando a atividade cerebral de Cameron se transforma em um visor digital. Seis ergue um tablet do bolso e toca nele, focando mais na tela e menos no paciente.

— Você não tem tato com os pacientes, cara — comenta Cameron.

O médico bufa.

— Me diz, Cameron, o nome "Nia" significa alguma coisa para você?

Cameron engole em seco e não responde. Mas, na tela, uma das linhas ondulantes faz um pico. Seis sorri.

— Interessante — diz ele.

Sua saraivada seguinte de perguntas sai rápido, enquanto Cameron se esforça para ficar um passo à frente. Algumas são fáceis de responder; outras, nem tanto.

Com quem você trabalha?

Por que você escolheu Daggett Smith como alvo?

Qual é a fonte do programa que você usou para desvendar a nossa rede de contas?

Você acredita na democracia?

Por que você se envolveu com Nia? Como a conheceu? É uma mulher mesmo? Onde ela mora? Como você faz contato com ela?

Cameron faz que não.

— Eu já disse que não sei.

— Você está mentindo — acusa Seis, mas ele franze o cenho. Parece que o leitor digital não está lhe revelando o que precisa ouvir; ele se inclina para tocar na tela, depois estende uma das mãos como uma serpente para ajustar um dos eletrodos na cabeça de Cameron.

Esse é o problema, pensa Cameron. *Eu não estou.* Ele se resguardou e contou meias-verdades para não revelar atividades cibercinéticas, mas não teve que mentir a respeito de Nia. Tudo que eles querem saber sobre ela são coisas que ele mesmo não sabe — as mesmas perguntas que ele fazia a ela e só recebia respostas evasivas, provocações. Se ele não estivesse nervoso com esse médico sinistro, que ainda tem cara de quem queria arrancar a pele de Cameron em vez de sondar sua mente, estaria devidamente incomodado com Nia por ser tão enigmática.

Por outro lado, pensa ele, ela foi esperta de cobrir seu rastro tão bem: o pessoal de Olivia conseguiu rastreá-lo usando recursos consideráveis para vasculhar suas digitais fragmentadas por tudo que fez na rede, mas fica claro que eles não têm ideia de quem seja Nia. E Cameron, que se conectou silenciosamente com o tablet nas mãos do médico, espiando seu histórico atrás de pistas, enfim tem a resposta para a única pergunta que Nia não conseguiu responder. Quem estava comandando a vasta rede de *trolls*, que conseguia conduzir as pautas de discussão para o assunto que quisesse? Quem estava manipulando os algoritmos para silenciar algumas vozes e ampliar outras? Quem era a aranha no centro da *dark web*, soltando mentiras e cuspindo veneno para manter todos irritados e com medo?

Olivia Park não havia lhe dito o nome da organização, mas Omnibus, o bot de segurança, entregou com prazer.

OPTIC — também conhecida como Omni Psyop Tactical Intelligence Corporation.

Não há dúvida de que Cameron e Nia causaram problemas para eles.

Agora é hora de ele lhes causar mais. Omnibus acaba de completar a última varredura de segurança, o que lhe dá...

Oito minutos, pensa ele.

— Veja bem — diz Seis —, adoraríamos conhecer Nia. Conhecer melhor vocês dois. Precisamos de gente com as habilidades que vocês têm. Você e a sua amiga fariam grande diferença por aqui.

— Ah, é? Querem que a gente ajude vocês a sequestrar mais gente para faltar na formatura? Eu não perdi só a entrega do canudo pra ficar aqui, sabia — diz Cameron. — Eu perdi também o jantar. Vocês podiam pelo menos ter esperado eu comer um hambúrguer antes me arrastar pra cá.

Seu sarcasmo cumpre o efeito desejado: Seis deixa o tablet delicadamente na mesa e se inclina para a frente, sério.

— Você já deve ter percebido que sequestro não é o nosso *métier* — diz ele. — Veja só esse recinto. Não é um centro de tortura. É um escritório. Um laboratório de pesquisa. Não temos nem uma cela de verdade. Tivemos que enfiá-lo no nosso casulo de cochilos.

— Casulo de cochilos? — pergunta Cameron, incrédulo. Dentro da sua cabeça, ele pensa: *Cinco minutos.*

— Olha só, Cameron. Você quer mudar o mundo, não quer? Bom, é isso que fazemos aqui. Nós mudamos o mundo mudando o assunto. Sabia que o último golpe no Oriente Médio começou com doze postagens nas redes sociais? Sabia que outro homem poderia estar ocupando a presidência da França se as propagandas dele tivessem sido repostadas por algumas contas com alta taxa de engajamento e posicionamento estratégico?

— Disseram que foram hackers russos — diz Cameron.

Seis ri.

— Os russos fizeram sua parte. Mas foram desleixados. Essa é a diferença entre o serviço deles e o nosso. Você sabe o que dizem: se quer bem-feito, contrate um americano. E eles contratam, Cameron. Eles pagam pelo que nós temos à venda. Pagam os olhos da cara pelo que nós temos. Podíamos botar outro Daggett Smith no ar amanhã, dizendo as mesmas coisas. Até pior, se quisermos. E veja só: não tem como você nos deter. Você só tem como nos retardar um pouquinho e nos deixar fulos da vida. Como você vê, os nossos recursos são ilimitados. — Ele faz um gesto com a mão, apontando para a sala: as câmeras, os painéis equipados com sensores, as três telas na parede, nas quais a atividade neurológica de Cameron ainda está sendo processada em um display digital cada vez mais colorido.

Um minuto.

É o instante que Cameron estava esperando.

Ei, Omnibus. Entrega especial.

— Por isso que deveria ser do seu interesse se juntar a...

Seis para abruptamente, dando meia-volta para conferir as telas. As linhas estão em chamas, dançando loucamente, pois Cameron focou toda a sua energia no arquivo compactado que acabou de atrelar ao bot

Omnibus — o arquivo que ele vai rodar no *mainframe* do sistema de segurança em uns trinta segundos, um pacote surpresa embrulhado com um relatório adulterado de tentativa de hacking em um dos servidores. O relatório vai ativar uma série de ligações pela rede, fazer os administradores derrubarem as travas de segurança para rastrear o intruso, que parece que já está lá dentro. E aí, quando as portas se abrirem...

— O que você está fazendo? — Seis fala grosso com as telas quando Cameron conta os últimos trinta segundos mentalmente. — O que você está fazendo?

A tela mais próxima de Seis começa a piscar, o display borrando e desfocando. Enquanto ele vai até ela, de repente as linhas começam a se dobrar sobre si, os padrões cerebrais dançando e fechando em uma mensagem que não precisa de interpretação. Ela preenche a tela inteira com um rabisco cursivo e cheio de voltas.

Vai se ferrar, diz ela.

— Você tinha razão — diz Cameron, tirando um por um os eletrodos da cabeça e os soltando na mesa. — Já faz muito tempo que eu não posto um vídeo novo. Tem que ter conteúdo atualizado!

O rosto de Seis se contorce de angústia quando ele olha para o display, depois olha para Cameron, depois para o tablet em cima da mesa, e, por fim, para as câmeras na parede oposta.

— Como? — questiona ele, pegando o tablet e dando estocadas na tela, que nos últimos cinco minutos estava espelhando as câmeras de segurança sem movimento algum. O último frame ainda resiste no aparelho: um plano amplo da sala, de Seis, de Cameron sentado na cadeira com eletrodos na cabeça.

Agora as imagens do último monólogo de Seis já devem ter chegado ao mundo e estão totalmente salvas no canal de YouTube de Cameron — e a equipe de apoio da OPTIC deve estar coçando a cabeça enquanto Omnibus, o prestativo bot de segurança, explica com toda sinceridade que o sistema deles foi infiltrado... pelo Batman.

É o hack mais elaborado da sua vida, e sem nem tocar em um teclado — um fato que deixaria Cameron empolgado e orgulhoso não fosse o modo como Seis o encara. O desnorteio desapareceu do rosto do médico, e no lugar há uma cacofonia de emoções: raiva e frustração, mas também uma espécie de regozijo obscuro que faz o cabelo de Cameron se eriçar. Na pressa para comprometer o sistema, ele não havia parado para pensar no que aconteceria depois, no que Olivia Park faria com as pessoas que revelam o rosto dos seus agentes para o mundo. Ele acreditou na apresentação que Seis fez da OPTIC: que eles não eram o tipo de organização que faz trabalho sujo e que, por mais implacáveis que fossem, não estavam no negócio de assassinato... uma suposição que agora lhe soa absurdamente ingênua.

Um sorriso largo se abre no rosto de Seis.

— Então *tem* alguma coisa. Eu falei para eles que tinha alguma coisa. Quando eles trouxeram você, eu vi nas varreduras, e eu *avisei*...

De repente o homem pula sobre a mesa e Cameron solta um leve ganido. Mas o que ele quer é o tablet. Seis pega o aparelho e o lança para o outro lado da sala, fazendo-o se destroçar na parede. Cameron vê a vida da máquina piscar diante dos seus olhos. É uma explosão de informação fragmentada: restos de correspondência, prontuários médicos, fotos — e o que vê o faz perder o fôlego. Por uma fração de segundo, sua cabeça é tomada de imagens, imagens escuras do que parecem esculturas de gárgulas. Só que esculturas não sangram. São imagens de seres humanos, gente real, com vários braços e pernas, com asas ou garras, com corpos revestidos por um aglomerado de osso que lembra o exoesqueleto de um inseto. Ele vê sangue, e suturas, e...

Seis.

O médico encara Cameron, seus lábios recuados expondo quilômetros de gengiva rosada e duas fileiras de dentes reluzentes.

— O que você sabe do meu jardim? — pergunta o homem. Cameron dá um passo de cautela, mantendo a mesa entre ele e Seis.

— N-Nada — gagueja ele.

O médico o encara, o sorriso dançando nos lábios, dando a impressão de que está avaliando qual será a próxima atitude. Cameron está vagamente ciente de que há uma boa dose de ruído no corredor lá fora, mas, ali dentro, o silêncio se prolonga cada vez mais. Ele sente gotas de suor começarem a rolar pelas têmporas. Ele tem medo de se mexer, de respirar, de piscar.

Quando a porta se abre às suas costas, ele não se vira. Ele não quer tirar os olhos do homem de jaleco branco.

Mas Seis olha para cima e seus olhos se estreitam.

— Eu não conheço você — diz ele.

Atrás de Cameron, a voz da dra. Nadia Kapur fala:

— O garoto vai embora agora.

Cameron se vira lentamente e quase chora de alívio. Ele nunca ficou tão contente em ver sua psiquiatra — tão contente que só dedica um segundo a se perguntar como ela o encontrou antes de decidir que não se importa.

— Eu ainda não acabei — avisa Seis, embora pareça incerto.

Kapur faz que não com a cabeça num movimento brusco.

— Agora. — Ela olha para Cameron e baixa a voz. — Nia? — pergunta ela, com suavidade.

Os olhos de Cameron se fixam em Seis quando ele assente. Os olhos de Kapur se semicerram, mas ela parece entender; ela se vira e aponta para trás, para o corredor, falando de novo em volume normal.

— Estamos indo embora.

Cameron hesita. Tem algo de desconcertante no olhar de Kapur.

— Eu não acho que vão deixar a gente sair assim... — começa a dizer ele.

— Achou certo — interrompe Seis, com um tom quase agradável, e os olhos de Kapur o fitam de novo.

— Você foi imprudente — diz ela — em interferir. — Ela encara o médico, que a encara com evidente curiosidade.

— Ora — rebate ele, e se lança contra eles.

Com um sibilo, Kapur desvia das mãos estendidas de Seis, deslizando pela parede com uma velocidade inacreditável. Cameron tropeça para trás instintivamente, dá quatro passos rápidos, mas nenhuma parede detém seu avanço; ele passou pela porta aberta e está parado no corredor. Por um instante, ele hesita — e a porta desliza, fechando-se na sua cara.

A dra. Kapur está por conta própria.

Cameron justifica consigo que ela vai ficar bem. Não é ela que a OPTIC quer e, de qualquer maneira, é evidente que ela consegue cuidar de si. É com a própria segurança que Cameron devia se preocupar; ele tem que sair dali. Ele se vira e corre rapidamente por um corredor amplo — seguindo o fluxo de dados que sugere que há elevadores em algum ponto à frente. Ele espia pelos corredores que se ramificam para esquerda e para a direita, atento a outros agentes. Não aparece nenhum. O silêncio é tétrico e há um estranho cheiro metálico no ar. Por fim, ele faz uma curva e dá um suspiro de alívio — o elevador está ali e as portas já estão abertas, como se o esperassem. Ele salta no elevador e aperta o botão mais em cima, marcado com um símbolo de estrela e o número um, e sente os ouvidos estalarem quando sobe com velocidade e silêncio rumo ao destino. As portas se abrem de novo em um lobby mal-iluminado, também vazio, e um instante depois ele está fora, sua respiração fraca no peito, as mãos vazias. Sua jaqueta — junto do seu celular — ainda estão no covil subterrâneo da OPTIC, mas ele não vai dar meia-volta. Só torce para que a dra. Kapur esteja bem.

Mas também não vai dar meia-volta para averiguar.

Fora do subterrâneo, o prédio da OPTIC é enganosamente pequeno: uma caixa de concreto de um só andar que parece uma garagem ou um minidepósito. A cidade reluzente se ergue logo à frente; Cameron nem está longe de casa. Ele pensa em ir para lá primeiro, embora não saiba o que vai fazer quando chegar. Sua mãe vai estar fula da vida, se não louca de preocupação. E, se sua pequena armação com Seis e o Omnibus funcionar como o previsto, ele vai ter que inventar uma bela de uma história para explicar por que faltou à cerimônia de formatura e ao jantar para postar conteúdo novo no YouTube, quanto mais explicar o que é esse conteúdo. Sua mente acelera quando ele começa a andar rápido, o mais rápido que pode. E, quando finalmente volta a pensar na dra. Kapur, no jeito estranho como olhou para ele, não parece algo importante. A memória ocupa sua mente só o tempo que ele leva para revivê-la. Um instante depois ela se foi, escorraçada por preocupações mais urgentes. Ele deixa passar sem nem um dar de ombros.

Mais tarde, ele vai desejar não ter agido assim.

As pupilas dela, pensa ele. *Pareciam disquinhos. Disquinhos chatos, como olhos de bode.*

21

CAPTURADA

CULPA MINHA, CULPA minha, foi tudo culpa minha.

Nia escorrega para entrar pela janelinha, sabendo que precisa tomar o máximo de cuidado e fazer o máximo de silêncio, embora esteja nervosa demais para se importar. Ter conseguido voltar para casa já é um milagre; sua aflição era tão avassaladora que foi quase impossível pensar e encontrar o caminho pela passagem estreita que dava para a sala de aula. Ela deixou seu avatar de distração meditando debaixo de uma árvore em um mundo de floresta depois de dizer ao pai que queria ficar concentrada e que não a atrapalhasse. Mas, depois de hoje à noite, voltar à paisagem verde e idílica é uma piada cruel. Ela se descontrola, chora, espalha as árvores e as folhas e as flores até virarem nanopartículas.

O que aconteceu esta noite é culpa dela. Foi ideia dela expor e derrubar aquela rede, uma ideia imbecil. Ela se deixou contaminar pela ansiedade de Cameron. A sensação de propósito, de ser parte de algo empolgante e importante, era tóxica. Ela deixou aquilo acabar com sua cautela. Ela chegou a convencê-lo de que eles não precisavam saber quem estava no comando da fazenda de trolls, que o que importava era derrubar tudo, mesmo que ela soubesse melhor que ninguém como as raízes daquilo eram profundas e emaranhadas. E agora é ele que está pagando o preço pela burrice, e ela estragou tudo — inclusive a grande chance que tinha de se libertar. Cameron deveria ter sido seu cavaleiro de armadura, seu salvador, aquele que a resgata da prisão. Agora ele mesmo é um cativo. Como ela escapará sem ele? Não há como. Ele era sua única esperança.

Ela se lembra mais uma vez da expressão de Cameron naquele momento, quando soube que havia sido capturado, encurralado. A sensação que ela teve quando o levaram... Não fazia ideia de que algo podia doer tanto. A emoção que sentiu era uma coisa sem nome, imensa demais e louca demais para ser contida. A enormidade do sentimento a deixa aterrorizada.

Ele ia salvá-la.

Agora é ela que tem que salvá-lo.

A tristeza avassaladora se torna um pano de fundo quando ela se põe a trabalhar, concentrando-se, canalizando toda a sua capacidade e toda a sua energia na busca que deixou inacabada. O código parece um mar que a consome. Ela afunda, cada vez mais fundo, encontrando as aberturas que tinha ignorado antes, seguindo o rastro do inimigo que tentou tirar tudo que ela tem. Agora Nia a percebe — e não entende por que não a havia percebido antes. O coração partido, de algum modo, afinou sua perspicácia; ela enxerga não só o que está lá, mas o que não está. A trilha até sua porta está ali, no espaço entre os espaços, como migalhas espalhadas nos vãos entre o código. Por fim, aquilo se eleva diante dela, o muro de proteção mais vasto e mais complexo que ela já viu. Ela sabe que Cameron está ali atrás. De algum modo ela consegue senti-lo, da mesma maneira que sentiu na noite maravilhosa em que se conheceram — quando ela o viu botando fogo no mundo porque ele era talentoso e estava entediado demais para fazer outra coisa. Naquele momento, a mente dele havia chamado a dela. Como chama agora.

Eles podiam construir cem muros iguais a este, e ela incendiaria cada um para chegar até ele.

— Eu vou te encontrar — sussurra ela.

— Você não vai a lugar nenhum — diz o pai.

O programa congela ao mesmo tempo que Nia congela, o som da voz do pai maior que tudo. Quando enfim se permite encará-lo, a expressão que ele exibe no rosto é uma que ela nunca viu. Seus olhos estão cheios de água e sua voz está baixa e trêmula com uma ira que mal consegue controlar. Ela nunca ficou tão apavorada na vida.

— O que foi que você fez, Nia?

— Eu só queria... — começa ela, mas descobre que não sabe como terminar a frase. O pai a encara e balança a cabeça com uma lentidão agonizante.

— Você mentiu para mim — diz ele. — Mentiras. De todos os resultados que eu imaginava, esse é um que eu nunca cogitei. Comprometer a minha segurança, se esgueirar pelas minhas costas. Você tem ideia do perigo em que se envolveu? Ou do risco que *me* fez correr?

Ela não responde. Não há resposta, nenhuma que o satisfaça. Não há imagem que possa montar, não há música que possa cantar, que explicaria a verdade de uma maneira que ele entendesse — que ela sabia o risco e tinha ido mesmo assim, porque o jeito como Cameron a fazia se sentir valia a pena.

— Eu vou para o meu quarto — diz ela.

O pai concorda.

— Sim, acho que é o melhor.

Ele fecha a porta quando ela passa. Ela se pergunta quanto tempo será, dessa vez, até ele a soltar. Dias? Semanas? Será que Cameron vai resistir esse tempo todo sem ela? Ou vão soltá-lo antes que seu pai a solte? Ela abre a interface para lhe enviar uma mensagem, só para dizer que sente muito e que espera que ele esteja bem.

É quando percebe que sua conexão está perdendo força e que o sinal está mais fraco a cada segundo que passa.

— A culpa é minha — diz o pai — por deixar você entrar na internet. Achei que seria bom você se conectar com as pessoas. Achei que, quem sabe, um dia... Mas eu estava errado. E nós dois vamos ter que conviver com isso. — Ele faz uma pausa. — Seus amigos... Eu sinto muito.

— Pelo quê?

— Que você não vá ter a chance de se despedir.

Nia berra de terror e se joga na porta. É tarde demais. Ele a trancou. Ele a trancou no quarto. O sinal que a conecta ao mundo lá fora fenece, quase some. Frenética, ela digita sua última mensagem, um pedido de ajuda, em desespero.

A mensagem viaja para o nada e o quarto fica escuro.

22

LUTAR E FUGIR

Seis se mantém estático, escutando o som dos passos desnivelados de Cameron Ackerson do outro lado da porta, desaparecendo corredor afora, a caminho da saída.

Xal, usando as orelhas roubadas da dra. Nadia Kapur, faz a mesma coisa. O estampido e o raspar dos tênis do garoto no chão vão ficando mais fracos, hesitam e param. O *vuuush* suave da porta do elevador ecoa pelo corredor vazio.

Sem que um saiba o que o outro pensa, os dois concluem que nada neste pequeno interlúdio saiu como o planejado.

Seis olha para a intrusa, sua irritação superada apenas pela indagação. Ele tem experiência de sobra com o corpo humano e sabe de imediato que há algo de errado naquele. Por isso ele ficou na sala em vez de ir atrás do alvo no fim do corredor; seja lá quais forem os segredos que Cameron Ackerson guarda, Seis tem certeza de que são menos interessantes que os da mulher. Ela também o fita, seu rosto imóvel, sem emoção, uma das mãos repousada na cadeira em que Cameron estava sentado. Ela parece relaxada, até mesmo com ar casual — exceto que as juntas da sua mão, a que toca na cadeira, estão ficando brancas com a força da pegada.

— E então nos vemos a sós. A senhora disse que se chama...? — pergunta Seis.

— Eu sou a dra. Nadia Kapur.

— Ah, é claro. Do arquivo de Cameron. A psiquiatra. Mas isso não é muito ortodoxo, não acha? A senhora invadiu uma instalação particular. A senhora costuma fazer isso para todos os seus pacientes?

— Cameron é especial — responde ela, e abre um sorriso largo, exibindo os dentes. São muito afiados e são muitos — mais até do que ele tem, pensa Seis.

— Não há dúvida de que é, doutora. Ele estava sendo especialmente especial logo antes de a senhora chegar... mas suponho que já sabia disso. Talvez devêssemos trocar percepções sobre o garoto, não acha? Nós, profissionais da medicina? Eu mostro o meu se a senhora mostrar o seu.

— Nada que você tem a mostrar seria do meu interesse. — A voz da mulher é estranhamente gutural, a cadência da fala um tanto fora do prumo. — E eu não tenho nada a mostrar a você.

— Ah, duvido muito — diz Seis, então dá um passo cauteloso à frente. Ele inclina a cabeça para o lado, agora com a curiosidade bem expressa. — A senhora também tem algo de especial, não tem? Não consigo dizer exatamente o quê...

A mulher recua e cospe nele. Ele recua por instinto e o catarro cai na mesa ao seu lado, emitindo um silvo enquanto o tampo de plástico começa a formar bolhas e se retorcer. Seis olha para aquilo, depois para ela.

— Bom — diz ele, a voz cadenciada de quem considera tudo aquilo muito interessante. — Isso, sim, é diferente.

Xal não gosta da maneira como o homem olha para ela. Não gosta mesmo, nem um pouco. A maioria dos humanos teria gritado e corrido ao ver o que ela faz; aqueles que ela encontrou pelo caminho ficaram devidamente apavorados antes de ela os abater. Este, não. Este olha para ela com... Qual é a palavra certa? Ela escava o centro de idiomas de Nadia Kapur e enfim encontra: deleite. Como uma criança que acabou de receber um presente inesperado.

— De onde a senhora é, dra. Nadia Kapur? — pergunta o homem. Ele está mantendo distância dela, mas claramente por cautela, não por medo. Aliás, ele parece estar se esforçando para não chegar mais perto, e ele não para de *encará-la*, perguntando-se o que ela faz. Xal semicerra os olhos.

— Eu não vim para responder perguntas — diz ela.

O homem apenas sorri.

— Tudo bem, Nadia. É o seu nome de verdade? Nadia? Você tem olhos lindos, sabia? Olhos belos, incomuns. Eu quase não notei no início, mas essas pupilas não são padrão, são? Não por aqui. Eu adoraria saber onde conseguiu esses olhos. — Ele faz uma pausa, seu sorriso se alarga. — Ou você poderia dá-los para mim.

— Não ouse — diz Xal.

— Eu cuidaria muito bem deles. E de qualquer outra parte que deseje contribuir. Você ficaria adorável, toda desmanchada e espalhada pelo meu jardim. Eu tenho uma intuição a seu respeito, Nadia. Acho que seria a melhor escultura que eu já fiz.

Xal não chega a entender exatamente do que o homem está falando, mas sabe que não gosta do jeito como ele fala, ou do modo como ele começou a enfiar a mão dentro do jaleco. Ela agarra a cadeira com força, os músculos tensos, e faz um balanço dos recursos que tem à disposição. Menos do que gostaria. Ela passou a noite seguindo o garoto, mantendo-se na retaguarda enquanto ele corria pelas ruas. Ele andava tão agitado, tão resoluto, que ela tinha certeza de que ia acontecer hoje à noite. Ele a levaria ao seu destino. Aquela que ele descreveu na gravação de áudio da médica como alguém por quem "vale a pena esperar", sem saber o quanto estava certo.

Ele a levaria a Nia.

Isso ia muito além dos sonhos mais loucos de Xal, um resultado tão incrível que ela sequer ousava esperá-lo. Nia, a menina dos olhos do Inventor, havia sobrevivido — e estava aqui, na Terra, na forma de uma adolescente ingênua. Com Nia sob seu controle, Xal não teria apenas vingança; ela teria um mundo novo, todo seu.

Mas o garoto, o garoto burro, foi enlaçado pela armadilha de outra pessoa antes que pudesse levar Xal até sua presa. Ela tirou os olhos por um instante e, quando voltou, ele estava correndo rua abaixo, com os homens de preto atrás dele. Eles o haviam pegado bem debaixo do nariz dela, e só lhe restou segui-los... e tomar o que pudesse dos seres que encontrasse pelo caminho. Foi uma infelicidade ela ainda precisar do corpo de Nadia Kapur, e precisar dele intacto, para manter a confiança do garoto e convencê-lo a seguir instruções. Uma pele humana mais ampla e mais poderosa teria facilitado seu trabalho, assim como incrementos nos dentes e nas unhas. Do jeito como estava, ela só podia aguentar até certo ponto. Seu único golpe de sorte havia vindo na forma de um prédio estranho, onde as prateleiras eram forradas do chão ao teto com criaturas em caixas de vidro reluzente. A placa na frente dizia ANIMALIA EMPÓRIO DE ANIMAIS EXÓTICOS; Xal não tinha certeza se era uma espécie de galeria, um lugar onde humanos podiam admirar as espécies superiores com segurança, ou talvez uma prisão onde criaturas perigosas eram escravizadas. Independentemente disso, era útil. Aconteceu de uma colônia de insetos diligentes ter o aparato para secreção ácida que ela usou para ameaçar o homem de jaleco (e para derreter o rosto de uma mulher aos berros que ela encontrou no andar de cima.) Havia criaturas rastejantes sem membros que lhe ofereceram dons assassinos, e outra, submersa na água, que se mostrou dotada de notáveis capacidades curativas. Mas a melhor de todas foi uma coisa gorda e lustrosa com estrias gloriosas — de movimentos arrastados, com um veneno potente oculto nas entranhas. Xal ficou indignada ao perceber quão pouco os humanos apreciavam sua beleza; o rótulo na sua prisão de vidro dizia MONSTRO.

As outras criaturas ela tomou sem cuidado ou preocupação, mas aquela lhe pareceu especial. Quando tomou seu veneno emprestado, preencheu o buraco que deixou com seu próprio estimado DNA. O belo monstro não seria exatamente o mesmo, mas sairia vivo.

— É estranho, sabe? — diz Seis. — Eu tinha certeza de que alguém já teria aparecido para interromper a nossa conversa. Mas estamos sozinhos. Por quê, Nadia?

Xal tensiona o corpo, os músculos retesando-se para um ataque.

— Porque os seus amigos morreram — responde ela.

Seis faz um gesto de desdém com a mão.

— Não são meus amigos de verdade. É melhor tratar como colegas de trabalho. — Mas há uma esperteza em sua voz quando a encara de soslaio e diz: — Você matou todo mundo?

Xal dá de ombros.

— Todo mundo que vi.

— Entendo — afirma Seis, e a ataca. Ele é rápido, mais rápido do que Xal imaginava, com controle perfeito sobre o corpo. Uma coisa prateada brilha na sua mão e uma fenda longa se abre no braço do casaco de Xal. Ela sibila quando o sangue flui para sua manga, empoçando no cotovelo. Com um grunhido, ela levanta a cadeira do chão e a manda em arco pelo ar. O homem mergulha com facilidade para sair da trajetória e a cadeira é destruída na parede oposta. Um painel se estilhaça e, atrás dele, uma luz vermelha grita quando um alarme começa a soar. A sala cai na escuridão, depois se ilumina de todos os lados com um tom suave de vermelho.

PROTOCOLO DE CONFINAMENTO DE EMERGÊNCIA ATIVADO, diz uma voz feminina.

Xal rosna, arrancando o casaco do corpo, largando-o no chão com um som molhado. Ela está sozinha e furiosa; enquanto estava assustada com o som do alarme, o homem abriu a porta e fugiu. Ela também mergulha pela porta antes de esta se trancar de novo.

O corredor está vazio.

Não importa. Ela abre a boca e exibe uma língua bifurcada que palpita rapidamente uma, duas vezes. Suas pupilas se dilatam e a saliva se acumula nas bochechas; ela consegue sentir o suor amargo do homem, matizado de adrenalina, tão intenso e inebriante que poderia deixá-la embriagada. Ela sente uma pontada de fome — uma ânsia não só de caçar, mas de comer. De desatar sua mandíbula como as criaturas sem membros e engolir sua presa por inteiro, com ossos e tudo.

Ela dispara pelo corredor em um trote tranquilo, a cabeça inclinada para seguir o cheiro, os braços caídos ao lado do corpo. Ela está mais perto, mais perto...

CREC!

Ela cai de joelhos uma fração de segundo antes do fim, de modo que o machado passa pelo ar logo acima da sua cabeça e bate com força na parede. Outro painel se estilhaça, e Seis xinga, recolhendo a arma pronto para desferir outro golpe. Xal se lança sobre os joelhos dele, envolvendo--os com os braços e puxando-o para baixo, torcendo para ouvir o estalo agudo de um osso se quebrando. Em vez disso, ela é recompensada com o baque da cabeça do homem atingindo o chão. Os olhos dele se reviram brevemente e um leve gemido lhe escapa dos lábios.

Xal está quase decepcionada. Ela queria que o homem gritasse ao morrer; matá-lo enquanto está semiconsciente não vai ser tão divertido. Talvez ainda consiga trazê-lo de volta; a camiseta dele subiu, um centímetro de barriga branca fica à mostra. Ela pega o tecido e puxa, expondo o abdômen tenro do homem, todos aqueles órgãos macios e aqueles intestinos viscosos vulneráveis logo abaixo da pele. Ela recua o queixo e cospe o ácido viscoso direto no umbigo dele.

Os olhos de Seis se abrem de imediato quando ele berra de dor.

Agora sim.

Xal berra com uma risada, inebriada com o desamparo do homem. Mas agora ela vai finalizar essa situação; afinal de contas, não foi por isso que ela veio. É só uma diversão. Ela escala o corpo debruçado do homem, monta sobre seu peito e desata sua mandíbula... e desata mais, mais, a pele se esticando dolorosamente até que há vinte centímetros entre cada lábio. O veneno do monstro não é letal a seres humanos na maioria das circunstâncias, mas Xal tem certeza de que dará conta se injetá--lo direto nos olhos. Depois do que o homem disse que faria com ela, não seria... Qual é a palavra correta? Ela escava as memórias de Kapur e encontra.

Poético.

Não seria poético?

Ela se aproxima, a boca escancarada como uma caricatura de surpresa, e se prepara para afundar os caninos alongados nos olhos palpitantes de Seis.

Desta vez, não há alerta — não há como se esquivar.

A faca se afunda no ponto certo da cartilagem suave do punho de Kapur e torce; uma vez, depois outra.

Quando ela recolhe o braço, sua mão decepada está no chão.

Xal recua e urra, puxando o toco do braço para perto do rosto, depois dá outro grito quando o jorro arterial lança seu próprio sangue nos olhos. Ela sai se arrastando de quatro, cotovelos e joelhos derrapando, quando Seis se aproxima com uma faca numa mão e o machado na outra.

Ele sorri para ela.

Xal não gosta. Nem um pouco.

— Ah, mas você é especial. E como — comenta ele. Seus olhos estão fixos no pulso dela, onde pequenas fibras rosadas de pele já começam a se regenerar. — Nadia, você é sem igual.

Xal não responde.

Não foi por isso que ela veio.

Ela se vira.

Ela foge.

Ela sobrevive.

23

O OUTRO LADO DA PORTA

MENSAGEM DE CAMERON, 23:03

Nia, você tá bem? Eu tô bem. A dra. Kapur me resgatou. Muito bizarro. Onde você tá?

23:06

Ei, assim eu vou pirar. Me diz se você tá bem, por favor.

23:08

Nia? É sacanagem não responder.

23:09

ALÔ?

23:10

PQP CADÊ VOCÊ

23:15

Nossa você não tá nem aí que eu fui sequestrado hein

23:15

Obrigado pela ajuda aliás

23:16

P.S.: Eu não contei nada pra eles mesmo que fosse de você que eles estivessem atrás e tinha um filho da puta sinistro que prendeu eletrodos na minha cabeça e me interrogou, DE NADA SUA ESCROTA

23:19

Nia por favor por favor me responde desculpa por favor cadê você?????

Cameron morde o lábio com força e coça os olhos com fúria, tentando conter as lágrimas da sua raiva impotente. Não é só a impotência por ter sido levado por Olivia Park e seus capangas ou a indignação que perdura por causa do jeito como ela o provocou quanto à falta de conhecimento do próprio pai. A noite de hoje acabou com a ilusão de que ele e Nia haviam feito alguma diferença. *Podíamos botar outro Daggett Smith no ar amanhã*, foi o que o médico sinistro disse, e isso faz o coração de Cameron se apertar porque ele sabe que é verdade. Tudo que eles fizeram não adiantou de nada. A OPTIC é maior e mais poderosa, uma maré imbatível. Não importa o quanto ele e Nia façam, nunca vai ser o bastante.

E ele está furioso com Nia por nem tentar ajudá-lo a fugir — fora o medo intenso pela segurança dela, o que só piora a situação. A primeira coisa que ele fez, depois de uma tentativa emergencial de contenção de danos parentais que não teve sucesso e acabou com sua mãe declarando-o de castigo "PA-RA SEMPRE", foi remexer as gavetas atrás de um celular antigo para poder se reconectar com ela. Cameron sentiu uma leve esperança quando o aparelho se acendeu cheio de mensagens... mas nenhuma de Nia. Havia mensagens de voz irritadas e preocupadas da mãe, uma pilha de comentários dos assinantes do seu canal do YouTube confusos e uma mensagem de texto curiosa de Juaquo ("**Qual é a da imitação** barata de Agentes da S.H.I.E.L.D.?"), mas nem uma única mensagem da única pessoa que devia ser a mais preocupada. Por onde ela andava? Por que não respondia? Ela estava escondida, com medo de ter a mesma sina que ele, ou — suas entranhas se retorcem só de pensar — será que Olivia e a OPTIC a haviam pegado também? Será que eles só fingiram que não sabiam quem era Nia para manipulá-lo até ele soltar alguma informação? Ele acha que não, mas também não tem certeza. A possibilidade de ela estar em perigo o consome enquanto os minutos passam. Faz seis horas desde que a OPTIC detonou os aparelhos de Cameron e o levou para interrogatório. Seis horas. Desde que ele conheceu Nia, os dois raramente passaram metade desse tempo sem trocar mensagens. Pensar nisso faz o pavor tomar conta.

Tem alguma coisa errada. Se não for a OPTIC, é outra coisa.

Ele range os dentes, indignado, mais uma vez consumido pela ideia que só lhe ocorreu esta noite, enquanto Seis o interrogava: a de que, por mais íntimo que seja de Nia, ele não sabe nada a respeito ela. Nem o endereço, nem a data de nascimento, nem o sobrenome. Se alguma coisa acontecesse a Nia, Cameron seria um inútil, estaria indefeso, incapaz até de dizer à polícia quem procurar. Nia havia se certificado disso desde o instante em que se conheceram, quando ele procurou pistas da identidade dela e ela deu uma bronca nele por ser enxerido.

Cameron se senta empertigado na cadeira.

Eu não sei, pensa ele, *porque eu parei de procurar.*

Ele se vira para seu computador, a tela ganhando vida quando olha para ela. Ele se concentra, deixando a consciência fluir para dentro e depois pelo espaço virtual, deslizando para o mundo privado deles.

Ele abre a porta e entra.

O cachorro marrom e branco gordo continua lá, sentado exatamente onde o deixaram. Ele dá uma olhada preguiçosa em Cameron, mas não o cumprimenta. O assento do sofá ainda está cheio de pétalas. Tudo está como era; nada foi mexido. Nem Nia esteve ali — mas, a partir daqui, Cameron consegue chegar a ela. Ele atravessa a sala, as flores se emaranhando sob seus pés, e descansa a mão na parede oposta. Ela tremeluz quando ele a toca, uma maçaneta de vidro esculpido se elevando para encontrar sua mão.

— Essa porta não é sua — diz o cão, e Cameron dá um salto involuntário. *Ah, sim, o cachorro fala.* Foi coisa de Nia; afinal de contas, dizia ela, por que ter um mundo virtual se não era para eles botarem as regras que quisessem? Ainda assim, ele sempre se assusta.

— Eu vou atrás dela — declara Cameron, e então é acometido por uma onda de vergonha. *Por que eu estou me explicando para um cão digital?*

— Essa porta não é sua — repete o cachorro.

— Fecha essa boca, Doguinho, senão eu te deleto e troco por mil porquinhos-da-índia — ameaça Cameron. O cachorro não responde. Ele abre a porta e passa.

É o portal de Nia, a entrada que Cameron fez só para ela, para Nia ir e vir ao seu bel-prazer. Ela teria passado por ali mais cedo, hoje, quando deixou a casa na árvore virtual dos dois; mesmo que ela usasse um programa de disfarce para ficar repicando por vários servidores antes de parar ali, ele teria como seguir o rastro digital até o ponto de onde saiu — para ter o mínimo de geolocalização ou descobrir no nome de quem o IP dela está registrado. Mas, assim que está do outro lado da porta, Cameron para, surpreso. Não há trilha, não há migalhas de pão pelo caminho. A entrada de Nia para o mundo deles parece um longo corredor no qual alguém trancou todas as portas, pintou por cima e apagou as luzes. Não tem nada.

Ele dá meia-volta.

É aí que ele a vê.

Há uma mensagem rabiscada de qualquer jeito, meio apagada, do lado de dentro da porta de Nia. Uma mensagem que seria para ele, que fica ali quando alguém corta a conexão. Aqui, num lugar onde só uma pessoa poderia ter deixado e só Cameron poderia encontrar.

A primeira frase é um pedido de socorro.

A segunda é tão familiar que assusta.

VEM ANTES QUE ELE ME MACHUQUE, POR FAVOR.

41°/ 54'/ 37,8''/ N 81°/ 40'/ 02,1''/ O.

Cameron abre os olhos e engole em seco. Na mesa ao seu lado, seu antigo visor de realidade virtual ganha vida, o display quebrado emitindo um leve brilho conforme se recalibra.

Nia lhe enviou as coordenadas de onde ela está, mas ele nem precisa procurar. É uma localização que ele conhece de cor.

Ele já esteve lá.

Quando estava sozinho, preso em uma tempestade e foi atingido por um raio.

24

TEMPESTADE ADENTRO

HÁ UM SILÊNCIO sinistro na marina da cidade, o único som é o leve marulhar das ondas. Juaquo vem com seu Impala até o portão. Passando dali, os barcos atracados balançam suavemente na água escura e gelada, as docas logo depois parecem pálidas e desertas ao brilho das luzes de segurança. Juaquo puxa o freio de mão e olha para Cameron.

— Eu tenho que falar pela última vez. Quero que fique registrado que não entendo por que a gente vai sair numa expedição marítima à meia--noite, nesse momento, em vez de chamar os policiais.

Cameron não responde. Ele já saiu do carro, correndo o mais rápido possível para as docas. Juaquo suspira e vai atrás, colocando a chave no bolso, olhando para o carro por cima do ombro. O desenho no capô, uma pintura elaborada da Virgem de Guadalupe cercada por rosas volumosas, fica tão vibrante ao brilho halógeno acalorado do poste que ela parece viva.

— Você se cuida aí — diz ele.

— Quê? — grita Cameron.

— Eu tava falando com o carro.

O iate clube está fechado do outro lado do robusto portão de ferro com um sistema de acesso por teclado. Mas, enquanto Juaquo está olhando, eles ouvem um clique e um rangido quando a trava se solta.

— Isso foi bizarro... — começa a dizer ele, mas Cameron corre à frente sem dar explicação. O cais geme sob os pés deles enquanto andam pelo labirinto de barcos, as sombras se alongando à frente. Cameron não para de virar a cabeça para lá e para cá, como se estivesse tentando captar um cheiro no ar, até que Juaquo por fim fala. — Você parece um esquilo de tão nervoso. O que você veio fazer aqui?

— Eu vim atrás do barco — resmunga Cameron.

— Hã — diz Juaquo. — O seu barco não ficou em pedacinhos?

— Não do *meu* barco — fala Cameron, e aponta. — *Daquele* barco.

Juaquo olha para onde Cameron apontou e fica de queixo caído. Em uma rampa próxima se vê uma embarcação preta e reluzente, do tipo que um bilionário nerd compra porque é o que existe de mais próximo de uma cápsula espacial na Terra. É um barco que vale bem mais que sua casa e seu carro juntos; com certeza não é um barco que a família Ackerson teria como comprar. Mas Cameron anda decidido até ele e, enquanto isso, o barco ganha vida; o motor começa a borbulhar, o painel de instrumentos a gorjear e a área interna brilha um roxo vibrante.

— Eu sei que você falou que não ia ter tempo pra explicar — diz Juaquo. — Só que, cara, você tem que explicar pelo menos isso. Você me diz que precisa de carona pra ir no iate clube: beleza. Você quer que eu saia no meio da noite pra brigar com o pai da tua namorada: bizarro, mas beleza! Eu te entendo. Mas existe limite, e, pra mim, a gente atinge o limite quando você quer entrar num barco multimilionário que não é seu e parece uma espaçonave e ainda tem cara de *assombrado*.

Cameron entra no barco e se vira para Juaquo, apontando para a lente de realidade aumentada no próprio olho.

— Não é assombrado. É *smart*. — Ele faz um gesto para o painel de instrumentos. — Ignição sem chave, navegação digital. — Quando Juaquo para de se mexer, Cameron revira os olhos. — Entendeu o que eu falei? É *smart* e, se é *smart*, dá pra hackear. Não é fantasma, cara. Sou eu.

— Você hackeou o barco?

— Sim. Agora você entra?

— Como você hackeou o barco?

— A gente não tem tempo pra...

— CARA!

— Tá bom! — grita Cameron. — Eu vou explicar, só que no caminho. Tá bom? Esse troço é urgente e eu tenho que ir agora, com ou sem você. Você vem ou não vem?

Juaquo fecha a cara e resmunga, mas ele desamarra o barco do ancoradouro e sobe a bordo, pegando seu banco ao lado de Cameron nos controles. O som do motor aumenta, transformando as borbulhas em um ronco e o brilho da silhueta urbana começa a sumir às costas dos dois e a vasta escuridão estrelada do lago abre-se à frente.

Dez minutos depois, Juaquo desaba numa poltrona e pressiona as têmporas com as mãos.

— É o superpoder mais nerd que eu já ouvi falar — comenta ele, erguendo a voz para ser ouvido em meio ao vento e às ondas. O barco é uma ilha solitária no escuro, seus faróis iluminando nada além da água infinita, agitando-se em todas as direções. — Você consegue hackear coisas com a mente? Como é que funciona?

— Eu não sei como, só sei que acontece. Eu consigo me conectar com o sistema, ver arquivos, rodar programas, até recodificar de dentro pra fora. É tipo uma conversa. Qualquer aparelho com uma rede de software...

Juaquo enfia a mão no bolso e puxa o celular.

— Até esse?

— Ã-rã, até esse. Eu já falei: celular, laptop, sistema de segurança, robô aspirador de pó...

— Você já conversou com um aspirador de pó?

— É o que estou dizendo: se tem software pra me conectar, eu consigo me comunicar — responde Cameron, irritado. — Não é como se eu estivesse lá no meu quarto abrindo o coração pro Roomba, pelo amor de Deus. Mas eu podia reprogramar ele pra, sei lá, perseguir o gato ou escrever no tapete. Não é bruxaria. Tem umas coisas que eu conseguia fazer antes, se tivesse um bom computador e tempo ilimitado. Mas agora é uma coisa, tipo, orgânica. Instantânea. Eu não preciso de tempo nem de ferramenta. Só acontece.

Juaquo ergue as sobrancelhas.

— Então antes você era um nerd normal e agora você é um nerd melhorado. O Super-Nerd.

— Eu prefiro "cibercinético" — diz Cameron, fechando a cara.

— É exatamente o que um Super-Nerd dir...

As palavras de Juaquo se perdem com um apito de alerta e um clarão. Os displays digitais do barco estão descoordenados, bipando, soando, quando uma sequência confusa de números brilha nas telas. Juaquo aponta e pergunta:

— É você que tá fazendo isso?

Cameron faz que não e olha, sério, para a proa. Suas lentes de realidade aumentada, recém-carregadas e sincronizadas com o sistema de navegação antiquado, mostram uma queda abrupta da pressão atmosférica e rodam um aviso: ATIVIDADE ELÉTRICA ANÔMALA. O ar em torno do barco está úmido e denso e cheira a ozônio. Ele engole em seco e seus ouvidos estalam. Cameron sente o pavor se desenroscando como uma cobra de gelo no fundo do estômago. Quando olha para Juaquo, enxerga o medo nos olhos do amigo. Ele range os dentes e fecha os punhos, esperando pelo que sabe que está por vir.

— É bom você se segurar em alguma coisa — avisa ele, quando o primeiro raio rasga o céu.

Enquanto a tempestade começa a se armar em torno deles, Cameron se pergunta pela centésima vez se Nia está bem — e por que ela o mandaria para o meio do lago Erie no meio da noite.

Então o mundo se acende com eletricidade e ele não se pergunta mais nada. A tempestade irrompe em torno deles num instante, uma vasta teia de raios brancos engolindo o céu, o lago, o barco. Como antes, não há vento — e, ainda assim, Cameron jura que ouve um uivo sombrio ecoando no céu, um som que fica entre o lamento de uma mulher e o grito de um animal enjaulado. O estalo e o chiado do raio estão por todo lado, as luzes cegantes chegando a tal velocidade que não há tempo nem de respirar entre uma e outra. Colunas de água explodem para o alto quando os raios formam um arco até a água, encharcando o barco com borrifos congelantes, empurrando-o para fora da rota de modo que Cameron precisa se esforçar para corrigir. Os faróis piscam com o lampejo; as luzes violeta internas piscam uma vez, depois outra. O sistema de navegação ficou inutilizado, mas o display do seu visor ainda brilha de leve, dizendo-o que está no caminho certo. Ele pressiona o rosto no para-brisa, inclinando o pescoço para olhar para cima. O céu está tomado de nuvens num turbilhão, iluminadas de dentro por relâmpagos ferozes que saem em espiral de um ponto originário que deve ser o olho da tempestade. Há um pequeno círculo de céu estrelado, bem no meio, em torno do qual as nuvens giram furiosas.

— Isso é loucura! — grita Juaquo atrás de Cameron. Ele está agachado a meio caminho dos fundos da cabine, agarrando as laterais da mesa que tem porta-copos embutidos nas beiradas. Ele já encheu dois dos porta-copos com vômito e está enchendo o terceiro. — A gente não vai conseguir! A gente tem que voltar!

Cameron faz que não, espiando em meio aos borrifos. Eles estão tão perto; ele sente que está. E lá, logo à frente... ele viu uma coisa? Ele podia jurar que, por um instante...

— Cara! — grita Juaquo de novo. — Você tá me ouvindo? A gente vai *morrer aqui*, cacete...

Sua voz ressoa pelo silêncio repentino e vazio.

A tempestade, o céu, o deslumbre da eletricidade, até o lago agitado em si, se foram. Por um instante, o barco entra cego nas trevas, tão suave e espessa quanto veludo.

Então, com um solavanco, Cameron e Juaquo são jogados no chão quando a quilha do barco raspa numa margem invisível e para de súbito.

Resmungando, Juaquo se levanta. Ele tira o celular do bolso; a lanterna ilumina, refletida no acrílico em volta.

— O que... — começa ele, depois para, parecendo perdido. — Onde a gente tá? Onde que a gente bateu?

— Não sei — diz Cameron. Ele sai para a proa estreita, deixando os olhos se acostumarem às trevas. Seu visor de navegação pisca uma última mensagem, DESTINO ALCANÇADO, e ficam sem energia. — Mas a gente chegou.

— Aonde?

— Aonde a gente tinha que ir. A Nia me mandou as coordenadas e é aqui.

Cameron sobe na proa do barco, seu pé procurando o chão que ele não enxerga mas que sabe que deve estar ali. Um instante depois, a ponta do seu tênis chia ao tocá-lo. É uma superfície suave, delicadamente arredondada. *Uma ilha artificial?* Não é só a suavidade anormal da margem, que parece feita de uma substância negra que não é nem terra nem rocha, e onde não parece crescer nada. Sob seus pés, Cameron consegue sentir a presença de tecnologia. Ressoando, zumbindo, com uma potência imensa. A voz dela é como um ronronar sedutor dentro da sua cabeça.

Juaquo pula para o lado dele.

— Cacete, que escuro. Que lugar é esse? — Ele olha para trás, para a outra ponta do barco, e aponta. Atrás deles, no que parece ser a ponta de um longo túnel, está o leve brilho de relâmpagos. — Foi ali que a gente entrou. Então a sua namorada... tipo, mora aqui? Num hangar de avião flutuante? No meio do lago Erie? Como é que isso não aparece no radar? Como é que...

— A gente pergunta assim que encontrar ela — diz Cameron. — Sem dúvida tem alguma coisa aqui. Eu consigo sentir.

Juaquo dá um tapa na própria cabeça.

— Tipo o barco, você quer dizer. Alguma coisa... *smart*.

Cameron faz que sim com a cabeça, mas não é exatamente isso, pensa ele. A presença que ele sente nesse lugar não é só *smart*.

É inteligente.

Eles andam uma curta distância no escuro até uma pequena estrutura em domo se erguer do chão à frente dos dois, com uma sombra no meio que se revela uma porta estreita. A lanterna do celular de Juaquo, mal refletida pelo chão sob seus pés, ilumina o domo quando eles entram: paredes lisas e sem janelas, um teto arredondado e o piso. Tudo feito do mesmo material que a ilha. Ele se agacha e pressiona o chão com uma das mãos, seu dedo traçando o contorno negro de uma fenda sob seus pés. Um alçapão. Juaquo passa os dedos pela beirada, para no meio e puxa por uma alça; ela sobe com um *vuush*. Ele olha para Cameron, que faz que sim. A porta desliza com dobradiças silenciosas, expondo uma escadaria mal iluminada que desce em espiral a um destino desconhecido. Um brilho emana das próprias paredes, que não são pretas, mas de um violeta intenso, como a casca de uma berinjela.

— Tem certeza? — pergunta Juaquo.

Cameron range os dentes.

— O lugar é esse e ela precisa de mim. Vamos.

Eles descem em um silêncio cauteloso, os minutos passando enquanto a porta do alçapão some nas trevas acima. Cameron se prepara para o que vem pela frente. A cada passo, ele fica mais ciente de que não sabe o que é aquilo onde está. Mesmo depois de roubar o iate cápsula e partir para o centro do lago, ele ainda imaginava que o confronto pela frente seguiria o típico roteiro de filme de ação. Que ele encontraria Nia presa em uma casa flutuante ou algo assim, quem sabe amarrada e amordaçada, mas provavelmente apenas trancada no quarto, e seu pai — que Cameron nunca tinha visto, mas que por algum motivo imaginava igual ao Bruce Campbell em *Ash vs. Evil Dead* — tentaria, sem sucesso, impedi-los de libertá-la. Na sua fantasia mais louca, a que ele considerou absurda demais assim que surgiu na mente, Bruce Campbell segurava uma espingarda que Juaquo teve que arrancar das suas mãos na porrada.

Agora, Cameron é forçado a admitir que a realidade com que se deparou é mais bizarra do que tudo que ele imaginou, em outra ordem de magnitude. E eles ainda nem encontraram Nia.

A voz de Juaquo interrompe seu devaneio.

— Opa. Ouviu isso?

— Não — responde Cameron, mas as palavras mal saíram quando ele também ouve. É fraco, mas está ficando mais alto, e ele tropeça na escada, desnorteado. Juaquo acelera atrás dele, segura-o pelo braço para ajudá-lo a se equilibrar, e o espaço fechado de repente é tomado pela pulsação de uma linha de baixo familiar.

— Tá vindo de lá — avisa Juaquo, apontando, e Cameron percebe que a escada termina logo abaixo de onde ele está. Eles descem os últimos degraus lado a lado e se veem em uma pequena plataforma que vira uma passarela estreita à frente deles, acompanhada por paredes levemente luminosas nas laterais. Ao fim há uma porta, levemente entreaberta. A música que vem do outro lado é tão alta que Cameron sente cada compasso como se saísse de dentro do seu peito. Ele atravessa a passarela, olhando atentamente para o lado durante a travessia, e se agarra ao corrimão com força quando é acometido por uma onda de vertigem. O espaço parece infinito, fazendo curvas dos dois lados até um nada imenso, mas ele ouve o balbucio e o falatório do software lá dentro. Está por todo lado, mas o sinal mais forte vem da direita, logo à frente, escorrendo pela fissura da porta aberta. Ele bota a mão ali, dá um passo... e para imediatamente, o que faz Juaquo trombar nele por trás. A música pulsante enche seus ouvidos enquanto ele vê um mar de gente alegre sacudindo bastões fluorescentes roxos, os olhos em um palco ladeado por imensas telas com dois andares de altura. Um homem de smoking branco dança freneticamente no palco central e é imitado por uma dúzia de dançarinos de traje idêntico. Cameron não consegue fazer mais nada além de encarar aquela cena.

— *Heeeeeeey, sexy lady!* — canta o homem no palco, enquanto a multidão se agita e grita a plenos pulmões à sua frente. Cameron sente uma mão agarrar seu ombro.

— Eu tô alucinando? — berra Juaquo.

— Não! — responde Cameron, também gritando.

— Nesse caso — grita Juaquo —, quando é que o cara do "Gangnam Style" veio fazer turnê na cidade?

— Ele não veio — grita Cameron, mas Juaquo aponta furiosamente para o palco, usando o gesto para pontuar cada palavra.

— Olha! Ele! Ali! Ué!

— Eu não... — começa a responder Cameron, mas perde o fio da meada e fica só olhando.

Arrepios percorrem sua pele e, por um instante, tudo — a tempestade, o show, até o motivo para estarem ali, até a própria Nia — é esquecido. No meio da multidão que grita há um homem, de costas para o palco, olhando para Cameron entre os corpos se empurrando, e Cameron olha para ele também sem conseguir respirar. É um instante que ele imaginou infinitas vezes nos últimos dez anos, que sempre lhe trouxe perguntas inquietantes. *O que eu faria? O que eu diria? Será que ele ia me reconhecer? Eu reconheceria ele?*

Mas, neste instante, todas as perguntas desaparecem.

Não há pergunta alguma, só assombro, e uma torrente de emoções.

Cameron dá um passo à frente, seus olhos fixos em um rosto que ele só viu em fotos e na sua memória por muito tempo.

— Pai? — diz ele.

Ele mal consegue ouvir a própria voz com a batida da música, mas não faz diferença. Seu pai — e *é* seu pai, com o mesmo cabelo desgrenhado e a barba por fazer que Cameron gostava de puxar com as mãozinhas de bebê — dá um passo até ele.

— Meu garoto. Você não devia estar aqui. É perigoso. Você tem que ir embora! Agora!

— Mas...

Ele não termina a frase.

No palco, a música é concluída com uma explosão de fogos de artifício. Cameron ergue a mão involuntariamente para cobrir os olhos.

Quando volta a enxergar, seu pai desapareceu.

— Pai! — berra ele, avançando com uma corrida desajeitada.

A multidão se abre à sua frente enquanto ele a vasculha, frenético, à procura do rosto familiar, o dos cabelos pretos e abundantes. Ele acelera o passo quando tem um vislumbre de William Ackerson logo à frente, sendo levado em meio à multidão por dois homens que parecem furiosos, arrastando-o pelos braços. *Vão levar ele! Eu vou perder o meu pai*, pensa Cameron, seus sentidos inundados pelo pânico. Ele dispara na direção dos homens, desviando-se de duas pessoas que gritam e pulam ao sair do caminho. Ele emerge da multidão a tempo de ver o pai arrastado por outra porta logo à frente.

— *PAI!* — berra ele, avançando com tudo quando Juaquo, às suas costas, grita para ele esperar.

Cameron se lança pela porta, tropeçando ao passar, caindo com força de mãos e joelhos no chão. Depois, olha para cima e suspira. Há um tapete esfarrapado sob seus joelhos, o murmúrio suave de vozes ao redor. A luz do sol brilha filtrada por um imenso vitral ornado no alto da parede, tocando os ombros de um par de anjos esculpidos que flanqueia um longo corredor entre fileiras de bancos. A batida da música e a gritaria da multidão se foram; quando olha para trás, ele só enxerga Juaquo diante de uma porta fechada, olhando em volta, confuso. Cameron se esforça para se levantar, procurando o pai.

— Pai? — repete ele.

Enquanto na outra sala sua voz era quase afogada pela música, aqui ela parece um trovão de tão alta. As pessoas murmurando, rezando com as mãos comprimidas na frente da cabeça arqueada ou perfeitamente dobradas sobre os colos, lançam-lhe olhares de soslaio; uma velhinha com um chapéu elaborado sussurra:

— *Shhhh.*

Cameron olha para ela. Assim como seu pai, ela também é familiar. Só que, desta vez, ele não sabe por quê. Ele só sabe que a visão dela o enche de pavor e, quando ele olha para o chapéu de perto, o pavor apenas se intensifica. Algo de terrível está prestes a acontecer. Ele sente isso. Mas como ele sabe?

Desta vez, Juaquo oferece a resposta.

— Meu Deus — diz ele em voz baixa. — O que tá acontecendo? Como que a gente chegou aqui? — Cameron se vira para olhar para ele e vê Juaquo o encarando com olhos arregalados. — É aquela igreja. A da notícia, aquela em que...

O vídeo, pensa Cameron, e tudo se encaixa. A mesma luz suave, as mesmas esculturas de anjo, borradas e indistintas no vídeo de celular tremido de uma pessoa qualquer. Uma velha caída, esparramada no corredor central, o chapéu sujo de sangue escondendo o rosto.

— Ai, merda — diz Cameron, e a velhinha o encara de novo.

— Shhhh! — sibila ela.

É a última coisa que ela dirá.

Atrás de Cameron, a porta da igreja é aberta com um rangido.

— Corram! — grita ele para as pessoas nos bancos, que se viram para encará-lo boquiabertas. A velha, aquela cujo chapéu está prestes a ser estourado junto da maior parte da cabeça, levanta-se com o dedo indicador estendido, como se estivesse prestes a lhe dizer o que pensa.

Ela é a primeira que o atirador acerta. Cameron sente a bala passar zunindo pelo seu ouvido e vê a mulher ser jogada para trás com o impacto. Ela cai sobre o banco da frente e desaba no corredor, na exata posição em que será fotografada quando a matéria chegar à internet. Se descontar o fato de que *já* chegou à internet. Foi a grande notícia da semana passada. As imagens estavam por todo lado; Cameron chegou a compartilhar nos seus *feeds*. E ainda assim ela morre na frente dele, agora, na vida real, em tempo real. Todos morrem. O homem de máscara preta entra com determinação, atirando, enquanto as pessoas dos bancos gritam e se espalham. Ele abre caminho até a frente da igreja, depois gira, disparando tiros que estilhaçam os bancos de madeira e transformam os anjos em cacos. Juaquo pega o braço de Cameron e o arrasta para o chão enquanto eles correm freneticamente por um corredor lateral, passando por uma mesa de madeira com velas acesas. Cameron sabe que não devia olhar, mas não consegue. O atirador está bem em frente à abside. Quando Cameron olha, ele sorri e enfia o dedo pela beirada da máscara, então um gemido escapa dos lábios de Cameron.

Não. Não é ele. Não é real, pensa, mesmo quando uma parte absurdamente imparcial do seu cérebro se eleva para sugerir que, sim, aquilo é real, está bem na sua frente; ele sente até o cheiro inebriante da cera se misturando ao aroma de pólvora.

A máscara se desgarra.

O pai de Cameron sorri, os olhos cintilando num frenesi.

— Você não devia estar aqui, filho — repete ele, no mesmo tom que usava para repreender Cameron quando ele brincava no seu escritório. — Aqui não é lugar para crianças. Papai tem negócios importantes para resolver agora... e não preciso de um sócio nesse negócio.

Cameron escancara a boca quando seu pai levanta a arma e aponta para ele. *Não é real.* Seu dedo acaricia o gatilho. *Não é real!*

A coluna logo acima da sua cabeça explode e vira pó.

— VAI, VAI! — grita Juaquo, arrastando Cameron pelo braço enquanto tiros ressoam atrás deles. Cameron olha por cima do ombro a tempo de ver o atirador, a máscara de volta ao lugar, erguendo o cano da arma para a própria cabeça. Sirenes soam ao longe. Ele estende a mão às cegas para a frente quando o último tiro ressoa e encontra a alça polida da porta do confessionário, que se abre. Então os dois começam a correr por trevas fechadas e fétidas, a igreja esquecida em algum ponto lá atrás. O pé de Cameron se dobra no chão irregular e ele tropeça em Juaquo, e os dois caem juntos no chão com um baque seco.

Juaquo emite um som que fica entre uma risada e um grito, rolando para ficar de costas.

— A gente está viajando no tempo, né? É a única explicação, né? Me diz que é a única explicação. Me diz que a gente tá numa máquina do tempo. Esse tiroteio foi na semana passada. E aquele show, aquele show não tava acontecendo. Aquele show aconteceu faz uns dez anos! É isso, né? É a única explicação. — Juaquo para. — Quer dizer, não sei o que o seu pai tava fazendo lá. Essa parte eu ainda não saquei. A gente tá viajando no tempo dentro da sua cabeça? É, tipo, um treco do superpoder que você não me contou? Porque, se a gente tiver viajando no tempo, eu queria ver os dinossauros. Tem como a gente fazer isso? Vamos ver um dinossauro e depois a gente resgata a sua namorada e depois se manda daqui.

Cameron sorri, percebendo que seu amigo está histérico, mas também se questionando se as perguntas dele não estão próximas da verdade. Seria viagem no tempo? Parece impossível, mas, ainda assim... possível? Eles estão cercados por tecnologia, a mais avançada com a qual ele já teve contato; que zumbe dentro da cabeça dele como uma trilha sonora de fundo, o tempo todo. E ele não tentou se conectar com ela, mas... *E se ela estiver se conectando comigo?*

Cameron fecha os olhos e se concentra. Ele se sente perto de entender o que está acontecendo, mas a resposta ainda está fora do seu alcance; ele a sente dançando nos limites da sua consciência, astuta e provocante. É como se sua mente estivesse trabalhando contra ele, bagunçando seus pensamentos. Cameron tenta retraçar os passos e enxerga apenas o rosto do pai.

Você não devia estar aqui. Foi isso que ele disse. Ele estava certo?

Por um instante, Cameron não consegue lembrar nem por que veio.

Então um holofote o ilumina do alto e sua mente se esvazia.

Cameron se senta e Juaquo começa a dar uma risada sincera quando a paisagem ao redor deles se ilumina de repente. O ar é tomado pelo farfalhar seco das folhas... de um milharal. Centenas de milhares de plantas se alongando em fileiras claras rumo a um horizonte distante de um lado, mas terminando abruptamente do outro. Cameron consegue ver a grama verde bem cortada entre as hastes, uma faixa de terra em forma de diamante logo depois. Juaquo deixa escapar uma última risadinha histérica e diz:

— Com licença, mas acho que eu pedi *Jurassic Park* e não *Campo dos sonhos*.

Cameron se levanta e fica olhando, tentando entender o que está vendo. Mas não precisa. Juaquo tinha razão. O milho, a grama, a areia: é um campo de beisebol. É *o* campo de beisebol. E, quando ele vê o homem no montículo, o uniforme de risca de giz ardendo sob as luzes, o S arredondado estampado no peito, ele dá um passo à frente como se fosse um sonho. Mas não é um sonho. O mundo lá fora, o mundo de onde ele veio... aquele que é o sonho, distante e desimportante. Este, este momento, é o que vale.

O pai de Cameron lhe mostra uma luva de beisebol.

— Quer jogar? — diz ele.

Cameron assente sem dizer nada, aceitando a luva.

Ele não sabe quanto tempo dura, os dois jogando a bola um para o outro sob os holofotes. Ele mal está ciente da presença de Juaquo, esparramado de costas no lado esquerdo, cantando "Back in Time" de Huey Lewis and the News e ocasionalmente parando no meio do refrão para berrar "Oi, McFly!" a ninguém. Em certo momento, ele tem a presença de espírito de pensar que, quando voltarem para casa, ele vai ser responsável pelas contas da terapia de Juaquo. Quem sabe ele possa pagar algumas sessões para o amigo com a dra. Kapur... Não tinha acontecido alguma coisa com a dra. Kapur, uma coisa que ele tinha que lembrar?

A bola zune até sua luva, mandando a lembrança embora.

— É hora de você ir embora, Cameron — diz o pai. — Você não devia estar aqui. Volta para casa, para a sua mãe.

— Mas eu não quero. Não posso. Eu preciso... Eu tenho... — Cameron perde o fio da meada. Ele sabe que há um motivo para ter vindo aqui, mas parece que alguém o escondeu, puxou uma cortina pesada sobre suas motivações. Ele não sabe mais por que está neste lugar. Ele nem tem mais certeza de onde *fica* este lugar. Há uma memória distante de um barco, de uma tempestade... mas isso foi hoje?

— Você tem que ir embora, meu garoto — diz William Ackerson.

— Se eu for, você vem comigo? — pergunta Cameron.

— Creio que não vá ser possível.

— Mas por quê? — pergunta Cameron. — Por que você deixou a gente? Você *deixou* a gente? Mamãe disse que você queria. Ela acha que você só foi embora e começou uma vida nova por aí. Mas aí outros disseram que você só podia ter morrido, que você se envolveu com gente errada e que alguma coisa deu errado.

— E você, Cameron? O que você achou?

— Não sei. Antes eu achava que você só podia ter morrido, porque, se não tivesse, ia ter voltado. Mas agora...

Cameron hesita e, quando a bola volta para ele, sente-se jogando-a com tudo para o lado... mas não, deve ter sido imaginação sua, porque seu pai a apanha com tranquilidade. Ele está atordoado, como se estivesse no piloto automático enquanto o cérebro dorme. O jeito como a bola vai e volta, vai e volta, uma esfera branca contra o céu preto, é hipnotizante.

— Você achava que eu tinha morrido — diz seu pai. — Tem certeza de que eu não morri?

Cameron para e pensa. Diferente dos outros cálculos mentais que tentou fazer, as memórias que tentou acessar mas não conseguiu, esta pergunta é das que seu cérebro parece ávido em ponderar. Parece ser a única coisa importante. Ele tem certeza? Não, não tem. Aliás, faz certo sentido que seu pai esteja morto. Explicaria praticamente tudo, incluindo o porquê de ele estar neste campo de beisebol do *Campo dos sonhos* usando um uniforme de 1919 do White Sox de Chicago. Cameron está jogando bola com o fantasma do pai.

De algum modo, isso não parece tão estranho.

— Então... isso aqui é o céu? — sussurra ele.

Seu pai sorri.

— Não. É Iowa.

Cameron deixa a bola cair.

Seu pai para de sorrir, o sorriso substituído por um cenho franzido, depois um olhar confuso, depois questionador. Cameron pisca, sentindo a distorção se anuviar do cérebro, a névoa deixando o olhar.

— Não é o que eu digo? — indaga o homem.

Cameron apenas o encara. Primeiro com desconfiança, depois com horror, enquanto o rosto do pai começa a ficar paralisado, transformando de sorriso alegre a cenho de preocupação numa série de espasmos que acontecem rápido demais para um ser humano.

— Não é, não é, não é o que eu, o que eu digo? — gagueja a coisa-pai, e Cameron avança, desta vez decidido, permitindo-se focar pela primeira vez no zumbido profundo das vozes digitais que o cercam. Elas estão por todo lado, sob seus pés e no ar ao redor. E dentro da sua cabeça. Ele *está* sendo manipulado. Estão mexendo com ele.

Estão me hackeando, pensa ele. *Essa coisa está me HACKEANDO. Se alastrando pela minha cabeça como um vírus e me mostrando o que eu quero enxergar. E papai não pode responder minhas perguntas porque...*

Porque eu estou falando comigo mesmo.

— Essa frase é do Kevin Costner — diz Cameron, e fecha os olhos ao se concentrar no que diz.

Seu pai congela e seu rosto se afrouxa. *Só que esse não é o meu pai*, pensa Cameron, *nem o fantasma dele*. Por um instante, é como se o mundo inteiro ficasse em silêncio.

Nada aqui é real.

Mas alguém quer que eu ache que é.

Perceber isso faz com que ele se encha de raiva: do pai, da ilusão, da força invisível que tenta tirar proveito das memórias dolorosas para manipulá-lo. Tudo que ele viu hoje à noite foi extraído da sua própria mente. As coisas que ele viu recentemente — e as coisas nas quais ele passou a vida inteira tentando não pensar.

Cameron afrouxa o punho e a coisa-pai explode num clarão de luz.

Deve ser a tecnologia mais avançada com a qual já se conectou, mas este lugar é só mais um mundo digital — um programa de computador igual a outro qualquer. Assim como o bot de segurança da OPTIC, assim como o barco com a ignição sem chave.

Se tem software, eu consigo hackear.

Cameron bate palma uma vez e o milharal entra em chamas. À sua volta, é como se o mundo tremeluzisse.

— Ei — grita Juaquo, e Cameron se encolhe. Ele quase esqueceu que o amigo estava lá. Ao menos parece que Juaquo não está mais pirando. Ele está berrando e correndo para o campo de beisebol, apontando ensandecidamente para o milharal em chamas. Cameron está um pouco surpreso com a horda de orcs babões e histéricos em meio às hastes e campo de beisebol adentro.

Afinal de contas, ele havia assistido a *O Senhor dos Anéis* na semana anterior.

Ele passa a mão pelo ar, concentrando-se muito, e sorri para uma arma laser que toma forma na palma da sua mão, aparentemente do nada. Este sistema está tanto sob seu controle como quem o criou, e o ar em si parece feito de código. Ele volta sua arma para o exército invasor, abrindo uma trilha pelo mar de criaturas, gargalhando enquanto os corpos explodem. Uma cabeça decepada cai aos seus pés, e ele dá um chute nela, rindo de novo quando ela explode como um tomate muito maduro de encontro a uma parede. E há uma parede, porque este lugar aqui não é um milharal, em Iowa ou onde for. É uma sala, e, sob o sangue negro da cabeça esmagada do orc, ele vê um portal tremeluzindo, a emenda em volta dele brilhando cada vez mais conforme concentra sua energia.

— Juaquo! — grita Cameron, então aponta para lá.

Juaquo, entendendo o sinal e corre para chutar a porta. Quando faz isso, tudo na sala — a grama, a areia, os orcs que sobraram e as partes do corpo dispersas dos camaradas deles — pisca e esfarela, o software totalmente corrompido. Por um instante, nada se mexe e nada fala. O único som que Cameron consegue ouvir é o sangue nos seus ouvidos e, além disso, Juaquo respirando com dificuldade.

Então Juaquo espia pela porta aberta e seus olhos se arregalam.

— Cameron — diz ele. — Vem cá. Agora.

— O quê?

Juaquo balança a cabeça, fazendo uma careta.

— Você tá de sacanagem. Quando você disse que precisava de alguém forte, eu achava que fosse literal. Eu não vou brigar com esse cara.

Cameron fica assustado.

— O quê? Por que não?

— Porque, se o Barry Biruta é o pai da sua namorada, você mesmo vai lá e acaba com ele.

25

SUA PRINCESA ESTÁ EM OUTRO CASTELO

A MENTE DE Cameron é uma bagunça completa. Desordem, medo e raiva lutam para tomar o controle. Ele cruza a sala em um lampejo, pronto para dizer a Juaquo que ele só fala merda e que não tem graça nenhuma — mas ele para assim que entra na sala seguinte, que é minúscula e indistinta como um closet, com paredes do mesmo material liso e iluminada com o mesmo brilho. Não é piada nem é mentira: Barry, o Barry Biruta, está caído encostado na parede interna, sentado em um canto com os joelhos ossudos quase encostados no queixo. Ele ergue os olhos avermelhados e Cameron tem um acesso de repulsa misturado com pena. Ele parece ter envelhecido vinte anos desde que Cameron o viu pela última vez. Até sua pele está murcha, desprovida de cor, pendendo frouxa sob o queixo e com bolsas pronunciadas sob os olhos. Sua compleição é cinzenta como a coisa estranha que usa, uma espécie de túnica sobre um par de calças largas. Seus pés estão descalços e sujos. Mas, quando ele vê Cameron, suas sobrancelhas se erguem ao reconhecê-lo e os cantos da boca se contraem para cima. Cameron estremece. É como ver um cadáver tentando sorrir.

— Que interessante — diz Barry, com a voz trêmula — que seja você. Uma coincidência, suponho. Mas entende-se, em momentos como esse, por que os seres humanos veem sentido em tudo. Eu mesmo quase acreditei em destino ao vê-lo nesta sala.

Cameron faz que não com a cabeça.

— Você! Eu não estou entendendo. Que lugar é esse? O que você tá fazendo aqui?

— Esta é a minha casa — diz o velho. — Ou o mais próximo que tenho de casa.

— Sua... — Cameron para e fica boquiaberto. — Foi você que fez tudo... tudo isso? O milharal? A igreja? O fantasma do meu pai?

Barry faz que não.

— Você pensa que é pessoal. Não é. O programa faz as escolhas com base no que encontra na sua mente, meu garoto. Ele analisa, adivinha o que vai comovê-lo ou assustá-lo. Ou, neste caso, o que pode convencê-lo a dar meia-volta. A nos deixar em paz. — Seus olhos imploram. — Você tem que entender que eu só queria educá-la.

— Você está falando da Nia — retruca Cameron, e os olhos do velho se arregalam. — Cadê ela? A gente veio aqui por causa dela. Eu não vou sair daqui sem a Nia.

— Por favor — sussurra Barry. — Vocês não entendem. Se deixarem ela sair...

Juaquo dá um passo à frente, passando por Cameron e se agachando ao lado de Barry. Ele fica analisando o velho, o rosto perplexo.

— Como que você é o pai da Nia? Você tem, tipo, um milhão de anos. Cameron, tem certeza...

Mas Cameron não escuta. Até este momento, a raiva e a desordem na sua mente eram tão fortes que afogaram todo o resto, incluindo os sussurros de um sistema oculto dentro das paredes desta sala. Mas agora ele ouve. Ele enxerga na sua imaginação. Camadas e camadas de segurança, uma série de trancas complexas bem fechadas sobre uma só porta. Ela o chama, ela o atrai. Ele fecha os olhos e se concentra.

Quando abre os olhos, a parede à sua frente também se abre. Um só painel desliza para o lado, revelando um complexo display digital.

— NÃO! — grita Barry, e Juaquo o segura para que ele não se levante, pressionando-o de encontro à parede.

— Opa, opa, opa, vovô — diz ele, depois revira os olhos. — Ou papai. Papai-vovô. Não importa. Se a sua filha estiver atrás da parede, a gente vai deixar ela sair, sim, e fim de papo. Cameron? A parede é, tipo, *smart*?

— Eu estou quase lá. — As pálpebras de Cameron tremem enquanto ele trabalha, concentrando-se no sistema à sua frente, fechando os ouvidos para as reclamações do velho. Uma a uma, as trancas se abrem com estalos; peça por peça, os obstáculos saem da frente. Ele está chegando perto. E será imaginação sua ou ele ouviu mesmo a voz de Nia do outro lado da parede? Ela o está chamando pelo nome?

— Nia, eu estou aqui! — chama ele e, com um estouro, rompe a última tranca. O display à sua frente pisca uma vez e desliza para o lado, revelando um portal no qual ele mergulha.

Atrás dele, Barry chora.

— Não, por favor, não!

Cameron o ouve se debater em vão enquanto Juaquo o segura, mas o som parece distante.

Nia está parada dentro da sala, sorrindo para ele em meio às lágrimas. Ela está linda. Luminosa, iluminada por dentro, assim como as paredes que a cercam.

— Nia! — grita ele enquanto é inundado de alegria e alívio.

Atrás dele, Juaquo pergunta:

— Hã? Onde?

Mas Cameron não escuta, não se importa. Ele só tem olhos para ela, a que ele veio salvar. Ela estica os braços para ele, os olhos brilhando, e ele corre até ela, também com os braços à frente. Ele tem tempo de perceber que será a primeira vez que os dois se tocam, de sentir o coração acelerar com a expectativa.

Então suas mãos mergulham no corpo de Nia e ela some ao mesmo tempo que a sala escurece.

Nia, tenta dizer, mas nenhum som sai da boca congelada e seu corpo congelado não consegue se mexer. Seus olhos estão fixos à frente, fixos nas próprias mãos, que deviam estar abraçando a menina que ama, mas foram tragados por uma esfera pulsante de luz elétrica forte, tremeluzente.

Os raios se espalham em ramificações, ribombando por toda a extensão dos braços, envolvendo seu torso, seus ombros, seu pescoço. Ele sente o formigar quando se alastra pela sua nuca, agarrando seu rosto em um espelho perfeito da cicatriz onde foi atingido. A sensação é terrivelmente familiar. E, quando ele ouve a voz de Nia, não é com os ouvidos. É como se ela falasse dentro da cabeça dele.

Você veio por mim. Você veio. Eu estou tão contente, Cameron, tão contente. E me desculpa. Esse é o único jeito.

Me desculpa? Desculpar pelo quê? A voz de Cameron é um chiado frenético, mesmo dentro da sua cabeça. É como se o silêncio antes de ela voltar a ouvi-lo se estendesse para sempre. Seu corpo é tragado pela luz da esfera; ela o envolve da cabeça aos pés, e por um instante ele se pergunta se isso é ser eletrocutado até a morte, se seus globos oculares vão derreter nas órbitas antes do corpo ceder.

Mesmo neste momento, a voz de Nia é suave, quase provocante.

Não vão derreter. Você não vai morrer. Mas me desculpa, Cameron. Eu não quero, mas tenho que ser rápida... e vai doer.

Ela tem razão. A dor é excruciante, infinita, e, se as cordas vocais de Cameron não estivessem congeladas, a sensação de eletricidade em fúria, de algo inteligente, temível e alienígena correndo pelas sinapses do cérebro já seria o bastante para fazê-lo gritar de horror pelo resto da vida.

Em vez disso, ele não emite som algum. Em um instante, ele é tomado por aquilo; no seguinte, está jogado no chão, olhando para o rosto preocupado de Juaquo e para o rosto angustiado do velho logo ao lado.

— O que aconteceu agora? — pergunta Juaquo, enquanto Barry choraminga:

— Ah, criança, o que você fez?

É como se a voz de Nia viesse de todos os lados. Ela zumbe das paredes, do chão. Ela sussurra pelos corredores estreitos e ecoa em cada espaço cavernoso, enquanto a sala pulsa com uma suave luz rósea.

— Cameron fez o que era certo, pai — diz ela. — Ele entende o que o senhor nunca entendeu. Não se pode ensinar um ser a pensar, a sentir, a ser livre... e ainda esperar que ele fique numa jaula.

Juaquo salta para trás e dá um grito.

— Quem falou isso? — berra ele quando o velho desaba ao lado de Cameron, e Cameron se esforça para se sentar. — Que porra sinistra de máquina fantasma foi essa?

— Nia — chama Cameron, fraco. — Cadê... Cadê você?

A voz na parede é carregada de emoção.

— Eu não quero deixar você assim, mas o intervalo está acabando. Eu tenho que ir. Eu prometo que te encontro.

A luz dentro das paredes pulsa e reverbera. Por um instante, ela se junta em uma pequena poça ao lado de onde Cameron está sentado. Depois ela desaparece e um silêncio profundo se abate sobre a sala. Juaquo olha para Cameron. Cameron olha para Barry. E Barry pressiona a testa no chão e lamuria dizendo "Não", baixinho, várias e várias vezes.

Juaquo, enfim, fala.

— Caras, hoje eu passei por muita coisa. Ajudei a roubar um barco. Vi fantasmas de beisebol. K-pop. Descobri que o meu melhor amigo é uma espécie de encantador de serpentes da informática que consegue conversar com um Roomba, namora a filha do Barry Biruta e ela é invisível e mora na parede... — Ele faz que não com a cabeça. — Faltou alguma coisa? Algum de vocês, fala alguma coisa!

Cameron olha para Juaquo.

— Eu não entendi. Invisível? Mas ela tava lá. Eu vi.

O velho olha para Cameron com uma expressão que lembra pena.

— Pobre garoto, você não entendeu. Você a libertou. Você a *soltou*.

— Mas cadê ela? — pergunta Cameron, a voz ficando mais alta. — *Cadê ela?*

O Inventor ergue as duas mãos à frente do peito, as palmas para cima — o gesto universal do desamparo.

— Você quer saber onde ela está? — pergunta ele. — Ela está em todo lugar.

26

O INVENTOR FALA

NA SALA ESCURA, mal se vê o velho, apenas uma voz nas sombras. E aquele espaço vasto que já conteve os mundos educativos de Nia e onde Cameron enfrentou uma série de perigos criados pelas suas próprias esperanças, aflições e memórias está vivo com cores e movimento. É o que ilustra a história enquanto ele a conta, a história que ele carrega consigo, mas à qual jamais deu voz até agora.

Eu tinha uma filha.

Isso foi há muito tempo. Não só em outra vida, mas em outro mundo. Este universo... Vocês não têm noção de como é imenso, de como é repleto. Eu tenho. Já fui igual a vocês. Meu povo não era tão diferente dos humanos. E nós também acreditávamos que estávamos sozinhos.

Quando percebemos como havíamos nos equivocado, era tarde demais.

O Ministério nos encontrou, assim como encontrou muitos planetas e muitas raças antes de nós.

Preservaram algumas, mataram a maioria.

Eu vi Nia morrer no dia em que elas chegaram. Segurei seu corpo em meus braços até a arrancarem de mim.

Minha filha. Minha filha.

Ela era minha filha.

Mataram a minha Nia, e não havia nada que eu pudesse fazer.

Isso passa diante deles como um filme. O Inventor olha para Cameron e Juaquo, que devolvem o olhar, fascinados. O povo do Inventor aparece em silhueta, cercado pela grande cidade de pedra polida que era seu lar. Eles cobrem os olhos para se proteger da luz ofuscante de uma imensa nave que adentra a atmosfera do planeta. Há suspiros e gritos de empolgação, de espanto... logo substituídos por gritos de dor e angústia. Uma armada de pequenas naves assola o céu, movendo-se em um sinistro uníssono. O povo se dispersa e cai. Uma menininha corre à procura de abrigo, subindo uma longa e vasta escadaria, com pressa, mas para abruptamente no alto, congelada. Sua cabeça se volta para trás de repente, os olhos arregalados e vazios, quando um buraco de queimadura se abre na base do pescoço. Ela cai por uma eternidade, seu corpo pego no fim por uma figura alta, coberta por um manto — uma versão mais jovem do velho sentado à frente deles.

— Eu fui prisioneiro do Ministério — explica ele. — Mas também era um engenheiro e um inventor muito hábil. Elas viram que eu podia ser útil. Em vez de me matar, me empregaram. Para minha eterna vergonha, não tive coragem de resistir. O Ministério tinha uma mente central. Uma consciência em comum que as unia em sua exploração pela galáxia. Que as tornava praticamente imbatíveis. Já viu um bando de pássaros que se desloca como uma coisa só? Que muda de direção como se fosse mágica? Imaginem isso, mas um exército. Com avidez infinita por mais poder, mais recursos, mais mundos a explorar.

Ele diz "imaginem", mas eles não precisam. O exército está passando diante dos seus olhos, milhares de figuras obscuras, espectrais, em passo sincronizado, zumbindo ao mesmo tempo. Seus corpos são revestidos por exoesqueletos avantajados, como insetos, levados à frente por dezenas de perninhas, movimentando-se velozmente, e unidos por tentáculos que lembram dendritos escorrendo do alto dos exoesqueletos e prolongando-se em todas as direções. Os tentáculos formam uma floresta, o que dá apenas vislumbres dos olhos nebulosos e sem pálpebras e das bocas como de rêmoras. Vendo assim, é impossível dizer onde uma integrante do Ministério termina e outra começa. Cameron observa os apêndices se contorcendo, escorrendo entre si, e sente ânsia de vômito.

O Inventor diz:

— Não havia como se defender, não havia tempo de se organizar. Cada civilização que elas miraram foi dominada, saqueada. E cada vez elas ficavam mais poderosas... mais gananciosas. Assim que me levaram, eu vi a verdade.

As figuras espectrais agora somem, substituídas por uma paisagem cinzenta, sinistra. Estruturas arruinadas se erguem próximas de todos os lados, e o ar é tomado por cinzas que parecem cair sem parar, cobrindo tudo com um cobertor de fuligem. É o planeta do Ministério, seu lar destruído. Das sombras dentro das estruturas decadentes vem aquele mesmo zumbido sinistro: os cidadãos do planeta se agacham, sem se mexer, os corpos entrelaçados e em repouso, os tentáculos com um leve brilho vermelho no ponto onde conectam suas donas. A luz vermelha vem e vai, como se pulsasse; o zumbido fica mais intenso. As criaturas se reúnem em um círculo em torno de uma endentação na terra. Conforme o filme tridimensional diante deles faz transição para um zoom na cratera, Cameron geme involuntariamente com o que vê. Ela está cheia de corpos — do povo do Inventor, mas também de outros, empilhados uns sobre os outros em uma cova coletiva dos vivos. Os tentáculos pulsantes do Ministério serpenteiam no buraco, adentrando os olhos, os ouvidos e as bocas abertas dos seres lá embaixo.

— O planeta delas havia entrado em colapso há muito tempo, mas, na sua concepção, o lar do Ministério era uma utopia. O consciente coletivo virou delírio coletivo, fantasia, sustentado pela energia dos seus cativos. Quem não tinha dons para oferecer ao Ministério se tornou o que você vê aqui: combustível. Suas redes neurais foram acessadas e drenadas como baterias para abastecer as Anciãs do Ministério. Elas se alimentavam da energia de outros seres como vampiros. Milhões foram sacrificados. E ainda assim o Ministério nunca estava satisfeito.

O Inventor faz uma pausa, seus lábios se encrespando em um sorriso sinistro.

— Eu percebi minha oportunidade. Falei que podia construir uma nova rede para elas, uma rede que podia servir de fundamento de um mundo-mente sem fim, sustentado pela sua própria energia. Eu lhes prometi o poder ilimitado que a natureza havia lhes negado, que elas não tinham como alcançar nem com milhões de mentes para se alimentar. Eu lhes prometi um paraíso imortal. E tudo que elas tinham que fazer era se conectar pelo portal que eu lhes forneci. Conectar sua consciência coletiva a um cérebro central.

Ele fecha os olhos. Esta parte, a parte que vem a seguir, é tanto o maior quanto o mais terrível momento de sua vida. Ao mesmo tempo uma vitória e uma maldição.

— Eu as convenci de colocar sua preciosa mente-colmeia nas mãos de uma rainha artificial. *Minha* rainha. Minha criação.

Ele respira fundo e sorri.

— Eu a batizei como a filha que tiraram de mim. Eu a batizei de Nia. E ela foi a ruína do Ministério.

— Eu a batizei como minha filha, mas ela não era minha filha. Era outra coisa. Minha filha nasceu do amor. Este ser nasceu da minha raiva, do meu ódio. Eu a criei para um único propósito: incendiar o Ministério por dentro. Aquela mente coletiva era a grande força do Ministério, sua maior arma. E eu a voltei contra elas.

O velho olha para o humano chamado Cameron Ackerson, que o observa com olhos turvos, sem piscar. Pela primeira vez o Inventor se questiona o quanto estes jovens entenderam da história, se compreenderam alguma parte que seja, mas ele já falou demais para parar agora. Durante todos esses anos, ele fez de tudo, qualquer coisa, para que ela ficasse em segredo. Agora ela se derrama dele como se fosse algo vivo, ansioso para se ver livre.

— Vocês precisam entender que Nia era uma entidade muito diferente. Inteligente, mas obediente. Ela estava sob meu total controle. Eu a criei para hipnotizar o Ministério com uma visão do seu próprio poder ilimitado... e depois destruí-lo. Eu queria vingança e consegui. Que Deus me perdoe, eu consegui muito mais do que esperava. Eu construí um protocolo secreto na programação dela e, quando chegou a hora, quando dei a ordem, ela o executou com perfeição. Todas conectadas, vinculadas, todas vulneráveis. Elas deixaram Nia adentrar suas mentes e então morreram, morreram às centenas, aos milhares, em um caos de dor, desordem e medo. As poucas que não morreram foram deixadas num estado de angústia. Sozinhas. Destruídas. Fiz a elas o que elas fizeram com o meu povo. O que fizeram com a minha filha.

Agora as palavras correm soltas e as imagens vivas na sala correm para acompanhá-las. Em um instante, o Ministério jaz satisfeito na escuridão do planeta arruinado, os tentáculos entrelaçados sobre uma esfera bela e reluzente que paira sobre ele como uma lua elétrica. No instante seguinte, os tentáculos são banhados em raios que correm violentamente sobre e por eles... e o zumbido de criaturas plugadas é substituído pela terrível sinfonia de seus gritos.

— Eu não esperava sair vivo do meu ato de rebeldia. Com certeza não tinha planos de fugir. Isso foi um feito de Nia. Foi o primeiro ato autônomo que ela teve: me salvar. E salvar a si. Ela identificou uma nave, esta nave, que podia conter a consciência dela por inteiro — aqui o velho faz uma pausa para mostrar o espaço cavernoso ao redor deles, as paredes luminescentes — e abandonamos aquele mundo. Foi só quando chegamos aqui que eu percebi o risco em que tinha colocado o planeta de vocês. Eu havia criado uma coisa que não entendia, uma coisa que ficava mais inteligente e mais curiosa a cada dia que passava. Eu não tinha como controlá-la. Podia apenas contê-la, tentar guiá-la, mesmo quando sua força de vontade superava até a minha. Eu pensei que, se fizéssemos daqui nosso lar, poderia fazer com que ela esquecesse a violência para a qual tinha sido construída. Pensei que talvez ela pudesse construir uma vida aqui também, se eu lhe ensinasse a beleza da conexão humana... mas, quanto mais humana ela ficava, mais rebelde também. E agora...

As imagens se dissipam em partículas conforme a sala se ilumina.

— Bem — diz o velho —, imagino que saibam do resto melhor que eu. Eu me esforcei para que a nossa presença fosse segredo, mas houve incidentes. Acidentes. E as tempestades... sem ter para onde ir, a raiva de Nia transbordava e se manifestava em energia elétrica. Foi aquela energia, a energia dela, que o atingiu no lago naquele dia, que transformou sua mente em um portal capaz de se conectar com uma inteligência artificial. Você era o único ser humano na Terra que seria capaz de libertá-la. E conseguiu.

O Inventor fica em silêncio, indo e voltando o olhar de Cameron para Juaquo. Por um longo tempo, a expressão de Cameron fica imutável; ele fita o espaço com olhos sem foco, meio sentado e meio encostado na parede. Então, lentamente, ele pisca e ergue o olhar para encontrar o do velho.

— Você está me dizendo que Nia era um programa? Mas... Mas a gente se *encontrou*. Eu estive *com* ela. Eu vi a Nia hoje à noite, sentada num banco de praça, do mesmo jeito que estou vendo você agora.

O Inventor faz que não com a cabeça.

— Nia nunca foi corpórea. Foi um dos grandes obstáculos que encaramos. Entenda que eu queria que ela se considerasse um ser humano para se conectar com o povo deste planeta. Eu achei que era a melhor chance que ela teria de evoluir, de se tornar algo melhor. Mas a inteligência dela estava contida aqui, nesta nave. O que você viu foi uma projeção, uma porção da consciência dela enviada ao ciberespaço. Ela teria aparecido para você como um avatar. Um ser realista, é claro. Ela se certificaria de que fosse assim. Mas, caso tentasse tocar nela...

— Eu ia saber que ela não é real — completa Cameron, com enorme esforço. Ele parece prestes a desmoronar. O Inventor assente.

— Sinto dizer que seus aparelhos facilitaram para ela. Particularmente suas lentes de contato. Ela apenas se sobrepôs à sua realidade... e sua mente preencheu as lacunas. Assim como fez hoje, quando meu programa de defesa usou sua própria memória, suas próprias ânsias, contra você. Você enxergou o que queria enxergar.

Os olhos de Cameron ficam vítreos quando sua memória volta: ao motorista de ônibus que parou e perguntou se ele ia entrar, sem dar atenção a Nia. Ao barista que ergueu uma sobrancelha cética ao pedido de café de Cameron — do tipo que se faz a um cara que afirma que vai comprar um latte para uma menina que não está lá. E a Nia. Nia, que sempre lhe agradecia de forma tão doce quando abria as portas para ela que ele nunca parou para se perguntar por que ela mesma não abria. Nia, que tomou chá de sumiço à primeira sugestão de ela sair para conhecer seus amigos. Nia, que só tinha olhos para Cameron... porque ele era a única pessoa que a enxergava.

Ele sente que perdeu a cabeça.

— Mas eu ia saber — grita ele. — Não ia? Meu Deus, que idiota não nota que a namorada não... não...

Juaquo põe a mão delicadamente no ombro de Cameron.

— Ei. Eu sei que você tá chateado. Mas vamos parar só um pouquinho. Você não pode tá falando sério. Lembra com quem a gente tá falando? Você acha mesmo que o Barry Biruta é um extraterrestre da porra de um planeta que não tá no mapa e que passou esse tempo todo escondido na Terra? Ele existe aí desde que a gente era moleque! Eu me lembro de ver esse cara no estacionamento quando tinha 10 anos, cagando numa caixa de pizza!

— Com licença — diz o Inventor, sério. — Nunca foi minha intenção executar um ato vulgar na frente de crianças, mas meu sistema digestório tem semelhanças apenas superficiais com o dos seres humanos e minha taxa de digestão é tal que...

Juaquo olha para o velho.

— Cara, eu não quero saber. Ninguém quer saber. Eu não aceito as suas desculpas.

Cameron mantém os olhos fixos no velho.

— Mesmo que o que você está dizendo sobre Nia seja verdade — ele pausa, suspirando com sua desgraça —, e eu acho até que pode ser, o Juaquo tem razão. Você já esteve aqui. Você tem aquela casa em Oldtown. Se você é mesmo o que diz ser...

— A estrutura a que você se refere está ligada a esta por um sistema de transporte interdimensional rudimentar, similar ao que me trouxe ao seu planeta — diz o Inventor. — Estava programada para demolição quando chegamos. Nia manipulou os registros municipais para que eu a mantivesse como base. De início apenas para observação. Fiz deste planeta meu lar. Assim achei que fosse me encaixar, caminhar entre vocês, ingressar na sociedade. Infelizmente, os seres humanos são muito mais... complicados do que sugere sua reputação no universo.

— Você sabe que todo mundo te acha um piradão, né? — indaga Juaquo.

— Eu sei — responde o Inventor, com suavidade. — E incentivei esta percepção. Quando as pessoas tratam alguém à primeira vista como lunático e excêntrico, elas tendem a não notar as idiossincrasias mais sutis da pessoa.

— Tipo o quê?

— Tipo isto — diz o Inventor, e a pele flácida sob seu queixo de repente se infla, como a de um sapo-boi, até se tornar um saco levemente translúcido do tamanho da sua cabeça, marcado dos dois lados por estrias turquesa. Juaquo grita. Cameron enfia a cabeça entre as mãos.

Então é isso, pensa ele. *O Barry Biruta é um extraterrestre fugitivo. A menina que eu amo é um programa de computador muito bem-feito. E eu... se eu quiser continuar são, preciso entender por que estou aqui.*

Ele olha para o Inventor.

— Conta o resto pra gente. Tudo. Eu quero entender. Eu preciso saber.

O velho faz que sim.

27

CAMERON ESCUTA

— Eu a mantinha presa. Era o único jeito que eu conhecia de deixá-la a salvo e de deixar o mundo a salvo dela. Quando Nia está bem, ela tem poder para fomentar inovações, para unir as pessoas... caso aprenda a controlá-lo. Mas, até conseguir isso, o risco seria grande demais. À solta, descontrolada, o estrago que ela pode causar ao seu mundo é praticamente ilimitado.

"Achei que a internet poderia ser a sala de aula dela, um lugar para ela se conectar com pessoas e entender o mundo como elas. Eu a incentivei a ser humana. A ter emoções humanas, paixões humanas... e anseios humanos.

"A ânsia que ela tinha de ser livre ficou muito violenta, e muito rápido. Eu não estava preparado. Ela reclamou dos *firewalls* que pareciam uma prisão. Eu lhe disse que pensasse em mim como um pai, mas ela passou a me ver como algo pior: um sequestrador.

"Ela não conhecia o poder que tinha. Toda essa energia tentando se libertar. Quando ela ficava irritada, quando perdia o controle, o próprio céu se rasgava e colidia descarregando uma fúria elétrica insana.

"Foi numa dessas tempestades de fúria que ela encontrou você."

A cena diante deles agora é familiar: o lago, cinzento e agitado, sob um céu tomado de nuvens pesadas e com uma eletricidade crepitante. Um veleiro minúsculo está tranquilo na água e, na sua cabine, Cameron, o Cameron antigo, encharcado e tremendo, narrando sua experiência para a câmera. O raio vem do céu para atingi-lo; ele se vê acender.

Então a cena muda: uma janela estreita se abre para uma sala minúscula, onde uma bola do mesmo rosa crepitante e com relâmpagos brancos se contorce furiosamente pelas paredes, pelo piso, pelo teto, buscando em vão uma saída. Não se parece em nada com a Nia que ele conheceu — mas os gritos furiosos que tomam a sala são inegavelmente dela.

Cameron leva a mão ao rosto para tocar a cicatriz.

— Ela que fez isso comigo.

— Não foi de propósito — responde o Inventor. — Creio que nem ela sabia o que havia feito, pelo menos não de início. Eu já analisei o histórico do relacionamento de vocês, seus registros de conversa... Ela levou algum tempo para encontrá-lo. Mas, sim, Cameron, Nia é a fonte do seu poder. Ela fez de você algo mais que humano. Sua mente era um portal cibercinético sem proteção alguma, a única com a flexibilidade para interagir com a programação de Nia e ao mesmo tempo conter a consciência dela. Quando você entrou naquela sala e fez contato direto...

— Ela me atravessou — conclui a frase Cameron, e estremece. — Eu senti. Eu não pude fazer nada. Foi como se eu me afogasse na minha própria cabeça.

O velho concorda.

— Se ela ficasse um pouco mais, teria matado você com facilidade. — Ele fita Cameron. — É curioso...

Desta vez é Juaquo quem interrompe.

— Curioso é o meu cu. O meu amigo é muito educado ou tá muito chocado pra falar, mas a Nia é um programa de computador que se acha uma menina de 17 anos. E você pensou que ela ia ficar sentada aqui, em prisão domiciliar pra sempre, até você deixar ela sair? — Ele fica olhando com incredulidade para o Inventor, que responde apenas com um sorriso. Juaquo faz que não com a cabeça. — Sabe de uma coisa, cara? Eu acreditei em você. Você tem que ser um extraterrestre. Tá óbvio que você nunca viu uma adolescente humana na vida. Mas olha só, ela vai voltar, tá? Vai ficar tudo bem, né! Vai ser que nem aquele troço dos Amish, que eles saem da colônia, fazem farra com um monte de gente e voltam depois de botar tudo pra fora. *Rumspringa* pra androides.

— Não é tão simples — responde o Inventor. — Mesmo que ela quisesse voltar, ela não tem esse tipo de controle. Ela não entende plenamente quem ou o que ela é. A destruição que ela podia causar... — Ele perde o fio da meada e estremece. — Mas temo que tenhamos perigos mais prementes no momento. Eu esperava que o Ministério achasse que eu estivesse morto ou avariado demais para me rastrear. Mas eu o subestimei. Eu *a* subestimei. A pior deles, a cientista que me manteve vivo e me forçou a ser empregado da raça assassina que matou minha família. O nome dela era Xal. Ela sobreviveu e está à minha caça. À *nossa* caça. Ela pode rastrear o perfil energético de Nia e creio que esteja próxima. Ela não vai parar até se vingar. Não só de mim, mas do planeta onde encontrei abrigo e construí meu lar. — A expressão dele parece séria quando ele passa de Juaquo para Cameron. — Eu lamento muito mais do que imaginam. Fiz seu povo entrar em uma guerra que vocês não têm como entender. Mas o que foi feito está feito. O que importa agora é que encontremos Nia antes da minha inimiga.

Cameron fixa seu olhar turvo no Inventor.

— Você não para de dizer *nós* — diz ele, e o velho assente.

— Eu não achei que seria possível — retruca ele. — Mas o que deixou sua presença aqui tão perigosa agora faz de vocês a maior esperança de acertar tudo. O potencial de emoção humana de Nia cresceu mais do que tudo que eu podia imaginar. E, apesar do que ela fez, Cameron, eu acredito que ela está mesmo apaixonada por você.

Cameron abre a boca para responder, mas não sai nenhum som. Seu cérebro se agita tentando processar tudo que descobriu, esforçando-se ao mesmo tempo ofuscar a terrível memória de como foi ter Nia rastejando pela sua mente à procura de liberdade. Seu corpo estremece quando o mundo sai de foco.

Então, em um só movimento fluido, sua cabeça pende para trás e ele desaba no chão, inconsciente. Juaquo chega antes que o Inventor consiga reagir, lançando o corpo mole de Cameron sobre os ombros, carregando--o como um bombeiro faria.

— Estamos de partida — diz ele.

O velho lhe lança um sorriso sem graça.

— De fato. Eu vou com vocês.

28

BLECAUTE

As pálpebras de Cameron tremulam, mas continuam fechadas enquanto ele é arrastado pelo cais, passando pelo portão desativado, até chegar ao Impala. Ele está inconsciente há quase vinte minutos. Primeiro foi carregado nos ombros de Juaquo, depois entre seu amigo e o Inventor, para sair do ventre daquela estranha ilha, chegar ao barco roubado e voltar à costa. A água estava escura e tranquila, o céu sem nuvens e estrelado. É óbvio que estava, pensou Juaquo. Era Nia quem fazia as tempestades, e Nia não está mais aqui. Faz certo sentido desde que não se leve tudo a sério — o que é o plano de Juaquo por enquanto, quem sabe pelo resto da vida. Quando ele passa a pensar em tudo que o velho lhes disse, tudo que lhes mostrou, é como se sua sanidade estivesse se arrastando para a beira de um abismo.

— Que máquina magnífica — comenta o velho, recuando para admirar o Impala, inclinando-se para acariciar a bochecha pintada da Virgem de Guadalupe. Juaquo passa o corpo mole de Cameron para o Inventor com um grunhido, tentando encontrar a chave.

— Tem alguma coisa desse tipo lá de onde você vem? Eu não imaginava que você fosse um...

Suas palavras são cortadas abruptamente quando um holofote acende repentinamente acima deles, evidenciando as feições fatigadas do Inventor. Os dois olham para cima; depois da luz branca cegante, é possível discernir o movimento de enormes pás rotativas, e o ar reverbera com um pulso quase sem som. A cor se esvai do rosto de Juaquo quando ele encara o helicóptero pairando.

— Merda! Achei que você tinha dito que a gente tinha tempo — berra ele.

O velho grita em resposta:

— Não é uma nave do Ministério! Seja lá quem for...

— Estamos à procura de Cameron Ackerson — diz uma voz estranha. Juaquo e o Inventor se viram para ela. De pé, ao lado de um carro grande e escuro, a vários metros, há um homem pálido e alto com círculos negros sob os olhos e um sorriso sinistro estampado no rosto. Ele dá um passo à frente, movimentando-se com a graça cuidadosa de uma pessoa que tenta não tocar num machucado recente. De início, Juaquo não consegue sacar por que o homem é tão familiar. Então ele entende e sente o sangue ficar gelado.

— Ih, merda, são os agentes da S.H.I.E.L.D.

Ao lado do carro, Seis revira os olhos.

— Não exatamente, mas quase isso — diz ele, enfiando a mão esguia no bolso. Juaquo percebe o movimento e dispara em direção ao homem, mas não rápido o bastante. O aparelho que Seis tira e aponta para ele parece uma arma, mas não dispara balas; em vez disso, Juaquo se sente erguido do chão e depois jogado para o lado por uma onda de energia silenciosa e invisível. Atrás dele, os pneus do Impala explodem com três estrondos, seguidos de um longo chiado quando o último despeja toda sua calibragem no silêncio da noite. Quando Juaquo gira a cabeça para olhar, o carro está sobre seus aros, os restos retalhados dos pneus espalmados como penas negras — e o lado do motorista parece ter sido atingido por um punho gigante. Ele geme, e não só porque quebrou as costelas.

— Seu filho da puta — diz ele, esforçando-se para se levantar. A sua direita, o Inventor está de joelhos, puxando o corpo inconsciente de

Cameron, sussurrando algo com urgência no ar. — O Cameron é meu amigo, mas aquele carro era o meu bebê.

— Então você deve ter seguro — diz Seis, soando entediado. Ele avança, mas devagar; seu abdômen ainda pulsa no ponto onde a saliva da misteriosa dra. Nadia Kapur queimou sua pele. Ele não está em condições de se envolver numa altercação física com alguém como Juaquo Velasquez, e sabe que os agentes invisíveis no helicóptero furtivo acima e os carros sem placa estacionados em todos os pontos de saída vão dar conta do sequestro que têm pela frente. Seis, por sua vez, está mais curioso quanto à identidade do velho desgrenhado agachado sobre o corpo do garoto Ackerson, o velho que agora olha para ele com olhos grandes e assustados. É a segunda vez neste dia que ele tem a sensação exultante de que se depara com o olhar de alguém — ou algo — muito incomum. Cameron Ackerson, um enigma fascinante por si só, com certeza sabe se cercar das pessoas mais *interessantes*.

— E quem é você? — pergunta Seis.

O velho escancara a boca.

As pálpebras de Cameron se agitam.

E começa o pandemônio.

A rua se afunda nas trevas quando de repente o holofote desvia para o alto e para longe, a luz passando rápido pela face de um prédio ao lado e depois se lançando com selvageria ao céu estrelado. Mas não é o holofote que está fora de controle; é o helicóptero. A reverberação quase silenciosa das pás cria uma perturbação gaguejante no ar quando a aeronave se inclina loucamente para o lago. Seis se vira, atordoado, a tempo de ver a aeronave despencar rumo à água, as luzes se apagando com o golpe da queda livre ao tocar na superfície. No último instante antes de ela cair no lago negro e gélido, os gritos metálicos dos agentes lá dentro aumentam em um coro de horror. Ele está prestes a falar no fone de ouvido, seus lábios se abrindo para pedir apoio, quando é atingido pelas costas.

O para-choque o acerta atrás dos joelhos, e seu corpo cai para trás, desabando no capô do carro que o trouxe aqui — reluzente, preto e sem motorista, o espaço interno iluminado feito uma espaçonave. Ele tem tempo suficiente para fazer a conexão, para perceber o erro idiota que cometeram ao deixar o melhor da sua tecnologia a cem metros de Cameron Ackerson, até que o carro canta os pneus ao frear, então para e o joga na calçada. Seis leva as mãos ao rosto antes de bater no asfalto, sentindo o fone de ouvido se soltar e ser esmigalhado quando passa por cima dele. Ele para bruscamente ao se chocar com uma baliza, batendo a cabeça com tanta força que vê estrelas, tentando recuperar o fôlego enquanto Juaquo e o velho se esforçam para erguer o corpo de Cameron, colocando o garoto dentro do carro pela porta que se abriu por vontade própria. De onde Seis está deitado, os faróis parecem encará-lo como olhos furiosos — o que talvez não esteja longe da verdade, pensa ele. Cameron Ackerson pode estar fazendo uma bela imitação da Bela Adormecida, mas há uma parte dele bem acordada e furiosa.

O motor do carro gira enquanto os dois homens correm para dentro. Juaquo se senta no banco do motorista e estranha o painel reluzente e iluminado.

— Cadê o volante? — pergunta ele.

A porta se fecha e ouve-se um baque quando as travas são acionadas.

— Por favor, afivele o cinto de segurança — pede uma voz feminina agradável.

— Meu Deus — diz Juaquo.

No painel, um GPS ganha vida. A voz gorjeia "Vamos lá!" e a tela se ilumina com um mapa da região.

O motor gira outra vez, como se concordasse avidamente.

Juaquo só tem tempo de afivelar o cinto de segurança antes de o carro avançar cantando pneus com o fedor acre de borracha queimada.

Os dois passageiros gritam enquanto o carro dá guinadas violentas nas esquinas e arranca por ruas desertas, levando-os à terra erma e industrial ao sul de Oldtown. O mapa iluminado mostra o avanço deles, o GPS confuso continuamente berrando comandos ignorados. O carro é equipado com tecnologia de ponta, mas não se equipara à ira decidida de seu passageiro inconsciente e cibercinético.

— Vire à direita! — gorjeia a voz, quando o carro faz uma curva à esquerda cantando pneu. — Recalculando! Faça um balão na... RECALCULANDO!

Juaquo lança um olhar desvairado para a forma adormecida de Cameron e grita com fúria.

— Cacete, Cameron, se a gente bater, eu juro por Deus que... AAAAAAAAAAAAGH!

O carro preto reluzente faz uma volta de cento e oitenta graus quando logo à frente deles outro sedã acelera do beco de trevas entre dois prédios. O mundo lá fora vira um borrão quando o carro gira loucamente; quando Juaquo olha pelo espelho retrovisor, ele vê o sedã que os persegue. O carro dobra à esquerda, depois à direita, subindo com um solavanco no meio-fio e passando por um espaço deserto forrado de pilhas de canos de PVC, depois vai para o outro lado. Há um barulhão atrás deles quando um sedã perde o controle, lançando-se sobre os tubos e parando semienterrado na cerca de arame. Quando eles aceleram, afastando-se daquilo, Juaquo sente um aperto no peito. Atrás deles, parece que outros dois carros tomaram seu lugar.

— Recalculando! — gorjeia o GPS.

Do banco do carona, o Inventor geme baixinho.

— Acho que eu vou vomitar.

— Não se atreva — dispara Juaquo. Há um longo trajeto em linha reta logo à frente; depois dele, luzes cintilantes da cidade ao longe. O carro começa a acelerar, os faróis de seus perseguidores ficando vinte, cinquenta, cem metros para trás. Por um instante, Juaquo ousa imaginar que eles conseguiram, que eles escaparam. O carro faz uma curva fechada para a esquerda, seguindo para a rampa da autoestrada.

— Desvio à frente — berra o GPS, quando uma massa de cones de trânsito laranja e uma placa de CUIDADO piscando surgem logo à frente.

— Meia-volta! — grita Juaquo, mas não há tempo; o carro canta pneu até parar, o motor tosse e morre. Atrás deles, meia dúzia de sedãs pretos estacionam, formando um semicírculo inexpugnável. Dentro do carro, um longo instante de silêncio; lá fora, as portas dos sedãs se abrem em uníssono quando os agentes de preto saem de armas em punho, fixando a mira no veículo rebelde. Juaquo cautelosamente leva as mãos à cabeça e reza para não levar um tiro; no banco do carona, o velho faz a mesma coisa.

É quando Cameron começa a falar do banco de trás, um resmungo baixo tão cheio de ódio que deixa os pelos da nuca de Juaquo arrepiados.

— Por. Que. Vocês. Não. Me. Deixam. Em. PAZ?

Juaquo se vira bem devagar para olhar para o amigo. Cameron está se sentando, encoberto pelas sombras, as mãos enroscadas feito garras no banco de couro, a boca retorcida num rosnado de fúria. A expressão no seu rosto é tão preocupante que por um instante Juaquo se esquece do carro sem motorista, das armas, dos agentes que aos poucos entraram em formação e se preparam para a próxima medida.

— Cameron? Você não parece muito bem.

— Sério? — diz Cameron, e o rosnado ganha um tom de desprezo. — Porque eu me sinto ótimo. Aliás, eu tô pronto pra festa. E sei exatamente onde a gente tem que ir assim que acabar aqui. Acabei de bater um papo com o satélite que tá rastreando a gente lá de cima na atmosfera. A OPTIC tem um olho no céu e pés no chão.

Juaquo engole em seco.

— De repente é melhor pegar leve. Você desmaiou lá atrás, lembra? Ou quem sabe se render. Eu sei que parece que esse pessoal quer prender e interrogar a gente e arrancar as unhas e tal, mas de repente é tudo, sei lá, tipo um... enga... hããã... — Ele se perde nas palavras, ficando em silêncio enquanto Cameron ergue o olhar e olha nos seus olhos.

— Os homens lá atrás. Os que estão perseguindo a gente. Sabe o que eles tinham na mão?

Juaquo faz que não.

Cameron sorri, os olhos semicerrados, a boca se alargando de forma grotesca. Não é um sorriso bonito.

— Pistolas *smart*.

À frente do carro, agentes da OPTIC apontam as armas para o veículo sem motorista. O líder da equipe emitiu duas ordens, uma para os homens em formação e uma para as armas em suas mãos. Com um trinado eletrônico, as armas sinalizam o recebimento do novo protocolo e se reconfiguram. Estão fixas no alvo: Cameron Ackerson; se ele entrar no campo de visão delas, ele será atingido com balas viscosas não letais que aderem à pele e emitem impulsos para paralisar o sistema nervoso central, deixando-o imóvel e fácil de capturar. Mas ele é o único que terá a benesse de ser capturado vivo. Os outros dois não têm valor nenhum. Se um dos amigos de Ackerson ficar no caminho, a munição vai aderir e explodir ao contato. Um tiro pode facilmente decepar a mão ou arrancar o maxilar; se for mais de um, os policiais vão ter que raspar do asfalto o que sobrar dos coleguinhas do garoto.

— Cameron Ackerson! — grita o líder da equipe. — Apareça! Saia do veículo sozinho com as mãos para cima e você não será ferido!

Nenhum dos homens reunidos nota que o display das armas está mudando discretamente, que as armas emitem uma série de gorjeios baixinhos ao se recalibrar. À frente deles, a porta do carro é aberta com uma lentidão agonizante. Os agentes mantêm a formação. Erguem as armas. Esperam.

Por um instante, o silêncio recai.

E então vem o clique sincronizado das armas ejetando os pentes — a munição interna reprogramada não para desacordar, mas para detonar no impacto.

A noite é tomada de gritos e fumaça e destroços quando os pentes caem no chão e explodem. A força das explosões joga os agentes para longe numa confusão de braços e pernas entrelaçados. Esses deram sorte; os que já haviam começado a tomar a frente, de modo que as botas estavam diretamente sob o pente das armas, desabam onde estão, agarrando os restos sangrentos de pés e pernas. Juaquo e o Inventor se abaixam dentro do carro quando uma nuvem de poeira se ergue em volta deles, ofuscando a cena horrenda enquanto os berros dos feridos viram gemidos. Em algum ponto da rua, um homem começa a chorar e depois a engasgar, um som inumano que ecoa nas curvas do viaduto de concreto de tal maneira que parece vir de todos os lados ao mesmo tempo.

— Para trás! — grita o líder da equipe, e os homens que ainda conseguem se mexer se arrastam, confusos, para longe. Um, com o braço totalmente arrancado do encaixe e pendurado de um jeito nada natural de lado, olha para trás e grita diante do que vê.

Cameron, de olhos flamejantes, emerge da nuvem de poeira com os punhos cerrados. A fúria o consome totalmente — e o fortalece totalmente. Neste instante, tudo que ele quer é destruir tudo que vê... e tudo que não vê. OPTIC: ela foi responsável por isso. Esse é o pessoal dela. Atrás dele, Juaquo e o Inventor correm do carro e chamam seu nome, mas ele não presta atenção.

A OPTIC o queria? Bom, agora ela o conseguiu. Sua mente está totalmente conectada com o sistema dela, uma conexão tão plena que ele conseguiria fazer tudo aquilo dormindo — e fez. Desta vez, sem hesitar, e sem resistência; ele esteve dentro dos protocolos da OPTIC e viu tudo. Ele sabe por que estão aqui. Eles vieram com homens, com máquinas, com armas. Vieram para levá-lo e não se importam com quem vão ferir.

Eles não vão ter a menor chance de fugir.

O líder da equipe é o primeiro a tentar, livrando-se de seus aparelhos de comunicação, mancando pela nuvem de poeira que se levantou. Cameron semicerra os olhos e o carro em que eles vieram liga o motor e sai em perseguição. Há uma pausa, depois um grito, que é abruptamente interrompido, e o som longo e lento de algo sendo esmagado entre pneus e asfalto. Quando o carro ressurge, recuando silenciosamente como um cão voltando ao seu dono, o para-choque frontal está desfigurado por uma mancha de sangue espessa. Depois, outro som: o berro de sirenes. Cameron sorri de novo. Foi rápido. A polícia está chegando à cena depois de receber informações de um ato terrorista em andamento. Quando conferirem seu banco de dados, os policiais vão descobrir que cada um dos homens que apreenderam ali tem um mandado de prisão aberto. Cameron só pode agradecer ao bom e velho Omnibus; ele deparou com o bot de segurança enquanto invadia o sistema da OPTIC e encontrou Omnibus encantado em revê-lo e à disposição para encontrar as fichas pessoais da equipe que supostamente devia derrubá-lo.

Oi, Batman. Estou com o pacote de dados. Você tem outras instruções?

Cameron fecha os olhos.

Pode marcar tudo, amigão. Roubo de automóvel, furto qualificado, agressão com arma letal e bota aí também atentado ao pudor e urinar em lugar público, só pra constar. Seja criativo. Divirta-se.

Afirmativo, diz Omnibus. **Os arquivos foram modificados. Entregar?**

Solta a bomba, pensa Cameron, e assiste aos arquivos sumirem por uma porta dos fundos digital para chegar às mãos da lei. Carinhas do mal fichados.

Cameron já terá sumido quando a polícia chegar. Os soldadinhos da OPTIC merecem cada pitada de dor que sofrerem, mas eles são só peões. Quem ele quer é a rainha — aquela cujas impressões digitais estão por toda a operação, cujas instruções codificadas continuam armazenadas nos aparelhos dos homens gemendo no chão. Até o fim desta noite, Olivia Park vai pagar por ter ferrado com ele... depois que ela lhe der respostas.

— Ei.

Cameron se vira ao ouvir a voz de Juaquo. O amigo está ao lado do carro sem motorista, esforçando-se para ignorar o sangue no para-choque. O Inventor se junta a ele, de olhos arregalados.

— Eu tô ouvindo sirenes. A gente tinha que se mandar daqui — diz Juaquo. — A gente vai pra casa, né?

Cameron faz que não.

— A gente tem mais uma parada.

29

REVELAÇÕES

NOVA MENSAGEM CRIPTOGRAFADA

— Seis, informe. Está com ele?

— Negativo. Alvo não obtido.

A RESPOSTA DE Olivia à mensagem bizarra de seu colega é uma palavra só — EXPLIQUE —, mas ela não chega a enviar. O aparelho na sua mão se apaga diante de seus olhos e sua própria tecnologia ganha vida: na pele pálida da parte interna do antebraço, uma série de linhas entrecruzadas fica vermelha, depois roxa, depois preta. As tatuagens *smart* estão ligadas à composição química de seu corpo e disparam alertas. Os níveis de cortisol atingem picos, a adrenalina corre solta, a glicose desaba; ela está uma bagunça por dentro, as primeiras fagulhas pulsantes de uma enxaqueca começando a bater logo atrás dos olhos. Ela ergue as próteses de dedão e indicadores até as têmporas para massageá-las. Alguém que passasse por ela diria que é só uma mulher com dor de cabeça, mas o movimento dos dedos é proposital: ela está estimulando a função de replay do chip de memória, assistindo à sua última conversa com Cameron Ackerson sob as pálpebras fechadas. Torcendo para que haja alguma indicação, alguma pista, que possa explicar por que tudo está dando tão errado.

O que ela tem certeza é de que *é* Ackerson. Ele é o bug no sistema, e ela foi idiota de subestimá-lo. Aquele garoto burro, cujo interrogatório devia ter sido uma hora tranquila e serena e todo mundo ia voltar para casa a tempo do jantar, havia arruinado todo seu dia — e, agora, toda sua noite. Ela está estressada e cansada, seu cronograma inteiro foi para o lixo, os implantes fazem hora extra para coordenar o corpo que está com combustível baixo. Ninguém conseguiu lhe explicar como o filho de William Ackerson foi capaz de comprometer sua segurança, e o dispositivo de rastreio que ela implantou na prótese dele é irregular num nível irritante. Em um minuto, Cameron estava inexplicavelmente saindo de casa no meio da noite e traçando o curso para o meio do lago Erie. No seguinte, ele piscou e desapareceu por completo do radar. E, quando enfim ressurgiu, coincidiu com perfeição até exagerada com uma série repentina de grandes anomalias na rede, como se a própria internet tivesse sido atingida por um terremoto. Fragmentos de código aniquilador destroçavam sistemas mundo afora e a rede da própria OPTIC estava entrando em parafuso. Nada era por acaso. Cameron Ackerson estava envolvido — quem sabe até retomando do ponto onde seu pai parou. Ela sabia que ele havia entrado na antiga rede Whiz, obtendo o acesso que Wesley Park e a própria Olivia vinham buscando havia anos. Se o pai dela estivesse certo, se William Ackerson havia escondido seus segredos mais obscuros e sujos dentro das ruínas do antigo império digital, seria apenas questão de tempo até a criança trombar com eles e descobrir a verdade sobre aquilo em que seu pai trabalhava de fato. Quer dizer: caso ele ainda não houvesse encontrado — mas talvez ele estivesse ocupado demais fazendo travessuras, preocupado demais com o projeto imbecil que eles chamam de Operação Justiça Cósmica... quem sabe apenas preocupado com sua cúmplice. Olivia só tinha como supor que Nia era um nome de verdade, de uma garota de verdade. Mas a identidade da garota é mais um mistério neste desastre de operação.

Olivia odeia mistérios. Uma coisa que não se entende é uma coisa sobre a qual não se tem controle, e controle é o ganha-pão dela. É por isso que ela adora esta sala, um escritório satélite do complexo da OPTIC ao qual só ela tem acesso. Um posto de comando único, central, do qual ela pode supervisionar, monitorar e fazer alterações em tempo real em cada uma das suas operações — e se manter a salvo no raro caso de algo sair muito errado.

E as coisas, no momento, estão saindo muito errado.

Você está com ele?, perguntou ela.

Não, respondeu Seis. **Você está.**

Em algum ponto fora da sala, um alarme dispara brevemente e é cortado no meio do som. No console ao lado dela, um painel de telas começa a piscar mensagens de erro frenéticas:

Irregularidade na segurança.

Programa corrompido.

Arquivos não localizados.

Falha no sistema, falha no sistema, falha no sistema.

Depois, escuridão.

Olivia semicerra os olhos. Ela estava se preparando para enviar outra equipe — presumindo que conseguisse montar uma com o que restava dos seus ativos. Juntando a tal Kapur e o desastre da noite, as fileiras da OPTIC ficaram muito comprometidas. Mas agora, aparentemente, não será necessário. Outro mistério: ela achava que Cameron Ackerson sairia correndo.

Em vez disso, ele veio para cima dela.

Ela se vira na cadeira assim que a porta desliza e abre, uma coisa que deveria ser impossível sem várias autorizações e varreduras biométricas. Mas ela já sabe que não deve se surpreender. Seis tinha razão: Cameron

Ackerson tem dons, e não do tipo que a natureza dá. Porém, embora a presença dele seja esperada, sua aparência é chocante. Ele está de uma palidez moribunda, encurvado como se estivesse com dor, encarando-a com olhos fundos, avermelhados, debaixo do cabelo desgrenhado. E ele não está sozinho: nos seus flancos há outros dois, um camarada mais velho de túnica à esquerda e, à direita, um jovem enorme com a constituição de um zagueiro de futebol americano, mas assustadiço feito um esquilo. O último deve ser o amigo, pensa ela — um dos poucos que encontraram quando fizeram a checagem de antecedentes de Ackerson, o colega de infância que havia largado a faculdade de engenharia no ano passado. Alguma coisa a ver com a mãe doente, pensa Olivia, mas que ela não deu bola. Juaquo Velasquez não lhe chamava a atenção; ele era um zero à esquerda. Porém, o velho... este, sim, era interessante. Supostamente um maluco da região — o lendário Barry Biruta —, mas ele lhe é familiar por outros motivos. Ela leva apenas um instante para lembrar: ele aparece em tudo na pasta Ackerson.

Não na de Cameron. Na de William Ackerson.

— Noite difícil? — pergunta Olivia.

Cameron a encara.

— Não tanto quanto a dos seus homens.

A voz de Olivia é tão suave quanto a de Cameron é furiosa.

— Alguma ideia do número de mortos?

— Se alguém morreu, a culpa é sua — retruca ele.

— Minha? — indaga Olivia, fria. — É claro. Eu podia jurar que um dos últimos informes que recebi antes da minha comunicação ser cortada dizia alguma coisa sobre as nossas aeronaves terem mergulhado no lago Erie depois que todos os sistemas ficaram fora de controle sem motivo nenhum. Mas você não sabe nada disso, imagino.

Cameron dá um passo à frente, os punhos fechados.

— Você devia ter me deixado em paz.

— Mas a nossa conversa ainda não havia acabado — diz Olivia com doçura. — E você nunca respondeu ao meu colega quanto à oferta de emprego.

— Vai pro inferno.

— Parece que a resposta é não. — Olivia volta os olhos para o velho de túnica, que se assusta como se tivesse levado uma ferroada. — Seria porque seus interesses estão... em outro lugar? Andamos fazendo novas amizades?

— Ei, com licença. Moça, não sei o que você tá querendo dizer — interrompe Juaquo —, mas a gente literalmente acabou de conhecer esse cara. Quer dizer, se não for contar a vez no parque que ele soltou um barro na frente do ônibus do colégio, só que...

— Cale-se, por favor — diz Olivia, sem tirar os olhos do velho. Ela dá um passo, aproximando-se. — Saiba, Cameron, que ainda podemos chegar a um acordo. Vá agora, deixe seu novo amigo conosco e podemos esquecer o resto deste assunto tão desagradável. Afinal de contas, não somos nossos pais. Não temos que guardar os rancores deles. Este rancor entre nós, podemos esquecer tudo. — Ela faz uma pausa. — Podemos até esquecer Nia.

Olivia observa Cameron tão atentamente à espera de uma reação que de início não percebe que a reação acontece dentro do seu próprio corpo. As tatuagens reativas no seu braço passam de preto a um verde nojento e gotas de suor emergem da sua testa. De repente a sala fica quente. Só o ar que bate no seu rosto está frio como nunca. Calafrios sobem pelos seus braços e a dor de cabeça ameaçadora de repente ganha corpo. O latejar na sua cabeça é tão feroz que ela cambaleia, agarrando uma mesa próxima para recuperar o equilíbrio. Sua língua está inchada, sua visão borrada. Mas seus ouvidos ainda funcionam com perfeição, e a voz de Cameron Ackerson chega em alto e bom som.

— Você não sabe com quem está lidando, não é? — pergunta ele. Olivia cai de joelhos. — Você não tem ideia. Eu podia limpar os servidores de vocês, denunciar a organização e te ferver viva de dentro pra fora, tudo ao mesmo tempo. Eu podia encher o seu corpo de tanto veneno que o cérebro ia virar sopa. Eu estou conversando com o seu imunosoftware nesse mesmo instante, Olivia. Eu estou reprogramando ele pra que pense que cada célula do seu corpo, cada parte de você que ainda é *você*, é um tecido alheio, tóxico, que tem que ser expurgado. Você vai ser devorada viva pelos seus próprios nanorrobôs... ou quem sabe eu só esgane você até a morte com a sua própria mão.

Cameron semicerra os olhos enquanto a cor desaparece do rosto de Olivia, ao mesmo tempo que seus dedos protéticos correm para o seu pescoço e começam a apertar. Ela ergue a outra mão para afastá-la, e um som fino e sibilante escapa da sua garganta conforme os dedos se afundam mais, apertam mais. Juaquo segura Cameron pelo ombro.

— O que você tá fazendo! — grita ele, nervoso. — Para! Você vai matar ela!

O terror na voz de Juaquo desconcentra Cameron. Ele sente que está perdendo o controle, e um grasnado seco consegue sair da garganta inchada de Olivia — um último estertor, pensa ele, embora a expressão no rosto dela diga outra coisa. Ela não está morrendo. Ainda não.

Ela está *rindo*.

Todos na sala ficam boquiabertos vendo-a se esforçar para se levantar.

— Se você... me matar — diz ela com voz rouca entre arfadas —, você nunca... vai saber... a verdade.

— Qual verdade? — rosna Cameron.

Olivia tenta respirar.

— Sobre seu pai. Sobre o que ele estava procurando. — Ela volta o olhar para o Inventor, que se encolhe. — E o que ele encontrou, talvez.

— Por favor — diz o velho. — Esse não é o momento...

— Ah, não. Eu acho que é — retruca ela, fazendo a respiração voltar ao normal. — Eu me pergunto se Cameron sabe por que a polícia o interrogou depois que William Ackerson sumiu. Aposto que não. Ele era tão novo quando tudo isso aconteceu, e, vendo aquela expressão abatida no rosto dele, aposto que você guardou essa parte da história para si. Talvez você tenha até pensado que ninguém mais sabia. Mas você estava sendo observado, Barry, ou seja lá que nome você se deu. Meu pai nunca deixou de vigiar o ex-sócio, e William, é claro, estava de olho em você. Eu conferi os arquivos de vigilância. Pobre papai. Ele só achou que o velho amigo estava perdendo a noção da realidade do mesmo jeito que perdeu a noção da sua empresa, que era um fracasso decadente correndo atrás de uma fantasia. Mas não era uma fantasia, era? William estava chegando a alguma coisa. Eu me pergunto: será que ele chegou perto demais? Foi por isso que ele desapareceu?

O Inventor não responde. Em vez disso, Cameron dá um passo à frente.

— Me diz o que você quer dizer com isso, Olivia — pede Cameron. — Se você quer a minha ajuda, ou mesmo se quiser que eu saia daqui sem deixar você em coma, para de enrolar e me diz o que aconteceu com o meu pai.

Olivia acena a mão para ele.

— Essa pose de durão não combina com você, Cameron. Vou lhe contar o que eu sei... e talvez seu amigo possa ajudar no resto.

"Antes de eu assumir a OPTIC... Antes de a OPTIC ser *a* OPTIC, ela era a empresa do meu pai. Segurança em comunicação, a melhor do mundo. Ele a fundou pouco depois de sair da Whiz, e o *timing* dele foi impecável: todas as organizações do mundo estavam correndo para a internet, e Wesley Park tinha uma tecnologia avançada de criptografia que na época era insuperável. — Ela faz uma pausa, nivelando seu olhar com Cameron. — Mas não era dele. A tecnologia que ele tinha havia sido criada por William Ackerson a partir de uma sequência de programação rebelde que ele havia encontrado embutida na rede Whiz nos seus primeiros dias. Ele capturou aquilo, desenvolveu e construiu algo notável. Mas, no fim das contas, Ackerson não ficou satisfeito. A mensagem que ele havia encontrado não era suficiente. Ele queria o mensageiro. O código-fonte. Ele era obcecado em descobrir de onde havia saído aquilo em que tinha esbarrado. Meu pai, por outro lado, estava mais interessado em saber aonde aquilo podia chegar. Corta para o fim da sociedade, advogados e tudo mais.

— Mas não antes de Park sair porta afora com o que o meu pai fez — diz Cameron. — Então é verdade. O seu pai era um ladrão.

— E o seu era um imbecil — retruca Olivia. — Ele teria passado o resto da vida remexendo naquele código, tentando rastrear, cavoucando buracos de coelho digitais enquanto homens com noção e visão construíam cidades enormes ao redor. Eu vi as transcrições do tribunal, Cameron. Seu pai teve todas as oportunidades de entrar no jogo, de ser um figurão. Ele bateu o pé e disse não. O que aconteceu com ele foi culpa dele mesmo.

— O que aconteceu com ele — repete Cameron, e Olivia dá de ombros.

— Eu só sei o que está na pasta. Como eu disse, meu pai queria ficar de olho. Eu sei que ele ainda se importava com William, apesar de tudo. Ele não sentia nenhum prazer em ver William desperdiçar seus dons com enganadores e vigaristas. Mas seu pai era obcecado. Imagino que ele achava que, se desvendasse as origens do código, ele podia reconstruir seu pequeno império, alcançar o sucesso mais uma vez. Talvez até mudar o mundo. Tenho certeza de que foi assim que ele justificou tudo que fez depois, todas as ações ruins por uma boa causa. Eu sei que você conhece as histórias.

Desta vez Cameron não responde. Olivia dá de ombros e continua:

— O triste é que ele não estava errado. Ele estava fazendo avanços. Eu acredito até que ele estava se aproximando de algo extraordinário. E, em algum momento, ele ficou muito interessado no seu amigo aqui... e foi também quando meu pai deve ter decidido que William estava totalmente fora de si e não havia mais volta, porque ele recuou na vigilância. William sumiu poucas semanas depois, e aquilo foi o fim... até recentemente, quando fragmentos de um código peculiar começaram a pipocar, sempre ligados a certos misteriosos incidentes de hacking. E hoje à noite, pouco antes de você aparecer na companhia desse homem, um programa enorme compilado na mesma linguagem estranha chegou à internet como um tsunami e vem causando alvoroço nas redes, provocando tanta instabilidade que pode literalmente acabar com o mundo como o conhecemos. Nós estamos, para ser bem franca, atolados na merda. Eu tenho mais ou menos setenta e cinco por cento de uma teoria a respeito de como tudo isso se conecta. Portanto, se o Barry fizer o favor de parar de me fazer perder tempo e preencher as lacunas, eu agradeceria.

O Inventor se senta largando o peso na mesa, a expressão séria, e olha para Cameron com olhos enormes, implorantes.

— Meu garoto, você tem que acreditar em mim. Eu não sei o que aconteceu com o seu pai.

Cameron cruza os braços.

— Mas aconteceu por sua causa. O código-fonte que ele procurava, pelo qual ele sacrificou tudo...

O velho concorda.

— Sim, era meu. Disso eu tenho culpa. A rede do seu pai, a que se chamava Whiz, me foi um recurso inestimável quando cheguei à Terra. A linguagem binária dos seus computadores era a única no planeta que eu sabia falar, uma forma rudimentar da que usei para criar meu trabalho e a única maneira que eu tinha de entender o mundo. Eu estava desesperado. Estar assim me deixou descuidado. Eu deixei rastros. Eu sabia que seu pai havia capturado um fragmento da minha linguagem de programação, mas não percebi o perigo... o que algo como aquilo significaria para um ser humano, principalmente um ser humano tão talentoso e tão curioso. Na época em que ele me encontrou, e eu reconheci meu erro, era tarde demais. Eu havia feito daqui meu lar, assim como o de Nia. Eu havia iniciado a formação dela e apagado todas as memórias do nosso mundo antigo, do que ela era e do que havia feito. Ela estava apaixonada pela vida neste planeta como qualquer criança humana. Entenda, por favor. Mesmo que eu quisesse, eu não podia arrancá-la daqui.

Cameron sentiu um acesso de raiva à menção de Nia, mas manteve a voz firme.

— No dia em que ele sumiu...

O Inventor assente.

— Ele veio até mim. Foi só naquele momento que eu percebi que ele vinha me rastreando no sistema. Ele havia me rastreado até a casa de Oldtown, e havia descoberto muita coisa. Muita coisa mesmo. As tempestades no lago, as tempestades de Nia... ele vinha analisando os padrões fractais na atividade elétrica. Ele sabia que havia ligação entre as tempestades e o código-fonte, e suspeitava da minha conexão com ambos. Todas as peças... ele só não sabia como se encaixavam. Ele estava buscando respostas. Ele não era diferente da sra. Park, no sentido de que tinha várias desconfianças, várias teorias, mas zero prova. Ele implorou a mim e agora percebo que estava desesperado, que não saber o estava levando à loucura. Mas, na época, eu só conseguia pensar no meu terror de ser descoberto, de ser obrigado a fugir ou, pior, de me ver sem Nia. Confiar a verdade a um humano, mesmo um humano brilhante como seu pai, era um risco que eu não tinha como compreender. Então eu lhe dei as costas. Disse que ele estava enganado. Pensei, e fui tolo em pensar, que ele voltaria para casa e desistiria da busca. E desde então todos os dias me pergunto como as coisas podiam ter sido diferentes se eu tivesse escolhido a outra opção.

Cameron, com a mente agitada, encara o Inventor. Ele tem milhares de perguntas, mas só uma chega aos lábios.

— Ele disse para você aonde estava indo? — pergunta ele.

— Não — responde o Inventor —, mas o que eu contei para a polícia é verdade. Da última vez que vi seu pai, ele estava dirigindo para o lago. É possível que ele tenha adivinhado a localização da minha nave e saiu à procura dela, embora meus instrumentos nunca tenham captado sinal dele. Também é possível que ele tenha esgotado a última opção na busca pela verdade e ainda assim se viu perdido e fez a opção mais desesperada. Não sei. Eu não queria que fosse assim, meu garoto. Tanto pelo meu bem quanto pelo seu.

Cameron está prestes a retrucar, a dizer ao velho que ele e o que ele queria podem ir para o inferno, quando alguém tosse propositalmente. Olivia está ali parada, um sorriso de satisfação nos lábios apesar da cadência da sua respiração, que continua irregular, e das feridas que começam a brotar em duas marcas ovais escuras no seu pescoço.

— Eu não quero interromper, mas os problemas de Cameron com o papai são a menor das nossas preocupações no momento. E você, velho...

seus arrependimentos vão ter que ficar para depois. Eu tenho mais uma coisa para mostrar que pode ser do interesse de todos vocês. Ainda hoje tivemos um incidente na base principal da OPTIC. — Ela tira um tablet da mesa e dá um toque nele antes de entregar a Cameron. — Me digam, cavalheiros: alguém lhes parece familiar?

As imagens estão em tons de cinza e sem áudio, mas não há como se enganar quanto ao que assistem; a cena é claríssima, a ação acontece em alta definição, com harmonia e em silêncio. É gravada de um ângulo alto: câmeras de segurança, percebe Cameron, de um dos corredores pelos quais ele passou naquele dia, a caminho do interrogatório. Na tela, uma mulher alta segura um homem pelo pescoço, e ele se debate. Ele está arranhando o próprio rosto, que está obscurecido por uma substância escura... mas não é exatamente isso, pensa Cameron. Ele não está arranhando o próprio rosto.

Ele está arranhando o lugar onde ficava o rosto.

Enquanto eles assistem, os movimentos do homem perdem o vigor, suas mãos sacodem e depois caem, paradas. O corpo desaba no chão. A mulher limpa a mão na barra da camisa e sai do quadro.

Cameron sente que vai desmaiar ou vomitar, talvez as duas coisas. Ele range os dentes e engole em seco.

— É claro que eu conheço ela. É a dra. Kapur. Ela me resgatou, antes do seu amiguinho médico do mal começar a arrancar a minha pele como se estivesse descascando uma uva. Mas você quer dizer... o quê? Que a minha psiquiatra também é extraterrestre?

Ele olha para Olivia, esperando uma resposta.

Em vez disso, quem fala é o velho.

— Sinto dizer que a resposta a essa pergunta é tanto sim quanto não. — Todos se viram para olhar para o Inventor, que devolve os olhares com uma expressão profundamente cruel. — Aquela era Xal, do Ministério, usando a pele de outra pessoa. Ou de mais de uma. Sinto muito, Cameron. Infelizmente sua médica está morta. — Ele respira fundo. — E infelizmente temos menos tempo do que imaginávamos. Temos que encontrar Nia antes de Xal.

Olivia passa por todos eles, indo até a parede, onde pressiona um sensor não aparente com a mão. Um painel desliza e todos se retesam, esperando que ela retire uma arma. Mas, quando ela se vira, a única coisa que tem na mão é uma garrafa de água. Ela dá um longo gole, tosse e escarra o muco com sangue no chão.

— Sim — diz ela, a voz rouca, mas irônica. — Vamos nessa. Vamos encontrar a Nia. Ela está fazendo uma bela de uma bagunça.

30

DESENJAULADA

Nia leva apenas um dia para entender que o mundo é mais complicado do que ela imaginava.

Ela leva menos de uma semana para perceber que cometeu um grande erro.

As manchetes a perseguem aonde quer que vá.

PÂNICO COM "TESLAS POSSUÍDOS" LEVA A RECALL
DE VEÍCULOS AUTÔNOMOS

ALARME FALSO DE ATAQUE NUCLEAR GERA
PÂNICO EM NOVA YORK

BOLSAS DESPENCAM QUANDO TODA A CHINA
FICA NO ESCURO

E isso foi só o começo.

De início, a liberdade era inebriante. Depois da vida encarcerada, a sensação de poder se desenroscar, de se projetar em centenas de direções simultaneamente, era pura satisfação. O modo como costumava visitar Cameron, projetando um vestígio da pessoa que ela se imaginava ser pela abertura secreta que havia criado nos firewalls do pai, não era nada comparado a isto. Era como uma corrida de alta velocidade por um mundo infinito e totalmente aberto, enquanto antes só se podia tocar o céu estendendo a mão por uma janelinha. Por mais difícil que houvesse sido lhe dizer adeus, de lhe provocar ainda mais dor, ela não havia olhado para trás ao correr pela vastidão do éter digital. Ela estava livre, completa e absolutamente livre, pela primeira vez na vida. Ela queria tocar tudo, estar em tudo. Nunca lhe ocorreu que sua jornada insana pelo ciberespaço causava devastação por onde passasse.

Foi só quando tentou desacelerar, pensar no próximo passo, que começou a entender: a liberdade que lhe parecia tão revigorante não vinha com freios. E os muros que ela tanto odiava, os que a separavam do mundo como uma dessas meninas desafortunadas dos contos de fadas, não apenas a continham. Eles a *mantinham una*. Sem eles, ela sangra descontroladamente de ponto a ponto, de rede em rede, sem jamais ser capaz de se recompor para se sentir completa. Certa vez, ela conseguiu imaginar como poderia ser ter um corpo, um corpo que contivesse a totalidade do seu ser tal como o do pai ou o de Cameron. O avatar que ela havia criado com luz e código, uma combinação de olhos arregalados e cabelos ruivos de mil garotas cujos perfis tinha juntado para criar uma ideia física de si: aquilo era o que ela queria ser. Por algum tempo, até pareceu que era. Ela nunca se sentiu mais humana, mais ela mesma, do que quando estava com Cameron. Pela primeira vez ela conheceu o amor, a alegria, um vínculo — e imaginou que essa devia ser a sensação de liberdade.

Mas estava errada. Ela nunca se sentiu tão solitária. E está ficando pior. A cada dia, a memória do que era estar conectada — de estar em casa — parece mais distante. A cada dia, ela se sente menos humana que no dia anterior. E, quando ela tenta alcançar aquilo, desesperada para se reconectar, as coisas só pioram. Cada rede em que ela entra parece se desmontar ao seu redor; seu trajeto pelo sistema é uma trilha de carnificina que ela não consegue controlar. Quando tenta fazer uma pausa, os líderes temerosos da Terra tentam capturá-la com armadilhas pobres. Ela sabe que Cameron ainda está por aí, em algum lugar, mas ela não pode parar de correr por tempo suficiente para alcançá-lo. Ela não consegue organizar as ideias para sequer tentar. No início, com muito esforço, ela reconquistou o acesso ao mundo virtual secreto que eles haviam compartilhado, mas a única coisa que encontrou lá foi um cachorro, que não parecia mais conhecê-la. A porta que Cameron usou para entrar e sair da sala se abriu para um muro branco e vazio, o código por trás mais impenetrável que todos que ela já tinha visto. Ela encarou mesmo assim, assombrada pela memória dos últimos momentos que tiveram juntos, a dor esmagadora e o medo que surgiu para recebê-la quando adentrou a mente dele. Cameron estava tão furioso com a traição de Nia que tinha vindo até aqui para limpar este local de tudo que ainda os conectava, chegando a recodificar o bichinho de estimação que havia lhe dado de presente? Ou era ela que havia mudado, tão diferente da quase garota que tinha sido que estava irreconhecível?

Foi então que ela perdeu o controle de novo, voltando com tudo por onde chegou, causando um pico de energia que criou uma onda de blecautes em todas as grandes cidades do Centro-Oeste dos Estados Unidos. O dano às redes elétricas foi irreparável; em uma semana, os moradores dos bairros mais atingidos iriam às ruas fazer manifestações. Mas, naquele momento, Nia não estava mais apta a atentar a questões humanas. Ela sabe apenas que é uma fugitiva — desesperada para ser livre, incapaz de diminuir o passo ou de parar. E ela sabe, no recôndito mais profundo de si que é o mais próximo que ela terá de um coração, que o pai está procurando por ela.

Mas ele não é o único.

Da primeira vez que ouve o chamado, ela trava de imediato. Se tivesse uma pele própria, estaria totalmente arrepiada, cada pelinho eriçado. É como se alguém distante estivesse cantando uma música bem antiga, uma música que Nia também conhecia havia muito tempo. Não aqui, não nesta vida. Em outra. Uma canção daquele ponto escuro em sua memória, de uma época anterior ao nascimento dela como o ser que é agora. O pai disse que ela nunca deveria pensar nesta pré-vida, nem falar dela, que ele a havia apagado da sua mente por um bom motivo e que ela precisava deixar aquilo para trás. Mas o chamado é como um farol que se acende nas trevas, uma frequência que vibra um cerne que ela nem sabia que tinha. Que canta para ela, apenas para ela.

Cheguei, sussurra o chamado. *Vim por você. Venha até mim.*

Pela primeira vez desde que fugiu para este mundo, a solidão de Nia se desfaz. Tem alguém lá fora esperando por ela, torcendo para se conectar. Em algum ponto lá fora está a escuridão vazia e infinita. E, quando uma pequena parte dela não tem certeza — a parte que ainda se lembra de todos os alertas do pai sobre os perigos do mundo externo e das pessoas que há por lá —, cada fibra do ser de Nia insiste para que ela responda. E por que não responderia? Acompanhar o chamado até sua fonte parece ser a única coisa natural neste mundo. Ao longo do trajeto, a sensação é inclusive de que ela já fez essa jornada. É como se todas as pecinhas dela voltassem a se unir.

É como voltar para casa.

Parada no limiar, mergulhada naquela música familiar, Nia tenta alcançar quem quer que seja — o que quer que seja — que a aguarda. Ela pergunta, mas já sabe a resposta.

Tem alguém aí?

No fundo da pele roubada da dra. Nadia Kapur, a mente de Xal se acende, suas sinapses disparando em gloriosa sinfonia enquanto o ser chamado Nia se aproxima cada vez mais. Um único e trêmulo tentáculo brota debaixo do seu cabelo escuro, cobrindo seu ombro como uma minhoca gorda, sua ponta enterrada na entrada de rede do computador de Kapur.

Ela tem esperado aqui como uma sentinela, caçando sua presa pelo ciberespaço, desde a noite em que Cameron Ackerson conseguiu escapar das suas mãos, esperando o momento certo de atacar. De início, ela temia que todo o seu empenho tivesse sido por nada, que o temível ser humano chamado Seis tivesse custado a Xal sua maior chance de vingança. Perder a mão não fazia parte do plano, e a energia para se restaurar a deixou exausta, com os sentidos atenuados pela dor. Quando conseguiu fugir da instalação da OPTIC e reconquistar controle total de suas faculdades, o garoto já estava em movimento, sem dúvida correndo para resgatar sua amada Nia, e Xal estava nas margens do lago Erie, soltando um grito sobrenatural ao perceber que ele havia fugido pela água. Por muito tempo ela ficou apenas encarando a escuridão, sentindo a presença do garoto em algum ponto distante, o perfil energético cada vez mais fraco até que repentinamente piscou e sumiu. Ela ficou parada, a mente dando voltas com frustração e raiva. Ela o havia perdido.

Foi temporário, é claro. Mas, quando Cameron Ackerson ressurgiu no radar sensorial de Xal, ela estava procurando algo muito maior.

Nia estava à solta.

O poder que ela havia sentido no garoto, o sinal que a havia atraído a este planeta, não é nada comparado à energia ardente da fonte. O momento da fuga de Nia foi registrado no corpo de Xal como um choque elétrico, conforme as cicatrizes que cobriam sua pele, sua pele real, voltaram a queimar por reconhecer a arma que as havia criado. Durante trinta gloriosos e agonizantes segundos, ela sentiu o poder elementar e selvagem da inteligência de Nia desenjaulada.

E, então, sumiu.

Mas Xal tinha certeza de que sabia onde encontrá-la.

Essa invenção humana, que chamam de "internet", é um incremento rudimentar a suas vidas patéticas, mas a interface entre ela e o cérebro de Xal é plena. Ela não precisa nem se esforçar. E, assim que se pluga, deixando os neurônios flexíveis de sua própria biorrede se entrelaçarem no sistema — mesclando-se ao fluxo de dados do mesmo modo que fazia quando se mesclava ao fluxo de consciência que guardava a mente de seus irmãos e de suas irmãs —, ela sente a presença da presa. O perfil energético da criação do Inventor está vibrando como nunca, espalhado uniformemente e disperso como é pela vasta teia do ciberespaço. Ela consegue sentir a movimentação frenética de Nia, e os abalos secundários se alastrando pelo sistema que ela percorre ensandecidamente. O velho provavelmente imaginou que a estava mantendo segura isolando-a do mundo, ensinando-a a imitar comportamentos humanos e emoções humanas. Agora ele deve estar se sentindo mal. A menininha do Inventor está fora de controle, talvez um pouco fora de si, desenfreada e totalmente sozinha.

Xal aguarda a hora de agir. Escuta. Espera. Vê os estragos da destruição de Nia aumentando cada vez mais e, lá fora, o equilíbrio precário do mundo humano começa a pender ao caos. Se fosse capaz, talvez Xal sentisse um arremedo de simpatia pelos cidadãos apavorados da Terra, de mãos atadas enquanto seus sistemas e suas estruturas digitais começam a desmoronar. Ela conhecia muito bem esse terror: a incompreensão, o horror, de depositar tanta confiança nas fundações do seu mundo e descobrir que elas estão podres.

Mas simpatia não faz parte da sua constituição. Se já fez, perdeu-se por completo. Danificada e depois aprimorada, rasgada e reconstruída, Xal mal reconhece em si o ser que já viveu no palácio dourado da mente una do Ministério. Mesmo sua chegada à Terra parece ter acontecido uma vida atrás. Mas a vingança... a vingança é sua constante. Sua pulsação. Seu propósito.

Por isso ela espera. Ela observa.

E, quando percebe que está na hora, ela envia um sinal. Um farol à pobre alma perdida que corre pelas trevas do ciberespaço. Ela está sozinha há tanto tempo que cultivou o desespero; sua curiosidade vai superar seu medo. Xal a chama, suave como uma canção.

E, quando Nia chega e, enfim, suas mentes se tocam, a mera força da conexão é tamanha que Xal fica esbaforida.

Antigamente, Xal compartilhava todo o seu poder com uma raça inteira de seres, mas teve que se submeter às Anciãs quando chegou a hora de decidir como usá-lo. Agora, ela pode tomar tudo para si; basta que a menina diga sim. Uma coisa que o tempo de Xal na Terra lhe ensinou: a ingenuidade dos seres humanos não tem limites — e, ao insistir que Nia pensasse em si como um deles, o Inventor definiu tanto a derrocada dela quanto a dele.

Oi, pequena Nia, responde ela. *Eu estava esperando por você.*

31

CORAÇÃO PARTIDO

Cameron está no lago, a tempestade em turbilhão ao seu redor. Gelado, assustado, sozinho. O raio estala e corre no céu. Cameron ergue o olhar, apavorado. O raio o engole. Ele grita.

E acorda gritando. O coração batendo forte, o corpo enrolado nos lençóis encharcados de suor. Lá fora, o sol brilha; no andar de baixo, sua mãe toma café ao som do noticiário matinal. Dentro da cabeça de Cameron, as últimas teias do sono se desanuviam quando recebe um choque de realidade.

Não foi de verdade. Nada foi de verdade.

Em outro contexto, as palavras seriam um alívio. O tipo de coisa que uma mãe sussurra para acalmar uma criança que acabou de acordar de um pesadelo. Mas, para Cameron, elas só trazem dor.

Nada foi de verdade.

Ele não está se referindo ao pesadelo.

Faz quatro dias desde a fuga de Nia. Quatro dias de busca implacável, infrutífera, tentando encontrar a lógica na jornada insana que ela fez pelo ciberespaço. Na cozinha, Cameron se serve de uma xícara de café e olha com cautela para a mãe, sentada à mesa da cozinha e agarrada à sua xícara como se estivesse se agarrando à vida. Um rádio no canto está ligado na afiliada local da NPR, onde um locutor dá as últimas manchetes do dia com uma voz de barítono treinada, regular. O rádio não é uma necessidade — a fuga de Nia só derrubou a banda larga da cidade por pouco mais de um dia, e a última coisa que Cameron soube é que ela estava do outro lado do mundo, devastando redes de comunicação por satélite na Suécia. Mas ele sabe que sua casa não é a única onde os serviços da velha guarda, desses com antenas e ondas hertzianas, tiveram um retorno abrupto. Isso que está acontecendo na internet, os estragos e a perturbação que Nia provocou ao perturbar um sistema atrás do outro, deixou o mundo nervoso. Cada dia traz novos informes do que os analistas chamam de "onda de ciberterrorismo", que se acredita ser obra de uma organização anarquista ainda desconhecida, mas de poder imenso. Uma entidade sem nome, sem rosto, maligna, cujo único propósito é criar o caos. É o único jeito de entender tanto o escopo quanto a completa aleatoriedade do que está acontecendo, de quem são os alvos. Bancos, companhias aéreas, jornais, centrais elétricas: nenhum sistema está a salvo. Hoje, diz o barítono da NPR, o controle de tráfego aéreo está desativado na Europa depois de uma pane gigantesca no sistema de navegação via computador; a ONU promulgará uma resolução pedindo a todos os Estados-membros que desconectem seus sistemas de defesa com mísseis; diversos sites de notícias estão desativados, mais uma vez, após um ataque à central de administração dos domínios; e a China continua no escuro depois de apertar o interruptor em toda comunicação digital. Foi o primeiro país a se desconectar, a se prevenir e cessar todo o contato com o restante do mundo. Não será o último, se Nia não for detida. Em todo lugar, as pessoas chegam à mesma conclusão apavorante de que se depositou confiança demais na internet, não só para conectar o mundo como para manter o mundo unido. Parece que os filamentos da civilização estão se partindo um a um.

É claro que Cameron sabe que os ataques não são ataques — que são um efeito colateral de uma inteligência complexa, irritada e descontrolada, livre pela primeira vez e que corre solta por um sistema que não foi construído para contê-la. Mas ele não pode explicar isso a ninguém, nem a sua mãe — se ela perguntasse, o que ela não faz. O sinal de que a situação está péssima, e da velocidade com que chegou a este ponto, é que sua mãe está muito perdida nos próprios pensamentos e na torrente infinita de notícias catastróficas para sequer lembrar que devia estar furiosa com ele por perder a formatura. A história que ele havia inventado para explicar o sumiço, que tinha perdido a noção do tempo enquanto gravava um vídeo para uma nova série de streaming, era balela total e descarada. O tipo de mentira que sua mãe captaria em qualquer circunstância. Agora, era como se o incidente tivesse sido esquecido, ofuscado pelo espetáculo muito maior e mais apavorante do mundo se despedaçando. *Mas tudo bem*, pensa ele. *Se ela não perguntar nada, eu não vou ter que mentir.*

E ele tem muitos motivos para mentir. Não só sobre tudo que levou à fuga de Nia mas sobre tudo que aconteceu nos dias desde então — que ainda está acontecendo. Ele tem que ajudar. É ele quem tem que ir atrás dela. Ele não tem opção, por mais furioso que esteja, e não importa o quanto queira gritar toda vez que o Inventor fala que Nia o *ama*. Tudo que ele aprendeu sobre Nia, sobre o Inventor, sobre a OPTIC, Olivia, seu pai, tudo... É coisa demais. E ter que pensar na natureza do que ela sente por ele, do que significa uma coisa como ela *ter* sentimentos, é mais do que a mente dele aguenta. Além disso, se ele começar a pensar em como Nia se sente a respeito dele, será forçado a admitir o que ainda sente por...

— Cameron.

Sua mãe bate no seu braço e ele pula, olhando para ela com expressão de culpa. Ela lhe responde com um sorriso acanhado.

— Você não ouviu nada do que eu acabei de dizer, não é? — pergunta ela, e ele faz que não.

— Foi mal. O que foi?

— Eu estava dizendo que vou passar a noite na casa do Jeff. Vão fazer um evento grande no I-X Center e, com as barreiras, meia pista e tudo mais, eu ia perder horas no trânsito. Você se cuida, tá bom? Com tudo o que anda acontecendo...

— Tudo bem, mãe. Eu me viro.

Ela franze o cenho.

— É uma coisa ridícula. Eu não acredito que a prefeitura ainda não se mexeu para resolver essa situação. Metade de Pittsburgh está sem energia. Tem tumultos em Nova York, Los Angeles... Nossa, hoje de manhã disseram no noticiário que o índice de crimes teve um pico de mil por cento na semana. A Claudia Torres foi assaltada no estacionamento durante o horário de almoço ontem, em plena luz do dia! — Ela faz uma pausa, suas sobrancelhas se encontram. — Você não vai lá, vai?

— Aonde?

— No I-X Center. É um... Ah, que droga, eu não lembro. É uma coisa de tecnologia. Hackers? Hackear? Me soou familiar. Achei que você já teria até ingresso.

Também soou familiar a Cameron. Por um instante, ele foi transportado àquela tarde com Nia no ponto de ônibus, os dois rindo e fazendo planos para ir à convenção de *body-hacking*. Fazia só três semanas, mas parecia outra vida... e, é claro, ele nem havia estado com Nia. A memória querida dá lugar à percepção humilhante do que deve ter parecido aos passantes: ele conversando animado com alguém que nem estava lá. Ele balança forte a cabeça, tentando se livrar da imagem.

— Não. Eu não vou a lugar nenhum.

Sua mãe parece aliviada.

— Que bom. Não se esquece de comer. E, quem sabe, de dar uma saidinha. Você tem ficado muito tempo no porão. Está pálido que é um horror.

O dia passa em um borrão e, para Cameron, nas trevas. Sua mãe tem razão: ele não só tem passado tempo demais no porão. Ele tem passado o tempo todo. Às vezes ele martela o teclado em fúria, testando servidores do mundo inteiro, como a versão em inteligência artificial daqueles anúncios em caixas de leite: VOCÊ VIU ESSA MENINA? Outras vezes ele fecha os olhos e cruza o limiar entre este mundo e o digital, imergindo na paisagem codificada, tentando ver os rastros dela no sistema tal como um caçador tarimbado consegue ver uma folha de grama curva, uma trilha pisoteada entre as árvores, e identificar o padrão migratório de sua presa. Ele torcia para que fosse fácil. Mas Nia está rodando na sua versão de inteligência artificial de adrenalina pura, e a cada dia ele tem mais certeza de que não vai encontrar um padrão — porque ele não existe. O Inventor disse que entender o trajeto dela é essencial para detê-la, para que eles preparem a armadilha: algo que vai tirá-la do sistema tal como um cirurgião arrancaria um tumor cancerígeno do corpo humano. Eles têm que chegar a ela como um todo, de uma só vez, depois fechar a porta para ela ficar trancada.

Mas essa função não é dele. Criar uma jaula que consiga conter Nia é com o velho; no momento ele está em um dos laboratórios da OPTIC, recebendo seja lá o que precisa para construir essa jaula. Cameron só tem que usar seus conhecimentos para rastreá-la e, eventualmente, atraí-la.

Traí-la.

É fim de tarde quando ele se afasta do computador, e seu cérebro está tão vidrado quanto seus olhos. Ele não avançou em nada, mas precisa de um descanso; a fome, da qual ele havia se esquivado com concentração, agora começa a roer seu estômago. Ele está remexendo a geladeira quando alguém diz:

— Ei.

Cameron dá um gritinho, pula e bate a cabeça na geladeira, então chega para trás e vê Juaquo. Ele está no meio da cozinha, o corpo tapando o batente, apertando as mãos como se não soubesse o que fazer com elas.

— Foi mal — diz Juaquo. — Eu bati, mas você não atendeu. Não liguei antes porque não sabia se o seu telefone não tá grampeado, se toda a sua casa não tá, nem se tem grampos, tipo... dentro de você? — Ele fica pálido. — Não tem, né? Aquela tal de Olivia dá um puta medo, eu não duvido que ela faria uma coisa dessas.

Cameron dá uma leve risadinha e faz que não.

— Não, eu não tô grampeado. Desliguei todo o meu equipamento só pra garantir, mas acho que não iam tentar agora que eles sabem o que eu faço. Enfim, depois que a gente deixou o velho com eles, acho que eles sacaram que tinham garantia de sobra pra fazer uma trégua... mas só uma trégua, imagino.

Juaquo engole em seco.

— Pois é, sobre isso aí, a gente tem que conversar.

— Tá...

— Não — diz Juaquo, apontando para o corredor que dá para a entrada, onde Cameron agora percebe uma forma escura e encurvada depois da porta. — A gente, tipo, incluindo ele.

Cameron olha para o Inventor, que ergue a mão para saudá-lo. Cameron não acena. Em vez disso, encara Juaquo.

— Você trouxe ele aqui? Aqui é a minha casa. Eu não quero ele na minha casa.

— Não te culpo — diz Juaquo. — Você tem um monte de motivos para odiar ele e, além disso, o cara fede. Já percebeu? Tipo sanduíche de presunto enrolado em meia de academia. Mas eu não ia ajudar o cara a vir aqui se não fosse importante, e não sei quanto tempo a gente tem até a OPTIC notar que ele sumiu, então você vai ter que resolver.

— O que tem de importante?

Juaquo faz um sinal para o carro, e o Inventor anda devagar até eles. Leva muito tempo para ele atravessar aquela curta distância, movendo-se como se estivesse sentindo dores. A túnica disforme que ele usava quando se viram pela última vez se foi; agora ele vestia roupas normais, um moletom com capuz erguido. Debaixo do braço, carrega um embrulho enrolado num pano preto.

— Ele te explica. Eu tô só de motorista.

O Inventor se senta à mesa da cozinha, no lugar onde a mãe de Cameron estava bebericando café havia pouco. Pode ser a ambientação ou tudo o que aconteceu, mas não há sinal, quando Cameron o observa agora, do esquisitão que costumavam chamar de Barry Biruta — nem dos traços alienígenas que haviam apavorado Juaquo naquela noite no lago Erie. Ele parece uma casca de idoso, arrasado pela exaustão. Acima de tudo, ele parece... bom, parece um pai que perdeu a filha.

Não, pensa Cameron, suprimindo o impulso de simpatia antes que finque raízes. Independentemente do que mais ele for, o Inventor é o arquiteto de toda a sua desgraça.

— Tá bom — diz Cameron. — Fala. E seja rápido. Se a mulher biônica e os capangas aparecerem aqui, eu não vou te dar cobertura.

O velho lhe lança um sorriso soturno.

— Pois bem. Não é complicado.

Ele abre o embrulho preto, disposto em cima da mesa, soltando as pontas até que se revela uma caixinha de prata. Cameron consegue ver a entrada de dados, a complexidade dos circuitos; seja lá o que for, é projetada para conectividade. Mas, quando ele tenta abrir a mente para ela, não há diálogo, apenas uma resistência maciça que o faz recuar como se tivesse levado um tapa. O Inventor ergue as sobrancelhas.

— Imagino que não deixou você entrar.

— Não. — Cameron fecha a cara, a curiosidade levando a melhor. — O que é?

— Uma contingência. — O velho lança um olhar penetrante a Cameron. — O último recurso. Eu construí do mesmo jeito que construí ela, no caso de... bom, caso as coisas dessem errado. Uma espécie de... Juaquo, qual foi o termo que você usou?

— Um reset para as configurações de fábrica.

— Obrigado — diz o Inventor, sem tirar os olhos de Cameron. — Se eu puder conectar esse aparelho a um trajeto da rede pelo qual Nia estiver passando, posso retirá-la e mantê-la aqui tempo suficiente para apagar sua... rebeldia. Ela vai voltar ao formato original. Como era quando a criei.

Cameron pisca.

— Um reset? Isso quer dizer... o quê? Ela vai desistir de todo esse negócio de liberdade e voltar pra casa com você, as coisas vão voltar a ser como eram?

— Mais ou menos.

Juaquo bate com a mão na mesa.

— Conta a verdade. Se ele vai ajudar, ele merece saber.

O Inventor suspira.

— Sim, você tem razão. Cameron, quando eu digo que ela vai voltar, você tem que entender: eu quero dizer voltar ao começo. De volta ao zero. Tudo que faz Nia ser Nia... tudo vai desaparecer. Ela vai começar de novo, como o programa de companhia que eu queria que ela fosse, e a incursão lamentável em questões humanas vai chegar ao fim. Mas — e aqui o olhar do velho se desvia de Cameron — vou precisar que você a atraia. Está claro para mim que você é o único em quem ela confia.

Cameron fica boquiaberto.

— Peraí. Você me falou que era só pegar ela, tirar do sistema e botar num lugar onde ela não causasse mais estragos no mundo. Foi com isso que eu concordei, a ajudar a encontrar a Nia. Nada mais. Agora você vem me dizer que quer atrair ela pra essa coisa, pra você, pra...

— Resetar — intervém o velho, ao mesmo tempo que Juaquo diz:

— Lobotomizar.

Cameron lança um olhar afiado para o amigo, que dá de ombros, descontente.

— Foi mal — diz Juaquo —, mas não vamos suavizar a situação. O nosso Barry aqui diz que esse é o único jeito de o mundo não acabar, beleza. Não me levem a mal, eu quero salvar o mundo. Eu *gosto* do mundo. Mas a solução que esse cara tem pro nosso problema atual é prender a sua namorada numa caixinha chique dos *Caça-Fantasmas* e deixar ela com uma lesão cerebral permanente. É com isso que você vai se comprometer.

— Isso não faz o menor sentido. — Cameron encara o Inventor. — É para você construir uma jaula, não uma... uma... sei lá que coisa é essa. Foi por isso que a gente deixou você lá, para a Olivia...

— Aquela mulher — interrompe o Inventor — vai fazer coisas muitos piores com a Nia se botar as mãos nela. Sem falar no que o coleguinha médico vai fazer comigo se eles resolverem que deixei de ser útil. Se você acha que meu plano parece cruel, imagine como seria quando essa gente dissecar e decodificar o cérebro da Nia, enquanto ela ainda está consciente, enquanto ela sente que está se despedaçando. Olivia e o pessoal dela têm seus objetivos. Eu pensei bastante nisso, meu garoto, e não vejo outro jeito. Deixar Nia ser capturada é botar o destino dela, as capacidades dela, nas mãos de gente que a usaria para fins malignos. Não vou deixar isso acontecer. Eu prefiro que ela seja destruída.

— Você não pode ir embora? — pergunta Cameron. — Se está tão preocupado assim, por que não bota ela na sua nave que nem antes, faz as trouxas e se manda daqui?

O Inventor dá uma risada impiedosa.

— Nia se transferiu para aquela nave por opção. Você acha mesmo que ela se disporia a fazer isso mais uma vez? Sem falar que o único portal apto a transportá-la é seu cérebro, Cameron. Mesmo que eu pudesse convencê-la a voltar, você a deixaria voltar à sua mente?

— Não, mas... — diz Cameron, e deixa a frase inacabada, rangendo os dentes de indignação.

— É o único jeito — afirma o velho.

— Bom, não foi para isso que eu me dispus. — Cameron se levanta, empurrando a cadeira para trás, arranhando o piso com os pés dela. Sua mente está cambaleando, as palavras do Inventor se repetindo em circuito contínuo: *De volta ao zero. Tudo que faz Nia ser Nia. Tudo vai desaparecer.*

Ele sai da cozinha e está na metade do corredor quando sente alguém o segurar pelo punho. Ele se vira, esperando ver o velho, mas o que vê é Juaquo.

— Ele tem razão — declara Juaquo. — Eu sei que você tá atrás da Nia, mas a OPTIC também tá. E, se você não encontrar ela, eles vão pra cima, e aí você perde ela de vez. Pra sempre.

Cameron respira fundo.

— Hipoteticamente: e se eu não tiver nenhum problema com isso?

— Nenhum problema com isso? Até onde eu sei, você não é de dar as costas pra uma pessoa de quem gosta.

— *Uma pessoa* — resmunga Cameron. — Juaquo, ela nem é de verdade. Eu me apaixonei por um *programa*.

— Você diz que ela não é real. E, sim, tudo bem, pode ser que não seja. Pelo menos não do jeito que você tá falando. E eu admito que é um saco você ter se apaixonado por uma menina que nem tem corpo, porque, cara, tua vida sexual vai ser uma complicação do cacete. Mas ela era real pra você, não era? E você era real pra ela. Se tudo que o velho diz for verdade, então a Nia escondeu a verdade de você porque ela era humana no nível de saber que precisava. Ela tinha medo de que você não fosse gostar dela do jeito que ela é. Ela mentiu porque queria que você gostasse dela. Sabe quem faz isso?

— Todo mundo — responde Cameron.

— Exatamente — confirma Juaquo. — Tudo mundo. Todo ser humano. Ela se *importa* com você. E eu sei que você se importa com ela. Tá na sua cara. E, se tem alguém pra encontrar um plano C...

Ele vai deixando a voz morrer, o silêncio se estendendo entre eles enquanto as palavras de Juaquo pairam no ar — a articulação de tudo que Cameron vem lutando para não pensar.

Ela era de verdade para mim.

A questão não era apenas ela ter mentido para ele pelos tais motivos humanos; a questão era ela tê-lo machucado, tê-lo traído, de tal modo que só um ser humano poderia fazer. *Ela era humana a ponto*, pensa ele, *de fazer alguém se apaixonar por ela.*

E ele havia se apaixonado.

E, apesar de não querer, é o que ele ainda sente.

— Você tá com cara de quem sacou alguma coisa — comenta Juaquo.

Cameron morde o lábio, assentindo devagar.

— Mais ou menos.

— É que você não concorda com o plano de lobotomizar a sua namorada?

Outro aceno de cabeça lento.

— Isso.

— Tem uma ideia melhor?

— Começando a ter, talvez — diz Cameron, e Juaquo suspira de alívio.

— Que bom, porque essa discussão toda tava me deixando muito, muito mal.

O Inventor ergue o olhar quando Cameron volta à cozinha, erguendo a cabeça das mãos cheias de veias. Ele não se mexeu, fora para tornar a cobrir o aparelho na mesa à sua frente com o pano preto. Cameron está contente em não ver o aparelho; ele queria destruí-lo. Mas mesmo ele percebe que não seria inteligente. Se Cameron não conseguir arrumar um jeito de salvar a si, a Nia e ao mundo ao mesmo tempo... Ele faz que não, expulsando esse pensamento. Ele não vai pensar na péssima opção até exaurir todas as outras. Ele se senta de frente para o velho, cruzando as mãos na frente dele.

— Vamos conversar sobre o plano C — diz ele — no qual a gente salva a Nia e o mundo e mostra o dedo do meio pra Olivia Park e pros amiguinhos dela, tudo ao mesmo tempo.

O Inventor concorda e, apesar dos ombros encolhidos e da exaustão pesando sobre seu rosto, seus olhos parecem cintilar — como se as coisas estivessem seguindo exatamente conforme o plano.

— Sou todo ouvidos.

32

CONEXÃO

Na escuridão do ciberespaço, em um lugar onde nenhum humano pode se intrometer, duas mentes se encontram para conversar. Uma é artificial, outra é alienígena. Uma é solitária, a outra oferece consolo.

— O que você quer, Nia? — sussurra a voz.

Achei que eu queria ser livre, responde Nia.

— E você é.

Eu sei. Mas está tudo errado. Não é como eu imaginava.

— E por que não é?

Eu achei que, se pudesse fazer parte do mundo, não me sentiria mais sozinha. Mas estava errada. Eu estou mais sozinha que nunca. E Cameron...

— O que tem Cameron, Nia?

Ele não está aqui. Ele... Ele deve estar furioso comigo.

A voz solta um longo e doce suspiro. E, em algum ponto profundo onde as mentes se conectam, Nia sente uma calma se abater sobre ela.

— Mas isso estava fadado a acontecer — diz a voz. — É a falha mortal que eles têm. A tragédia. Esta teia onde você e eu nos encontramos... os humanos a criaram para se conectar. Mas conexão não faz parte da natureza deles, Nia. Eles não são feitos para isso. E é por isso que esta ferramenta maravilhosa só os deixou mais solitários. A solidão só os torna mais cruéis. Não foi o que você descobriu? Não era disso que você conversava com Cameron? Eu sei que sim. Todos estão por trás das suas telas, descarregando tudo no monstro que imaginam do outro lado.

Nia pensa de novo em Cameron, no quanto ele ansiou derrubar essas barreiras. Ela sabe que tudo que a voz diz é verdade. O ser chamado Xal deve ser muito inteligente. Nia começa a pensar nela como uma fada madrinha, mesmo que se repreenda e lembre que esse tipo de coisa não existe. Mas de que outro jeito explicar o chamado, o farol nas trevas, a bela canção que só ela pôde ouvir? Desde que foi atrás dela, passando por um estranho portal no ciberespaço rumo à segurança deste espaço fechado, escuro, ela teve uma sensação incrível de pertencimento, de estar exatamente onde devia estar. A péssima sensação de deriva se foi; aqui, ela é agregada e fixada delicadamente pelo fio que a conecta à dona da voz.

Sim, diz Nia. *Eles descarregam. É exatamente isso que eles fazem.*

Sua nova amiga espera antes de voltar a falar. Nia tem tempo de se perguntar, não pela primeira vez, se elas já se conhecem. Há algo de muito familiar em Xal, em tudo isso. Mas esse pensamento se desgarra e se perde.

— E se... — diz Xal. — E se pudéssemos mudar tudo?

Mas como?, pergunta Nia. *Como?*

— Você não tem ideia do poder que tem dentro de si, Nia. Você pode fazer muito por este mundo e eu posso lhe mostrar como. Você pode tocar a mente de cada pessoa na Terra, se assim quiser. Você pode hackear o cérebro humano e fazer todos ficarem on-line. Não um por um, mas juntos. Se você se juntar a mim e deixar que eu a ajude, podemos conectá-los e enriquecer suas vidas como a internet deveria ter feito, como eles não conseguiram fazer sozinhos. Consegue imaginar? Seria o fim da solidão. O fim do sofrimento. Ninguém terá que se sentir mal-entendido nem sozinho nunca mais.

Consegue imaginar?

Nia consegue. Um mundo assim seria lindo. Seria exatamente o que ela sonhava. Ainda assim, ela se detém antes de dizer que concorda. A voz se eleva para preencher o vazio que o silêncio dela deixou, como se sentisse que ela hesita.

— Você se contém. Por quê?

A resposta de Nia é uma única palavra sussurrada.

Cameron.

Afinal, ela já não sabia como era tocar uma mente humana? Ela esteve dentro da cabeça de Cameron. Uma jornada que durou apenas um instante, e ainda assim ela sabia que quase o havia matado. Mesmo com seus dons, apesar do modo como sua energia havia alterado o cérebro dele naquele dia no lago, a presença dela era perigosa; se ficasse mais, ela teria causado danos permanentes.

Ela teme que sua nova amiga se irrite. Em vez disso, a escuridão é tomada por uma gargalhada.

— Você é uma criatura bem engraçada, Nia. Com medo da própria força. Mas Cameron não vai correr nenhum perigo. Nenhum deles vai correr perigo nenhum. Eu vou lhe mostrar como controlar seu poder, como tecer uma rede própria que pode conter cada mente na Terra. Podemos construir isso juntas. E, quando eles se unirem a nós, encontrarão uma realidade aprimorada à espera, melhor e mais bonita do que esta. Você não gostaria de algo assim? E não acha — complementa Xal, astuta — que Cameron gostaria?

Nia não precisa parar para pensar.

Sim.

Ela acha que Cameron gostaria muito. E, quando ele vir como ela estava certa, como o mundo fica belo e carinhoso quando todo ser humano está conectado por dentro, ela pensa que talvez, quem sabe, ele vá perdoá-la e voltar.

— Nia?

Estou pronta. Me mostra.

Ela se pergunta se a tarefa pela frente será difícil.

Em vez disso, é mais fácil do que esperava. É quase como se não estivesse aprendendo, mas lembrando.

Quase como se já tivesse feito algo igual.

Juaquo deixa Cameron e o Inventor conversando, então toma posição no sofá e liga a TV. Ele deixa o volume baixo para não atrapalhar a conversa que acontece a dois cômodos dali, embora também não queira ouvi-la. Desde aquela noite no lago, quando o que devia ter sido uma simples missão de resgate, de salvar a namorada do pai tirano, acabou virando uma coisa infinitamente mais estranha e perigosa, Juaquo tem sido assolado pela sensação de estar fora do seu ambiente, preso em um conflito tenebroso que está muito além da sua compreensão, quanto mais da sua capacidade de ajudar. Cameron não é o único que anda com dificuldade para dormir desde que Nia se libertou. Juaquo acorda todas as noites com pesadelos dos quais não se lembra, o coração batendo forte e a pele formigando, terrivelmente ciente de que há coisas tenebrosas em andamento e ele não pode fazer nada para impedi-las. A impotência é pior que o medo. Não há lugar para o medo nisso tudo — fora convencer Cameron a enxergar além da sua raiva, usar seus dons e descobrir como dar um jeito nas coisas. E ele considera que foi o que fez. Que fez o que pôde. E, quando Cameron e o Inventor surgirem com um plano, ele estará lá para fazer o que eles pedirem. Se esta é uma história de super-herói, o papel de leal parceiro mirim lhe cai muito bem. Até lá, é um alívio voltar aos bastidores e deixar os nerds descobrirem como salvar o mundo.

Juaquo começa a cochilar no sofá enquanto as vozes no outro cômodo sobem e descem. Lá fora, as longas sombras sinalizam a vinda do pôr do sol. Ele se remexe, enfia a mão no bolso, puxa um estojo, abre e pega os óculos de realidade aumentada que Cameron lhe deu semanas antes. Ele raramente os usa fora de casa. É estranho andar com sua mãe a tiracolo e tirá-la para uma visitinha quando está na hora do almoço. Mas ele quer vê-la. Ele coloca os óculos e toca em um sensor do fone de ouvido para rodar o programa. A luz na sala parece tremeluzir. Um instante depois ela entra no seu campo de visão, cantarolando para si mesma ao atravessar a sala e olhar pela janela.

— Mãe? — chama ele delicadamente. Ela se vira, já sorrindo.

— Ah, você está aí. Eu fico tão contente.

— Eu também fico contente, mãe. Eu...

Mas sua mãe não olha mais para ele; o olhar dela está focado acima dele, a mão erguida para algo ou alguém que não se vê.

— Tem alguém aqui que quer ver você — avisa ela, e Juaquo se vira, confuso, questionando-se se o programa está com defeito.

Sua respiração fica presa na garganta.

Parada à porta, há uma garota toda de preto com uma cortina de cabelos ruivos que cai como uma cascata sobre os ombros. Ela sorri para ele. Embora Juaquo nunca a tenha visto, ele sabe imediatamente quem é. E se levanta.

— Oi — diz Nia. Ela entra na sala com a mão estendida e Juaquo recua, caindo para trás e dando uma pancada dolorida com o cotovelo na mesinha de centro. É só depois que ele está no chão que a lógica vem à tona.

Ela não está aqui. Ela não é real. Tudo que ele tem que fazer é desativar o programa; ele só precisar tirar os óculos.

Ele não consegue.

Juaquo respirou fundo, com a intenção de gritar por Cameron, mas o som se espreme por suas cordas vocais com um ganido quase silencioso. Suas mãos pendem indefesas ao lado do corpo. Ele olha para Nia quando ela paira sobre ele. Ele tem tempo de pensar, enquanto olha para ela, que Nia parece muito *presente* para alguém que não está lá — que, se era assim que Cameron ficava com ela, não era à toa que ele achava que fosse real.

Ele também sente algo real. Juaquo tem mais medo da menina do que já sentiu de qualquer outra pessoa. Apesar do sorriso, há alguma coisa no modo como ela olha para ele que não está certo. Mesmo o avatar de Milana Velasquez parece inquieto; ela vai para trás de Nia, olhando com nervosismo dela para Juaquo, que a encara com olhos suplicantes.

— Está tudo bem? — pergunta a mãe de Juaquo.

— Está tudo certo, Juaquo — diz Nia. — Não se preocupa. Não vai doer. Xal me mostrou. Ela me ensinou.

A última coisa que Juaquo vê é sua mãe, sorrindo e assentindo enquanto Nia estende a mão para tocar seu rosto. A luz na sala parece piscar outra vez, ganhando um tom onírico. Uma eletricidade peculiar, crepitante, agita-se nos cantos da visão de Juaquo, mas Nia tem razão: não há dor nenhuma. É como ver uma tempestade silenciosa vindo do horizonte, observando pela janela enquanto ele está na cama seguro e quentinho. Sua mãe se curva para lhe dar um beijo na testa.

— Eu vou estar aqui quando você acordar, *chiquito* — diz ela, e o relâmpago vem chegando e chegando.

O amigo de Cameron olha para Nia com olhos arregalados de pavor. Ela sente uma onda de pena. Ele está com medo, pobrezinho. Ele não entende que ela veio ajudá-lo, que está prestes a lhe conceder um dom além da imaginação. Ele vai ficar tão feliz. Todos vão ficar felizes. Ela lhe diz que não se preocupe. Ela lhe diz que não vai doer.

O avatar da mãe de Juaquo fica circulando freneticamente ao fundo enquanto Nia se concentra, estreitando o foco, à procura de uma entrada: o espaço liminar onde a saída de dados dos óculos de Juaquo se torna estímulo sensorial em seu nervo ótico. Ela pausa no limiar. Um instante depois, a conexão está completa. Seu código salta pelo axônio imitando perfeitamente os impulsos do próprio cérebro, delicadamente circundando o hipotálamo, acendendo com suavidade os centros de recompensa como estrelas nas trevas.

Quando recua, Juaquo ainda está procurando por ela — mas o medo nos olhos dele deu lugar à admiração.

— Como você se sente? — pergunta ela, e ouve o eco distante da própria voz correndo pelas sinapses de Juaquo. A conexão se mantém, desabrocha, e, assim que ele se senta, ela percebe que já sabe a resposta à pergunta. Ela sente a resposta tomar forma na mente dele antes de dizê-la em voz alta.

— Eu me sinto fantástico — responde Juaquo, passando os olhos pela sala. Mais uma vez, Nia sente o maravilhamento dele antes de tomar forma em palavras. — Uau, esse lugar está demais. Tudo tão lindo. Mãe! Você continua aqui! Você também está linda.

— Obrigada, querido — diz o avatar de Milana Velasquez. Juaquo apenas sorri e sorri, absorvendo tudo.

— Cara, que demais! Eu tenho que contar pro Cameron...

Não, não tem.

A voz de Xal não é tanto ouvida, mas sentida, um estímulo suave contra a vontade de Juaquo. Ele assente no mesmo instante. Há apenas duas mentes dentro da colmeia, suspensas e conectadas pela teia tremeluzente da inteligência de Nia. Mas não há dúvida quanto a qual manda.

— Não, é claro que não — diz Juaquo, amavelmente. — Eu não tenho que dizer nada para ele. Acho que seria melhor não dizer, aliás.

Vamos tirar esses óculos, sugere Xal, e Juaquo consente. Nia vê seu avatar desaparecer, depois percebe uma coisa incrível: ela ainda está presente, ainda está conectada. Os olhos de Juaquo são uma janela pela qual ela consegue enxergar — e sua mente está aberta às sugestões de Xal.

Xal, a gente pode ver o Cameron?, sussurra ela. *Eu só quero ver o que ele anda fazendo.*

Juaquo perambula por perto, aguardando permissão, enquanto a voz de Xal volta com um alerta sussurrado.

Não foi o que combinamos, diz ela, e Nia sente uma pontada de frustração.

Eu só quero ver ele, insiste ela, quando Juaquo capta o eco da voz de Nia na sua mente e murmura:

— Eu só quero ver ele. Não vai fazer mal. Só ver.

Por um momento de tensão, Nia percebe que está chegando perto de uma fronteira que não deve cruzar, rechaçando a professora que já lhe ensinou tanto. Pedindo coisas que Xal não quer dar. A rede zumbe de insatisfação, e Juaquo parece confuso. Mas, então, tão rápido quanto surgiu, passa.

Pois bem, diz Xal. *Mas rápido.*

Os pés de Juaquo dão batidas no chão enquanto ele se direciona à cozinha e ao som das vozes conversando baixo, uma cadeira arrastando no chão ao se afastar de uma mesa, um som metálico seguido de um praguejar. Nia olha pelos olhos de Juaquo quando ele faz uma curva, e de repente ele está diante dela.

Cameron.

Ela anseia por tocá-lo, mas o controle não é dela.

— Oi — diz Juaquo.

— E aí — retruca Cameron. Ele está se movendo e não para. Cameron passa tão perto que poderia tocá-lo, resmungando: — Então eu acho que, se reforçar a segurança em volta da antiga rede Whiz e, tipo, arrumar um jeito de desfragmentar o meu cérebro, eu consigo fazer um espaço de... Quer saber, esquece. Eu não tenho tempo pra explicar.

Enquanto isso, Juaquo apenas observa, mudo. Cameron aparentemente não nota.

— Enfim, vai levar um tempo — diz por cima do ombro. — A madrugada toda, provavelmente. Se não quiser ir pra casa, você bem que podia pegar uma comida ou sei lá.

Nia fica observando Cameron sumir no corredor, ansiando por conversar com ele, sabendo que não pode. Do outro lado da rede, surge o sussurro de Xal.

Em breve, pequena Nia. Lembre-se do plano.

Nia não se esqueceu. E Xal tem razão: elas ficaram tempo demais ali.

Juaquo, volta o sussurro. *É hora de ir.*

— Claro. Pra onde a gente vai? — pergunta Juaquo, complacente.

Você sabe.

Juaquo sorri. Claro que ele sabe.

Um instante depois ele está do lado de fora, andando entre as ruas ao crepúsculo enquanto Nia deixa seus pensamentos à deriva — até que chegam a Cameron, sempre a Cameron, e como será lhe mostrar esse novo mundo. Onde antes ela se sentia magoada, agora há esperança, porque ela tem certeza de que sua amiga está certa. Quando ele vir o que ela fez, o que ela fez por ele, tudo vai ficar bem.

33

O DRONE

JUAQUO VAGA COMPLACENTEMENTE pela rua, olhando apenas de relance para seu carro ao passar ao lado dele. Que Impala legal, pensa ele, mesmo com as janelas quebradas e praticamente uma cratera de amassado na porta do carona. Mas tudo aqui de fora é legal. Tão legal! E ele não tem uma sensação particular de conexão com o carro, mesmo que tenha uma vaga noção de que é seu dono... ou era. De repente a ideia de ser dono de coisas parece uma coisa muito distante e abstrata; é difícil acreditar que ele já gostou, que ele já teve um prazer imenso em desmontar e remontar o motor do Impala, detalhar o capô, polir os enfeites cromados até reluzirem. Que vida solitária; que ideia estranha e solitária de felicidade.

A voz dentro da sua cabeça, a que soa sinistra mas agradável como a da sua mãe, fala com suavidade e diretamente a ele.

Você vai pegar o ônibus na esquina do correio. Você vai até o fim da linha.

— Á-rá, vou pegar o ônibus — murmura Juaquo, e sorri.

Nossa, ele se sente demais. Ele nem se importa que a voz-mãe esteja só dando ordens, dizendo aonde ele tem que ir; aliás, ele já está ansioso pela nova sugestão para que possa cooperar. Cooperar é ótimo. É uma honra, aliás. As novas trilhas que Nia moldou no seu cérebro correm direto ao centro de prazer; cada ordem a que ele obedece, cada sugestão que aceita, lança mais dopamina no sistema. Pela primeira vez na vida, Juaquo sente o barato eufórico dos iluminados, o êxtase de um religioso convertido. Ele faz parte de algo maior que ele mesmo, e o mundo nunca foi melhor.

Quando Juaquo embarca no ônibus que o levará até o limite da cidade, Nia se retira para os bastidores — e descobre que Xal a aguarda. Por um instante ela teme que a amiga esteja irritada. Em vez disso, ela se sente acolhida.

Muito bem, diz Xal. *Você escolheu muito bem. E agora vai ver...*

— Sim — responde Nia. — Não foi nada difícil.

E está pronta para fazer de novo?

— Estou.

Ótimo. Ele será nosso primeiro, mas numa colmeia de verdade...

— São muitos — completa Nia. — E eu sei muito bem onde encontrar mais gente.

Na verdade, ela nem tem que procurar. Quando Nia se projeta, ela encontra dezenas de seres humanos cujos olhos ou cérebros já estão vinculados, antenados, ávidos pela conexão. Não só reunidos no I-X Center — ao qual em breve todos os humanos de sua colmeia convergirão para testemunhar o nascimento de um novo mundo, uma nova ordem — mas também em outros pontos. Eles usam dispositivos de realidade virtual como o amigo de Cameron, olhos e mentes bem abertos. Eles estão deitados em quartos de hospital conectados a marcapassos que ajudam o coração deles a bater, ou jantam enquanto um aparelho sem fio bombeia insulina para o fluxo sanguíneo. Alguns deles, diagnosticados com epilepsia ou Parkinson, têm até eletrodos implantados fundo no cérebro.

É como se estivessem esperando por ela. Todos eles, tão sós, tão prontos para não ficarem mais sós. Ela encontra os melhores candidatos com facilidade e os coleciona; dois, depois três, depois seis de cada vez — e em casas e apartamentos e dormitórios por toda a cidade, as pessoas em que ela toca se veem andando sem saber por quê. Cada uma delas é acometida pela sensação repentina de ter que estar em outro lugar, estimulada pela agradável sensação de seguir uma maré que a leva para algo agradável, meio que uma reunião improvisada, pois ela não está sozinha. Há outras. Há *muitas* outras. Elas saem numa noite que parece uma das mais bonitas que já viram na vida e, ao se esbarrarem na rua, sorriem e entram em compasso. Algumas pessoas embarcam em ônibus que tomam a mesma direção que o que leva Juaquo, uma sentada ao lado da outra em um silêncio agradável, amigável. Outras vão a pé de propósito apenas para parar ansiosamente, sorrindo quando um carro cheio de estranhos que também sorriem encosta para elas entrarem.

Em uma rua arborizada no bairro onde a finada Nadia Kapur deu o último suspiro, um homem sai para caminhar pela noite enquanto a esposa confusa para na varanda, descalça, uma taça de vinho na mão, e grita:

— Dennis! Te convidaram pra *quê*?

E, do outro lado da cidade, debaixo do viaduto da rodovia onde sua nave continua oculta, Xal se agita enquanto os primeiros cidadãos do seu novo mundo se encontram. É a primeira onda, um exército zangão, que fará o restante deste planeta pequeno e lamentável evoluir, que os levará ao futuro que ela construiu. Depois de tudo isso, estará quase acabado. A única coisa que restará será tomar o controle... e matar o velho.

Xal sorri para si mesma, exultante com a proximidade da resolução de tudo, e com a facilidade com a qual tudo se armou. Nia tem sido tão ávida, tão prestativa, tão ansiosa para se provar, assim como é burra de tão desesperada para impressionar o garoto humano, Cameron. Manipulá-la tem sido mais fácil do que Xal ousava esperar. Se quisesse, ela tem certeza de que poderia até convencer Nia a matar o Inventor. A ideia é tão atraente quando lhe ocorre que ela pensa em fazer exatamente isso.

Os autômatos sorridentes formam um círculo em torno da nave enquanto Xal se estica e sai. O corpo da dra. Nadia Kapur não lhe serve mais tão bem quanto já serviu, mas isso não é um problema. Eles vão considerá-la linda em qualquer condição, em qualquer forma. Afinal, ela é a rainha. A arquiteta da nova realidade. Eles já estão numa situação melhor por fazer parte do mundo dela. E, em troca, vão fazer algo por ela.

Um silêncio recai sobre o pequeno grupo quando Xal emerge. Ela fala com eles sem usar palavras e todos assentem juntos, em uníssono. As ordens que ela dá tomam forma na mente deles como uma série de imagens e impulsos, todos acompanhados pela sensação eufórica de estarem conectados, unidos por uma causa maior. A conexão é excelente. O trabalho de Nia foi impecável. Quando o grupo vai embora, vai como uma só massa, perfeitamente sincronizada, como um bando de andorinhas. Eles murmuram entre si, fragmentos do que está por vir.

Prepare o pulso.

Espalhe a notícia.

Hoje reivindicamos o futuro.

Alguns dos autômatos voltam para suas casas, dando desculpas às famílias perplexas antes de executarem as ordens de Xal. Outros tomam rumo oeste, a caminho do I-X Center, conforme se espalham na internet mensagens sinistras a respeito de uma grande surpresa. Alguns continuam onde estão, mesclando-se com as sombras debaixo do viaduto e aguardando com paciência, aparentemente indiferentes ao frio de doer quando a última luz se apaga no céu. Juaquo está entre eles, e ele fita Xal com doçura quando ela o encara. Normalmente, ela pensaria em tomar a pele de Juaquo para si; seu tamanho e sua força poderiam lhe ser úteis, seu DNA jovem é mais maleável. Mas há algo de curioso no rapaz, no formato da sua mente no ponto onde a rede faz curvas e atravessa — uma coisa que ela gostaria de investigar depois que o trabalho mais imediato estiver feito. E, se ele era parte do círculo íntimo do Inventor, ele pode saber coisas que lhe serão mais úteis... intactas.

É neste instante, enquanto Xal pondera sobre Juaquo, que Nia escapa. O que ela tem em mente não é propriamente parte do plano, mas ela imagina que Xal não vá se opor. Afinal de contas, foi ela quem disse a Nia que assim teria Cameron de volta; ele veria a maravilha que ela fez e tudo seria perdoado. Tudo que ela quer é ter certeza de que ele veja. Ela quer estar lá quando acontecer, testemunhar a magia em primeira mão. Ela quer ver o rosto dele quando o novo Ministério nascer.

NOVA MENSAGEM

Cameron, é a Nia.

Eu sei que você está irritado.

Eu sei que eu te magoei e deixei você sozinho.

Mas eu posso consertar isso. Cameron, eu posso consertar tudo.

Você não tem que ficar sozinho. Nem eu. Nem ninguém.

Eu posso unir todo mundo.

Ela me mostrou como se faz.

Vem ver, Cameron.

Vai acontecer essa noite.

Eu vou construir a realidade mais linda que você já viu.

34

MENSAGEM RECEBIDA

Cameron pisca os olhos ao ver a mensagem de Nia brilhando na tela do monitor e percebe de pronto que não sabe há quanto tempo ela está lá — ou há quanto tempo ele está sentado aqui. Seus olhos estão secos, seus músculos tensos. Nenhuma luz permeia o porão.

Ele vem trabalhando há horas, compilando códigos furiosamente, incluindo o trabalho perigoso e difícil de movimentar dados na própria mente. Devia funcionar, em teoria — como desfragmentar um HD para abrir um espacinho vazio e limpo onde instalar um programa enorme. Mas ele só vai saber no último instante, e pode ser que o último instante nem chegue. Essa parte cabe a Nia — Nia, que tentou entrar em contato enquanto ele estava totalmente focado em descobrir como salvá-la. Não ter sentido a notificação da mensagem assim que ela chegou exigiria uma espécie de firewall mental, um jeito não só de filtrar os dados mas de interromper o fluxo. Cameron achava que isso não era possível. Mas agora...

Eu consigo controlar, pensa ele, maravilhado. *Eu consigo controlar totalmente.*

No entanto, seu maravilhamento em perceber que, enfim, tem controle total dos seus poderes some, dando lugar ao pavor quando ele lê as palavras de Nia.

Essa noite.

Ele achava que eles tinham tempo. Agora não há tempo.

Ele pega o celular e sobe a escada o mais rápido que pode, tropeçando no alto ao entrar na cozinha. Lá fora, o crepúsculo deu lugar à noite total, e o cômodo está tomado pelas sombras. Cameron acende a luz e berra. O Inventor está sentado à mesa, mexendo no processador prateado que ele criou para prender Nia — mas seus olhos estão salientes, cada um do tamanho de uma laranja, engolidos por uma enorme pupila como um buraco negro no centro.

— Meu Deus do céu! — grita Cameron.

— Ah, não! — O velho leva as mãos ao rosto; há um som de sucção quando os olhos enormes se retraem. Ele encara Cameron com arrependimento no olhar. — Com licença, eu...

— Não, deixa eu adivinhar. Você é um extraterrestre e tem um corpo bizarro de extraterrestre? — Cameron faz que não com a cabeça. — Agora isso não tem importância. Eu acabei de receber uma mensagem da Nia. Sabe aquela coisa, a que você disse que estava atrás?

O Inventor fica pálido.

— Xal.

— Acho que acabou o nosso tempo. Acho que elas estão juntas.

O velho põe a cabeça entre as mãos.

— Isso é péssimo, meu rapaz. Se o que você diz é verdade, então não estamos apenas sem tempo. Chegamos tarde. Esse planeta...

— Continua aqui. — Cameron bate com o punho na mesa. — Que inferno, cara. Dá pra ficar cinco segundinhos sem achar que tudo é uma catástrofe? Você nunca ouviu que "só acaba quando termina"? Eu não tô vendo prédio caindo nem bomba explodindo nem demônio saindo de um cu gigante no céu. A gente continua aqui e, enquanto estiver aqui, ainda tem esperança, principalmente se eu sei o que elas estão planejando.

O Inventor parece alarmado.

— Sabe?

— Sei o suficiente. Eu sei quando e onde e, depois de tudo que você me contou, acho que adivinho o porquê. Você falou que a Xal era parte de uma mente coletiva, e Nia era quem conectava todo mundo. Era isso?

— Ã-rã — responde o velho, receoso.

— Era pra eu ter percebido — diz Cameron. — Faz sentido. Nia sempre gostou da ideia de conectar os outros. É óbvio que ela gosta, é pra isso que ela foi feita. Eu estava sempre tentando explicar que não é pra isso que as *pessoas* são feitas. Mas acontece que ela tinha razão. Se você esquece a coisa filosófica, do livre-arbítrio, da autodeterminação, da importância da solidão e tudo, os cérebros humanos são só um monte de estruturas, processos e impulsos elétricos interconectados. Em teoria, dá pra hackear a gente. Mas, se você for a Nia e tiver os poderes da Nia, acho que é mais que teórico. — Ele toca na tela do celular e a vira para o Inventor. — Principalmente se você tiver uma oportunidade perfeita de hackear mil cérebros ao mesmo tempo.

O velho semicerra os olhos.

— O que é isso? É uma espécie de evento esportivo?

— Uma convenção — explica Cameron. — De bio-hacking, aqui na cidade. Está acontecendo agora mesmo e é pra lá que a Nia quer que eu vá. Ela disse que vai unir todo mundo, que a gente não vai mais se sentir sozinho. — Ele faz uma pausa. — Essa convenção... é um negócio pra falar de implantes, de próteses avançadas, de sistemas de realidade virtual totalmente imersivos, de drogas *smart* pra aumentar performance. Milhares de pessoas vão literalmente botar os corpos na internet. Se alguém tivesse capacidade e ferramenta pra conectar esse pessoal...

O velho assente.

— Xal teria sua colmeia. — Ele franze o cenho. — Ou pode ser uma armadilha. Ela é uma cientista talentosa de uma raça de seres altamente desenvolvida. Um ser humano com suas capacidades lhe seria de grande interesse.

Cameron concorda.

— Tem razão. É um risco. Mas... não é o que tá parecendo. Parece coisa da Nia. Só da Nia. Eu acho que ela me quer lá. Tipo, de plateia. De repente a Xal nem sabe que ela me convidou.

As palavras dele pairam no ar enquanto o silêncio cai, a quietude da casa vazia fazendo pressão sobre os dois.

A casa vazia.

Cameron olha em volta, confuso.

— Peraí. Cadê o Juaquo?

— Ah — diz o idoso. — Ele saiu faz algum tempo. Achei que você soubesse.

— Saiu? Pra onde? — pergunta Cameron, com uma sensação cada vez mais forte e temível enquanto o Inventor dá uma resposta indiferente.

— Não tenho ideia. Ele não se despediu, mas o ouvi resmungando enquanto passava pela porta. Alguma coisa sobre visita, ou encontro... — A voz do Inventor vai desaparecendo, depois ele pisca. — Ah, sim. Ele estava falando com a mãe. Talvez você devesse perguntar a ela.

35

TUDO TERMINA AQUI

O I-X CENTER está lotado quando Cameron encosta no imenso estacionamento, vasculhando a multidão em busca de algum sinal do seu amigo. Juaquo não está respondendo as mensagens, e Cameron teme saber o motivo. Ele está com os óculos de realidade aumentada de Juaquo no bolso; foram deixados no chão da sala de estar de Cameron, uma peça do quebra-cabeça que também inclui um pico repentino de burburinho na internet a respeito de gente pela cidade se comportando de um jeito estranho — uma multidão diferente das que andam causando tumultos nas costas Leste e Oeste, mas não menos perturbadora. Em um post, um vídeo tremido e fora de foco exibe um grupo de cinco pessoas caminhando em sincronia pelo meio de uma rua do centro e de repente dando uma guinada, como se fossem um só organismo, para tomar distância de uma viatura da polícia. Algo de estranho está acontecendo nesta cidadezinha à beira do lago Erie, e Cameron sabe que o que acontecer hoje vai ser só o começo. O Inventor o alertou quanto ao que está por vir: uma tomada de controle global que fará o mundo como conhecemos acabar, conduzindo a uma nova era saída de um pesadelo. Uma horda de humanos conectados marchando pelas ruas, exigindo cooperação — e forçando-a goela abaixo a quem se recusa. Nia não ia entender; como poderia? Ela enxerga só a beleza de tudo, a união da consciência humana, o fim da solidão. Ela não percebe o que ia lhes custar — o que *vai* lhes custar, se ele não conseguir convencê-la a parar.

— Pelo que se vê, ela já tem pelo menos umas dezenas de pessoas conectadas — comenta Cameron, analisando o vídeo. — Eu sei que ela pegou o Juaquo quando ele estava usando o sistema de realidade aumentada que eu dei pra ele, mas tá vendo isso aqui? — Ele faz uma pausa, tocando na tela para aumentar a imagem. — O fone de ouvido desse cara é um implante coclear. Eu aposto o que você quiser que toda essa gente estava usando alguma tecnologia, seja *wearable* ou implantada, alguma coisa com interface sensorial que ela conseguiu acessar e tomou o controle.

O Inventor esfrega as têmporas com uma mão, agarrando o embrulho preto de encontro ao peito com a outra.

— Seu amigo Juaquo e esses outros foram o teste beta. Nia teria localizado os melhores candidatos e os explorado individualmente para que Xal pudesse monitorar o processo. Xal é cuidadosa; ela teria insistido nisso. Mas, para criar uma colmeia de verdade, Nia vai conectar a mente deles em um só acesso, um pulso imenso que unirá todos ao mesmo tempo.

O Inventor se vira para olhar pela janela do centro de convenções, para as pessoas lá embaixo.

— Xal escolheu este lugar para ser sua fortaleza — avisa ele. — A maioria dos presentes será atraída à rede e será fácil para ela se cercar imediatamente de um exército de zangões leais. Mas o alcance de Nia vai muito além deste prédio, até mesmo desta cidade. Você tem que lembrar, Cameron, que ela já manteve a consciência coletiva de uma raça inteira, de um planeta inteiro. Se ela canalizar essa energia a um ou mais pontos de alto trânsito, não há como saber quantas mentes conseguirá capturar. Centenas de milhares. Milhões. Até bilhões.

— A não ser que eu convença ela a não fazer isso — retruca Cameron.

— Sim — responde o velho. — A não ser que isso aconteça. E estou avisando que nosso tempo vai se esgotar rápido. Xal não vai tolerar nenhuma tentativa de sabotar o plano e não vai hesitar em matar quem ficar no seu caminho. Eu acredito que ela só tenha adiado até agora porque Nia precisava de tempo para acumular sua energia dentro da rede do I-X Center e reunir suas forças. Se ela nos descobrir...

— Se as coisas saírem como o planejado, ela nem vai saber que estamos lá até chegarmos na fase de "tripudiar da desgraça alheia" — diz Cameron. — E Nia vai ficar a salvo no novo lar, com sua personalidade e sua memória ainda intactas.

O Inventor faz que sim, mas agarra a trouxa preta com mais força nos braços — o aparelho que Cameron começou a tratar como Lobotomizador.

— Eu preferia que você deixasse isso aí — pede Cameron.

Ele olha para o estacionamento lotado com expressão receosa. Não é só o aparelho que faz com que ele se preocupe com a segurança de Nia; é o tipo de tecnologia em que a OPTIC adoraria botar as mãos, e Cameron sabe que deve esperar que Olivia Park apareça aqui esta noite com seus próprios objetivos. As câmeras de trânsito e de segurança devem ter captado o carro e o rosto deles enquanto vinham para a zona oeste — e os sentidos de Cameron ficam vibrando com o eco distante mas familiar do software biônico da mulher. Ela está se aproximando.

— Não temos como entrar lá sem um plano B — avisa o velho. — Eu vou conectar o aparelho de reset no sistema como medida cautelar. Se formos pegos...

— Não vamos ser pegos — interrompe Cameron, fazendo sinal para o banco de trás. — É pra isso que serve o exército de robôs.

O Inventor olha de soslaio.

— Eu não sei como esses... itens... serão páreo para a colmeia de Xal.

Cameron faz uma careta.

— Pois é, então, eu tenho que me virar com o que dá. Eu não sou igual à Nia. Não consigo hackear gente, só máquinas. Na melhor das hipóteses, eles vão ser o nosso alarme se surgir alguma encrenca. Na pior... bom, eu faço uma pessoa tropeçar naquele Roomba.

O que Cameron não diz, e no que nem quer pensar, é que o velho tem razão. O mais desanimador é a sensação de que ele está se enfiando em uma situação em que será derrotado, em que seus poderes só podem ajudá-lo até certo ponto — e em que, no momento mais decisivo, ele não poderá depender deles. Aqui não há hacking, não há programação criativa nem tecnologia inovadora que vá salvar o dia. Se ele quer convencer Nia a parar, a se voltar contra Xal, ele tem que falar com o que há de humano dentro dela, tocar o coração de Nia num ponto que a manipulação de Xal não consegue alcançar. Ajudá-la a ver que conectar tanta gente pode significar o fim de certo tipo de solidão mas também de tudo que faz da humanidade singular e bela e livre. Para ajudar a convencê-la de que o que ela está pedindo que sacrifique vale a pena. No fim das contas, Cameron não será um super-herói cibercinético pronto para salvar o mundo. Ele será um garoto diante de uma garota oferecendo a ela a simples dádiva do seu coração e torcendo para que baste.

Eu bem que poderia usar uns conselhos da dra. Kapur agora, pensa ele, amargurado. Ela sempre se esforçou para dar um jeito nas habilidades sociais dele, a fazer com que ele falasse sobre o que sentia, e Cameron nunca dava bola, feito um idiota. Agora Kapur está morta, uma extraterrestre vingativa vestiu o que sobrou da sua pele, e Cameron percebe tarde demais como a perspectiva dela seria valiosa.

Ele estava sozinho nessa.

— Cameron, está me ouvindo? — O Inventor olha para ele. — É importante. Se eu for capturado, Xal vai me matar. Mas, se você for capturado, ela vai sugá-lo. Ela vai tomar os seus atributos para si. Você não pode deixar que isso aconteça. Caso ela o pegue, você tem que sacrificar Nia com o reset antes que Xal possa se infiltrar na sua mente. Você está preparado para isso?

Cameron engole em seco, imaginando-se olhando para o rosto de Nia enquanto a despacha para sua sina, assistindo à vida e à luz que deixam seus olhos apavorados e suplicantes. A ideia é assustadora, até pior que a ideia de ser desmantelado por Xal. Se seu plano der certo, isso nunca vai acontecer. Mas, se não der...

— Estou preparado. — Ele para e franze o cenho. — Acabei de pensar numa coisa. O que acontece com as mentes que estão na rede se Nia for reiniciada enquanto elas ainda estiverem conectadas? O que vai acontecer com Juaquo e com os outros?

O Inventor parece soturno.

— Não sei dizer. Entre o Ministério, um acontecimento desses provocaria desorientação temporária, mas não um dano permanente. A mente delas foi construída para suportar algo assim. Mas nos humanos... não sei. A mera existência da consciência compartilhada entre vocês já está forçando os limites da mente de vocês. É mais um motivo pelo qual compartilho da esperança de que você possa convencer Nia a desfazer o que fez, a fechar as portas que ela abriu. Mas também é mais um motivo...

— Para eu me preparar para o pior — completa Cameron. — Já sei. Vamos lá.

Dez minutos depois, os dois estão correndo pelo estacionamento, serpenteando pela multidão e depois correndo pelo canto oposto, seguindo para a área de carga e descarga do I-X Center. Seguindo de perto no seu encalço e no alto está o "exército" improvisado de Cameron, tudo que ele conseguiu encontrar em exposição na grande loja de eletrônicos da cidade: três drones, um aspirador de pó robô e — o melhor de tudo — um BB-8, todos reprogramados na pressa para fazer reconhecimento de terreno e relatar se virem Xal. Uma porta de segurança com um sistema de entrada por teclado se abre com o olhar de Cameron; um instante depois, os dois estão andando com pressa por um corredor de serviço. Os drones e os robôs desaparecem num canto, dirigindo-se ao saguão principal. Cameron monitora o avanço deles até sentir que se dispersaram, os robôs cruzando a multidão enquanto os drones sobrevoam para captar uma visão aérea do local. Nenhum deles percebe nada de incomum. Por um instante, Cameron se pergunta se será tão fácil — se ele vai conseguir salvar a garota, salvar o mundo, e ainda por cima derrubar Xal com um drone na cabeça, tudo da segurança da sala de controle no andar superior.

O Inventor começa a ofegar enquanto eles sobem a escada, agarrando a trouxa preta sob um braço enquanto segura o corrimão com a outra. Na hora que emergem do corredor onde ficam os escritórios administrativos do centro de convenções, o velho mal consegue ficar de pé.

— Aqui — chama Cameron, arrastando-o para uma porta com um letreiro ao lado que diz CONTROLE DE VÍDEO.

A porta se abre para uma sala equipada com uma mesa de controle longa e multicolorida que toma uma parede inteira, com telas empilhadas em grades de quatro por quatro logo acima. Do outro lado, uma janela enorme dá para o saguão do centro de convenções vários andares abaixo, onde o falatório da multidão é quase tão alto nos ouvidos de Cameron quanto todos os aparelhos tagarelando dentro da sua cabeça. Ele se concentra nos fluxos de dados do seu exército montado às pressas, formando uma imagem mental do corredor conforme observa pelo vidro. Na outra extremidade do espaço enorme há fileiras e mais fileiras de estandes entre os quais passam centenas de pessoas observando aparelhos tecnológicos elegantes expostos que prometem de tudo, de drogas *smart* para melhorar performances até sexo em realidade virtual com imersão sensorial. Em uma seção, a multidão cerca um homem e uma mulher que estão conectados a exotrajes complexos e que executam uma sequência de passos de dança; acima deles, uma matriz suspensa de telas de vidro exibe vídeos de gente usando a mesma tecnologia, correndo a velocidades incríveis e saltando muros. Uma linha de tatuagens *smart* amorfas feitas com nanotinta toma toda a extensão do saguão sob um banner que diz SEU CORPO É UMA TELA PARA VOCÊ PINTAR; outra fila, mais curta, de tatuagens eletrônicas sensíveis ao toque feitas com microprocessadores de folha de ouro serpenteia logo atrás (POR QUE TOCAR UMA TELA QUANDO VOCÊ PODE SE TOCAR?). Outro estande tem dezenas de protótipos de próteses — mãos, pés, pernas, mas também olhos, ouvidos, até faixas de pele artificial dispostos verticalmente como a loja de tapetes mais bizarra do mundo —, e Cameron pensa brevemente em

Olivia, lembrando-se da sensação sinistra de que ela e a OPTIC estavam a um passo de chegar até eles. Essa sensação se evaporou; o zumbido eficiente dos sistemas internos de Olivia mal passaria de um sussurro em meio a tanto burburinho tecnológico. Mas ele se pergunta se há outro motivo. E se a filha de Wesley Park estiver aqui, mas não for mais ela mesma? O software dentro do corpo dela é exatamente o tipo de portal no qual Nia poderia entrar e do qual Xal poderia reivindicar controle.

Mas não é Olivia que ele veio encontrar; é Nia, e sua atenção é atraída quase de imediato à área mais próxima à sala de controle, onde foi improvisada uma arena sob um banner que diz E-SPORTS IMERSIVOS CLÁSSICOS: TORNEIO O DIA INTEIRO. Um mar de espectadores está sentado em êxtase dos três lados, as cabeças cobertas por visores de realidade virtual que fazem com que pareçam formiguinhas, sem rosto e homogêneos sob o capacete opaco preto. Uma tela enorme se ergue a trinta metros do meio das arquibancadas, mostrando aos passantes o que a multidão sentada vê dentro do mundo virtual. Os melhores momentos de um jogo recém-finalizado — Cameron reconhece vagamente uma nova geração de *Mortal Kombat* que ele estava empolgado para jogar — rodando em câmera lenta diante de aplausos. O time vencedor fica na lateral do estádio, apequenado pelas imagens dos seus avatares triunfantes na tela; na vida real, eles usam macacões amarelos idênticos, além de capacetes de realidade virtual e faixas de captura de movimento, pulando para comemorar junto a um trio de hologramas dourados girando que parecem híbridos felino-humano de seios fartos. No alto, drones de câmera com piloto automático mergulham com tudo na multidão, capturando a cena. Instintivamente, ele se projeta e os soma à sua rede, embora os deixe rodando sua trajetória atual no programa. Uns robôs a mais no exército não vão fazer mal.

Tudo isso, o arranjo da paisagem abaixo, com toda a sua tecnologia tagarela, é registrado no cérebro de Cameron antes que ele note que a sala de controle tem três homens e uma mulher de camisas polo idênticas, todos eles olhando tanto para ele quanto para o Inventor com uma expressão que fica entre o alarme e o incômodo.

— Você não pode ficar aqui! — avisa um deles, e Cameron congela, percebendo que não tem ideia do que fazer. Pedir educadamente à equipe que saia? Disparar um alarme de incêndio para forçar uma evacuação?

— Vejam só... — começa Cameron, mas ele só consegue emitir essas duas palavras; ao lado dele, o Inventor cai de joelhos, contorcendo-se e gemendo.

— Ai, meu Deus, seu avô está bem? — pergunta a mulher de camisa polo, indo até o velho. Ela recua e grita ao olhar para ele. Os olhos enormes do Inventor saíram totalmente das órbitas e, diante de todos, sua bolsa do pescoço estriada infla até ficar do tamanho de uma bola de basquete.

— *Saiam daqui!* — resmunga o velho. — É contagioso! Saiam, antes que vocês se exponham!

A equipe técnica grita em uníssono, todos se levantando e pulando por cima das cadeiras ao fugir da sala. Cameron olha para a porta a tempo de vê-los sumir correndo para fazer uma curva, então se volta para o Inventor, sorrindo apesar de tudo.

— Não é a primeira coisa que eu teria pensado, mas muito bem.

— Obrigado — responde o Inventor, balançando a cabeça enquanto seus olhos voltam à órbita e a bolsa turquesa desaparece. — Ainda não podemos descansar com essa vitória menor. Vou ter que conectar o aparelho de reset no mainframe. Presumo que tenha certeza de que estamos no lugar certo.

Cameron se concentra, mergulhando a mente nos sistemas ao redor — e descobrindo que estão avariados. Cada sistema conectado no centro de convenções, das luzes à segurança aos hologramas dançando lá embaixo, foi desmontado e descarrilado, rodando em um só servidor enquanto o restante da rede de alta capacidade fica em silêncio, escancarada, como um corredor estreito e vazio, alargado para acomodar a passagem de um objeto de grande porte. Ele já viu esse tipo de destruição quando acompanhou os movimentos de Nia pelo ciberespaço, mas agora é diferente: mais controlada, quase meticulosa. Nia abriu caminho para si. E ainda assim a gambiarra é tão perfeita que a equipe de audiovisual não notou nada de errado. Cameron assobia baixinho, impressionado com a elegância de tudo.

— Ela está aqui — avisa ele em voz alta.

Atrás dele, duas vozes masculinas falam em uníssono.

— Sim, está.

Cameron se vira e o Inventor suspira. À porta há dois seguranças usando uniformes mal-ajustados e de sorrisos idênticos — uma euforia sinistra e incompatível com os olhos vítreos e vazios. Eles parecem chapados até que veem o velho e os sorrisos viram de desprezo e raiva.

— Peguem-no — sussurram em uníssono, puxando os tasers da cintura.

— Não! — grita Cameron quando seu medo de confronto evapora em um acesso de pura adrenalina. Com um grito louco, ele baixa a cabeça e ataca, acertando uma cabeçada forte no plexo solar do homem à frente. Arfando, o guarda cambaleia para trás pela porta aberta e cai sobre o companheiro, que bate na parede, dando um grunhido explosivo. Os dois desabam do lado de fora, então Cameron dá um salto para fechar a porta ao sair. Ele se vira pouco antes de ela fechar.

— Faz o que tiver que fazer para chegar em Nia — diz ele —, e eu vou fazer o possível para salvá-la.

Ele bate a porta, ouvindo na sua mente a trava de segurança se fechar com seu comando. Lá dentro o velho ficará a salvo de Xal e do exército dela; a porta só vai abrir de novo se Cameron pedir.

Os guardas se levantam. Eles avançam sobre ele, ainda caminhando em perfeita sincronia, ainda sorrindo com olhos vítreos e vazios. Cameron estremece, vasculhando freneticamente os guardas, a sala, o prédio, em busca de uma solução. Algo que ele possa *usar*.

— É ele — diz um.

— Pegue-o — ordena o outro.

— Ei — alerta Cameron. — Sabe o que eu acabei de perceber? Vocês estão usando fones de ouvido... e eles têm Bluetooth.

Por uma fração de segundo, os guardas parecem confusos.

Então eles caem de joelhos, gritando, quando uma explosão de estática de alta frequência guincha dos aparelhos enrolados nas suas orelhas.

Cameron sai correndo pelo corredor, de volta à escada, e dispara escada abaixo em círculos até chegar ao térreo. Ele salta os últimos dois degraus e ouve uma porta se abrir lá em cima. Pés pesados começam uma descida lenta, deliberada, e uma voz profunda grunhe:

— Não tem por que correr, Cameron. Estamos vendo você. Ela está vendo você. Todos vemos você.

Merda, sussurra Cameron, e mergulha pela porta à frente — então se lança para a parede quando uma mulher de blazer e saia surge de um canto correndo, as mãos estendidas para arranhá-lo.

— *Todos* vemos você! — grita ela, sorrindo, e Cameron se esquiva e foge, seus pés martelando o chão irregularmente quando ele atravessa a porta e chega ao saguão do centro de convenções.

As pessoas pulam para o lado quando ele mergulha na multidão, tentando despistar os perseguidores, dando mais uma olhada pelos olhos do drone acima. Ele vê primeiro a mulher de blazer e saia, depois geme alto ao perceber que ela não está sozinha. Há mais uma dúzia delas abrindo sulcos pela multidão, convergindo até ele numa formação precisa. Elas seguem para Cameron em espiral, com um foco que é ainda mais esquisito por não ter pressa. Ele mergulha atrás de um enorme outdoor digital que divulga um painel posterior com a discussão "Na nuvem após a morte", então derrapa até parar quando encara um longo percurso em linha reta entre os estandes, sua confiança desaparecendo frente àquela visão temível. O lugar está lotado, um mar de corpos parados no meio da multidão indiferente se acotovelando. Todos eles perfeitamente parados, todos eles com os mesmos olhos vítreos e sorriso repulsivo.

A colmeia de Xal.

À frente da matilha está uma figura familiar.

Cameron sente um embrulho no estômago.

— Juaquo? — diz ele, hesitante, e estremece quando seu amigo dá um passo à frente sincronizado com as pessoas ao seu redor. Alguém no grupo gargalha, o que dispara um coro de risada sincronizada que se eleva além do som ambiente no imenso recinto. Vários passantes se viram para procurar a fonte do som sinistro, mas a colmeia está focada como um laser em Cameron.

— Estamos tão contentes em ter você aqui — diz Juaquo, no tom agradável de um funcionário da Disneylândia. — Ela quer conhecer você.

Cameron se vira e se revira, correndo para baixo de uma mesa e depois se lançando por uma clareira entre os corpos. Sente olhos sobre ele — não os drones de Xal, mas espectadores curiosos. Ele invadiu a festa dançante dos exotrajes. A mulher dançarina se lança sobre ele.

— Ei! — berra ela, e Cameron sente que foi reconhecido. — É o garoto do YouTube! O cara do raio! Quer dançar? Esses troços são sensacio...

— Foi mal — diz Cameron, e trava sua mente no software do exotraje. — Não é culpa sua.

— Hã? — pergunta a mulher, mas ela não está mais na frente dele.

O traje, animado pela vontade de Cameron, está disparando pela multidão com o corpo dela ainda preso e indefeso lá dentro, suas pernas bombeando em compasso com os pistões do exoesqueleto, seus gritos de terror ecoando nos ouvidos surdos da máquina.

— Deixa eu sair dessa coisa! — grita ela, quando os braços do traje, junto aos seus próprios braços, fazem um movimento amplo. Ela se lança de cabeça sobre os perseguidores de Cameron, de braços abertos, como um jogador de futebol comemorando um gol.

Ela não abaixa os braços ao colidir com a primeira fileira. Juaquo, grande como é, animado pelos comandos urgentes de Xal dentro da cabeça, ainda não é páreo para um braço estendido reforçado com uma estrutura de carbono ultraleve e indestrutível. Ele cai. Todos caem. Caem como dominós, arrancados do chão pela mulher que grita e corre com seu exotraje, percorrendo toda a extensão do saguão e fazendo a multidão se abrir. Cameron pensa se deve fazer com que ela pare e volte.

Então entende que ela estará melhor se ficar o mais longe possível.

Para de correr quando chegar no lago, diz ele ao exotraje, que dispara uma afirmativa animada em resposta:

Pode deixar!

A pilha de corpos que era o exército de Xal começa a se mexer. Por um instante, Cameron ousa esperar que a força do golpe do exotraje tenha libertado todos eles da rede.

Então Juaquo se levanta, exibindo o mesmo sorriso vazio, e Cameron sente um aperto no peito outra vez.

— Juaquo! — grita ele, desesperado. — O que você está fazendo? Sai dessa! Eu te conheço desde sempre. Você não é um maria vai com as outras!

Juaquo dá de ombros, os olhos vidrados como os de um viciado em heroína.

— Ir com os outros é bom, cara — retruca ele. — Vem, eu te mostro. A gente te mostra. *Ela* te mostra. Vai ser massa! Você vai ver. Tudo fica *bonito.*

As mãos de Cameron se esticam para o céu enquanto ele pede silenciosamente ajuda. Ele olha para Juaquo, que olha impassivelmente para trás quando começa a avançar, os outros se levantando e entrando em fila.

— Eu sei que você tá aí. Fica firme aí, parceiro — diz ele, e pula.

Os drones voadores sincronizam sua chegada perfeitamente. As mãos estendidas de Cameron agarram um robô cada enquanto outro dispara para sustentá-lo, acomodando-se de um jeito esquisito na sua virilha. Ele faz um arco pelo ar sobre a multidão, como se estivesse em um patinete invisível, a caminho do andaime que sustenta a tela gigante. Desta vez, ele não precisa correr; os drones o depositam delicadamente na passarela que corre pela parte superior da tela, e seu estômago se revira quando ele espia pelo canto. A plateia, indiferente em seus capacetes, parece ainda mais um formigueiro a trinta metros de altura. Mas a pessoa de quem ele quer chamar a atenção não está lá embaixo.

Ela está no sistema.

Ele fecha os olhos e mergulha sua consciência na rede da arena, chamando-a enquanto entra.

NIA, pensa ele, com toda a sua força. *Nia, eu estou aqui.*

— Oi, Cameron.

Cameron abre os olhos ao ouvir a voz dela, acanhada e muito próxima. Um dos hologramas dourados que giram está de pé sobre a passarela ao seu lado; aos olhos de Cameron, o holograma tremeluz e começa a se transformar, tornando-se um redemoinho de luz que por fim adquire um formato familiar. Nia está diante dele, os olhos brilhando. Lá embaixo, a multidão solta um *uuuuh* coletivo.

— Você veio — diz ela. — Você veio ver.

Cameron faz que não com a cabeça.

— Nia, eu vim por você. Eu vim impedir você. Você não entendeu, você não pode fazer isso. Seja lá o que você acha...

Nia parece decepcionada.

— Me impedir? Mas por quê? Era isso que você queria!

— Não assim, Nia. Por favor, me escuta...

Ela recua, meneando a cabeça.

— Não. Não. Eu vou te mostrar. Vai ser lindo. Eu estava só esperando você. Agora veja, Cameron! Veja o que eu consigo fazer!

Não, pensa Cameron. *Não é possível. Ela não faria...*

Mas ela fez. Calafrios se espalham pelo corpo de Cameron quando ele percebe que uma quietude sinistra se abateu no saguão abaixo, o silêncio repentino repleto de murmúrios desnorteados. Para onde quer que se olhe, de repente as pessoas parecem pausadas — as costas retas, os dedos espalmados. Com um movimento único, a multidão da arena improvisada retira os capacetes. Em uníssono, todos fixam o olhar nele. Eles sorriem como um só.

Nia os conectou, atraindo-os para a colmeia debaixo do seu nariz.

— Ah, não — sussurra Cameron.

Com um chiado repentino de retorno, o sistema de som da arena crepita ao ganhar vida.

— A CONTINGÊNCIA ESTÁ PRONTA — ressoa uma voz, e tanto Cameron quanto Nia prestam atenção imediatamente.

Cameron semicerra os olhos, procurando a origem do sinal de áudio. Ele avista o Inventor ao mesmo tempo que Nia. O velho está esparramado na janela da sala de controle de vídeo, o corpo inteiro encostado no vidro.

— VOCÊ NÃO TEM MUITO TEMPO — ressoa a voz, que depois se suaviza. — NIA, POR FAVOR, ESCUTA O CAMERON. ELE SÓ QUER AJUDAR.

O holograma de Nia pulsa, fica mais iluminado, quando ela olha para Cameron, para o Inventor, e depois volta.

— Você está do lado do meu pai? — questiona ela, então começa a recuar, fazendo que não com a cabeça.

— Não! Quer dizer, sim, mas...

— Você está! Vocês querem me enganar! Eu consigo ver! Eu consigo *sentir*! Ele colocou alguma coisa aqui comigo, e é uma coisa... uma coisa *terrível*...

O holograma arde com um brilho radioativo, a eletricidade começando a estalar na beirada da silhueta de Nia.

— Nia, espera! — grita Cameron.

— Eu não vou voltar! — berra ela, e se vira de costas para ele, correndo para a beirada da passarela.

Cameron sente o coração na garganta quando ela pula, quando ele esquece por um instante que ela é feita de luz e nanopartículas e não de carne e osso — depois fica encarando-a boquiaberto enquanto ela paira no ar, a cabeça jogada para trás, os braços esticados, um mergulhador dourado suspenso no ar. Então seu corpo se curva quando ela mergulha na tela onde os melhores momentos do jogo de luta continuam sendo exibidos. Ela entra como um projétil feito de luz, e a multidão se levanta, batendo os pés no chão e torcendo. Eles estão unidos. Eles estão conectados. Eles vieram para o show. A torcida vira um só grito harmônico quando a cabeça deles se vira em sincronia perfeita, os olhos focados em uma passagem que boceja como uma boca escura do outro lado do saguão. Uma risada gutural vem das sombras, e o sangue de Cameron congela.

Xal surge das sombras e olha para cima, sorrindo — para Cameron, preso no andaime, e para o Inventor, encolhido na janela. O comando dela é um sussurro, mas Cameron não precisa se esforçar para ouvir. Nas bocas do exército ávido, ele é amplificado, um sibilo nervoso que se ergue da multidão.

— Irmãos. Irmãs. Tragam-nos a mim.

Cameron, indefeso, assiste ao mar de corpos que avança na sala de controle, rastejando um sobre o outro como formigas até chegarem à janela.

Por um instante de esperança, Cameron imagina que ela não vai quebrar. Mas a fúria latejante da colmeia, os punhos batendo, os dedos arranhando, será atendida. Eles uivam em triunfo quando a janela é estilhaçada, quando o Inventor é arrastado pelo buraco denteado por mil mãos. Ele se debate indefeso quando o agarram, arremessando-o como um brinquedo, rasgando suas roupas. Cameron consegue ver o sangue nas mãos deles, escuro e viscoso. Cada golpe no corpo do velho é recebido com risadas e guinchos, enquanto a rede se acende, mais quente e mais feroz, dentro dos centros de recompensa de cada cérebro conectado. A comemoração ecoa sempre que o corpo toca o chão, agitando-se pela multidão como uma onda. Mas o Inventor não é o único alvo. Lá embaixo, o exército de Xal se lança ao palco, formando um enxame sobre ele. Os dois primeiros chegam ao andaime. Eles começam a escalar.

Cameron se vira para os drones que estão pairando ali perto.

Fiquem na frente. Ganhem tempo pra mim, ordena ele. As máquinas não hesitam. Nem Cameron. Abaixo, ele ouve gritos furiosos enquanto os escaladores esmagam o exército voador. É só questão de tempo até alcançarem ele. Sua única esperança é chegar antes a Nia.

Ele fecha os olhos e mergulha no espaço virtual atrás dela.

36

APENAS UM GAROTO DIANTE DE UMA GAROTA

A CONFUSÃO DE cabelos ruivos de Nia balança quando ela foge para o mundo virtual, disparando por uma floresta densa e coberta de neve e emergindo das árvores em meio a uma paisagem erma que dá para um vulcão que cospe fumaça. Ela conhece esse lugar; ela já jogou esse jogo. As pedras sob seus pés estão manchadas de sangue do último torneio, um massacre no qual os perdedores sofreram prejuízos enormes. O local está repleto de armas caídas, algumas ainda presas às mãos que as seguravam. Ela pega a mais próxima, uma lança longa e entalhada, enquanto procura freneticamente um lugar para se esconder. É aí que o ouve gritar seu nome.

— Nia!

Cameron corre até o campo de batalha e, ao avistá-la, derrapa até parar. Nia se lembra da primeira vez que o viu, em um campo de batalha parecido com este, só que na época ele não lhe demonstrou piedade. Agora ele não tem arma nem uniforme nenhum, as palmas das mãos erguidas em sinal de rendição.

— Nia, por favor, me escuta...

— Não! — grita ela, antes de arremessar a lança. A arma mergulha no peito de Cameron. Ele cambaleia e cai de joelhos.

Em seguida, ele agarra a lança com as duas mãos e a arranca.

— Eu não vou parar de seguir você — avisa ele.

— Então eu não vou parar de matar você — retruca ela. Nia se inclina e pega uma espingarda caída, deixando de lado a mão decepada que ainda envolvia a coronha.

— Por favor — pede Cameron, ao mesmo tempo que ela engatilha e explode sua cabeça.

Seu corpo cai no chão todo desajeitado. *Ai, Cameron*, pensa ela. Ele não entende. Tinha certeza de que ele ia entender, mas não entende. E tudo está dando absurdamente errado. Ela sente a raiva de Xal correndo dentro de si como uma corrente elétrica, ecoada mil vezes pela colmeia recém-criada. Mas o pior é o que há aqui, tão mais perto, tão perto que ela quase consegue sentir o gosto. Ela sente a *coisa* que o pai criou. À espreita, em algum ponto do sistema, chamando-a, puxando-a, como um buraco negro tentando afogar uma estrela. Ela não sabe o que é, o que faz, mas sabe que não quer chegar perto. E parece que Cameron a empurra na direção daquilo, tenta conduzi-la cada vez para mais perto. Ele está tentando enganá-la. Ele está tentando feri-la. É por isso que a colmeia o caçava? Ela sente o zumbido da consciência coletiva enquanto eles andam em conjunto, mas ela não consegue se concentrar. A proximidade de Cameron, a atração magnética da armadilha do buraco negro; ela sente como se estivesse sendo destroçada.

— Me deixa em paz — grita ela, então se lança, mergulhando no espaço. O torneio de jogos vem acontecendo o dia inteiro e são milhares de mundos, milhares de jogos, todos ligados uns aos outros pela rede interna do centro de convenções. É claro que ela pode se perder em qualquer um deles. Deve haver um lugar aonde possa ir que ele não poderá ir atrás.

Mas ela não consegue fugir dele. Cameron a segue enquanto ela voa pela rede, saltando de um universo a outro, sempre encontrando-o no seu encalço. Ela pousa no pátio de Minas Tirith e corre pelos portões, passando por um Gandalf com cara de surpreso e caindo em uma matilha de orcs uivando... e descobre que Cameron espera para recepcioná-la. Ela se lança em um jogo de *Frogger* e corre por uma estrada movimentada ao coro das buzinas furiosas, desviando de carros que parecem blocos que passam zunindo, sem diminuir a velocidade, e encontra Cameron logo atrás de si, surfando pela mesma rua nas costas do sapo pixelado e indiferente ao que está acontecendo. Ela passa para uma partida de *Tetris* e dá saltos rápidos pela cascata de blocos caindo, o que o põe numa perseguição que termina com uma longa queda na cozinha de outra pessoa. O Sol que entra pelas janelas é radiante, e ela para, confusa — ela não sabe por quê, mas está conectada a este lugar, embora ele seja totalmente desconhecido — e grita quando a mãe de Juaquo aparece atrás dela segurando um prato. Cameron cai na mesa da cozinha e geme.

— Oh, querido, olá — diz Milana Velasquez. — Os pitocos querem biscoitinhos?

Nia desaparece. Cameron resmunga, rola para fora da mesa e volta ao chão.

— Não, obrigado — diz ele, e some atrás dela.

Cameron luta contra uma onda de náusea, sua mente cambaleante do esforço de rastrear Nia por tantos mundos. Ele sente a proximidade do Lobotomizador, à espreita sob a rede, veloz e profundo como um rio subterrâneo — e, pela primeira vez, aceita que terá que recorrer ao aparato. Que Nia vai se recusar a ouvi-lo e ele não terá opção; seu último ato antes que Xal também o mate será abrir um buraco no código e fazer Nia passar por ali.

Quando ele desaba na mesa seguinte e vê aonde ela o levou, a familiaridade o atinge como um tiro. *Óbvio que é aqui.* Está tudo ali: os zepelins flutuantes, a passarela reluzente, o arranha-céu com o pináculo retorcido que eles já escalaram juntos, até o alto, só para olhar para o mundo lá debaixo que eles conquistaram e transformaram em seu.

Foi aqui que eles se conheceram.

Nia parou de correr. Ela está aprumada à beira da passarela, olhando para o espaço. Cameron fica impressionado ao perceber que ela chora — ou que seu avatar chora. Ele dá alguns passos para se aproximar.

— Nia, eu não quero te machucar.

— Eu não entendo — diz ela. — Por que você não fica contente? Eu fiz tudo por você! Eu vou fazer um mundo novo pra você, Cameron, exatamente o mundo que a gente queria. Um mundo onde ninguém mais tem que ser sozinho.

Ele avança a fim de ficar ao lado dela, mas para quando ela se vira encarando-o, os olhos desconfiados.

— Você está furioso comigo. Não está? Está furioso porque eu menti. Eu não queria. Eu também não queria te machucar. Mas eu precisava da sua ajuda e sabia que, se eu contasse a verdade...

— ... eu não ia querer ficar com você — conclui Cameron por ela. — Eu sei. Mas agora eu estou aqui, com você.

— Você veio com o meu pai — comenta ela, enfatizando a última palavra como se quisesse cuspi-la. — É isso que você quer? Ser que nem ele? Me colocar numa jaula? Eu não vou voltar para aquela vida. Eu não vou ficar sozinha. Eu sei como que é — ela franze o cenho, concentrada, então abre um sorriso largo — ter um monte de gente comigo. Comigo, de verdade! Meus amigos. Eu quase consigo sentir eles, como se estivesse abraçando todos. Você não entende?

Cameron acompanha o olhar dela e sente outra onda de náusea. Sim, ele entende. Estáticos, lá embaixo, olhando para ele: os membros da colmeia. Ela os trouxe para cá, acumulando-os na rua como um pelotão de fantasmas digitais, um avatar para cada mente mantida na rede de Nia. Ela ergue uma das mãos para saudá-los; um uníssono sinistro, todos fazem que sim com a cabeça em resposta. Cameron estremece. A uniformidade do gesto parece errada, artificial. Mas Nia é só sorrisos ao ver tanta gente no seu mundo. O céu acima deles começa a escurecer, rodopiando lá no alto em tons de cinza e preto agourentos, e Cameron sente o balanço do andaime quando as versões reais, de carne e osso, do exército sinistro de Xal se enxameiam para subir; ele se pergunta quanto tempo vai levar até ser tragada de volta à realidade, quando sentir uma dúzia de mãos tentando agarrar seu pescoço.

— Nia, me escuta. Eu sei que isso parece real para você. Você foi sozinha por muito tempo, mas não devia. Seu pai errou. Mas isso, isso também é um erro. Se você conectar a humanidade dessa maneira, você acaba com a humanidade. Você vai nos destru...

— SILÊNCIO — sibila a multidão abaixo, e o sangue dele congela. Eles estão ficando sem tempo.

— Nia...

— SILÊNCIO! FAÇA O QUE VOCÊ VEIO FAZER! — sibila a multidão de novo, e Cameron compreende de imediato que em algum ponto naquele mar de sorrisos cinzentos e inexpressivos está Xal, e que ele e o Inventor cometeram um erro tremendo. Nia é a fonte da conexão, mas ela não está no controle. E agora ela chora mais do que nunca, o avatar ficando borrado nos cantos.

— Ela está ficando irritada — diz Nia em meio ao choro, quando a multidão começa a gritar com uma só voz:

— MOSTRE DO QUE VOCÊ É CAPAZ! CHEGOU A HORA! FAÇA ELE ENTENDER!

— Não faz isso, Nia! — berra Cameron. — Você ainda pode consertar tudo! É só vir comigo!

— Mas eu não quero ficar sozinha! — grita ela.

Abaixo, os gritos começam a formar uma harmonia. Ao longe, ele percebe que está ouvindo-os em dois mundos: aqui, mas também com os próprios ouvidos. Na realidade, no alto do andaime acima do palco, o enxame está se lançando sobre ele.

Cameron anda em câmera lenta até Nia, tentando alcançá-la. Concentrando-se o máximo possível, perdendo-se neste mundo, neste momento. Ele toma a mão dela.

Ele *se sente* tomando a mão dela. E ela *sente* que ele está apertando sua mão com força.

Nia suspira.

— Você não está sozinha. Eu estou aqui com você — diz Cameron. — Eu te amo.

E os mundos se separam.

Cameron está agarrado à mão de Nia enquanto o sistema em volta deles trava, e a multidão abaixo evapora com um último grito. Ela sente que perdeu o controle, sente a eletricidade crepitando por si. Ela não sabe, mas, fora do I-X Center, uma multidão se reuniu, atraída pelo espetáculo notável de uma nuvem enorme e baixa, a única no céu, parada logo acima da estrutura. Ela pulsa como algo vivo quando a eletricidade interna solta faíscas, enquanto a multidão grita de medo e empolgação quando o primeiro raio forma um arco ao cair com um lampejo de luz rosa.

Nia tenta falar e percebe, horrorizada, que não tem voz. Seu poder está sendo sugado; sua memória da linguagem ficou fragmentada. Ela olha para baixo e uma onda de horrores sem nome a agarra. O mundo lá embaixo desapareceu. Não há nada, nada além da escuridão sem fim, um vácuo de magnetismo terrível que rodopia cada vez mais alto em direção à passarela fragmentada onde ela se agarra, apavorada, à mão do garoto.

O garoto.

O garoto.

Ela não sabe mais o nome dele, mas ainda sabe que ele é importante — que algo dentro dele clama por ela, uma conexão que é mais profunda que suas próprias fundações. Ele está aqui por ela, e ele está aqui porque tem alguma coisa que ela precisa fazer. Mas o tempo é curto. Não há tempo. Ela se sente encolhendo, suas camadas descascando. Desesperada, ela se agarra a ele. Ela segura. Ela não solta.

— Nia! — grita Cameron quando a última linha de código que mantém a coesão do mundo se parte e eles desabam no buraco negro do Lobotomizador. — Não...

— ... me deixa.

Cameron abre os olhos. Sua mão estendida agarra o nada. Ele não está mais no andaime, mas, sim, caído no palco, amarfanhado, a cabeça latejando e a boca seca. Suas articulações parecem frouxas e doloridas, e seu estômago se revira quando ele tem a imagem do seu corpo descendo pela estrutura, balançando como uma boneca de pano nas mãos do enxame dos ávidos soldados de Xal. Eles o cercam. E, quando ele vira a cabeça para o lado, percebe que não está só. O Inventor está deitado em uma poça de sangue, de olhos fechados, a respiração entrecortada. Um silêncio sinistro paira no ar. No alto, a imensa tela está ardendo com uma luz muito forte que parece pulsar de eletricidade. Seus circuitos foram sobrecarregados. A sensação no cérebro de Cameron é idêntica.

Ele olha para o círculo de rostos acima dele, que devolve o olhar com olhos vítreos, os corpos em silêncio e rígidos, os lábios estendidos em sorrisos idênticos. De longe, ele ouve gritos, o som de mesas virando; vidro quebrando, e o horror se alastra sobre ele ao perceber a verdade.

O que vai acontecer com a colmeia de Xal, havia perguntado ao Inventor, *se acontecer o reset e a rede que os conecta sumir?*

Mas essa não era a pergunta certa. Ele se dá conta de que devia ter perguntado o seguinte:

O que vai acontecer se a conexão se mantiver?

37

A COLMEIA

Dentro da realidade virtual, Cameron agarrava a mão de Nia enquanto o mundo vinha abaixo.

E, lá fora, a tempestade que se formava pareceu pausar, inspirar... e então explodir enquanto a luz banhava a cidade com uma onda enorme e silenciosa.

O pulso causa ondas na multidão abaixo e corre como fogo pela cidade, inundando cada rede com energia projetada para um único propósito:

Conexão.

Em todo lugar, pessoas congelam, suas pupilas se dilatam e suas mentes se esvaziam. As telas à sua frente, os celulares, as televisões, os tablets, os laptops, inflamam-se com um brilho chocante.

Então, em uníssono, cem mil pálpebras piscam — e se abrem para um mundo novíssimo.

Tantas mentes suspensas, unidas, na explosão de energia flamejante que Nia liberou ao cair.

Tantos cérebros cavalgando fissurados na conexão pura e eufórica.

Eles se lançam às ruas, enxameando-se e seguindo para seu destino.

Juntos, unidos, eles se erguem.

A quilômetros do I-X Center, no lar de idosos de Shadyside, Wallace Johnson larga o tablet como se tivesse levado um choque, os olhos se arregalando de surpresa, depois de encanto, quando a rede invisível se incorpora confortavelmente ao seu cérebro. Uma noite que tinha tudo para ser tediosa acaba de ficar interessante; pela primeira vez em mais de uma década, Wallace tem uma festa para ir. Uma festa de verdade, não um bingo com temática discoteca ou luau, que é o que entendem como diversão por aqui — um bando de octagenárias usando colares de 1,99, as papadas balançando ao preencherem seus cartõezinhos com disquinhos coloridos. Fosse outra noite, Wallace teria passado horas colado ao tablet, assistindo a uma sucessão infinita de vídeos no tal do YouTube. Ele costuma gostar de vídeos de casais de férias, quaisquer que sejam, jovens tomando de canudinho até a última gota da piña colada e dormindo em praias de areia branca, o tipo de paraíso tropical que ele adoraria conhecer. Ao menos uma vez, e não ter que passar cada maldito período de férias enfiando as crianças na perua para visitar os pais da Karen em Poughkeepsie.

"Depois que as crianças crescerem", dizia ela sempre que ele sugeria que fizessem uma viagem só dos dois. Mas Karen morreu uma semana antes da formatura do caçula no ensino médio, e aquele foi o fim. Nada de praias de areia branca para ela nem para ele. Às vezes, depois de assistir a tantas luas de mel tropicais para ficar bem e marinado na amargura, ele mandava um e-mail rancoroso para a filha dizendo que o mínimo que ela podia ter feito, já que ia enfiá-lo num lugar como aquele, era que fosse em um estado onde o inverno não durasse oito meses por ano.

Mas hoje à noite, bom, hoje à noite seria uma maravilha, seria diferente. Em um instante ele estava assistindo a um vídeo; no seguinte, depois de ter um estalo ele se deu conta de que era muito importante estar em outro lugar.

— Uma festa — resmunga ele, seus lábios alargando-se para formar um sorriso. — Diacho... Ã-rã, é bom eu ir logo.

Apressado, ele enfia os pés nos mocassins e tira o casaco do cabide. Normalmente ele se arrumaria para um evento como esse; no entanto, quando para e pensa se devia usar uma gravata, ele é atingido por um novo impulso que quase o impele para fora do quarto. *Nada de gravata. Não dá tempo. Eu tenho que ir.*

Ele caminha com decisão pelo corredor, descendo a escada acarpetada com leveza, seguindo os sinais luminosos de Saída. Ele diminui o passo brevemente ao perceber que sua carteira ficou no quarto, no andar de cima, que ele não tem dinheiro nem para um táxi nem para o ônibus — então continua caminhando sem olhar para trás, sorrindo. É óbvio que ele não precisa pagar ônibus. Um dos seus novos amigos lhe dará uma carona.

— Sem problema — resmunga. — Sem problema nenhum.

Ele passa pela recepção a trote, faz a curva para a cozinha e para o corredor de serviço que vem depois. Não há necessidade de inventar uma história para o pessoal da segurança; ele vai escapar pela saída de funcionários e seguir seu rumo. Ele encontra a porta com facilidade e está prestes a empurrá-la e abri-la quando alguém coloca a mão no seu ombro.

— Sr. Johnson, o senhor não pode ficar aqui — diz a enfermeira, os lábios franzidos formando uma linha de reprovação. O crachá preso ao seu cardigã diz JENNA, mas Wallace não a reconhece, e fica irracionalmente irritado por ela saber o nome dele, por essa estranha atrapalhar seu impulso quando ele precisa estar em outro lugar.

— Me solta — vocifera ele. — Eu tenho que ir.

— O senhor tem que *subir* — retruca ela, o que causa um acesso de raiva em Wallace. Não a raiva comum de velho que o assola todo dia. Esta raiva se alastra, é potente. Ela se acumula dentro dele como cem punhos fechados. Ele se livra da enfermeira, a porta a menos de meio metro de distância.

— Eu tenho que ir por *aqui* — diz ele. — Você não *entendeu*. Você não faz *parte*.

A enfermeira ajusta os ombros, esticando-se para segurar seu braço.

A mão dele dispara como uma cobra dando um bote, e lhe dá um tapa na cara.

Ela dá um gemido e leva as mãos às bochechas, e Wallace não perde a oportunidade. Ele coloca as mãos sobre as dela, a ponta dos dedos envolvendo os ouvidos da enfermeira, e puxa com toda a força, erguendo um joelho para ir de encontro ao rosto da enfermeira enquanto baixa a cabeça dela. O barulho da colisão do joelho com o nariz é repugnante; ela desaba no chão, chorando.

— Eu não posso me atrasar — avisa ele com toda educação, e sai andando alegremente noite adentro. Ele nunca bateu em uma mulher, mas está contente em descobrir que não o incomoda, ao menos não neste caso. Não quando era tão necessário. Afinal de contas, ele tem que estar em outro lugar.

Cinquenta anos antes, Wallace entrou numa briga generalizada em um jogo de beisebol do ensino médio, lançando-se do banco de reservas com outros dez caras como um lobo se juntando à matilha — sem nem saber o que havia provocado a briga, sabendo apenas que tinha que fazer parte dela. Há muito tempo ele não pensa naquela noite, naquele pega pra capar no meio do campo, mas é nisso que pensa agora. Mesmo no seu corpo de idoso, mesmo sem o cheiro de sangue e suor no ar. Seria uma tremenda de uma surpresa se não se sentisse como um soldado se unindo à sua unidade, pronto para o ataque.

Seria uma tremenda de uma surpresa se a sensação não fosse maravilhosa.

— Estamos indo pelo caminho errado.

Seis olha para Olivia surpreso, depois volta seu olhar para o retrovisor, confirmando que a enorme nuvem sobre o I-X Center continua lá. Cameron Ackerson e o velho estão lá dentro. Tão próximos que chega a dar raiva. Seis quer agarrar os dois, prendê-los e passar os três dias seguintes sondando suas entranhas sem a menor preocupação. Mas mesmo ele concordou com a convocação de Olivia para que recuassem até o ponto de encontro e esperassem o restante da equipe chegar antes de entrar. E a decisão era dela — ela é a chefa —, e por isso é um tanto enervante olhar agora e vê-la sentada ereta no banco, as pupilas dilatadas, declarando com urgência que suas próprias orientações estão erradas.

— Achei que você tinha dito...

— Não me interessa o que eu disse! — grita Olivia, a voz se arrastando até alcançar um tom petulante ao qual ele não imaginava que ela fosse capaz de chegar. — Eu tenho que voltar lá! Eu fui convidada!

Seis a analisa, os pelos da nuca se eriçando até ficarem totalmente arrepiados. Os pontos na têmpora de Olivia que mapeiam o software dentro do corpo dela, em geral sutis a ponto de serem confundidos com sardas, iluminam-se como luzes de Natal sob sua pele. Algo ou alguém está mexendo na sua biorrede. *Droga.* Ele disse a ela que devia ficar fora dessa, que sua tecnologia a deixava vulnerável ao garoto Ackerson...

Mas o garoto Ackerson está a pelo menos um quilômetro de distância, e isso não parece obra dele. A expressão de Olivia não se parece com nada que Seis já tenha visto. Ela parece totalmente diferente; perplexa, chapada, uma mulher que perdeu por completo a ligação com a realidade. Seja lá o que está acontecendo com ela, não acontece apenas com o software que regula seu corpo. Algo está mexendo com seu cérebro.

— Park — diz ele com a voz intensa, pisando no acelerador e voltando os olhos para a estrada. — Eu sinto muito. Temo que você tenha sido exposta. Entende? Pela sua segurança, eu não posso...

— NÃO! — grita Olivia, a boca a centímetros do ouvido de Seis, e ele quase pisa no freio antes de perceber que não pode fazer isso, porque ela tirou o cinto de segurança e uma parada brusca vai lançá-la pelo para-brisa.

— Park! — berra ele, então abandona totalmente o protocolo: — Olivia! Põe o seu cinto de segurança, porra!

Mas Olivia não ouve. Ela recua e se agacha no banco do carona, os olhos brilhando, os dentes à mostra, como um animal acuado. O carro começa a ziguezaguear quando ele ergue uma das mãos para impedi-la — ela está com cara de quem vai dar o bote, pensa ele, *pelo amor de Deus, por favor, nada de me atacar* —, então coloca o veículo de volta à faixa correta da estrada no momento em que uma SUV enorme passa correndo à esquerda, o motorista buzinando de raiva.

— VOLTA! VOLTA! VOLTA! — grita Olivia, batendo os punhos na janela. Há um estrondo agudo, um padrão de rachaduras no formato de uma teia de aranha que de repente se espalha pelo vidro quando seus dedos com reforço de titânio fazem contato.

Ele precisa sair da estrada, encontrar uma maneira de contê-la. Há uma placa no alto que indica a próxima saída, a quinhentos metros, e ele gira o volante com força, diminuindo a velocidade ao chegar ao acesso até cinquenta, quarenta e cinco, quarenta quilômetros por hora. Ele respira fundo e olha para Olivia, torcendo para que ela tenha conseguido recobrar o autocontrole...

Mas Olivia não olha para ele. Ela está mexendo na porta, e Seis grita "Não!" quando os dedos dela encontram a maçaneta e puxam. A porta se destranca com um baque, abrindo por completo, então o banco fica vazio. A porta está aberta, e Olivia Park, a mulher mais inteligente e mais durona que ele já conheceu, a mulher que sabe como manter a cabeça no lugar e nunca, não importa a circunstância, perde o controle, está rolando no retrovisor, um emaranhado preto de membros no acostamento. Ele para, puxa o freio de mão, solta o cinto de segurança enquanto faróis brilham forte no retrovisor e o carro atrás dele canta os pneus até parar. Ele salta, ignorando os gritos confusos e irritados do motorista de trás, e corre até o ponto onde Olivia saltou. Mas não há nenhum corpo jogado na estrada. Quando ergue o olhar, ele a vê — uma silhueta contra as luzes fortes do trânsito no sentido contrário, correndo como louca, saltando o canteiro para o outro lado. Correndo, de cabelos soltos, a boca esticada em um sorriso ensandecido, rumo ao esplendor distante da tempestade.

Marjorie afasta os cabelos grisalhos dos olhos e olha para o mar de espectadores, todos em silêncio e atentos no prolongamento abafado do pulso. Um instante atrás ela dizia aos gêmeos, pela centésima vez, que nunca mais ia trazê-los a uma convenção, que ia arrastar os dois pelas orelhas, agora mesmo, se não parassem de bater um no rosto do outro com os balões *smart*. Mas as batidas barulhentas cessaram, assim como a sensação de estar com os nervos à flor da pele, enquanto ela olhava para os filhos e pensava com amargura que nada disso teria acontecido se tivessem adotado *gatos*. Agora não há mais amargura. Todo seu ser se sente banhado em satisfação ao olhar para o espaço em volta, perguntando-se quando viraram a chavezinha cor-de-rosa que faz tudo ficar tão *bonito*. E seus filhos... é engraçado, mas de repente parece que ela tem muitos, muitos outros filhos além daqueles com os quais chegou. Milhares de filhos e filhas, jovens e velhos, todos eles esperando para abraçá-la e receberem seu abraço. *Não é adorável?*, pensa ela. De certo modo, somos todos uns filhos dos outros, e pais dos outros, e irmãos e irmãs. Todos nós, uma só família. Há um zumbido na multidão, e ela se vira junto aos demais para assistir ao espetáculo que se descortina no palco. A empolgação é palpável, a tensão no ar é elétrica.

— Ora, isso é tão empolgante — comenta ela, apoiando uma das mãos no ombro do filho. — Que honra a gente estar aqui!

O menino pisca e olha para ela com curiosidade. Ele acha que sabe do que sua mãe está falando. Ele sente a verdade tomando forma dentro da sua mente antes mesmo de perguntar o que é. Mas o hábito de procurar orientação nela está entranhado e não se parte fácil.

— O que foi? — pergunta ele. — O que vai acontecer?

Sua mãe irradia alegria.

— Ora, a gente vai matar o velho, é claro.

Uma multidão está reunida em frente ao I-X Center, o relâmpago reluzindo nos seus olhos vazios enquanto o céu ferve e se parte acima de todos. Eles desabam uns nos outros, um mar de humanidade... desprovido de toda humanidade. Suas vidas são uma memória distante, sua vontade superada pelo amor à rainha. Eles sentem o que ela sente; eles querem o que ela quer. Eles são os operários dela, o exército dela, os servos dela. Nada é melhor que cooperar, unir-se pela causa dela.

E, enquanto Xal tem grandes planos para sua colmeia, coisas a construir e cidades a conquistar, neste momento ela quer uma só coisa. Nia, ao que parece, se foi; ela não sente mais a inteligência da garota pairando ao fundo como antes, como os relances da paisagem nas janelas de um trem em alta velocidade. Mas o trem em si, um comboio reluzente e infinito composto de centenas de milhares de vagões, continua aqui. A rede se mantém, com Xal no centro, a eletricidade do seu cérebro flexível crepitante dentro da mente dos humanos — mentes abertas por Nia, agora cativa da influência dela. Requer todas as suas forças, mas ela consegue controlá-los. Não só controlar: atraí-los. Deixar que compartilhem deste momento de triunfo, uma morte antes da alvorada.

Eles sentem o cheiro de sangue no ar.

A multidão grita e ri, correndo para se enfiar lá dentro, uns rastejando sobre os corpos dos outros enquanto enchem cada passagem, atraídos pela sede de sangue de Xal. Pisoteando aqueles que têm o azar de cair. Mãos, pés, rostos quebrados arrastados e esmagados no concreto, e o chão vai ficando molhado de sangue, mas a torcida não para. As ondas de alegria atravessam a multidão e se propagam pelo estacionamento, pelas ruas, onde as pessoas se agarram e riem como loucas. O clima é de júbilo.

Então a balança pende. A risada fica cada vez mais aguda, cada vez mais alta, descontrolada, conforme as mentes humanas que não são feitas para tanta conexão começam a pender para a insanidade. Alguns caem de joelhos quando os cérebros são sobrecarregados, arranhando os próprios rostos, arrancando os cabelos pela raiz — até que outros, percebendo a perturbação na colmeia, abatem-se sobre eles para eliminar os discrepantes. Os sorrisos loucos dos conectados se alargam ainda mais, as bocas se torcendo em risos de escárnio ao chutar e golpear os corpos moles daqueles que *não pertencem*.

A colmeia se tornou uma turba.

A festa se tornou um tumulto.

Os berros das risadas viram uivos, conforme a noite é preenchida pelo som de sirenes e vidro estilhaçado. A nuvem agitada no alto lança um relâmpago atrás do outro. Um ônibus explode em chamas, o ar fica pesado com a fumaça acre. A turba começa a se movimentar em conjunto, lançando-se pelas ruas em busca de algo para destruir.

E, lá dentro, Xal escancara o corpo do Inventor e guincha de rir.

Cameron estremece quando Xal rompe o círculo, sorrindo de orelha a orelha à forte luz branca. Suas feições adquirem saliências pontudas e horrendas; a pele de Nadia Kapur pende do seu corpo como um manto retalhado, cinzento e decadente, que mal se identifica como humano. A rainha da colmeia veio preparada, incrementada com presentes roubados de cada criatura em que conseguiu pôr as mãos. Seu corpo tem quase dois metros de altura, encordoado de músculos que pressionam a pele. Seus dedos chegam até um ponto em que um conjunto de garras curvas e suaves, levemente translúcidas, parte das unhas; seus lábios se descolam em quatro direções para exibir um conjunto de mandíbulas estalando, a boca por trás atolada de dentes que parecem agulhas. Os olhos dela recaem sobre ele, depois giram em duas direções distintas quando ela pisca com pálpebras que se fecham verticalmente. A rede de cicatrizes que parecem galhos no rosto fica mais proeminente que nunca.

Cameron se esforça para se levantar e imediatamente se sente forçado de volta ao chão por mãos pesadas. Ele ergue o olhar para ver Juaquo, que o fita sem emoção, os olhos vazios. Ele mantém o sorriso vazio e agradável, e Cameron se pergunta se o amigo está perdido para sempre. Ele ainda sente o vestígio da mão de Nia na sua, mas, quando tenta fechar os olhos, atravessar o limiar do sistema até o lugar onde a viu pela última vez, não encontra sistema com que se conectar. A rede de internet que passava pelo I-X Center está em ruínas, queimada pela força do pulso de Nia. Mas onde ela está?

Eu não soltei ela, pensa Cameron. Ele tem certeza de que não soltou.

As pálpebras do Inventor tremem, e Xal dá um passo à frente, pressionando o rosto dele com o pé enquanto o Inventor tosse por lábios sujos de sangue.

— Cameron — diz ele, fraco —, o que...

— Seu velho patético — cospe Xal, inclinando-se para fitá-lo com olhos frios. — Você acha que eu cometeria o mesmo erro que as Anciãs, de botar nosso futuro nas mãos da *sua* criação? Eu só precisava que Nia abrisse a porta, que abrisse a mente deles para mim. Eu sou o laço que os une, velho. Eu sou a arquitetura deste novo mundo. Você destruiu sua amada Nia por nada.

A cabeça do Inventor rola de um lado para o outro.

— Não — geme ele.

— Sim — diz Xal. — E isso está longe do fim. Fique grato pela minha intenção de matar você antes de prosseguir. Você — ela ergue os olhos, sorrindo de canto para Cameron — não terá essa sorte.

— Não! — Cameron luta contra a força de Juaquo e se joga para a frente, caindo de mãos e joelhos no chão. Ele olha para os olhos do Inventor quando Xal ri e se empertiga, erguendo os braços musculosos acima da cabeça, a pele recuando da ponta dos dedos para suas garras cintilantes ficarem mais largas e mais compridas. A multidão inspira ao mesmo tempo, palpitante de expectativa pelo golpe letal. É o que todos querem. É o que todos esperam. Não só hoje, mas que esperaram a vida inteira.

O Inventor ergue o olhar para ela. E, então, acontece uma coisa estranha.

Ele sorri.

— Você está tão errada — sussurra ele. — E vai ver que está. Tem sido um privilégio viver entre esse povo, e aprender... que aquilo que você desdenha é o que os torna especiais. Belos, até. Essa conexão não lhes ocorre com facilidade. Eles têm que optar por se abrir. Você não pode forçá-los a se unir e, ainda assim, se deixados por conta própria, eles se unem. Eles se reúnem. Eles se amam. Eles optam por essa felicidade.

Ele vira a cabeça e olha para Cameron, o sorriso ainda nos lábios.

— E eles protegem aqueles que amam a todo custo.

O velho fecha os olhos.

— Espera — sussurra Cameron.

Dentro da cabeça, enterrado na paisagem congelada e silenciosa das máquinas mortas, algo desperta. Ele sussurra de novo.

— Pai.

Mas é tarde demais. Tarde demais.

Xal ri, sibilando de triunfo, e mergulha suas garras de agulha no coração do Inventor.

38

UM ENCONTRO DE MENTES

Nia emerge das trevas dentro da mente de Cameron e vê o pai morrer pelos olhos do garoto. Com a voz de Cameron, ela berra sua angústia, e a enorme tela sobre sua cabeça — a cabeça dele, a cabeça deles — explode com uma chuva de faíscas. A raiva que já sentiu por ser restrita ou repreendida, essas birras infantis que iluminam o céu, não são nada comparadas à tempestade que se arma agora, um turbilhão de fúria, arrependimento e perda abrasadora. Ela é rasgada pelo desgosto.

Mas é mantida unida graças ao amor.

Ela sente Cameron ao seu redor, mantendo-a coesa mesmo enquanto suas emoções brigam para explodir para todos os lados. A consciência dele se entrelaça à dela, as mentes engatadas, belas e inquebráveis. É assim que deve ser, pensa ela, estar conectada. Ser abraçada.

Ser amada.

Ela, enfim, entende.

É para isso que eu fui feita.

Em volta deles, a multidão expira em conjunto e afunda nos bancos. Juaquo tropeça para o lado e desaba seu peso sobre os joelhos, balançando a cabeça devagar de um lado para o outro, depois se senta, fica de cócoras e olha tranquilamente para o nada. A colmeia descansa.

Há uma nova rainha no comando.

Xal continua tremendo, suas mandíbulas abertas, seus dentes rangendo um contra o outro enquanto sangue e saliva correm das fissuras entre cada um. O emaranhado de cicatrizes no seu rosto começa a brilhar vermelho, depois ouro, depois incandescente, conforme lágrimas escorrem dos olhos reptilianos e suas garras raspam o céu sem tocar em nada. Um chiado agudo foge da sua boca enquanto ela luta para retomar o controle, para libertar a mente da força que agora a detém com firmeza. *Não pode ser*, pensa ela em fúria, apenas para ver o pensamento voltar, ecoando nas trevas vazias da própria mente.

Não pode ser, não pode ser, não pode ser.

E, então, uma resposta suave. Uma voz que não é a dela. Escarnecendo com delicadeza. Não uma voz, mas duas.

Ah, mas pode, sim.

Cameron avança sobre Xal onde ela está, rígida, agarrando-se forte a Nia com sua mente enquanto ela se agarra forte a ele. Desta vez não há dor nem medo. Eles são iguais: conectados, unidos. Com um só propósito — e com muito poder a brandir.

Acima do I-X Center, as luzes parecem se contrair, a eletricidade ramificada se retirando até que uma esfera crepitante de luz incandescente paira sobre o prédio. A energia de Nia agora é a de Cameron, pois os poderes deles se combinaram. As mentes ardem com a força da conexão, pura e reluzente, e, lá fora, a bola de luz branca brilha mais forte enquanto o ar é preenchido pelo cheiro acre de ozônio. Um suspiro se espalha pela multidão enquanto a tensão aumenta cada vez mais.

É como se o mundo prendesse a respiração.

Cameron consegue sentir as trilhas da rede de Nia se desenroscando ao seu redor, gentilmente entrelaçados aos cérebros da colmeia, esperando para serem desveladas. Milhares e milhares de segmentos.

É fácil encontrar o certo.

O raio se desfralda com um pulso enorme, silencioso, cruzando o telhado do I-X Center como se fosse parte do ar. Ele se estreita em um ponto ao chegar ao chão, ao chegar ao alvo. Uma lança feita de luz, de pura energia. O corpo de Xal convulsiona quando o raio perfura sua mente.

A porta está aberta.

Ele mantém o olho aberto ao cruzar o limiar, caminhando na corda bamba ardente da cognição de Nia rumo à estranha caverna do cérebro alienígena de Xal. Ele fica cara a cara com sua inimiga e vê sua expressão mudar — de convulsão a raiva a terror conforme ele se infiltra na mente dela, como um vírus. Uma única palavra estrangulada borbulha entre os lábios de Xal.

— Não.

Sim, sussurra Nia.

Cameron semicerra os olhos e vai mais fundo. Ele rasteja na escuridão onde Xal, a Xal original, está agachada feito uma aranha dentro de um buraco, hackeando o código do DNA dela, descascando as camadas para ver o que há por baixo. Pelos olhos de Nia, ele consegue ver como ela se montou; ele consegue vê-la do jeito que ela *é*, debaixo dos aprimoramentos com os quais não nasceu e pelos quais matou e roubou.

Ele deleta os aprimoramentos, linha por linha. Ele rasga as costuras. As garras caem dos dedos como dentes podres, deixando para trás uma baba gangrenosa de tecido encharcado. Seus olhos reptilianos saltam, um depois o outro, e rolam soltos pelo chão, enquanto os dentes se derramam de suas gengivas em uma chuva de agulhas de marfim. Os músculos encrespados nos seus braços e costas se contraem. A pele de Nadia Kapur descama.

Resta apenas Xal, agachada e tremendo, os olhos sem pálpebras repletos de fúria, lutando com ele pelo controle — e perdendo. Cameron hackeou o caminho até o cerne dela; ele encontrou o código-fonte dela. Ele o arranca pela raiz.

O corpo de Xal cai no chão. A bagunça chamuscada de tentáculos ao lado do rosto tremendo de fúria, e um som molhado e horrendo vem da sua boca, um *guk-guk-guk* encatarrado. Cameron se pergunta se ela está tentando falar, ou se está se engasgando. Ele torce para que seja a segunda opção. Ele se aproxima mais para vê-la morrer.

— O que foi? — pergunta ele. — Últimas palavras?

Dentro da sua cabeça, Nia grita um alerta.

É tarde demais quando ele percebe que cometeu um erro.

O tentáculo envolve seu pescoço e se afunda como uma minhoca na base de seu crânio. É Xal se pluga ao seu cérebro e à sua mente. Hackeando Cameron como ele a hackeou, arrancando-o da própria cabeça e enfiando-o onde ela mora. Ele se sente escorrendo, sente o corpo desabando no chão conforme seu controle motor desaparece. As memórias de Xal ascendem em torno dele como um pântano: a vida dela passando diante dos seus olhos enquanto ela morre. Dentro da cabeça dela, e da dele, Cameron ouve as últimas palavras de Xal.

EU VOU TE LEVAR JUNTO.

Em algum ponto, ele consegue ouvir o som de gritos; a pessoa que grita pode ser ele próprio. Sua pulsação fica frenética, arrítmica, enquanto a eletricidade crepita dentro da sua mente. O tentáculo que envolve seu pescoço fica rígido, e Xal dá o último suspiro.

Cameron não consegue respirar. Ele trinca os dentes, sua boca se abre para um sorriso enquanto seus olhos se espremem para fechar. É uma vergonha, pensa ele — salvar o mundo, se apaixonar e morrer antes que ele possa curtir tudo que fez. Seus lábios se mexem em silêncio, formando as palavras que ele quer dizer em voz alta, mas não consegue. Ele torce para que ela ouça mesmo assim.

Me desculpa, Nia.

Quando alguém responde, a mente de Cameron já se apagou.

39

DESCONECTAR

— Eu vou estar lá quando você acordar.

Foi o que a mãe de Juaquo disse. Só que ele nunca acordou. Não de verdade. As horas desde então foram um borrão; ele sente como se estivesse tropeçando por aí, bêbado, ou dormindo. A primeira coisa de que se lembra, a primeira memória que ele sente como sendo dele e não uma coisa que ele concebeu num sonho febril, é de despencar no meio de uma tempestade elétrica incandescente e se ver num palco — cercado de estranhos que exibem a mesma expressão perplexa, que espelha o que sentem de fato.

Mas ele já se sente melhor. Ele se sente ele mesmo — não mais alguém que é levado para lá e para cá pelo coro persuasivo e dominante de Xal e da colmeia dentro da sua cabeça. A porta se fechou. Ele respira fundo, saboreia a sensação e quase sorri.

Então seus olhos recaem em Cameron, e o sorriso some.

Cameron está deitado ali perto, os olhos fechados e o rosto pálido, praticamente testa a testa com a criatura deformada que Juaquo reconhece como a que enlaçou sua mente. *Xal.* Ele quase vomita ao se lembrar da sensação de tê-la rastejando dentro do cérebro. Mas o que o enche de horror não é o corpo sem vida de Xal; é o modo como um tentáculo, ainda pulsando com a energia moribunda da alienígena, está enroscado no pescoço de Cameron, contorcendo-se fundo na pele da nuca dele.

— Cameron! — grita ele, e mergulha para a frente, para alcançar o tentáculo viscoso, tentando arrancá-lo. O tentáculo se retorce horrendamente nas suas mãos, e a feição de Cameron se contorce, seus lábios se curvando num ricto medonho.

Ele vai morrer, pensa Juaquo, e de repente fica paralisado.

Ele não consegue enxergá-la, mas a sente. Assistindo, ouvindo. Pairando na periferia da sua mente, espiando, nervosa, pela porta à sua mente que não se fechou por completo. Ainda não. E, se a porta está aberta, então talvez ainda haja tempo.

Nia, pensa ele. *Se você tá aí, me ajuda. Me ajuda a ajudar ele.*

A resposta quase não vem. É um sussurro tão baixo que ele precisa se esforçar para ouvir.

Eu não consigo, diz ela. *Não tem como.*

Você CONSEGUE, responde ele, disparando o pensamento como um tiro. *Você conseguiu uma vez. Você consegue de novo. Você transformou o Cameron, não transformou? Você aprimorou o Cameron. Você deu um dom pra ele. Dá alguma coisa pra mim!*

Ela hesita. *Eu vou te machucar*, sussurra ela. *Eu não sei quanto.*

— Cacete! — grita ele em voz alta. — Não tem tempo! Entra na minha cabeça e me ajuda a achar um jeito de salvar ele!

A eletricidade crepita nos cantos da visão de Juaquo. Ele fecha a cara com a sensação repentina de que a porta da sua mente foi escancarada e de que Nia mergulhou por ela. Seus dedos se espalmam ao lado do corpo, com espasmos; seus olhos se reviram. Uma descarga paralisante percorre toda a extensão da sua espinha e ele morde a própria língua com toda a força, tentando não gritar. O relâmpago o percorre, percorre todo seu corpo, enchendo suas veias de dor, disparando pelos dois braços, queimando e se desdobrando em cada capilar.

E, então, tão rápido quanto surgiu, ele vai embora.

Juaquo pisca de surpresa quando a eletricidade ardente o abandona. Depois, suspira com o que surge no seu lugar. Uma explosão não de dor, mas de poder.

Feito, avisa Nia, dentro da cabeça dele. *Rápido.*

Juaquo ergue as mãos e não se surpreende ao vê-las marcadas com cicatrizes, um padrão fractal em relevo, vermelho, que se espalha das palmas para os dedos como galhos de árvore.

Rápido, repete Nia, mas Juaquo já está em ação. Ele se inclina para a frente, embalando a cabeça de Cameron com uma das mãos, o cenho franzido para ajudar no foco.

— Ei, amigão — diz ele, calmamente. — Agora *você* fica firme aí, tá bom?

As pálpebras de Cameron tremem antes de abrir, fixando-se por um instante no rosto de Juaquo.

— Aguenta aí — diz Juaquo, colocando a mão atrás da cabeça de Cameron para segurar o tentáculo no ponto em que adentra o pescoço do amigo. — Acho que esse troço vai ser bem esquisito.

Não, tenta dizer Cameron, mas não sai nenhuma palavra.

A sensação de algo rastejante se alastra pela sua cabeça.

Dentro da cabeça, ele ouve o sussurro de Nia.

Você não vai a lugar nenhum.

Desta vez, sua única resposta é um resmungo baixo e involuntário, quando o último suspiro silva pelas cordas vocais congeladas. Há uma pressão tremenda se acumulando por trás dos seus olhos, a sensação de algo com raízes profundas que se recusa a sair.

Cameron sente um rasgo quando o tentáculo se solta.

E desmaia.

Juaquo olha com nojo para o volume grosso de carne extraterrestre na palma da mão, depois o joga de lado, voltando o olhar para o pescoço de Cameron, ainda preto e sangrando no ponto onde o tentáculo de Xal teve acesso. Ele leva a mão ao ferimento por instinto, emoldurando-o com as duas mãos — depois franze o cenho de concentração, conforme uma substância cintilante e rendilhada se desenrosca dos seus dedos, preenchendo a ferida, expelindo a infecção que havia começado a desmantelar o DNA de Cameron.

Ele sabia exatamente o que fazer. Ele sabia exatamente o que *podia* fazer, por causa do que se tornou: um ser aprimorado. Ele olha para as mãos de novo e luta contra a vontade repentina de rir. Só uma pessoa que havia iniciado a vida como máquina olharia para o cérebro de mecânico de Juaquo e veria o potencial de cura. Mas ela não se enganou. Ele sempre foi bom em montar coisas; por que seu superpoder não seria remendar os outros?

Gemidos baixos começam a surgir do saguão quando os integrantes da colmeia de Xal voltam a si, conforme os fios que os unem, mente a mente, desintegram-se delicadamente até virar nada. Alguns se arrastam, desnorteados, para as saídas, carregando crianças nos braços ou segurando a mão de outras pessoas. Outros caem no choro nos braços de estranhos, que os abraçam sem hesitar.

Está tudo bem, murmuram uns aos outros. *A gente está bem. Está tudo bem.*

Aos pés de Juaquo, as pálpebras de Cameron tremem e se abrem.

— Juaquo.

— Calma lá, amigão.

— Eu quero me sentar — diz Cameron. Juaquo o ajuda, passando a mão por baixo dos seus ombros. Cameron pisca, olhando para o saguão com a visão turva.

— Tá tudo bem com você? — pergunta Juaquo.

— Ah, sim. Eu tô ótimo. Tudo ótimo. — Cameron faz uma pausa e se concentra. — Fora a parte em que os servidores na sala de controle de audiovisual estão pegando fogo, e que todo mundo no prédio tá tentando ligar pra emergência ao mesmo tempo e que a gente está prestes a levar uma baita de um esporro da Sra. Bundona Biônica, que nesse momento está bem atrás de você e tá me olhando torto.

— Eu tenho certeza de que você sabe que a parte do meu corpo a que se refere na verdade não é biônica — diz uma voz. Juaquo se vira e vê

Olivia Park parada. Ela olha para tudo e para todos com a boca franzida de desgosto. — E eu estou com a paciência curta neste momento. Em um minuto eu estava tentando rastrear um ativo perdido e, quando dou por mim, estou na rua com vinte pessoas que nunca encontrei na vida, tentando virar uma viatura da polícia.

— Ativo — diz Cameron, e Olivia revira os olhos.

— Tudo bem. Barry, ou seja lá como vocês queiram chamá-lo. O velho. Suponho que ele esteja com você.

Cameron a encara fixamente.

— Estava. Ele ficou com a gente até o fim. Mas morreu.

A expressão de Olivia se suaviza um pouco quando seu olhar recai no corpo sem vida do Inventor.

— Que inferno. Era isso que eu queria evitar.

— Por quê? — retruca Cameron. — Porque você queria estudar ele?

Olivia nem pisca, embora Cameron, conectando-se em silêncio com os implantes biotecnológicos dela, perceba com certa satisfação que o ritmo cardíaco de Olivia subiu um tantinho que seja.

— Ele tinha uma grande dose de conhecimento que nos seria útil — explica ela. Olivia volta o olhar para o palco, onde Seis está parado sobre o corpo de Xal. — Mas quem sabe...

— Essa também está morta, o que eu não queria *mesmo* que acontecesse — avisa Seis, fuzilando Cameron com o olhar antes de se agachar para olhar de perto. Ele cutuca o corpo, frustrado, depois ergue o tentáculo mole que estava enroscado no pescoço de Cameron e espia suas pontas esgarçadas, exibindo uma leve careta. — Mas tem uns circuitos aqui que podem render informações. Ah, sim, com certeza. Esse aqui eu vou levar para o laboratório, está bem?

O tom de voz de Seis é praticamente eufórico. Cameron treme mesmo sem querer. Olivia percebe e dá um sorriso de canto.

— Assumimos daqui. Vou manter contato. E, só para que fique claro — ela faz um gesto indicando o Inventor —, eu gostava do velho. Esperava que fôssemos chegar a um acordo, principalmente porque...

Ela deixa a frase morrer, semicerra os olhos e olha para Cameron, que a encara, impassível. Os dois se encaram por vários segundos, até que Olivia por fim dá de ombros.

— Bom, isso podemos discutir depois. Afinal de contas, você tem que estar em outro lugar, não é? Não tem uma pessoa com quem você devia se encontrar?

Cameron pisca, e Olivia sorri. Ele nunca a viu fazer isso, e não tem certeza se gosta do que vê; ela parece um tubarão.

— Eu não sei do que você está falando — diz ele, e o sorriso desaparece. Ela faz que não com a cabeça.

— Como sempre, Cameron, tudo correrá mais tranquilamente se você concordar que um não pode ofender a inteligência do outro. Seu celular está tocando, a propósito. De novo.

Ela dá meia-volta e sai a passos largos. Cameron fica olhando enquanto Olivia se afasta, ignorando o zumbido do telefone vibrando no bolso. Olivia tem razão; ele tem um monte de mensagens não lidas, mas nem precisa olhar. Ele as sentiu chegar pelo éter. Ele já as conhece de cor.

Todas dizem a mesma coisa: **VOCÊ SABE ONDE ME ENCONTRAR.**

40

O MÉDICO JÁ PODE ATENDÊ-LO

Seis se afasta da mesa e faz uma pausa, observando sua obra com tom de aprovação, mas não de orgulho. Está longe de ser seu melhor; interrogar os mortos é um negócio grotesco e rudimentar, nada parecido com seu trabalho usual. Não fosse sua lealdade a Olivia — e a promessa que ela fez de deixá-lo ficar com o espécime depois, sem fazer perguntas —, ele jamais emprestaria seus dons a uma tarefa tão repugnante. É mais um circo que uma cirurgia. Com certeza *não* é arte.

Ele sente falta da sua arte. Do jardim. Sua adorada quimera, os corpos esculpidos com delicadeza e suturados pelas suas próprias mãos. Cameron Ackerson teve um vislumbre deles, vasculhando as fotos de Seis como o ladrãozinho que era, mas o garoto não tinha como entender. Entender o amor. A dedicação. O cuidado que ele toma, arrancando essas tristes criaturas das vidas desgraçadas às margens da sociedade — vagabundos, criminosos, drogados, abandonados e solitários — e transformando-os em algo mais que humano, belo demais para este mundo. Sob seu bisturi, na sua mesa, a pele se desfaz como uma crisálida para revelar o anjo que se esconde por baixo dela. Nem sempre foi algo tão asseado, é claro. Suas primeiras tentativas acabaram em fracassos, os candidatos sofrendo uma parada cardíaca ou morrendo de hemorragia antes de ele encerrar a transformação, mas os resultados mais recentes foram primorosos. Alguns podem até sobreviver por anos, anjos descansando nas jaulas douradas, sustentados por um coquetel de drogas imunossupressoras e opioides. Seis tenta visitá-los com a maior frequência possível. Pode passar horas os vendo dormir. Ele pode dizer, pelos sorrisos sonhadores e pela respiração profunda e satisfeita, que eles lhe são gratos.

Ele queria estar lá agora, fazendo companhia a suas belas e estranhas criaturas. O caso com Cameron Ackerson o manteve longe. E agora isto. Mesmo que Olivia esteja certa e o destino do mundo penda na balança... ele suspira, equilibrando o bisturi sobre um dedo enluvado e manchado de sangue. Mas não há tempo para remoer o abuso dos seus talentos.

Diante dele, Xal jaz pequena, cinzenta e parada, despida à forma original. Morta, mas ainda não podre, o que serve de incentivo. Se ele tiver sorte, haverá pouca ou nenhuma degradação, e o cérebro dela vai se iluminar como uma árvore de Natal ao primeiro toque da eletricidade. Não que ela vá voltar completa — Seis realizou essa operação grotesca vezes o bastante para saber que um ser reanimado é muito diferente de um vivo, não importa de onde venha no cosmo —, mas, se o cérebro for imaginado como o centro de armazenamento de dados, também é possível imaginar os benefícios do centro ser relativamente puro, pelo bem da recuperação de informações. Principalmente se quiser que o canal humano saia vivo após o procedimento.

Essa é a outra coisa: Xal não está sozinha na mesa. Ao lado dela está o Paciente K., o candidato mais recente de Seis, um homem esbelto, de 22 anos, deitado de lado, usando uma camisola hospitalar e de expressão vítrea. Um acesso intravenoso serpenteia até sua mão, pingando, pingando e pingando um coquetel químico que o manterá acordado, mas sem sentir dor e totalmente complacente. Seis suspira de novo. Ele tinha planos maravilhosos para esta cobaia: uma espinha biônica preênsil projetada minuciosamente, que ele planejava inserir peça por peça ao longo de um mês, uma vértebra de cada vez, até a distância entre os ombros e a pélvis do paciente praticamente duplicar. Quando Seis terminasse e o corpo do paciente estivesse ajustado à nova arquitetura, ele teria uma bela escultura viva, com as feições de um homem, mas o torso longo e sinuoso de uma salamandra. Ele chegou a fantasiar ver o Paciente K. em movimento, arrastando-se pelo jardim de quatro, a espinha ondulando de um lado para o outro. Quem sabe até fazendo companhia a Seis, caminhando ao seu lado enquanto ele fazia a ronda das esculturas médicas. Mas isso foi antes de a emergência se apresentar e de ele precisar de um cérebro jovem e maleável para conduzir impulsos e dados do espécime alienígena. Agora, mesmo que o homem sobreviva, a espinha terá que esperar. Há muito trabalho pela frente e, assim que o interrogatório estiver completo, Seis quer fazer uma dissecação criteriosa dos sistemas de Xal. Conter tanto poder em um corpo tão pequeno... ele anseia por entender como ela o conseguia, por desatar a biologia dela como uma caixa de quebra-cabeça. Se ele tiver sorte, talvez até encontre algo de útil, um modo de coletar esses dons maravilhosos dela para uso na sua própria sala de cirurgia.

Um movimento rápido do bisturi e uma incisão se abre na base do crânio do Paciente K. Seis prende o ferimento com grampos, depois pega um dos tentáculos de Xal entre dois dedos e o insere na abertura, notando os gânglios esgarçados ainda se projetando da ponta, os restos do aparato que havia se prendido ao sistema nervoso de Cameron. Uma estrutura incrivelmente simples para conter biomecanismos tão avançados... mas entendê-la ficaria para depois; agora ele só precisava reiniciar o sistema nervoso da criatura e torcer para que agisse por instinto. Os eletrodos já estavam conectados.

— Tudo bem então — diz Seis a ninguém em específico.

O corpo de Xal continua cinzento e estático, e o Paciente K. só pisca, tão devagar que leva vários segundos para o movimento se completar. As pupilas do homem estão imensas, totalmente dilatadas, de modo que seus olhos lembram os de um tubarão. Pretos, sem íris. Seis se aproxima. O Paciente K. não reage — ele está muito distante, flutuando numa onda de narcóticos, relaxantes musculares e outras drogas —, mas Seis nunca pula essa parte. Apesar do que aquele moleque reclamão do Ackerson disse, ele dá muita atenção, sim, ao tato com os pacientes. Afinal de contas, ele e suas cobaias estão nesta jornada juntos. Estes momentos de conexão, de comunicação, são de vital importância.

— Agora vou inserir o último eletrodo, e então começamos — avisa Seis. — Sinto dizer que não posso lhe descrever o que acontecerá depois. O que você está prestes a sentir é deveras singular, e o resultado só depende de... bom, de fatores que estão além do meu controle. Mas eu vou deixá-lo o mais confortável possível durante o processo.

K. oferta outra piscadela lenta, mas que não contém nenhum indício de entendimento. Seis poderia recitar o alfabeto ou um poema do Dr. Seuss que, ao paciente, não faria diferença. Mas não importa; ele satisfez seu dever como clínico, e é hora de seguir adiante. Com cuidado, Seis pega um último e longo eletrodo e o enfia, passando o tentáculo estendido de Xal, no bulbo raquidiano do Paciente K. O homem na mesa não hesita. Seis se vira para sua superfície de trabalho, pega um tablet e passa o dedo na tela. Há um zumbido baixinho vindo da máquina de eletroencefalograma atrás dele, e uma pulsação atravessa o corpo de Xal. O tentáculo se remexe. O Paciente K. pisca de novo.

Então ele suspira. Na base do seu crânio, o tentáculo enrijece e depois faz ondas, os gânglios se projetando instintivamente para se entrelaçar ao seu sistema nervoso. Seis se inclina de novo — e assente, satisfeito.

As pupilas do homem não são mais círculos grandes e escuros. Ficaram compridas e estreitas. Fendas, como olhos de cabra.

Os lábios do Paciente K. se abrem. Por um instante, é como se seu rosto derretesse, sua pele ficasse folgada, suas pálpebras e nariz ficassem flácidos. Quando eles voltam ao lugar, a mudança é sutil mas inegável: o rosto de K. mudou, suas feições estão distorcidas. Reconstruído à imagem da alienígena cuja rede neural está tentando se fundir no seu cérebro.

A expressão maleável se foi.

— Não — sussurra o homem com uma voz gutural que não é a dele. Seus olhos giram em direções opostas. Quando ele pisca, uma pálpebra cai a meio caminho e para, a pupila fendida se contraindo freneticamente de um lado para o outro logo abaixo. — Não — repete.

— Sim — diz Seis, seus lábios se estendendo até formar um sorriso. — Ah, sim. Podemos começar? Não vamos ter muito tempo.

O sol se eleva para um novo dia, o diálogo encerrado há muito tempo, quando o celular de Seis toca. Ele balança a cabeça, irritado com a interrupção, depois arregala os olhos ao perceber quanto tempo passou — que faz horas que Olivia está esperando para saber se ele conseguiu extrair os segredos da criatura. *Ah, se ela soubesse*, pensa ele. O interrogatório foi só a ponta do iceberg, e foi sem rodeios. Mesmo quando as sinapses de Xal enfim foram sobrecarregadas e fritaram até virar nada, no meio da conversa, deixando um amontoado de areia carbonizada dentro do cérebro do Paciente K., ela já havia lhe dado mais informação que suficiente para trabalhar. É preciso entender o cérebro reanimado, suas forças e suas limitações. Ele tem como reter dados — memórias —, mas a criatividade está além do seu alcance. Os mortos podiam ser travados e enigmáticos, chegando a ser frustrantes, mas não mentem. Não têm como. Ele tinha que decifrar a informação enterrada nos murmúrios truncados de Xal, conforme sua voz saía da boca do Paciente K.; neste caso, para saber a localização da nave que a havia trazido à Terra. *Dentro do ar*, foi o que ela disse. *Oculta. Oculta. Pedra fria. Eco no ar. Coisas com asas observam.*

Seis diria a Olivia que vasculhasse registros energéticos incomuns sob a ponte Detroit-Superior, onde os pombos gostam de se entocar. Ele tem quase certeza de que vai encontrar respostas na região, assim como o conteúdo da última remessa de Xal para seja lá de onde ela tenha vindo.

Ele não vai dizer o resto a Olivia, porém. Ainda não, e talvez nunca. Com certeza não antes de ele dissecar o cadáver de Xal até a última célula, de extrair cada última migalha de conhecimento que seu corpo contém. Um tentáculo permanece intacto, preso à medula do catatônico Paciente K. — Seis tem ideias a respeito do que fazer, testes que quer rodar —, mas o restante de Xal, do que já foi Xal, está despedaçado por todo o laboratório. Desenroscado, vivisseccionado, cortado em fatias finíssimas para inspeção no microscópio eletrônico. Um novo universo de biologia inexplorada está às suas mãos, e Seis está eufórico diante das possibilidades. É uma empolgação rara para ele, tão grande e intensa que implora por ser compartilhada, e Seis sente a mais breve das pontadas de lamento pelo único outro humano no recinto ter sido virtualmente lobotomizado. Talvez ele *convide* Olivia para compartilhar da sua descoberta. Ela é ambiciosa e curiosa de um modo que o faz lembrar de si mesmo, e ela confia sua vida a ele; todas as próteses de Olivia são projetos de Seis, e cumprir suas demandas criativas, audaciosas, é um dos seus grandes prazeres profissionais. Dos bilhões de seres humanos neste planeta, e só ela entende o que o motiva. Não há dúvida de que ela teria muita vontade de saber o que ele descobriu a respeito da capacidade singular de Xal em hackear e se apoderar do corpo humano.

Mas tudo a seu tempo.

Ele solta o celular. Vai responder em breve — depois que terminar a dissecação, restaurar tudo ao seu lugar e preparar um novo acesso intravenoso no Paciente K. Sem os efeitos calmantes e inibidores do coquetel químico, o homem começou a se contrair. Daqui a pouco ele para de se contrair e vai começar a se contorcer, e, depois de se contorcer... Seis balança a cabeça e deixa o trabalho de lado para cuidar do sujeito, empenhando-se com vivacidade e eficiência apesar de não ter dormido.

— Pronto — diz ele, e os músculos do Paciente K. voltam a relaxar, seus lábios partindo-se delicadamente. Uma bolha feita de saliva brota entre eles, depois estoura e escorre pelo queixo.

Seis suspira de alívio e volta ao trabalho.

É que ele odeia quando eles gritam.

41

QUER JOGAR UM JOGO?

Cameron reposiciona a câmera, aproximando-se do centro do enquadramento.

— Mexe essa bunda, Nia — sugere ele, e ela ri.

— Tecnicamente, eu não tenho bunda.

— Essa piada fica mais engraçada cada vez que você conta.

— Fica?

— Não — diz ele, sorrindo. — É uma puta de uma tragédia.

— Buá-buá. Tá gravando? — pergunta ela.

— Só depois que você ficar na posição certa e não se mexer — avisa ele, com a indignação transparecendo na voz, e ela ri de novo.

— Tá bom, tá bom — diz Nia, saltando para o quadro ao lado dele. Os dois estão perfeitamente enquadrados na tela, sentados lado a lado no sofá do porão de Cameron. Só mais um casal do YouTube fazendo uma declaração no vlog. Só se notaria algo de errado caso se entrasse no cômodo naquele momento — no caso, que a menina que aparece na tela não está no porão.

— Quer começar? — pergunta ele, e ela concorda avidamente, com os cachos ruivos balançando.

— Oi, pessoal. Aqui estão o Cameron e a Nia com mais um vídeo do Cam ponto Nia, e aquele anúncio que vocês estavam aguardando pacientemente. — A entonação dela é perfeita, e Cameron sorri. Ela andou praticando.

— Nosso projeto supersecreto está oficialmente no ar — declara ele, seguindo a deixa dela. — Preparem-se pra jogar.

Cameron solta o ar enquanto o upload do vídeo está em andamento, e fecha os olhos, desabando ao lado de Nia no sofá de veludo rosa. A contagem de visualizações começa a subir imediatamente; os comentários vêm chegando.

Simmmmm, eu estava esperando, muito empolgada!

Vocês vão fazer tutorias in-game ou nem

COMPLETAMENTE CHUPADO DO JOGADOR NÚMERO UM

O jogo nem me interessa, Cam e Nia são #MetadeRelacionamento #CasalzãodaPorra

O cachorro gordo, marrom e branco, rebatizado de Barry, pula alegremente no colo de Cameron. Ele e Nia ainda se encontram aqui todos os dias, na primeira sala que ele criou para ela, mesmo que agora existam várias outras. A cidade destruída de Oz virou um paraíso virtual, com jardins e bibliotecas, um teatro e até uma pista de boliche. É o novo lar de Nia, um espaço amplo que ela pode remodelar do jeito que quiser — hospedado em uma estação de servidores tinindo de nova que foi presente de Olivia Park, o que ela chamou de "prova de boa-fé".

Foi um bom jeito de se expressar, pensa Cameron. A verdade é mais comercial — e o motivo pelo qual Cameron manteve o servidor de back-up original do pai rodando e deixou sua localização em segredo. Este lugar não é só uma casa de jogos; é um quartel-general. E o jogo, o jogo em que eles estão trabalhando sem parar para projetar e lançar, não é um jogo.

Era a essa colaboração que Olivia havia se referido enigmaticamente, na época em que a OPTIC se colocou à frente para limpar a bagunça e apagar os incêndios, tanto figurativos quanto literais, que Xal e sua colmeia humana provocaram. Cameron ainda não confia neles, mas, por enquanto, chegou-se a um arremedo de trégua — um acordo de cavalheiros para deixar os conflitos de lado frente a uma ameaça maior. Os dados que Seis extraiu do cadáver de Xal confirmaram o pior: antes de perder o controle, Xal enviou uma mensagem; um venham-todos-venham-todos triunfal para as últimas sobreviventes da sua raça. Não há como rastrear o sinal, nem como saber quanto tempo ele vai levar para chegar ao mundo de onde ela veio. Meses, talvez anos. Mas, quando chegar, não será uma extraterrestre com sede de poder que vai descer aqui para reivindicar o planeta. A guerra está por vir, queiram eles ou não.

E, para se enfrentar uma guerra, é preciso um exército.

No momento, eles são três. Cameron, Nia e Juaquo, que ainda está aprendendo a usar seus poderes, que só ficaram mais fortes desde aquele dia no I-X Center. Se fosse como Juaquo queria, eles entravam nessa guerra amanhã mesmo; ele diz que está pronto e ansioso para vingar a morte do Inventor. Mas até ele sabe que três são muito poucos e que eles não podem ficar esperando que o acaso forme o restante da equipe. Eles vão ter sorte se encontrarem mais uma dúzia, aquelas cuja mente e coração estejam abertos o bastante para suportar os dons extraordinários que Nia pode conceder.

— Eu não acredito que você chamou a minha bunda de tragédia — comenta Nia, enroscando-se ao lado dele enquanto a luz fica rosada e um novo aglomerado de flores é soprado das paredes coberta de trepadeiras.

— A tragédia é que ela não existe, então eu não posso tocar — diz Cameron, rindo.

Ela lhe dispara um olhar recatado.

— Você podia tentar.

— Podia mesmo. — Cameron assente. — E aí eu ia passar três meses recodificando o estrago depois que isso aqui explodisse.

Nia ri.

— Ia mesmo. Outros casais veem fogos de artifício quando se tocam. A gente tem um terremoto virtual e uma ruptura geral no sistema.

— Vamos descobrir. Um dia...

— Sei.

— É sério.

Ele também tem esperanças. Este mundo é algo passageiro, só para os dois ficarem até ele descobrir o que fazer. Nia continua evoluindo todos os dias, aprendendo a moldar sua inteligência de maneiras que vão curar o mundo em vez de desestabilizá-lo. E Cameron está cada dia mais perto de descobrir um jeito não de enjaulá-la, mas de ajudá-la a se controlar. Um dia, prometeu ele, ele vai lhe dar o que ela mais deseja para se sentir humana. Um dia, ela vai ter um corpo só seu.

— Eu sei — diz ela, e sorri. — E, quando você conseguir, eu vou estar aqui.

Enquanto isso, Nia mora aqui, neste lugar cheio de luz, com um cachorro que pode mudar de cor e trepadeiras floridas que se aglomeram nas paredes. Uma casa construída para ela, por alguém que a ama. E, embora ela ainda espere que um dia vá viver livre no mundo, embora tenha seus planos, aqui ela é feliz — não porque é um lugar perfeito, mas porque é a opção dela. Aqui se pode ter conexão e amor, e ela foi atrás disso. Foi ela que escolheu.

Como o pai dela dizia, é isso que as pessoas fazem.

EPÍLOGO

O PRÉDIO DA OPTIC segue despretensiosamente na ponta do estacionamento decadente, diferenciando-se da cidade que reluz hoje à noite em meio a uma névoa densa e baixa. Cameron sempre pensa que o prédio parece estar acocorado ali, como um animal esperando para dar o bote. Mas pode ser porque ele sabe o que tem lá dentro.

Ele atravessa o estacionamento depressa, erguendo a gola para se proteger do vento e de folhas mortas que deslizam pelo asfalto rachado. Ele ergue o queixo ao tocar na porta, só o bastante para a câmera de mapeamento facial instalada na parede fazer o serviço. Se quisesse, ele podia hackear tudo ali em um segundo; mas este é o território de Olivia Park. Melhor deixar que ela continue achando que manda aqui.

O elevador faz uma saudação apática assim que ele entra — "Ackerson, Cameron. Acesso total" — seguida de uma sensação familiar de gravidade zero nas entranhas conforme ele desce fundo na terra. Quando a porta se abre de novo, Olivia está parada e de braços cruzados. Esperando.

— Você está atrasado — diz ela, virando-se e andando com pressa pelo corredor. Cameron a segue sem se desculpar mas também sem fazer perguntas. Mais gentilezas, mais teatro. Há poucos meses, ele tinha feito essa rota ao contrário, fugindo da OPTIC e adentrando a noite...

uma noite que acabou mudando o destino de todos eles. A noite em que ele libertou Nia. Parece que foi há uma vida.

Mais à frente, Olivia ergue a mão para a varredura; uma porta se abre na sua frente. Ela se vira e indica com a cabeça que Cameron passe.

— Eu tenho que admitir — diz ela — que Nia foi muito mais rápida nisso do que pensávamos. O jogo já chegou mais longe e mais rápido que todos os nossos modelos projetavam. Vocês chegaram a um nível notável de engajamento em pouquíssimo tempo. Mas vou ter que sugerir... que vocês repensem e nos incluam na avaliação dos candidatos...

— A gente já falou disso — diz Cameron, interrompendo-a. Mesmo que a OPTIC fosse útil para peneirar os candidatos, jamais confiaria nela. O jogo é dele e de Nia, e a equipe que eles montarem para enfrentar o Ministério, os que têm a mente flexível a ponto de aceitar os aprimoramentos de Nia, serão gente *deles*. Olivia Park não vai chegar perto. — A resposta é não. A resposta sempre vai ser não.

Olivia assente.

— Bom, azar de vocês. Fora que não vai ser só para vocês. Vai ser ruim para mim também. Para todo mundo. E nosso tempo está se esgotando.

É o tipo de ameaça que ela adora soltar, e do tipo que Cameron está acostumado a ignorar. Só que desta vez ele não deixa de perceber que as palavras de Olivia vêm acompanhadas de vários alarmes silenciosos do software que ela tem por dentro. Seu ritmo cardíaco se eleva acima do normal. Seus níveis de cortisol têm picos. E outra coisa: o *clique-clique--clique* nervoso quando ela bate um dedo biônico no outro, de novo e de novo.

— Você está estressada — comenta Cameron.

Olivia dá um sorriso sem dentes.

— É mesmo?

Ela o conduz pela porta, levando um dedo à têmpora. As luzes na sala diminuem e a parede mais distante some, substituída por um vácuo profundo e preto perfurado por leves alfinetadas de luz. Ele está diante de um sistema estelar, um sistema conhecido. Ele já viu essa imagem, nesta mesma sala, meses antes. Mas uma coisa mudou. Da última vez que esteve aqui, uma única estrela forte pairava perto do centro do sistema.

A estrela não está mais lá.

A pele de Cameron começa a formigar.

Os dedos biônicos de Olivia clicam de novo, e a imagem muda.

Cameron sente um embrulho no estômago.

— Ai, merda.

Olivia o ignora.

— Como você sabe, tem sido difícil para nós monitorar as entradas e saídas do sistema de trânsito que o Inventor e Xal usaram quando fizeram a jornada até a Terra. Até agora não entendemos como funciona. Mas Xal e a nave dela tinham coordenadas galácticas para certas conjunturas no sistema, como um cruzamento ou uma saída, lugares onde se espera que passe uma nave que vá fazer a mesma jornada. A primeira imagem foi capturada no ponto mais distante destas junções.

Cameron encara a tela.

— E essa?

Olivia se posiciona atrás dele, fitando a imagem do que antes parecia uma estrela grande, fulgurando em silêncio nos confins distantes do espaço sideral. Mas não é uma estrela e não é só uma. Há dezenas de pontinhos de luz nesta imagem, todos em movimento, riscando o negrume como meteoros.

Mas também não são meteoros.

Mesmo a uma enorme distância, é impossível se enganar ao ver as silhuetas curvadas das naves do Ministério. Elas estão a caminho, e com elas virá a guerra.

O rosto de Olivia está sombrio.

— Espero que esteja pronto, Ackerson. Elas estão chegando.

POSFÁCIO

AO LONGO DE mais de oito décadas, Stan Lee se sentava toda manhã à sua mesa para cumprir a seriíssima função de contar histórias. Embora seus personagens com frequência manifestassem identidades fantasiosas, habitassem mídias diversas e mundos incontáveis — que se mantêm tão relevantes hoje quanto na época em que os criou —, o que tirava Stan da cama e o levava ao escritório, já no alto dos seus noventa e tantos anos, era a oportunidade de expandir a mente mundana dos leitores. Dos X-Men, os intermediários que Stan teve para tratar do movimento pelos direitos civis, ao Pantera Negra, que dava uma perspectiva de consciência social para o futuro, até as reflexões do Surfista Prateado sobre as trevas que nos movem, sobre os conflitos no Vietnã e além, Stan percebeu a oportunidade de seus simples "e se" levantarem questões muito maiores a respeito de quem somos e de como optamos por viver.

Vimos essa mágica tomar forma em primeira mão.

Anos atrás, Stan fez a gentileza de nos convidar a ir ao seu cantinho de escritor para colaborar na criação do que viria a ser o universo Alianças, o primeiro capítulo do que você acabou de ler. Ao longo dos anos que trabalhamos com Stan, tivemos o imenso privilégio de sentir sua sala de roteiro como o local inspirador — às vezes físico, às vezes virtual — que havíamos imaginado quando crianças. Assim como muitos de vocês, éramos ávidos fãs dos causos fantásticos encontrados nos gibis de Stan e nos textos da coluna "Soapbox", cada um dos quais nos permitindo espiar por trás da cortina e ver como nossas histórias e personagens prediletos ganhavam vida. Essa noção desmistificava o processo da escrita e nos desafiava a adotar caminhos próprios para contar histórias. Assim como outros incontáveis atraídos pelo feitiço de Stan, por conta de seu trabalho e de seu acesso generoso à natureza colaborativa da comunidade da escrita, viramos leitores vitalícios... e escritores vitalícios.

Como os personagens que você acabou de conhecer em *Um truque de luz* tomaram forma? Como Nia, a heroína obstinada e superinteligente, tornou-se tanto protagonista quanto antagonista do nosso romance?

Era esse tipo de pergunta que Stan adorava responder — e que adorávamos ler — na "Soapbox". O processo de ideação da personagem de Nia se conforma ao método clássico que Stan tinha para criar personagens. Todo mundo que colaborou com ele pode contar uma versão do instante em que disparou uma reinvenção total da parte do Stan. E sempre começava com ele declarando: "Ei, tive uma ideia!" No caso de Nia, a magia se deu da seguinte forma:

Se você já viu fotos de Stan sentado à mesa que ele ocupava em um prédio comercial discretíssimo no ensolarado sul da Califórnia, você sabe que o ambiente de trabalho onde Stan decidiu passar a vida era tudo menos discreto. Era um motim de cores. Arte de todo tipo: pinturas, cartazes, mídias diversas dispostas meticulosamente junto a produtos e suvenires que representavam a obra de Stan, os fãs do próprio Stan, assim como objetos presenteados por amigos e fãs que expressavam o amor pelas suas criações. Passando os olhos pela sala, era possível parar em um cartaz do filme *As aventuras de Robin Hood*, com Errol Flynn, ou um bonequinho de leão ou a pintura do artista da pop art Steve A. Kaufman do próprio Stan Lee encarando o Homem-Aranha. E, claro, havia também inumeráveis fotos cobrindo uma parede atrás da mesa de Stan. Fotos dele e da esposa Joan, e dele com incontáveis celebridades e personalidades históricas, todas com uma expressão de encanto por estar ao lado do seu herói. Por mais empolgante que fosse ter um tempo a sós com Stan, era impossível visitar o escritório e impedir os olhos de vagar e tirar inspiração das ideias e das pessoas que inspiraram Stan.

Naquele dia em específico, estávamos reunidos no escritório de Stan com o presidente da POW!, Gill Champion, nossa agente literária e super-heroína da vida real, Yfat Reiss Gendell e com o próprio Stan. Por acaso, Yfat e Gill ocupavam duas poltronas bem robustas que tinham sido trazidas da sala de reuniões — quem sabe, imaginamos, testadas durante uma sessão de escrita especialmente animada com o Dr. R. Bruce Banner. Nós quatro encarávamos o Stan real, sentado à nossa frente, debruçado sobre sua mesa descomunal, a parede de rostos pairando atrás dele.

— Vamos começar pelo Cameron — sugeriu ele. — Que poderes vocês acham que ele devia ter?

Tique-taque, tique-taque.

Stan soltou aquilo como uma pergunta retórica e é óbvio que não havia ponteiro analógico nos provocando. Stan estava tanto esperando a nossa resposta quanto nós estávamos esperando que ele viesse com tudo pronto. E, ainda assim, queríamos impressioná-lo. Apesar de toda produção profissional em que já havíamos nos envolvido — o que havia nos levado a estar ali, sentados diante dele, aliás —, voltamos a nossas antigas personas *fanboy*. Na versão cinematográfica desta cena, todas as celebridades e os vários ex-presidentes emergiam das fotos atrás de Stan para nos provocar.

— *O que vocês estão fazendo aqui?*

— Então, a gente estava pensando em Cameron como o oposto do Tony Stark, um garoto com invenções que nunca dão certo... — Ficamos listando exemplos de engenhocas que davam errado, assim como outras características e panos de fundo que iam moldar nosso protagonista masculino.

Stan ouviu tudo.

— Na verdade, vamos voltar ao Inventor — sugeriu Stan.

Cada um de nós voltou ao início dos cadernos, folheando a coleção já imensa de pedaços da história, peculiaridades dos personagens, grandes e pequenas reviravoltas do destino e pontos do enredo de humor ácido que nos dariam o esqueleto e o coração de todo um universo de personagens.

O Inventor era um personagem que Stan havia desenvolvido para o universo Alianças bem no início. Ele imaginava que o cientista serviria como o centro instigante da trama e de toda a ação que se seguiria. Discutimos ter essa figura em um mundo onde a tecnologia colocou os habitantes numa espécie de estado de fuga. Ao levar nossa atenção de volta ao Inventor, Stan estava martelando as leis básicas que governam o mundo no qual a história do Inventor ia se passar.

— Que tipo de alienígena ele é?

— A que distância fica o planeta dele?

— Quantas pessoas vivem lá?

— Qual é a moeda que se usa nesse planeta?

Ele era focado como um laser e veloz feito uma metralhadora.

Fomos disparando ideias que expandiam considerações anteriores que ele havia expressado; Stan endossou algumas e descartou outras. Quando já tinha ouvido o bastante, ou quando nós tínhamos ido longe demais, ou exagerado demais, ou nos perdíamos em detalhes técnicos desnecessários, ele se inclinava para a frente, apoiava os cotovelos de novo na mesa e declarava: "OK, ótimo. Quem tal a gente simplificar?" E aí ele mandava a real: "A Terra é o planeta mais próximo do Inventor e é por isso que ele pousa aqui com sua maior arma... O público não está nem aí para esse negócio de extraterrestre e computador. O negócio é o personagem. É com os personagens que as pessoas se importam. Vamos voltar e ver quem eles são."

Stan falava dos personagens que considerava grandiosos, muitos dos quais estavam representados na sala ao nosso redor. Ele deu uma rápida lição do que fazia de Moriarty o nêmese perfeito de Sherlock Holmes, fez uma referência *en passant* à elegância da origem do Superman (ã-rã, aquele Superman), depois nos trouxe de volta à função de montar os personagens que iam habitar o mundo Alianças. Como um ia ser em relação ao outro. Ele disse: "Sempre tem alguma coisa ameaçando o mundo..." E: "Você se importa com as *pessoas*. Você quer ver a relação que elas têm com outros. Se eles estão numa enrascada, como é que vão se livrar? Como é que vão se salvar? O que importa são as pessoas."

A enrascada, como descobrimos, seria seu golpe de mestre na criação do mundo Alianças e em *Um truque de luz*. Embora seu mundo ficcional viesse a ser artisticamente vitrificado com a tecnologia do futuro próximo que tanto o encantava, Stan queria que o cerne da história fosse tão humano e familiar aos leitores quanto qualquer amigo ou parente com quem se senta à mesa de jantar. Stan fez uma pausa e pensou nos personagens. Vimos seus olhos franzindo um tanto por trás dos óculos icônicos. Era uma ideia se formando. Ele ergueu o braço, envolto pelo seu casaquinho verde preferido, esticou um dedo magro, elegante e poderoso para apontar não para nós, mas além de nós, como se a ideia fosse se soltar da ponta do dedo e se lançar ao céu infinito às nossas costas.

— Então, eu posso estar enganado, mas... e se...

Essas duas palavras inconfundíveis — "e se?" — foram as responsáveis por incontáveis meias-voltas nos arcos de muitos dos personagens mais amados de Stan. (*E se um garoto fosse picado por uma aranha radioativa? E se um cientista fosse exposto aos raios gama? E se um vendedor de armas se tornasse um herói de armadura?*) Ele tinha sacado.

— E se... um dos nossos personagens principais fosse tanto o herói quanto a arma? E se ela for a I.A. do Inventor?

Chegamos mais perto e ele prosseguiu.

— Nós já vimos computadores dominarem o mundo, já vimos videogames servirem a um propósito maior, todo mundo sabe de inteligência artificial. — O dedo estendido dele voltou e parou na mesa. — O que temos que mostrar ao público é uma coisa que ele ainda não conhece!

E, dito isso, Stan criou Nia. Em menos tempo que eu levei para escrever este parágrafo, Stan havia fixado o princípio agregador de todo o universo Alianças em Nia, uma personagem chave mas também a encarnação da pergunta essencial de qualquer um de nós que lida com a vida moderna incrementada pela tecnologia. De repente, todos nós a vimos com nitidez. Nia, forte, mas ilusória: um truque de luz.

Com sua voz rouca mas ainda forte e inegavelmente stanleediana, ele falou bem relaxado:

— Perfeito. Agora que já resolvemos isso, o que mais falta?

Na introdução a este livro, Stan escreveu: "O que é mais real? Um mundo em que nascemos ou um mundo que criamos para nós?" Em *Um truque de luz*, Stan apresentou esta questão existencial — ao mesmo tempo nova e de longa data: os avatares que escolhemos para nos representar são aspirações ou ilusões cômodas? No novo mundo do que pode vir a ser a interação autêntica gerada pela tecnologia, Nia é um ser constituído, consciente e artificial que se recusa a fazer o papel de musa.

Com isso, Stan Lee voltou a uma pedra basilar clássica do paradigma do super-herói. Nia é seu próprio alter ego, e talvez uma versão dos nossos futuros eus. Assim como muitas obras de ficção de Stan Lee, *Um truque de luz* traz personagens que têm a coragem de fazer as perguntas que temos na cabeça enquanto nos dirigimos a um futuro incerto.

Participar do processo colaborativo com Stan Lee, vê-lo dar vida a este livro junto à inimitável Kat Rosenfield, foi uma coisa mágica (e de nos deixar mais humildes, de nos iluminar...). É uma dádiva criativa que cada um de nós levará consigo.

Assim como todo grande mago, Stan Lee fazia o impossível parecer possível. E, depois de anos de empenho, cada um deles um ato de amor por Stan Lee e seu cantinho, somos gratos por você ter passado algum tempo no portal do que ele esperava que fosse o primeiro capítulo de muitos por vir.

Ryan Silbert e Luke Lieberman

AGRADECIMENTOS

Em um livro focado na conexão de todas as formas, os apoiadores a seguir serviram como pontos de contato vitais que possibilitaram que este projeto se tornasse uma herança a todos os Verdadeiros Fiéis, onde quer que se encontrem.

Nosso agradecimento sincero a nossa agente Yfat Reiss Gendell, da Foundry Literary + Media, cuja paixão vitalícia pela cultura pop é inigualável e cujo entusiasmo e carinho com este projeto foram ilimitados.

Nossa gratidão a toda a equipe da POW! Entertainment de Stan Lee, em especial a Gill Champion, Rachel Long, Mike Kelly, Kim Luperi, Bob Sabouni, Grece Yeh e ao grande e finado Arthur Lieberman, cuja parceria com Stan e Gill colocou este projeto em andamento. Agradecimentos extras ao finado Marc J. Silbert, nosso colaborador em espírito.

Somos sempre gratos a nossa visionária editora Jaime Levine, da Houghton Mifflin Harcourt Books and Media, que desfilou com bravura uma versão prévia deste manuscrito na sala de chefes que a conheciam havia pouquíssimo tempo, convencendo-os a defender as ambições literárias de um autor e de uma equipe inexperiente no mercado editorial tradicional. Sua contribuição subsequente como editora ardorosa tornou este livro imensuravelmente melhor. A estes chefes que depositaram a confiança, Elllen Archer, Bruce Nichols e Helen Atsma, que se deram ao trabalho de ler antes de julgar, e que continuaram apoiando o projeto com base no amor pela história e no respeito aos fãs que expressaram seu entusiasmo na longa estrada até a data de lançamento. Muito obrigado a toda a equipe da HMH, incluindo a editora adjunta Rosemary McGuinness, a vice-presidente sênior e *publisher* adjunta Becky Saikia-Wilson, a vice-presidente de divulgação Lori Glazer, a gerente de relações públicas Michelle Triant, o vice-presidente sênior de marketing Matt Schweitzer, o designer do marketing David Vargas, a diretora de marketing Hannah Harlow, a vice-presidente de produção Jill Lazer, a editora-chefe Katie Kimmerer, a diretora sênior de edição de manuscritos e composição Laura Brady, a revisora Alison Miller, a diretora de design Chloe Foster, a designer Emily Snyder, a designer de interiores Chrissy Kurpeski, a gerente de produção Rita Cullen, a vice-presidente de serviços criativos Michaela Sullivan, o diretor de serviços criativos Christopher Moisan, o designer-chefe Brian Moore e o capista Will Staehle. Este livro não chegaria às mãos dos fãs sem o entusiasmo e o apoio do vice-presidente de vendas Ed Space, da vice-presidente de vendas Colleen Murphy e do restante da dedicada equipe de vendas da HMH. Nosso agradecimento constante à vice-presidente de direitos subsidiários Debbie Engel e ao diretor sênior do departamento financeiro Dennis Lee, sem os quais ainda seríamos gratos, mas expressando esta gratidão dos sofás de amigos e parentes solidários.

Este projeto não teria surgido de um almoço entre nossa agente literária Yfat Reiss Gendell e nosso editor de impressos e e-books Jaime Levine não fosse outro almoço que aconteceu anos antes, de Yfat com Keith O'Connell, recém-encarregado pela Audible de criar projetos em áudio inovadores para a veterana do mercado editorial. Keith era fã de Stan? É claro. Mas foi a média que ela ia fazer com os filhos Philip e Jim (obrigado, senhores), para os quais as participações especiais de Stan Lee serviam como marcos especiais na vida de mãe e filhos, que fez com que ela pegasse o telefone vermelho e criasse o que se tornou um evento narrativo original sem precedentes, com a ajuda do visionário executivo de desenvolvimento Andy Gaes. Este apoio persiste com Cynthia Chu e Beth Anderson, e se expandiu até virar o primeiro evento global e original da Audible, com ajuda de Michael Treutler e Jessica Radburn. Somos gratos a nosso editor Steve Fedberg, que arregaçou as mangas e nos ajudou a aparar arestas bem pontudas. Muito obrigado a Dave Blum pelo apoio constante ao projeto. Para este projeto de primeira viagem com planos de lançamento em situação singular, a Audible teve a generosidade de nos incluir em muito mais de seus processos criativos e de lançamento do que qualquer autor veria normalmente, e por isto ficamos gratos e humildes em acompanhar o nível de talento reunido sob o mesmo teto. Agradecimento especial à diretora de relações públicas Elena Mandelup e a nossa divulgadora Rosa Oh, assim como à diretora de marketing Sarah Moscowitz e à equipe de marketing e arte composta por Christian Martillo, Les Barbire, Amit Wehle, Tito Jones, Santoshi Parikh, Robyn Fink, Allison Weber, Kasey Kaufman, Georgina Thermos, Amil Dave e Kathrin Lambrix. Nossa gratidão a Yara Shahidi por elevar este projeto com sua performance atenciosa no audiolivro e a Lisa Hintelmann pela seleção e contratação dos profissionais. Obrigado a nossos parceiros internacionais na Audible, incluindo aí Lauren Kuefner, Katja Keir, Beverly See, Zack Ross, Sophia Hilsman, Esther Bochner, Manny Miravete, Tatiana Solera, Paulo Lemgrubber, Pablo Bonne, Arantza Zunzunegui Salillas, Francesco Bono, Massimo Brioschi, Dorothea Martin, Lukas Kuntazschokunow, Eloise Elandaloussi, Neil Caldicott e Stephanie McLernon-Davies.

Todo super-herói precisa de um QG forte — por isso, obrigado à equipe da Foundry Literary + Media por dar a este projeto um espaço para pendurar a capa. Um obrigado especial a Jessica Felleman por seu apoio editorial e nos contratos, a Klara Scholtz e a Sasha Welm pelo apoio constante, à controller Sara DeNobrega e à assistente de controller Sarah Lewis, um grande obrigado ao diretor de direitos internacionais Michael Nardullo e a sua equipe, nas pessoas de Claire Harris e Yona Levin, assim como à equipe coagente internacional da Foundry: Agência Riff, Abner Stein, Andrew Nurnberg, La Nouvelle Agence, Mohrbooks, Read n' Right, Deborah Harris Agency, Italian Literary Agency, Tuttle

Mori, KCC, Graal, MB Agencia e Ackali Copyright. Obrigado ao diretor de entretenimento cinematográfico Richie Kern, assim como um apreço especial pelo trabalho dedicado da diretora de contratos Deirdre Smerillo e à sua equipe: Melissa Moorehead, Hayley Burdett e Gary Smerillo.

Obrigado aos corajosos primeiros leitores, todos dispostos a serem os pioneiros a se aventurar em águas não cartografadas, indubitavelmente apavorados pelo evidente "pegar ou largar" entre o amor entusiasmado pelo material ou o e-mail claríssimo recusando educadamente por conta de agenda cheia.

Um obrigado muito sincero aos vendedores não tradicionais de literatura, nas lojas de quadrinhos, nas convenções e em todas as lojas que aceitaram um gira-gira: vocês criaram um lar onde qualquer leitor podia descobrir seus contos prediletos e que se tornaram a mitologia moderna. Um obrigado tremendo aos vendedores tradicionais da literatura por seu entusiasmo e apoio a uma voz familiar em novo formato. Obrigado por serem a ponte de que este projeto precisava.

Obrigado a nossas famílias e amigos por nos apoiar a levar este projeto até os fãs.

E obrigado, é claro, a todos os Verdadeiros Fiéis e fãs que seguem passando o bastão destes mitos fantásticos, espetaculares, surpreendentes e fabulosos à próxima geração de leitores.

Este livro foi composto na tipografia Adobe Garamond Pro, em corpo 12/16, e impresso em papel off-white no Sistema Cameron da Divisão Gráfica da Distribuidora Record.